시민 불복종

헨리 데이비드 소로 수필집

시민 불복종

헨리 데이비드 소로 │ 김욱동 옮김

문예출판사

Civil Disobedience

Henry David Thoreau

차례

- 이 책은 다음 도서를 저본으로 삼아 번역했다.
  1. *Henry David Thoreau: Collected Essays and Poems.* New York: The Library of America, 2001.
  2. *The Selected Journals of Henry David Thoreau.* Edited by Carl Bode. New York: Signet Classics, 1967.
- 본문에 등장하는 기독교 관련 용어는 개신교의 《새번역 성경》을 참고했다. 원문의 "God"은 '하느님'으로 적되, 성경을 직접 인용한 경우에만 '하나님'으로 적었다.

시민 불복종

1

나는 "가장 좋은 정부는 가장 적게 다스리는 정부다"*라는 표어
를 진심으로 받아들이며, 이 표어가 좀 더 빠르고 체계적으로 실현
되는 모습을 보고 싶다. 만약 정말로 실현된다면 이 표어는 "가장
좋은 정부는 아예 다스리지 않는 정부다"라는 말로 귀결되는데 나
는 이 말 또한 믿는다. 이러한 정부를 받아들일 준비가 되어 있을
때 비로소 사람들은 가장 좋은 정부를 얻게 될 것이다. 정부는 기껏
해야 편의적 방편에 지나지 않는다. 하지만 정부란 대체로 불편하
기 마련이고, 모든 정부는 이따금 불편한 존재가 된다. 많은 이들이
상비군에 반대하며, 이는 사회에 널리 퍼질 만한 중대한 의견이다.

---

* 헨리 데이비드 소로는 이 문장을 《미국 잡지 및 민주주의 평론》(1837~1859)의
 표어인 "가장 좋은 정부는 가장 적게 다스리는 정부다"나, 랠프 월도 에머슨이 〈정
 치〉(1844)에서 언급한 "우리는 작은 정부를 가지면 가질수록 더욱 좋다"라는 말에
 서 착안해 쓴 것으로 보인다.

상비군에 관한 반대 의견은 궁극적으로 상설 정부에 관해서도 똑같이 제기할 수 있다. 상비군은 상설 정부의 오른팔일 뿐이다. 정부는 국민이 그들의 의지를 행사하기 위해 선택한 한 가지 방식에 지나지 않지만, 정부 자체도 국민이 어떤 조치를 취하기 전에는 마찬가지로 남용되고 악용되기 쉽다. 지금 벌어지고 있는 멕시코 전쟁*을 보라. 이 전쟁은 소수의 개인이 상설 정부를 도구로 사용한 결과다. 국민은 애당초 이러한 조치에 동의하지 않았다.

이 미국 정부, 비록 최근에 생겨났지만 이 정부가 하나의 전통이 아니고 무엇이겠는가? 이들은 후손에게 온전한 정부를 넘겨주려 노력하지만, 실제로는 매 순간 본래 모습을 조금씩 잃어간다. 정부는 살아 있는 사람 1명만큼의 생명력도 힘도 없다. 단 1명의 개인일지라도 마음만 먹으면 정부를 좌지우지할 수 있는데 말이다. 정부는 국민에게 일종의 나무총 같은 존재지만, 그래도 국민에게는 정부가 필요하다. 국민에게는 이런저런 복잡한 기계가 필요하고, 그 기계가 내는 소음을 들어야만 '정부가 이렇게 돌아가는구나' 하고 만족하기 때문이다. 이렇게 정부는 어떻게 자기들에게 유리한 방향을 성공적으로 국민에게 강요할지, 심지어 국민이 스스로 그리하겠다고 나서게 할 수 있을지 드러낸다. 우리는 모두 미국 정부가 참으로 훌륭한 조직이라는 사실을 인정할 수밖에 없다. 하지만

---

* 1846~1848년에 일어난 멕시코-미국 전쟁을 가리킨다. 텍사스-멕시코 국경에 대한 이견으로 일어난 이 전쟁은 미국의 압도적인 승리로 끝났고, 그 결과 미국은 오늘날의 캘리포니아, 네바다, 유타, 뉴멕시코, 애리조나를 병합했다. 노예제 폐지론자들은 이 전쟁을 멕시코의 이전 영토로 노예제를 확장하기 위한 시도로 생각했다.

미국 정부는 어떤 사업을 추진할 때만 유독 나서고 민첩하게 노력한다. 미국 정부는 이 나라를 자유로운 상태로 유지하지 못하고 있다.* 서부 정착을 도모하지도, 국민을 교육하지도 않는다. 그동안 미국에서 이루어진 모든 성과는 미국 국민이 좋은 성품을 지닌 덕분이다. 아마 정부가 국민을 방해하지 않았더라면 더 좋은 성과가 나왔을 것이다. 정부란 편리한 조직으로, 국민은 편리한 조직인 정부가 있기에 서로에게 간섭하는 대신 서로를 내버려두고 싶어 한다. 역사적으로 지금까지 언급되어왔듯이, 정부가 가장 편의적일 때 피지배자는 정부에서 가장 자유롭다. 무역과 상업을 탄력성 좋은 인도 고무**로 만들지 않는 한, 무역과 상업은 입법자들이 끊임없이 만들어내는 장애물을 결코 뛰어넘지 못할 것이다. 입법자의 의도를 고려하지 않고 순전히 행동 결과로만 이들을 판단한다면, 이 입법자들을 철로에 장애물을 설치하는 악의적인 사람들과 동급으로 취급해 처벌함이 마땅하다.

하지만 한 시민으로서 현실적으로 말하자면, 나는 정부 무용론***을 주장하는 사람들과는 달리 지금 당장 정부를 없애라고 요구하는 것이 아니다. 다만 지금 당장 더 좋은 정부를 요구할 따름이다. 모든

---

* 멕시코–미국 전쟁 이후 서부 지방에 새로운 주가 생기면서 이 주에서 노예제를 운영할지를 두고 북부의 자유주와 남부의 노예주가 첨예하게 대립했다. 1850년 대타협에 따라 캘리포니아는 자유주로, 그 밖의 주들은 주민 의사에 따라 선택하도록 했다. 또한 북부로 도망친 노예에 대한 체포와 단속을 강화하기로 했다. 소로는 이들의 도망 노예 처리 방식에 크게 분노했다.

** 열대지방의 고무나무에서 나온 유액이다. 여기에서 '인도'는 서인도제도를 말한다. '고무'는 초기에는 주로 지우개로 사용됐다.

*** 아나키스트들을 가리키는 말로, 그들 중 대부분은 매사추세츠주 출신이었다.

사람에게 각자 어떤 정부가 존경받을 만한 정부인지 의견을 밝히라고 하라. 그런 논의가 존경스러운 정부를 얻는 첫걸음이 될 것이다.

권력이 일단 국민의 손에 넘어가면 다수가 오랫동안 국가를 지배하게 된다. 다수의 장기 지배가 허용되는 실제적인 이유는 그들이 정의로울 것 같다거나 소수에게 공정할 사람으로 보여서가 아니다. 그들이 물리적으로 가장 힘이 세기 때문이다. 하지만 다수가 지배하는 정부가 모든 사안에서 정의에 기초할 수는 없다(국민이 이해하는 한도 안의 사안이라 해도 말이다). 다수가 아닌 인간의 양심이 옳고 그름을 결정하는 정부란 있을 수 없는가? 편의성 법칙이 적용되는 문제만 다수가 결정하는 정부란 있을 수 없는가? 시민은 한순간이라도, 최소한의 범위에서라도 입법자에게 양심을 양도해야만 하는가? 그렇다면 도대체 왜 모든 사람에게 양심이 있단 말인가? 나는 우리가 먼저 인간이 되고 나서 국민이 되어야 한다고 생각한다. 정의보다 법을 더 존중하는 태도를 함양하는 것은 바람직하지 않다. 내가 권리로 행사할 수 있는 유일한 의무는 언제라도 내가 옳다고 생각하는 바를 실천하는 것이다. 단체에는 양심이 없다는 말은 그동안 충분히 논의되어왔다. 하지만 양심 있는 사람들로 구성된 단체에는 양심이 있다. 법은 인간을 손톱만큼도 더 정의롭게 만들지 못한다. 더구나 법만을 존중하다 보면 선의를 품은 사람들도 날마다 정의롭지 못한 일의 대행사가 되기 십상이다. 법률을 지나치게 존중하는 태도는 일렬종대로 늘어선 군인이 행군하는 모습과 같은 결과로 자연스레 이어진다. 대령, 대위, 하사, 사병, 탄약 운반 소년병* 등 군인들이

---

* 전함에서 화약을 화약실에서 대포로 운반하는 소년병을 뜻한다.

질서정연하게 언덕과 계곡을 지나 전쟁터로 행군한다. 하지만 이 행군은 그들은 자발적 의지, 아니 그들의 상식과 양심에 어긋난다. 그러니 행군이 고될 수밖에 없다. 그들의 심장은 마구 박동 친다. 그들은 자신이 저주받은 일에 참여하고 있다는 사실을 추호도 의심하지 않으며 모두 기질적으로 평화를 사랑한다. 그렇다면 그들은 무엇을 하는 사람인가? 인간이기는 한가? 아니면 권력을 가진 어떤 비양심적인 인간에게 일방적으로 복무하는, 움직이는 조그마한 성체와 탄약 창고에 불과한가? 한번 해군 공창(工廠)을 방문해 해병이라는 미국 정부가 주술을 부려 만들어낸 인간을 바라보라. 그는 인간의 모습을 띤 그림자와 회상에 지나지 않는다. 산 채로 입관되어 이미 장송곡 반주에 맞춰 무기 아래 파묻혀 있는 사람과 다를 바 없다.

> 우리가 서둘러 그의 시체를 성벽으로 옮기는 동안
> 북소리도 장송곡도 들리지 않았노라.
> 우리 영웅이 묻힌 무덤 위로
> 단 한 명의 병사도 이별의 예포를 쏘지 않았노라.*

이렇게 많은 사람이 한 인간이 아니라 신체를 지닌 기계로서 국가에 봉사한다. 상비군, 민병대, 교도관, 경찰, 자경단** 등이 그러하

---

* 찰스 울프(Charles Wolfe, 1791~1823)의 시 〈코루냐 전투 후 존 무어 경의 매장〉에서 인용한 문구다. 존 무어 장군은 스페인의 항구 코로냐로 후퇴해 방어전을 펼치던 중 1809년에 전사했다.

** 원문은 'posse comitatus'로, 치안을 유지하기 위해 군 치안관(sheriff)이 유사시에

다. 대체로 그들은 자유롭게 도덕적 판단을 내리지 못하거나 도덕 의식을 전혀 행사하지 못한다. 오히려 그들은 나무와 흙과 돌 같은 수준으로 전락한다. 어쩌면 그러한 목적에 부합하는 목조 인간을 만드는 게 나을지도 모른다. 그런 사람은 밀짚으로 만든 허수아비나 흙덩이처럼 존경받지 못한다. 그들은 말이나 개 정도의 가치가 있을 뿐이다. 그런데 이런 사람들도 보통 선량한 시민으로 존경받는다. 의회 의원, 정치가, 변호사, 장관, 공직자 같은 다른 사람들 대부분은 주로 머리를 써서 국가에 봉사한다. 이런 사람들은 도덕적 변별력이 별로 없기 때문에 자기도 모르게 하느님을 섬기듯 악마를 섬기기 쉽다. 영웅, 애국자, 순교자, 진정한 개혁자, 사람다운 사람 같은 극소수의 사람만이 양심에 따라 국가에 봉사하고, 그런 만큼 대개 필연적으로 정부에 저항할 수밖에 없다. 그래서 정부는 이런 사람을 흔히 적으로 취급한다. 현명한 사람은 오직 인간으로서의 쓸모를 다할 뿐, '진흙'이나 '벽 구멍 마개'*가 되는 데 굴복하지 않는다. 적어도 그런 일을 그가 사후에 돌아갈 진토(塵土)에 맡겨 버린다.

나는 신분이 너무 높아
다른 사람의 소유물이나
남의 부림을 받는 조수가 될 수 없다.

소집하는 자경대를 뜻한다.
* "황제 같은 카이사르 또한 죽은 다음 진흙 되면, 바람 들어가는 벽의 구멍을 막는 바람 마개가 되는 수도 있으리라." (《햄릿》 5막 1장)

이 세상 어느 왕국에 봉사하는

유용한 하인이나 도구도 될 수 없다.*

동료를 위해 자신을 전적으로 내어주는 사람은 오히려 쓸모없거나 이기적인 자로 보인다. 하지만 동료에게 자신의 일부만 내어주는 사람은 은인이요 자선가로 칭송받는다.

오늘날 미국 정부에 어떻게 처신해야 인간다운 자세라 할 수 있을까? 이 물음에 나는 이렇게 답한다. 정부와 관계를 맺는 한 명예로울 수 없다고. 나는 노예제를 지지하는 정부를 한순간도 나의 정부라고 인정할 수 없다.

모든 사람은 혁명의 권리를 인정한다. 다시 말해, 견딜 수 없을 정도로 정부의 독재나 비효율성이 극심한 경우 정부에 대한 충성을 거부하거나 정부 자체에 저항할 수 있는 권리를 인정한다. 하지만 거의 모든 사람이 오늘날 미국 정부는 그 경우에 해당하지 않는다고 말한다. 그들은 1775년 혁명**만이 타당한 저항이라고 생각한다. 사람들이 항구에 들어온 외국 제품에 관세를 부과하는 정부가 나쁜 정부라고 말하더라도, 나는 그런 외국 제품 없이도 얼마든지 살아갈 수 있기 때문에 그 일에 야단법석을 떨지는 않을 것이다. 모든 기계에는 그 나름의 마찰이 있기 마련이고, 마찰이 해(害)를 상쇄하고도 남을 만큼 좋은 일을 할 수도 있다. 오히려 마찰이 있다고 야단법

---

* 셰익스피어의《존 왕》5막 2장에서 인용한 문장이다.
** 1775년 4월 19일에 일어난 렉싱턴과 콩코드 전투가 도화선이 되어 영국 식민지에 저항하는 미국 혁명이 일어났다.

석을 떠는 것이 큰 해가 된다. 하지만 마찰이 기계에 해를 끼쳐 억압과 강탈 행위가 조직적으로 이루어진다면, 그런 기계는 더 유지하지 말고 내다 버려야 한다. 달리 말하자면, 자유의 피신처가 되겠다고 세운 나라에서 국민 중 6분의 1이 노예인 데다, 외국 군대에 부당하게 침략당하고 정복되어 온 나라가 군법의 지배를 받는다면, 정직한 사람들은 하루빨리 봉기해 혁명을 일으켜야 한다. 이 의무를 더욱 긴급하게 수행해야 하는 이유는, 우리의 나라가 침략당한 나라가 아니라 오히려 우리 군대가 침략군이기 때문이다.*

많은 사람에게서 도덕적 문제의 권위자로 인정받는 페일리**는 저서 중 '시민 정부에 대한 복종 의무'라는 장(章)에서 모든 시민의 의무를 편의성 문제로 귀결시키며, 나아가 이렇게 말한다. "사회 전체의 이익이 요구하는 한, 즉 정부에게 저항하거나 정부를 교체하는 일이 공적 불편을 초래한다면, 기존 정부에 복종하고 더 저항하지 않는 것이 하느님의 뜻이다. (…) 이런 원칙을 인정한다면 각 저항 사례가 정당하지 않은지의 여부를 판단하는 문제가 축소된다. 즉 한쪽에서는 위험과 고통이 얼마나 되는지, 다른 한쪽에서는 그런 위험과 고통을 시정하는 데 드는 비용과 가능성이 어느 정도인지를 저울질하는 계산으로 귀결된다." 이 점에 대해 페일리는 각자 스스로 판단을 내려야 한다고 지적한다. 하지만 그는 편의성 법칙이 적용되지 않는 사례를 고려하지 않은 듯하다. 이를테면 개인뿐

---

* 미국의 노예제와 미국의 멕시코 침략을 두고 하는 말이다.
** William Paley, 1743~1805. 영국의 철학자로《도덕과 정치철학의 원리》(1795)를 집필했다.

아니라 국민이 어떤 희생을 치르더라도 반드시 정의를 실천해야 하는 상황 말이다. 만약 물에 빠져 죽어가는 사람에게서 그가 매달려 있던 널빤지를 부당하게 빼앗았다면, 비록 내가 죽더라도 널빤지를 그에게 돌려줘야 한다. 페일리에 따르면 이는 편의성에 부합하지 않는 일일 것이다. 하지만 목숨을 건질 수 있던 사람이 목숨을 잃게 된다.* 마찬가지로 이 나라의 국민은 노예를 소유해서도 안 되고, 한 국민으로서 자신의 생존을 위협받더라도 멕시코와 전쟁을 벌여서도 안 된다.

실제로 여러 국가가 페일리의 주장에 동의한다. 하지만 현재 위기 상황에서 매사추세츠주가 확실히 정의로운 일을 한다고 생각하는 사람이 과연 있을까?

> 매춘부 같은 국가, 은빛 옷을 걸친 창녀,
> 화려한 옷자락은 걷어 올렸지만,
> 영혼은 진흙 바닥에 질질 끌리는구나.**

사실을 말하자면, 매사추세츠주에서 개혁에 반대하는 세력은 남부에 있는 정치가 10만 명이 아니라 여기 북부에 있는 상인과 농부 10만 명이다. 이곳 상인들과 농부들은 인류애보다 상업과 농업에 훨씬 관심이 있을 뿐이며, 어떤 희생을 치르더라도 노예제와 멕

---

* "누구든지 제 목숨을 구하려고 하는 사람은 잃을 것이요, 누구든지 나를 위해 제 목숨을 잃는 사람은 목숨을 구할 것이다."(《누가복음》9장 24절)
** 시릴 터너(Cyril Tourneur, 1575~1626)의 희곡《복수자의 비극》(1606) 4막 4장 일부에서 인용한 문장이다.

시코 문제를 정의롭게 다룰 마음의 준비가 되어 있지 않다. 내가 싸우는 대상은 멀리 떨어져 있는 적이 아니라, 가까이에서 멀리 떨어져 있는 적과 협조하거나 그들이 시키는 대로 하는 이곳 사람들이다. 이런 사람들이 없다면 멀리 떨어져 있는 적은 우리에게 아무런 피해를 주지 못할 것이다. 우리는 툭하면 대중이 준비되어 있지 않다고 말한다. 하지만 진보가 느린 건 소수가 다수보다 현저하게 더 현명하거나 뛰어난 존재가 아니기 때문이다. 많은 사람이 당신만큼 선량해져야 한다는 것보다 이 세상 어딘가에 절대선이 존재해야 한다는 것이 더 중요하다. 절대선은 누룩이 되어 온 반죽을 부풀리기 때문이다.* 노예제와 멕시코 전쟁에 반대한다는 의견을 표명하는 사람은 수천 명이나 된다. 하지만 그들은 이 둘을 종식시키기 위해 아무런 행동도 취하지 않는다. 자신을 워싱턴과 프랭클린**의 후예라고 자처하는 사람들이 호주머니에 두 손을 찔러 넣고 앉아서는 어떻게 해야 할지 모르겠다며 아무런 행동도 하지 않는다. 그들은 심지어 자유의 문제를 자유 무역의 문제 뒷전으로 미뤄버리고, 저녁 식사를 한 뒤에는 멕시코 소식 보고서와 물가 시세를 읽다가 그 두 문제 위에 엎드려 잠을 잘 것이다. 오늘날 정직한 사람과 애국자의 시세는 과연 얼마일까? 그들은 망설이고, 후회하며, 때로는 청원을 넣기도 한다. 하지만 정작 중요하고 효과가 있을 일은 하나도 하지 않는다. 다른 사람이 악을 척결하기를 선한 마음으로 기

---

* "여러분은 새 반죽이 되기 위해서, 묵은 누룩을 깨끗이 치우십시오. 사실 여러분은 누룩이 들지 않은 사람들입니다."(《고린도전서》5장 6절)
** 미국 초대 대통령 지낸 조지 워싱턴과 제1대 우정장관을 지낸 벤저민 프랭클린을 뜻한다. 두 사람 모두 미국을 건국한 아버지와 같은 인물로 꼽힌다.

다리면서 자신들이 더 이상 애석하게 생각하는 일이 없기를 바랄 것이다. 기껏해야 그들은 값싼 한 표를 던지고 정의가 제 옆을 스쳐 지나갈 때 창백한 얼굴로 쳐다보며 행운을 빌 따름이다. 미덕을 갖춘 사람이 1명 있다면 그 미덕을 후원하겠다는 사람은 999명 있다. 하지만 어떤 물건을 잠시 맡고 있는 사람과 거래하기보다는 그 물건의 실제 소유주와 거래하는 쪽이 훨씬 쉬운 법이다.

투표는 하나같이 도덕적 색채가 조금 들어간, 체스나 주사위 놀음 같은 일종의 게임이다. 도덕적 문제, 옳고 그름을 따지며 벌이는 놀이다. 게임이므로 당연히 내기가 따르지만 투표자들의 인격을 판돈으로 걸지는 않는다. 아마 나는 내가 옳다고 생각하는 대로 투표할 것이다. 하지만 정의가 반드시 승리해야 한다면서 목숨까지 걸고 투표에 매달리지는 않는다. 나는 기꺼이 정의를 다수에 맡긴다. 그러므로 투표 의무는 편의성을 넘어서지 않는다. 심지어 정의를 위해 투표하면서도 실제로는 정의를 위해 아무것도 하지 않는 꼴이 되기도 한다. 그저 정의가 승리하면 좋겠다는 욕망을 사람들에게 가볍게 표현하는 것에 지나지 않는다. 현명한 사람은 정의를 운수소관으로 돌리지 않으며 정의가 다수의 힘으로 승리하기를 바라지도 않는다. 그러나 군중의 행위에는 미덕이 거의 없다시피 하다. 마침내 다수가 노예제 폐지에 찬성표를 던진다면, 그것은 그들이 노예제에 무관심하거나 투표로 폐지할 수 있는 노예제가 거의 남지 않았기 때문일 것이다. 그렇다면 그런 투표자들이 마지막으로 남은 노예가 될 것이다. 자기 자신의 자유를 투표로 강력하게 주장하는 사람, 이런 사람의 투표만이 노예제 폐지를 앞당길 수 있다.

내가 듣기로는 대통령 후보를 선출하려고 볼티모어*나 다른 도시에서 전당 대회가 열린다고 하는데, 주로 편집인과 직업 정치가가 참석한다고 한다. 하지만 그들이 어떤 결정을 내리든 그것이 독립적이고 지적이며 존경받을 만한 사람에게 무슨 의미가 있단 말인가? 그래도 우리는 그런 사람에게서 지혜와 정직성이라는 이점을 누릴 수 있지 않을까? 독립적인 이들의 표에 기댈 수 있지 않을까? 이 나라에는 전당 대회에 참석하지 않는 개인이 많이 있지 않은가? 하지만 실제로는 그렇지 않다. 내가 보건대, 이른바 존경받을 만한 사람은 곧 자기 지위에서 물러나고 자기 나라에 체념한다. 실제로는 국가가 그에게 체념할 이유가 훨씬 많은데도 말이다. 그런 사람은 곧바로 전당 대회에서 선출된 후보 중 한 사람을 유일하게 이용할 만한 후보로 받아들여, 자신도 민중 선동가의 어떤 목적에 이용당할 수 있음을 입증한다. 그의 표가 매수되었을지도 모르는 원칙 없는 외국인이나 고용된 자국민의 표보다 더 가치가 있는 것도 아니다. 아, 사람다운 사람, 내 이웃의 말마따나 남에게 휘둘리지 않는 줏대가 굳센 사람이 있었으면 얼마나 좋을까! 이 나라의 인구 통계는 잘못되었다. 유권자의 수가 너무 많이 잡혀 있다. 이 나라에서 2,000제곱킬로미터 정도 되는 땅에 몇 명이나 거주할까? 한 사람이 될까 말까 할 것이다. 미국이 이민자들을 끌어들이지 못할 만큼 그렇게 매력 없는 나라인가? 미국인은 일종의 오드 펠로**로 전락해

---

*   1848년에 민주당은 루이스 케이스를 대통령 후보로 지명했지만, 커리 테일러에게 패했다.

**   18세기 중엽 영국에서 생겨난 비밀결사 단체 '오드 펠로스 독립회'를 가리킨다. 르네상스 시대부터 이어진 역사 깊은 단체다.

버렸다. 사람들과 어울리고 무리 짓는 성향은 이상할 만큼 발달했지만, 지성과 기운찬 자립정신은 확연히 부족하다. 태어나자마자 구빈원이 잘 보수되어 있는지부터 최우선으로 알아보고, 법적으로 성인이 되기도 전에 장차 있을지도 모르는 미망인과 고아를 지원하려고 기금을 모금한다. 한마디로 말해서, 미국인은 자신의 장례를 잘 치러주겠다고 약속하는 상호 보험 회사의 도움만 믿고 무모하게 살아간다.

물론 온몸을 바쳐 악을 제거하는 일, 심지어 엄청난 악을 제거하는 일이 인간의 의무는 아니다. 당연히 인간에게는 돌봐야 할 다른 관심사도 있을 수 있다. 하지만 적어도 악에서 관계를 끊을 의무, 악에 더는 관심을 기울이지 않더라도 그 악에 실질적으로 도움을 주지 않을 의무는 있다. 혹 다른 목표나 생각에 전념하려면, 적어도 남에게 기대면서 그것을 추구하는 건 아닌지 먼저 살펴야 한다. 만약 그렇다면 상대방이 자신의 생각을 자유롭게 추구할 수 있도록 내가 먼저 그 사람에게서 물러나주어야 한다. 하지만 지금 얼마나 엄청난 모순이 허용되고 있는지 보라. 나는 읍내에서 사람들이 이렇게 말하는 것을 들은 적이 있다. "누군가가 내게 노예 폭동을 진압하러 가거나 멕시코 전쟁에 나가라고 명령을 내렸으면 좋겠어요. 그렇게 되면 내가 나갈지 어디 한번 보라지요." 하지만 바로 이렇게 말하던 자들이 직접적으로는 국가에 대한 충성심으로, 간접적으로는 돈을 써서 대리 병사를 내보내 전쟁에 부역했다. 부당한 전쟁에 참가하기를 거부한 병사는 전쟁을 일으키는 부당한 정부를 마지못해 지원하는 사람들에게서 칭송받는다. 자신의 행동과 권위를 경멸하고 무시해 마지않는 사람들에게도 칭송받는다. 이는 국가가 죄를 짓는 동안 국가에 채찍질해줄 사람을 고용할 정도로만 뉘우치는 것과 같다. 하지만 정부가 죄 짓는 일을 잠시라도 중단할 정도로 제 잘못을 뉘우치는 것 같지는 않다. 이렇게 모두가 치안 질서와 시민 정부라는 미명 아래 자신의 비열함에 경의를 표하며 반강제로 정부를 지지하게 된다. 죄를 저지르면 처음에는 부끄러움으로 얼굴을 붉히지만 그다음에는 곧 무관심해진다. 부도덕한 상태에서 마침내 도덕과 관계없는 상태가 되고, 부도덕은 우리가 꾸려온 삶에 꼭 불필요한 것만은 아닌 것이 되고 만다.

2

잘못이 널리 유지되려면 가장 '사심 없다는 미덕'이 필요하다. 고상한 사람들도 애국심이라는 미덕 때문에 흔히 받는 사소한 비난을 받기 아주 쉽다. 정부의 성격과 조치를 비난하면서도 그 정부에 충성과 지원을 바치는 사람들이 있다. 이들은 의심할 여지없이 가장 성실한 정부의 지원자로, 개혁에 심각한 걸림돌이 되는 일이 매우 잦다. 그중 어떤 사람들은 주 정부에 연방을 해체하라고, 대통령의 명령을 거부하라고 청원한다. 그들은 왜 스스로 자신과 주 정부의 연합을 해체하지 못할까? 왜 연방 정부 금고에 제 몫의 세금을 납부하기를 거부하지 않을까? 그들이 주 정부와 맺는 관계는 주 정부가 연방 정부와 맺는 관계와 똑같지 않은가? 그들이 주 정부에 저항하지 못하는 것과 똑같은 이유로 주 정부도 연방 정부에 저항하지 못하는 것이 아니겠는가?

사람이 어떻게 그저 어떤 생각을 품고 즐기는 데만 만족할 수 있겠는가? 만약 자신이 손해를 봤다고 생각한다면 만족할 수 있을까? 만약 이웃에게 1달러를 사기당했다면 속은 사실을 아는 것으로, 속았다고 말하는 것으로, 심지어 그에게 그 1달러를 돌려달라고 간청하는 것으로 만족하지 않을 것이다. 전액을 돌려받을 수 있는 효과적인 행동에 즉각 나서고, 그다음에는 두 번 다시 사기당하지 않도록 조심할 것이다. 원칙에 따라 행동하고 정의를 인식하며 실천하면 상황과 관계가 변화한다. 이런 행동은 본질적으로 혁명적이고, 과거의 그 어떤 것과도 전적으로 양립하지 않는다. 국가와 교회를 갈라놓을 뿐 아니라 가족도 갈라놓는다. 아, 심지어 개인*마저 분리해 인간 내면의 신성함과 사악함을 갈라놓는다.

정의롭지 못한 법률은 분명히 존재한다. 우리는 그저 그 법률에 따르면서 그저 지금 처지에 만족해야 할까? 아니면 그 법을 고치려고 노력하면서 노력이 성공할 때까지 법에 따라야 할까? 그것도 아니라면 지금 즉시 그 법을 어겨야 할까? 보통 사람들은 이런 정부 체제에서는 다수를 설득해 그 법을 바꿀 때까지 기다려야 한다고 생각한다. 만약 저항하면 그 결과로 지금의 악보다 더 나쁜 해결책이 나올 것이라고 여긴다. 하지만 만약 정말 더 나쁜 해결책이 나온다면 이는 어디까지나 정부의 과실이다. 정부가 개선책을 더 나쁘게 만든 것이다. 왜 정부는 좀 더 미리 앞을 내다보고 개혁에 대비하지 않는가? 왜 정부는 현명한 소수를 소중하게 여기지 않는가? 왜 정부는 상처를 받기도 전에 야단법석을 떨며 막으려 하는가? 왜

---

* 개인을 뜻하는 영어 'individual'은 더 이상 개체로 나눌 수 없다는 뜻의 동사 'in-divide'와 형용사 'in-divisible'에 뿌리를 둔다.

정부는 시민들에게 정부의 잘못을 경계하고 지적하도록 격려하거나, 그런 잘못을 시정해 더 잘하려고 노력하지 않는가? 정부는 왜 늘 예수 그리스도를 십자가에 못 박고, 코페르니쿠스*와 루터**를 파문하고, 워싱턴과 프랭클린에게 반역자라는 낙인을 찍는가?

정부의 권위를 의도적이고 실제적으로 부정하는 행위는 정부가 지금껏 한 번도 예상하지 못한 유일한 범죄라는 생각이 든다. 그렇지 않고서야 왜 정부가 그런 행동을 하는 사람에게 죄질에 합당한 처벌을 단호하고 적절하게 내리지 않았겠는가? 재산 없는 어떤 사람이 정부에 9실링을 납부하기를 단 한 번이라도 거부했다고 하자. 내가 알고 있는 법에 따르면 그는 기한 없이 감옥에 갇히고 그를 투옥시킨 자들의 재량이 따라야만 형기가 결정된다. 하지만 그가 국고에서 9실링의 90배나 되는 돈을 훔쳤다면 곧 다시 풀려나 자유의 몸이 될 것이다.

만약 불의가 정부라는 기계에 꼭 필요한 마찰의 일부라면 그냥 내버려두기로 하자. 어쩌면 기계가 부드럽게 마모될지도 모른다. 그렇게 정부라는 기계는 분명히 닳아빠질 것이다. 만약 불의에 그 자체에만 쓰이는 용수철, 도르래, 밧줄, 기중기가 따로 있다면, 해결책이 현재의 악보다 더 나빠질지 아닐지 생각해보아야 한다. 하

---

*   Nicolaus Copernicus, 1473~1543. 오랫동안 진리로 여겨진 지구 중심설(천동설)의 오류를 지적하고 태양 중심설(지동설)을 주장해 근대 자연과학을 획기적으로 전환한 폴란드의 천문학자다. 저서 《천구의 회전에 관하여》(1543)를 교황 바오로 3세에게 헌정하여 파문을 면했다.

**   Martin Luther, 1483~1546. 독일의 종교 개혁가로 1517년 10월 비텐베르크대학교 교회 정문에 95개조 반박문을 게시해 종교 개혁의 불을 댕겼다.

지만 그 불의가 당신더러 다른 사람에게 불의를 저지르는 대행자가 되라고 요구한다면, 차라리 그 법을 위반하라. 당신의 삶이 그 기계를 멈추게 하는 역마찰(逆摩擦)이 되도록 하라. 내가 할 일은 어쨌든 내가 비난하는 잘못에 가담하지 않는 것이다.

국가는 불의를 없애려고 여러 방법을 내놓는데, 나는 그런 방법은 잘 모른다. 그런 방법은 시간이 너무 오래 걸려서 다 해결되기도 전에 사람이 먼저 죽을 것이다. 나에게는 돌봐야 할 다른 일이 많다. 내가 이 세상에 태어난 건 세상을 더 살기 좋은 곳으로 만들기 위해서가 아니라, 좋든 나쁘든 그 세상에서 살아가기 위해서다. 한 인간이 모든 일을 할 수는 없지만 몇 가지는 할 수 있다. 모든 일을 할 수 없다고 해서 부당한 일을 할 필요는 없다. 주지사나 주 정부가 내게 청원하지 않는 것과 마찬가지로, 주지사나 주 의회에 청원하는 것도 내가 할 일이 아니다. 만약 그들이 내 청원을 들어주지 않는다면 나는 어떻게 해야 할까? 하지만 국가는 이런 경우에 어떻게 하면 좋을지 아무런 해결 방법도 제공하지 않았다. 국가의 헌법 자체가 악이기 때문이다. 이렇게 말하면 가혹하고 고집스럽고 비타협적으로 들릴지도 모른다. 하지만 이는 오히려 헌법을 존중할 수 있거나 그럴 가치가 있는 유일한 정신을 가장 친절하고도 사려 깊게 대하는 것이다. 탄생과 죽음의 순간에 사람 몸에 경련이 일어나듯, 발전을 위한 모든 변화에도 경련이 따르기 마련이다.

나는 노예제 폐지론자라 자처하는 사람에게 인적, 금전적으로 매사추세츠주 정부를 지원하는 행위를 즉시 중단해야 한다고 단호하게 말한다. 그들이 정의가 행동을 통해 승리하도록 허용하기 전에는 한 사람으로서의 다수*를 구성할 때까지 기다려서는 안 된다고 말한다. 만약 하느님이 그들 편이라면, 다른 쪽 다수를 기다릴 필요도 없이 그것으로 충분하다고 나는 생각한다. 더구나 누구든지 자기 이웃들보다 더 정의롭다면 이미 한 사람으로서의 다수를 확보한 셈이다.

나는 이 미국 정부 또는 대리자인 주 정부를 1년에 한 번 세금 징수인**이라는 인물을 통해 대면한다. 그 이상은 만나지 않는다. 이것이 나 같은 사람이 부득이 정부를 만나는 유일한 방식이다. 그럴 때 정부는 뚜렷한 목소리로 '나를 인정하라'라고 말한다. 정부를 인정하라. 이 문제를 해결할 수 있는, 즉 정부에 대한 당신의 약간의 불만과 애정을 표현할 수 있는, 가장 간단하고 효과적이고 현재 상황에서 필요 불가결한 대응 방식이 있다. 그 정부를 인정하지 않는 것이다. 그리고 내 이웃 시민인 세금 징수관이 내가 그렇게 대응해야 할 사람이다. 결국 내가 싸워야 할 대상은 양피지로 된 문서가 아니라 인간이기 때문이다. 또한 그는 정부의 대리인이 되기를 자발적으로 선택했다. 그 사람이 공무원이나 한 인간으로서 자기가 어떤 사람이며 어떤 일을 해야 하는지 얼마나 생각해보았겠는가? 평소 존경하는 이웃이던 나를 선량한 이웃으로 대할지 치안을 헤집는 미치광이로 대할지 고려해야 할 때가 오기 전까지 말이다. 게

---

* '한 사람으로서의 다수(a majority of one)'는 도덕적으로 우위에 서 있다면 단 한 사람이라도 다수를 이길 수 있다는 의미다. 개인 정체성, 자율성, 존중의 중요성을 강조하며, 개인의 주장이 다수결의 횡포에 의해 억압당하지 않도록 하기 위해 수립한 개념이다.

** 콩코드의 경찰관이자 세금 수금원이었던 샘 스테이플스를 가리킨다.

다가 징수 행위에 걸맞게 무례하고 성급하게 생각하거나 말하지 않고 이웃 간의 관계를 가로막는 장애를 극복할 방법이 있을지도 고려해야 한다. 나는 이런 점을 잘 알고 있다. 만약 내가 아는 사람 1,000명이, 100명이, 정직한 자 10명이, 아니 단 1명이라도 '정직한' 사람이 이 매사추세츠주에서 노예 소유를 포기하고 정부에 협력하기를 거부해 감옥에 갇힌다면 미국 노예제가 더 빨리 폐지될 것이다. 그런 운동의 첫 시작이 미약하게 보일지는 전혀 중요하지 않다. 한 번 제대로 실천에 옮긴 행동은 영원하다. 하지만 우리는 노예제 폐지에 행동으로 나서기보다는 말로만 나서기를 더 좋아한다. 그것이 곧 우리 임무라고 하면서 말이다. 수십 가지 신문이 개혁을 추종하지만, 개혁을 행동에 옮기는 사람은 단 한 명도 없다. 내가 존경하는 이웃이자 매사추세츠주 정부 대사로 연방 대회의실에서 인권 문제 해결에 전념하는 사람*이 있다. 만약 이 사람이 캐럴라이나주**로부터 감옥에 가두겠다는 협박을 받는 대신(현재 매사추세츠주 정부는 캐럴라이나주와는 푸대접 행위 정도밖에 시빗거리가 없다), 노예제의 죄악을 캐럴라이나주에 뒤집어씌우려 안달하는 매사추세츠주 정부 감옥에 갇힌다면 어떻게 될까? 주 의회는 그 논의를 절대 이듬해 겨울까지 미루려 하지 않을 것이다.

---

* 콩코드 출신의 변호사이자 정치가인 새뮤얼 호어(Samuel Hoar, 1778~1856)를 말한다. 콩코드 출신의 주 의원으로 사우스캐럴라이나주 찰스턴에 파견되어 그 주가 매사추세츠주 출신 흑인 선언자들을 학대하는 데 항의했다. 그러자 사우스캐럴라이나주 의회는 호어를 스턴에서 추방했다. 호어의 딸은 에머슨 집안과 가까웠으며, 소로와도 어린 시절 친구였다.
** 노스캐럴라이나주와 사우스캐럴라이나주를 통틀어 일컫는 용어로, 1712년 정치적, 경제적, 지리적 이유로 북부와 남부로 갈라졌다.

누구나 부당하게 잡아 가두는 정부 밑에서, 정의로운 사람이 진정 있어야 할 곳은 감옥이다. 오늘날 매사추세츠주 정부가 자유롭고 씩씩한 기상을 지닌 시민에게 마련해줄 수 있는 적절하고도 유일한 장소 또한 감옥이다. 시민들은 자신의 원칙에 따라 이미 스스로를 추방하기로 선택한 것처럼 주 정부 법에 따라 추방당해 감옥에 갇힌다. 도망 노예, 가석방된 멕시코 죄수, 자기 종족의 고충을 호소하러 온 인디언들이 자유롭고 씩씩한 기상을 지닌 미국 시민을 찾아볼 수 있는 곳도 감옥이다. 감옥은 주 정부가 자신에게 동조하지 않고 반항하는 사람을 가두는 곳이자, 사람들에게서 떨어져 있지만 좀 더 자유롭고 명예로운 곳이다. 그곳이야말로 노예주(州)에서 자유인이 명예롭게 머물 수 있는 유일한 거처다. 감옥에서는 영향력을 행사할 수 없고, 자신의 목소리도 더는 정부를 괴롭히지 못하며, 감옥의 벽 안에서는 정부의 적이 되지 못한다고 생각하는 사람이 있다면, 그는 진리가 거짓보다 훨씬 강하다는 사실을 잘 모르는 것이다. 조금이나마 몸소 불의를 겪은 사람이 얼마나 강력하게, 호소력 있게 불의와 맞서 싸울 수 있다는 사실도 모르는 것이다. 단지 종잇조각을 던질 게 아니라, 당신의 모든 영향력을 집중하여 온 정성을 다해 투표하라. 소수는 다수에 순응하며 무력해진다. 그렇게 될 때쯤에는 이미 소수도 되지 못한다. 하지만 소수가 온힘을 다해 뭉치면 말리지 못하는 큰 힘이 된다. 만약 정의로운 사람을 모조리 감옥에 가두는 것과 전쟁과 노예제를 포기하는 것 중 하나를 선택해야 한다면, 정부는 무엇을 선택할지 주저하지 않을 것이다. 시민 1,000명이 올해에 세금을 납부하지 않는다 해도, 그 일이 세금을 납부해서 주 정부가 난폭한 행위를 저지르고 무고한 피를 흘리게 하는 데 일조하는 일만큼 폭력적인 조치는 아닐 것이다. 만약 이렇게 납세를 거부해 혁명을 일으킬 수 있다면, 이것이야말로 평화로운 혁명이다. 만약 세금 징수관이나 다른 공무원이 "그렇다면 나는 무슨 일을 해야 합니까?"라고 내게 묻는다면, 나는 이렇게 대답하겠다. "당신이 진정으로 무슨 일을 하고 싶다면 자리에서 물러나십시오." 시민이 충성을 거부하고 공무원이 사직하면 혁명은 완수된다. 하지만 피를 흘려야 하는 사태도 예상해야 한다. 양심이 상처를 입으면 일종의 피를 흘리지 않는가? 이 상처에서 인간의 진정한 본성과 불멸의 성품이 흘러나온다. 그렇게 양심이 손상된 사람은 피를 흘리다가 영원한 죽음에 이른다. 내게는 지금도 이런 피가 흐르고 있는 모습이 보인다.

이렇게 내가 범법자의 재산 몰수보다 그를 투옥하는 문제를 심사숙고한 데는 이유가 있다. 결국 두 조치 다 범법을 제재한다는 목적은 같은데 말이다. 그 이유는 바로, 자신의 순수한 권리를 주장하여 부패한 국가에 가장 위협이 되는 인물은 보통 재산을 축적하는 데 많은 시간을 들이지 않기 때문이다. 정부는 그런 사람들에게 비교적 적은 혜택을 주므로 소액의 세금이라도 그들에게는 엄청난 금액이 된다. 특히 그들이 육체노동으로 돈을 벌고 있다면 더더욱 그러하다. 만약 아예 돈을 쓰지 않고 살아가는 사람이 있다면, 정부는 그에게 세금을 내라고 요구하기를 주저할 것이다. 하지만 부유한 사람은 자신을 부자로 만들어준 제도에 매수된 상태이기 마련이다(악의적으로 비교하려는 것은 아니다). 엄밀히 말하면, 돈이 많을수록 미덕은 줄어든다. 돈이 사람과 물건 사이에 끼어들어 사람에게 물건을 가져다주기 때문이다. 확실히 돈을 버는 일은 큰 미덕이 아니다. 만약 돈이 없다면 이 세상 많은 문제의 답을 찾아야 할 부담이 줄어든다. 반면 돈이 있으면 그 돈을 어떻게 쓰느냐는 어려우면서도 부질없는 질문만 새로 생긴다. 그래서 부자의 도덕적 기반은 밑바탕부터 흔들린다. 이른바 '재산'이 늘어나는 양에 비례해 삶을 진지하게 살아갈 기회는 그만큼 줄어든다. 부유해졌을 때 자기 교양을 위해 할 수 있는 최선의 일은, 가난했을 때 하고 싶었던 것을 직접 하려고 적극 노력하는 것이다. 예수 그리스도는 헤롯왕* 일당에게 그들의 형편에 맞게 대답했다. "세금으로 내는 돈을 나에게 보여다오." 그러자 한 사람이 주머니에서 1페니(데나리온)를 꺼내 보였다. "만약 너희가 카이사르의 얼굴이 새겨진 돈, 카이사르가 만들고 유통시킨 돈을 사용하고 있다면, 다시 말해서 네가 카이사르의 국민이라면 기꺼이 카이사르 정부의 혜택을 누려라." 그런 다음 예수는 카이사르가 세금을 요구하거든 그의 돈 일부를 돌려주라고 말한다. "황제의 것은 황제에게 돌려주고, 하나님의 것은 하나님께 돌려드려라."** 하지만 이런 답변에도 헤롯 일당은 아리송하여 어느 것이 누구의 것인지 전보다 더 잘 알지 못했다. 그들이 알고 싶어 하지 않았기 때문이다.

---

* 로마 제국 시대에 유대 지방에 분봉된 왕이자 기원전 4세기부터 기원후 30년까지 갈릴리 총독이었던 헤롯 안티파스를 가리킨다. '헤롯 일당'은 그의 추종자들을 말한다.

** "'세금으로 내는 돈을 나에게 보여 달라.' 그들은 데나리온 한 닢을 예수께 가져다드렸다. 예수께서 그들에게 물으셨다. '이 초상은 누구의 것이며, 적힌 글자는 누구를 가리키느냐?' 그들이 대답했다. '황제의 것입니다.' 그때 예수께서 그들에게 말씀하셨다. '그렇다면, 황제의 것은 황제에게 돌려주고, 하나님의 것은 하나님께 돌려드려라.'"(《마태복음》 22장 19~21절)

나는 이웃 중 자유로운 이들과 대화하면서 이런 사실을 알게 됐다. 그들이 문제의 심각성과 중요성에 대해 무슨 말을 하든, 또 공공의 안녕을 어떻게 보든, 그들은 궁극적으로 기존 정부의 보호 없이 지낼 수 있다고 생각하지 않았다. 그들은 만약 그 정부에 불복종할 경우 그들의 재산과 가족에 닥칠 피해를 두려워한다. 나로 말하자면, 나는 한순간도 국가의 보호에 의존해야 한다고 생각하고 싶지 않다. 하지만 만약 국가가 세금 고지서를 내밀었는데도 납부를 거부한다면, 국가는 곧 내 자산을 압수하거나 경매에 넘기고 나와 내 자녀들을 끝없이 괴롭힐 것이다. 그것은 견디기 힘든 일이다. 그래서 사람은 겉으로 정직하게 사는 동시에 편안하게 살 수 없다. 다시 사라질 것이 분명하니 재산은 모을 가치가 없다. 어딘가에서 남의 땅을 빌리거나 불법 점유해 곡식을 경작하고 수확하는 대로 먹어치워야 한다. 능력 범위 안에서 살아야 하고, 늘 소매를 걷어붙이고 일을 시작할 준비를 해야 하며, 가능한 한 일을 많이 벌이지 말아야 한다. 튀르키예에서도 모든 면에서 튀르키예 정부를 따르는 착한 국민이 된다면 부자가 될 수 있다. 공자는 이렇게 말했다. "나라에 도가 있을 때는 가난하면서 낮은 지위에 있는 것이 수치가 되고, 나라에 도가 없을 때는 부유하면서 높은 지위에 있는 것이 부끄러움이 된다."* 그렇다. 저 먼 남부의 항구에서 내 자유가 위태로워져 매사추세츠주 정부가 나를 보호해주기를 바랄 때까지는, 또는 고향에서 평화로운 방식으로 내 재산을 늘리는 일에만 매진할 수 있을 때까지는, 나는 매사추세츠주에 대한 충성을 거부하고 내 재산과 목숨에

---

* "邦有道 貧且賤焉 恥也 邦無道 富且貴焉이 恥也."(《논어》 태백편 13장)

대한 주 정부의 권리를 무시할 수 있다. 정부에 복종하기보다는 불복종하여 처벌받는 쪽이 모든 면에서 내게 피해가 덜하다. 주 정부에 복종하면 나 자신의 가치가 전보다 더 떨어진 느낌이 들 것이다.

몇 해 전에 정부가 교회를 대신해 나를 만나러 오더니 어떤 목사의 생계에 보탬이 되도록 일정 금액을 지불하라고 명했다. 아버지는 그 목사의 설교에 참석한 적이 있지만 나는 그 사람의 설교를 들어본 적이 한 번도 없었다. 정부는 "돈을 내시오. 그렇지 않으면 감옥에 갇힐 것이오"라고 말했다. 그래도 나는 돈을 내지 않았다. 하지만 불행하게도 다른 사람은 돈을 내는 게 좋겠다고 여겼다. 나는 왜 목사가 교사의 생활비를 지원하지 않고 오히려 교사가 목사의 생활비를 지원하는 데 세금을 내야 하는지 이해되지 않았다. 나는 국가에서 임명한 교사가 아니라 학생들의 자발적인 납부금으로 생활비를 버는 교사였다.* 나는 왜 라이시움**이 교회와 마찬가지로 세금 고지서를 제출하고 국가에게 지원을 요청해서는 안 되는지 의문이 들었다. 어쨌든 나는 읍 행정 의원의 권고에 따라 다음과 같은 진술서를 서면으로 제출하는 데 동의했다.

"이 진술서로 다음과 같은 사실을 주지하시기 바랍니다. 나 헨리 소로는 내가 가입하지 않은 결사체의 구성원으로 간주되는 것을

---

* 1883~1841년에 소로는 형 존과 함께 콩코드에 사설 학교를 설립해 학생들을 가르쳤다. 두 형제는 이 학교에서 기존 교육과는 다른 진보적인 교육을 실시했다.

** 19세기 중엽에서 20세기 중엽에 이르기까지 미국에서 다양한 주제로 강연을 제공하던 교육 기관이다. 영어 'Lyceum'과 라틴어 'Lyzeum'은 그리스어 'Lykeion', 즉 아리스토텔레스가 학문을 집대성할 당시 그의 제자를 양성하던 학원 이름에서 파생됐다. 이 글에서는 대중 강연이 열리는 홀을 뜻한다.

원하지 않습니다."

　나는 이 진술서를 읍 행정 공무원에게 주었고, 공무원은 그 문서를 보관하고 있다. 이리하여 국가는 내가 그 교회의 구성원으로 간주되는 것을 원하지 않는다는 것을 알고 나서는 두 번 다시 교회세를 내라고 요구하지 않았다. 하지만 정부는 당시 그들의 원래 의도를 철회하지는 않겠다고 했다. 만약 당시 내가 가입하지 않은 단체이름을 모두 알고 있었다면, 그 진술서에 서명하여 그 단체들에서 탈퇴한다고 맹세해야 했을 것이다. 하지만 어디서 그런 단체들의 명단을 구할 수 있을지 알 수 없었다.

　나는 지난 6년간 인두세를 납부하지 않았다. 그 때문에 하룻밤 구치소에 갇혀 있었다.* 두께가 16센티미터쯤 되는 단단한 감방 돌벽, 30센티미터 두께의 나무와 쇠로 된 문, 햇빛을 부분적으로 차단하는 쇠창살 등에 둘러싸여 서서 생각하노라니, 마치 내가 살과 뼈를 가진 고깃덩어리나 되는 듯했다. 나를 이렇게 잡아 가두는 제도의 어리석음에 그저 놀라지 않을 수 없었다. 정부가 마침내 나를 이렇게 취급하는 것이 최선책이라고 결론짓고, 나의 노력을 다른 방식으로 이용할 생각이 조금도 없었다는 사실에 의아했다. 나와 마을 사람들 사이에 놓인 돌담이 이 정도라면, 마을 사람들은 나만큼 자유로워지려면 훨씬 더 힘든 담을 뛰어넘거나 돌파해야 한다는 사실을 까맣게 모르는 것 같았다. 나는 한순간도 갇혀 있다는 느낌이 들지 않았으며, 감방 벽을 쌓는 데 쓸데없이 돌과 모르타르만 엄

---

*　1846년 6월 24일 또는 25일 소로는 인두세를 납부하지 않아 하룻밤 동안 콩코드 감옥에 갇혔다. 소로는 《월든》 8장 '마을'에서 이 일화를 언급한다.

34

청나게 낭비했겠다는 생각이 들었다. 마을 모든 주민 중에서 오로지 나 혼자만 제대로 된 세금을 낸 것 같은 기분이 들었다. 감방 사람들은 누가 봐도 나를 어떻게 다루어야 할지 잘 모르고 있었으며, 배우지 못한 사람들처럼 행동했다. 모든 위협과 칭찬에는 실수가 있기 마련이다. 그들은 나의 주된 소망이 한시바삐 돌담 밖으로 나가는 것이라고 생각했다. 그들이 내 사고(思考)에 단단히 자물쇠를 잠그려고 얼마나 열심히 애쓰는지 보며 실소를 금할 수 없었다. 그러나 내 사고는 아무 방해도 받지 않고 그 사람들을 따라 감옥 밖으로 나갔다. 실제로 내 사고야말로 가장 위험한 존재였다. 그들은 나에게 도달할 길이 없자 내 신체에 벌을 주기로 했다. 어린아이들이 앙심을 품은 사람에게 손대지 못하면 대신 자기 개를 학대하듯이 말이다. 나는 정부가 어리석은 데다, 상속받은 재산만 붙잡고 있는 과부처럼 겁에 질렸고, 누가 적이고 누가 아군인지도 제대로 구분하지 못한다는 사실을 알았다. 그래서 그나마 정부에 품고 있던 존경심마저 완전히 잃고 그들이 측은하다는 생각까지 들었다.

이처럼 나를 투옥시킨 국가는 한 인간의 지성이나 도덕심은 전혀 상대하려 하지 않는다. 오로지 그 사람의 신체, 즉 그의 감각만을 상대하려고 한다. 국가는 뛰어난 지력이나 정직성으로 무장하지 않고 오히려 강력한 물리적 힘으로 무장하고 있다. 나는 누구에게 강요받으려고 이 세상에 태어나지 않았다. 나는 내 방식대로 숨을 쉴 것이다. 누가 가장 강한지 어디 두고 보자. 군중에게는 어떤 힘이 있는가? 나보다 더 높은 법*에 순종하는 사람만이 나에게 강요할 수 있

———————

* 헌법이 인정하는 법률을 넘어서는 법을 뜻한다. 이 문구는 뉴욕 상원 의원 월리

다. 그런 사람들만이 나더러 그들처럼 되라고 강요할 수 있다. 사람
다운 사람들이 군중에게 이런 방식 저런 방식으로 살도록 강요당한
다는 말을 나는 아직껏 듣지 못했다. 그런 식으로 강요당하며 산다
면 도대체 그게 어떤 삶이겠는가? 내가 왜 "돈 아니면 목숨을 내놓아
라"라고 말하는 정부에 서둘러 돈을 내놓아야 한단 말인가? 물론 정
부가 곤란한 상황에 빠져 어떻게 해야 할지 난감한 상황일지도 모른
다. 하지만 나는 정부를 도와줄 수는 없다. 정부는 자립해야 한다. 정
부는 내가 그러하듯이 자립하라. 곤경에 빠졌다고 훌쩍이며 후회해
봤자 아무 소용이 없다. 사회라는 기계가 원활하게 돌아가도록 하는
일은 내 책임이 아니다. 나는 기계공의 아들이 아니다. 나는 도토리
한 알과 밤 한 톨이 나란히 땅에 떨어졌을 때, 다른 쪽이 잘 자라도록
한쪽이 성장을 멈추며 양보하는 모습을 본 적이 없다. 둘 다 각자의
법칙에 따라 최선을 다해 싹을 틔우고 성장하고 번성하다가 때가 되
면 어느 한쪽이 상대방을 그늘로 가려 죽게 할 것이다. 제 본성대로
살 수 없다면 식물은 죽게 된다. 인간도 마찬가지다.

엄 수어드(William Seward, 1801~1872)가 1850년 3월 상원 회의에서 한 연설에서
비롯됐다. 수어드는 노예제의 부도덕성을 지적하며 "모든 사람은 하느님 앞에 평
등하다. 따라서 헌법이 인정한다 해도 하느님의 자녀가 다른 자녀를 노예로 삼는
것은 '더 높은 법'에 어긋난다."라고 말했다. 소로는 《월든》 11장 '더 높은 법'에서
이 문제를 다룬다.

3

내가 감옥에서 보낸 밤은 꽤 기이하고도 흥미로웠다. 내가 감옥에 들어서자 죄수들은 셔츠 바람으로 문가에 서서 저녁 공기를 들이마시며 잡담을 나누고 있었다. 하지만 간수가 "자, 여보게들, 이제 그만 문을 잠글 시간이라네"라고 하자 죄수들은 흩어졌고, 각자 빈방으로 들어가는 발걸음 소리가 들렸다. 간수는 내 감방 동료를 "훌륭한 친구이고 영리한 사람"이라고 소개했다. 감방 문이 잠기자 동료는 내게 모자를 어디에 걸어야 하고 감방에서 어떻게 지내야 하는지 알려줬다. 감방은 한 달에 한 번 희게 회칠을 하는데, 내가 들어간 감방은 마을에서 가장 희고 가장 간소한 설비를 갖추었으며 가장 깨끗한 방인 것 같았다. 내 동료는 당연히 내가 어디 출신이고 무슨 일로 들어오게 됐는지 알고 싶어 했다. 그의 질문에 대답해준 다음, 이번에는 내가 어떻게 해서 이곳에 들어오게 됐는지 물어봤다. 통례대로 나는 일단 그 사람을 정직한 사람이라고 믿기로 했다. 그 사람은 "글쎄, 나보고 곡식 헛간에 불을 질렀다고 고소합니다. 하지만 나는 그런 짓을 한 일이 없어요"라고 말했다. 추측하건대, 아마 그 사람은 술에 취한 상태에서 잠을 자러 헛간에 들어갔는데, 그곳에서 파이프 담배를 피우다가 불을 낸 것 같았다. 그는 똑똑하다는 평판이 있는 사람이었고, 구치소에서 3개월째 재판이 열리기를 기다렸지만 어쩌면 앞으로도 그만큼 더 기다려야 할지도 몰랐다. 하지만 그는 감옥 생활에 잘 적응하면서 만족하고 있었다. 여기에서는 숙식이 무료일 뿐더러 충분히 좋은 대접을 받는다고 생각했기 때문이다.

그 사람은 한쪽 창문을 차지하고, 나는 다른 쪽 창문을 차지했다. 이곳에 오래 머물면 주된 일과가 창문 밖을 내다보기가 되겠다는 생각이 들었다. 나는 곧 감방에 비치된 소책자들을 모조리 읽었고, 예전에 탈주 죄수들이 어디로 도망쳤으며 어느 창살을 톱으로 잘랐는지 살펴봤다. 또한 이 감방에 들어왔던 사람들의 다양한 내력도 들었다. 심지어 이런 곳에서도 감옥 담장 너머로는 결코 퍼지지 않는 역사와 부질없는 이야깃거리가 있다는 사실도 알았다. 어쩌면 이곳은 마을에서 시가 쓰이는 유일한 장소일지도 모른다. 그 시들은 나중에 회람 형식으로 기록되기는 하지만 출판되는 일은 없었다. 나는 감옥에서 탈주하려다 붙잡힌 젊은이들이 써놓은 시가 모여 기나긴 목록을 만든 것도 보았다. 그들은 이런 시를 지으면서 울분을 달랬던 것이다.

나는 동료 죄수를 두 번 다시 보지 못할 것 같아서 그를 재촉하며 가능한 한 많은 이야기를 얻어냈다. 하지만 마침내 그는 내 침대를 가리키며 이제 그만 램프 불을 끄라고 했다.

나는 감방에서 하룻밤 누워 지내며 내가 몸소 방문하리라고는 전혀 기대하지 않았던 어느 먼 고장에 여행을 온 느낌이 들었다. 나는 한 번도 마을의 큰 시계가 울리는 소리를 듣지 못했고, 저녁때 마을에서 들리는 소란스러운 소리도 아마 들은 적이 없는 것 같다. 나와 동료 죄수는 쇠창살 안쪽 창문을 열어놓고 잠을 잤기 때문이다. 마치 중세 관점에서 고향 마을을 바라보는 듯했다. 콩코드 읍은 일종의 라인강으로 바뀌었고, 기사들과 성곽이 환상처럼 내 눈앞을 스쳐 지나갔다. 거리에서 들려온 소리는 중세 도시 주민들의 소리였다. 나는 본의 아니게 근처 마을 여관의 부엌에서 어떤 일이 일어나는지 보고, 무슨 말을 하는지 엿들었다. 내게는 아주 새롭고 진귀한 경험이었다. 나는 마을에서도 꽤 깊숙한 안쪽까지 들어와 있었으며, 그 덕에 내 고향 마을을 좀 더 가까이서 관찰할 수 있었다. 전에는 마을의 여러 시설을 잘 살펴본 적이 없었다. 콩코드는 군청 소재지였기 때문에* 감옥은 마을의 여러 건물 중에서도 특이한 시설 중 하나였다. 나는 이곳 주민들이 무슨 일을 하는지 이해하기 시작했다.

아침이 되자 문에 난 구멍을 통해 식사가 감방 안으로 들어왔다. 구멍 크기에 맞게 만들어진 장방형의 네모난 주석 식판에는 0.5리터 정도의 초콜릿 음료, 갈색 빵, 쇠숟가락이 놓여 있었다. 간수가 그릇을 가지러 왔을 때 나는 풋내기여서 먹고 남은 빵을 반납하려 했다. 하지만 동료가 빵을 재빨리 낚아채면서 점심이나 저녁에 대

---

* 콩코드는 미들섹스군의 군청 소재지였다. 원문의 '카운티(county)'는 한국 행정 단위 '군(郡)'과는 조금 다르지만 편의상 군으로 번역했다.

비해 남겨놓아야 한다고 했다. 얼마 뒤 그 사람은 건초 작업을 하러 인근 들판에 나가게 되어 있었다. 그는 날마다 그 작업을 하러 나가서 정오가 되어서야 돌아오곤 했다. 그래서 그는 나를 다시 보지 못할 것 같다면서 내게 작별 인사를 했다.

내가 감옥에서 나왔을 때(누군가가 나를 대신해 주민세를 납부했기 때문이었다*) 젊은 시절 어디론가 떠나갔다가 반백이 되어 비틀거리며 돌아와보니 세상이 바뀌어 있더라는 이야기**가 있는데, 그 정도로 엄청난 변화가 내 마을 광장에 일어나지는 않았다. 하지만 단순한 시간의 경과가 이뤄낼 수 있는 것보다 훨씬 큰 변화가 마을, 정부, 국가를 휩쓸고 지나간 모습이 내 눈에는 보였다. 내가 살고 있는 나라를 전보다 훨씬 뚜렷하게 바라볼 수 있었다. 나와 더불어 사는 이웃들을 어느 정도까지 좋은 이웃이나 친구로 신뢰할 수 있을지도 깨달았다. 그들과 나의 우정은 여름 한 철뿐이었다. 그들은 진지하게 정의를 실천하려고 하지 않았고, 머릿속이 편견과 미신으로 가득 찼으며, 중국인이나 말레이인처럼 나와는 뚜렷이 다른 종족이었다는 사실을 알았다. 또한 그들은 입으로만 인도주의를 욀 뿐, 재산상 손해를 포함해 어떤 위험도 무릅쓰지 않는다는 사실도 깨달았다. 결국 그들은 그다지 고결하지 않아서 도둑이 자기에게 한 만큼 도둑을 대하고, 형식적인 규칙만 준수하고 몇 번 기도를 드리고 가끔 별로 쓸모없는 곧은길을 걸음으로써 자기 영혼을 구제

* 이름이 마리아로 알려진 이모가 소로에게 알리지도 않은 채 대신 인두세를 납부해, 소로는 이튿날 감옥에서 풀려났다.
** 워싱턴 어빙(Washington Irving, 1783~1859)의 저서 《스케치북》(1819)에 수록된 소설 〈립 밴 윙클〉의 주인공을 언급하는 듯하다.

하려고 했다는 것도 알게 됐다. 어쩌면 내가 이웃을 너무 가혹하게 판단하는 것인지도 모른다. 그들 중 많은 사람은 자기 마을에 감옥 같은 시설이 있는지조차 모르고 있을 테니 말이다.

내 고향 마을에는 처지가 딱한 채무자가 감옥에서 나오면, 그의 지인들이 손가락을 엇갈리게 하여 그 사이로 출소자를 내다보며 "기분이 어떤가?"라고 인사하는 옛 관습이 있었다. 손가락이 엇갈린 모양은 감옥 창문의 쇠창살을 상징했다. 이웃들은 그런 식으로 나에게 인사하지 않았다. 그들은 마치 내가 먼 여행에서 돌아오기라도 한 것처럼 먼저 나를 쳐다보더니 이어 자기들끼리 서로를 쳐다봤다. 나는 수선을 맡긴 구두를 찾으러 제화공에게 가던 길에 체포되어 투옥됐다. 그래서 그 이튿날 아침 감옥에서 풀려나자마자 나는 전날 하려다 만 일을 끝내러 갔다. 그리고 수선한 구두를 신고 나서 허클베리를 따러 가는 일행에 합류했다. 그들은 어서 빨리 산으로 안내해달라고 나를 보챘다. 그로부터 반 시간이 지난 뒤(곧바로 말에 마구를 채워놓았으므로) 우리는 마을에서 3.2킬로미터쯤 떨어진 가장 높은 언덕 중턱의 허클베리 들판 한복판에 도착했다. 그곳에서 아무리 눈을 씻고 찾아봐도 그 어디에도 국가는 보이지 않았다.

이것이 '나의 옥중기'*의 전부다.

나는 정부의 말을 고분고분 듣지 않는 나쁜 피지배자가 되고 싶

---

* 이탈리아 시인이자 애국자인 실비오 펠리코(Silvio Pellico, 1789~1854)가 집필한 옥중 회고록 《나의 옥중기》(1832)의 제목에서 따온 표현이다. 펠리코는 정치적 이유로 8년간 수감되었다.

은 마음 못지않게 훌륭한 이웃이 되고 싶었기에, 도로세 납부를 거부한 적은 한 번도 없다. 학교 지원 문제와 관련해 말하자면 나는 현재 동료 국민을 교육하는 일에도 내 나름의 역할을 하고 있다. 내가 세금 납부를 거부하는 것은 고지서 중 특정 항목이 마음에 들지 않아서가 아니다. 다만 나는 국가에 대한 충성을 거부하고 국가와 적절히 거리를 두며 초연하게 지내고 싶을 뿐이다. 나는 내가 납부한 돈의 용처를 추적하고 싶지는 않다. 설령 그럴 수 있다고 해도, 사람을 사고 소총을 구입해 인명을 살상하는 데 쓰이지만 않았다면 굳이 그 쓰임을 알고 싶지 않다. 돈 자체에는 아무런 죄가 없으니 말이다. 하지만 나는 내 충성이 어떤 결과로 이어질지는 추적하고 싶다. 나는 내 나름의 방식으로 조용히 정부에 전쟁을 선포한다. 이럴 때면 늘 그렇듯이, 나는 가능한 한 여전히 정부를 이용하고 국가에서 어느 정도 혜택을 얻을 것이지만 말이다.

만약 다른 사람이 정부에 동조하는 뜻에서 내게 청구된 세금을 대신 내준다면, 이는 이전에 자기 세금을 내면서 이미 한 일을 반복하는 데 지나지 않는다. 아니, 오히려 정부의 요구보다 훨씬 더 광범위하게 불의를 조장하게 된다. 만약 과세 대상자에 대한 그릇된 관심 때문에 그의 재산을 보호하거나 수감을 막으려고 대신 세금을 내주었다면, 이는 자신이 사사로운 감정을 개입시켜 공공선(公共善)을 얼마나 방해했는지 현명하게 헤아리지 못했기 때문이다.

이것이 현재 내 입장이다. 하지만 이런 경우 경계를 늦추면 안된다. 우리는 자신의 행동이 고집이나 여론에 대한 지나친 배려 때문에 편향되지 않도록 조심하고, 오직 자기가 맡은 일을 시의적절하게 하는지를 잘 살펴야 한다.

나는 가끔 이런 생각을 할 때가 있다. '아니, 이 사람들은 선의로 저러는 거다. 스스로 깨닫지 못하고 있을 뿐이지. 방법만 안다면 지금보다 훨씬 잘할 수 있을 거야. 이웃들은 별로 내키지도 않을 텐데 왜 너를 상대하고 힘들어해야 해?' 하지만 또 이런 생각도 든다. '그렇다고 해서 그게 나도 그들이 하는 대로 행동해야 한다는 이유는 되지 못해. 그들이 다른 일로 훨씬 더 큰 고통을 겪을 때 그냥 내버려둬야 하는 이유도 되지 못하지.' 또 가끔 이렇게 혼잣말로 중얼거린다. '수백만 명이 분노를 느껴서도 아니고, 악의가 있어서도 아니고, 어떤 유형이든 아무런 개인감정도 없는 상태에서 너에게 겨우 돈 몇 실링을 요구한다고 가정해보자. 그들은 기질이 그렇게 생겨먹어서 내놓은 요구를 철회하거나 바꿀 가능성이 전혀 없고, 또 너 역시 다른 수백만 명의 양심에 호소할 가능성도 없는 상황이야. 너는 왜 이 압도적이고 야만적인 힘에 자신을 내놓으려 들지? 너는 추위, 배고픔, 바람과 파도 같은 것에는 이처럼 고집스럽게 저항하지는 않잖아. 비슷한 다른 불가결한 수천 가지 문제에도 조용히 무릎을 꿇고. 너는 불 속에 머리를 집어넣는 사람은 아니잖아.' 하지만 나는 이 힘을 순전한 야수의 힘이라고 보지 않고 오히려 그 일부는 인간의 힘이라고 본다. 그리고 내가 순전히 수백만의 야수나 생명력 없는 존재가 아닌 그만한 숫자의 인간과 이어져 있다고 생각한다. 그러므로 나는 충분히 호소가 이루어질 수 있다고 본다. 먼저 그들이 자신을 만든 창조주에게 곧바로 호소할 수 있고, 그다음으로 그들 자신에게 호소할 수 있다. 하지만 내가 불 속에 의도적으로 머리를 집어넣는다면, 불이나 그 불을 만든 제작자에게 호소할 수 없다. 나는 오직 나 말고는 다른 대상을 탓할 수 없다. 만약 내가 사람들을 있는 그대로 받아들이고, 선량한 무슬림이나 운명론자처럼 어떤 점에 있어 그들과 내가 이러해야 한다는 내 요구와 기대에 그들을 끼워맞추지 않고, 그들의 모습에 맞게 그들을 대할 권리가 있다고 확신한다면, 있는 그대로의 상황에 만족하려고 애쓰고 그것이 하느님의 뜻이라고 말해야 할 것이다. 무엇보다도 이처럼 정부에 저항하는 것과 순전히 야만적인 힘이나 자연적 힘에 저항하는 것 사이에는 차이가 있다. 나는 정부에 저항하여 어느 정도 효과를 거둘 수 있다. 하지만 오르페우스*처럼 바위, 나무, 짐승 같은 자연을 바꿔놓는 일은 기대할 수 없다.

나는 어떤 개인이나 국가와 다투고 싶은 마음이 없다. 나는 부질없는 일을 꼬치꼬치 따지고 싶지도 않고, 미세하게 구분짓고 싶지도 않으며, 나 자신이 이웃들보다 더 잘난 사람이라고 내세우고 싶지도 않다. 그보다는 오히려 이 나라의 법률에 순응할 구실을 찾아내고 싶다고 해야 할까. 실제로 나는 법을 기꺼이 따를 만반의 준비가 되어 있으며, 그렇다고 생각할 만한 충분한 이유도 있다. 해마다 세금 징수관이 나를 찾아오면, 나는 법률에 순응해야 하는 구실을 찾고 싶은 나머지 연방정부와 주 정부의 법률과 입장 그리고 국민의 기백을 살펴보고는 한다.

우리는 나라를 부모처럼 사랑해야 한다.

---

* 그리스 신화에 나오는 트라키아의 시인이자 전설적인 음악가, 예언자다. 그가 리라를 타며 노래하면 생명도 없는 목석이 춤을 추고 맹수나 난폭한 인간도 얌전해졌다고 한다.

만약 어느 때든 애정이나 근면으로

나라에 명예가 되지 못하면

우리는 그 결과를 겸허히 새기고

영혼에 통치나 혜택의 욕망이 아니라

양심과 종교 문제를 가르쳐야 한다.*

나는 국가가 머지않아 이런 일을 내 손에서 모조리 빼앗아버릴 거라고 믿는다. 그렇게 되면 나는 동료 시민들보다 더 나은 애국자가 될 수 없을 것이다. 비교적 낮은 관점에서 보자면, 미국 헌법은 온갖 결점이 있지만 그래도 상당히 훌륭한 법이다. 법과 법정은 아주 훌륭하다. 심지어 매사추세츠주 정부와 미국 정부도 여러 면에서 아주 존경받을 만하고, 이미 많은 사람이 언급해온 것처럼 그들이 수립한 보기 드문 제도로 칭찬받을 만하다. 하지만 좀 더 높은 관점에서 보면, 두 정부는 내가 지금까지 묘사해온 바 그대로다. 이보다 더 높은 최상의 관점에서 보자면, 두 정부가 무엇인지, 두 정부가 조금이라도 우러러볼 만하다거나 생각해볼 만한 가치가 있는지 누가 말할 수 있겠는가?

하지만 나는 정부에 큰 관심이 없으므로 정부를 되도록 생각하지 않으려 한다. 정부의 그늘에서도, 이 세상에서도 내가 살아가는 시간은 그리 많지 않다. 만약 어떤 사람이 생각하지도 않고 공상하지도 않고 상상력도 아예 없는 나머지 존재하지 않는 것을 오랫동

---

* 조지 필(George Peele, 1556~1596)의 희곡《알카자르 전투》(1591)에서 인용한 문장이다.

안 존재하는 것으로 보는 일이 결코 없다면, 현명하지 못한 통치자들이나 개혁가들이 그의 목숨을 위협해 삶을 방해할 수는 없을 것이다.

나는 대부분의 사람이 나와는 다르게 생각한다는 사실을 잘 알고 있다. 하지만 이런 문제나 그와 비슷한 문제를 평생 전문적으로 연구하는 사람들에게 나는 조금도 만족하지 못한다. 제도 안에 완벽하게 안주한 정치가들과 입법자들은 이 문제를 분명하게 있는 그대로 바라보지 못한다. 그들은 사회를 바꾸겠다고 말하지만, 그 사회가 없으면 안식처가 없는 사람들이다. 그들은 어느 정도 경험과 분별력이 있는 데다 교묘하다. 심지어 제법 쓸모 있는 제도를 창안해냈고, 그 점에 관해서는 그들에게 진심으로 감사한다. 하지만 그들의 판단력과 유용성은 하나같이 그다지 넓지 않다. 그들은 세상이 정책과 편의성에 따라서만 통치되지는 않는다는 사실을 곧잘 잊어버린다. 웹스터*는 한 번도 정부에 저항하는 법이 없는 자라 정부에 대해 권위 있게 말하지 못한다. 그의 연설은 기존 정부를 본질적으로 개혁해야 한다는 생각을 하지 않는 입법자들에게는 지혜로운 말로 들린다. 하지만 사상가들과 시대를 뛰어넘는 영원한 법을 제정하려는 사람들이 볼 때, 웹스터는 이 주제에 눈길 한번 주지 않은 사람이다. 나는 이런 주제를 침착하고 지혜롭게 헤아리는 사람들을 알고 있는데, 그들이 곧 웹스터 사상의 범위와 영향력의 한계를 드러내주리라 생각한다. 하지만 대부분의 개혁가가 내놓는 보

---

* Daniel Webster, 1782~1852. 미국의 정치가이자 법률가로, 연방 하원 의원과 매사추세츠주 연방 상원 의원을 거쳐 국무장관을 역임했다.

잘것없는 주장이나 정치가들이 늘어놓는 더욱 보잘것없는 지혜와 웅변에 비하면, 웹스터의 연설은 그나마 거의 유일하게 합리적이고 가치가 있다. 그래서 우리는 그 사람을 우리에게 내려주신 하늘에 감사한다. 다른 정치가들과 비교해보면, 웹스터는 늘 강인하고 독창적이며 무엇보다도 실용적이다. 그런데도 여전히 그의 자질은 지혜가 아니라 신중함에 있다. 법률가의 진실은 참다운 진실이 아니라, 일관성이나 일관된 편의성일 뿐이다. 그의 진리는 언제나 자신과 조화를 이루며, 불의와 양립할 수도 있는 정의를 드러내는 데는 별로 관심이 없다. 웹스터는 지금껏 '헌법의 옹호자'라고 불렸는데, 그런 말을 들을 만한 자격이 충분히 있다. 그는 실제로 방어적 타격 외에 아무런 타격도 가하지 않는다. 그는 지도자가 아니라 추종자이며, 그가 추종하는 지도자들은 1787년의 인물들*이다. 웹스터는 이렇게 말한다. "나는 여러 주가 모여 연방을 이룬 본래의 협의를 교란하려 한 적이 단 한 번도 없고, 그런 시도를 제안한 적도 없다. 또한 나는 절대로 그런 활동을 지지하지 않았으며, 지지할 생각도 없었다." 그러면서 미국 헌법이 노예제를 승인한 것을 두고는 "원래 계약 중 일부였으므로 그대로 두자"라고 말한다. 각별한 명민함과 능력을 지녔는데도 그는 사실을 정치적 관계에서 분리해낼 능력도 없거니와, 그 문제를 지성의 힘으로 처리해야 할 절대적 문제로 간주할 능력도 없다. 예를 들면, 오늘날 이곳 미국에서 노예제와 관련해 인간이라면 마땅히 해야 할 일이 무엇인지와 같은 문제 말이다. 하지만 그는 전적으로 개인 자격으로 말한다고 공언하

---

* 1787년 필라델피아에서 미국 헌법의 기초를 닦은 국부들을 뜻한다.

면서도, 정치적 상황에 내몰려 다음과 같은 무모한 답변을 감히 하기도 한다. 웹스터는 이렇게 말한다. "노예주에서 노예제를 규제하는 방식은 그 주의 주민들에 대한 책임, 타당성과 인도주의와 정의에 관한 일반 법칙, 그리고 하느님에 대한 책임을 고려하여 처리해야 할 문제다. 노예주가 아닌 다른 곳에서 인도주의적 감정이나 다른 어떤 대의명분을 표방하고 결성된 여러 단체는 노예제와는 아무런 관련이 없다. 나는 지금까지 그런 단체를 한 번도 격려한 적이 없고, 앞으로도 결코 격려하지 않을 것이다." 이런 말에서 무슨 새롭고 독특한 사회적 의무에 관한 규범을 추론할 수 있겠는가?

좀 더 순수한 진리의 원칙을 알지 못하는 사람들, 즉 그 원천의 상류로 거슬러 올라가보지 못한 사람들은 현명하게도 성경과 미국 헌법 옆에 서서 존경과 겸손을 담은 마음으로 그 원천에서 나오는 물을 마신다. 하지만 그 수원의 물이 이 호수나 저 웅덩이로 조금씩 흘러드는 모습을 지켜본 사람들은 다시 한번 허리띠를 졸라매고 그 수원을 향한 순례의 길을 계속한다.

아직 미국에는 입법에 관해 천부적 재능을 지닌 사람이 나타나지 않았다. 그런 귀재는 세계사에서도 보기 드물다. 연설가, 정치가, 웅변가는 무수히 많다. 하지만 오늘날 매우 까다로운 문제들을 해결할 수 있는 연설가는 아직 입을 열고 있지 않다. 우리는 웅변을 웅변 그 자체로 좋아할 뿐, 그 웅변이 말설하는 진리나 고취하는 영웅심은 좋아하지 않는다. 우리의 입법자들은 아직껏 자유 무역, 자유, 조합, 공정이 한 국가에 부여하는 비교 우위적 가치에 관해 아무것도 터득하지 못했다. 그들은 과세와 재정, 상업과 제조업과 농업 같은 비교적 중요도가 떨어지는 문제를 다루는 데도 천부적 재능이나 능력이 없다. 만약 우리가 연방의회 입법자들의 장황한 기지에만 의존하고, 국민의 노련한 경험과 효과적인 불만 표시를 따라 잘못을 시정하지 않는다면, 미국은 머지않아 여러 국가 사이에서 그 지위를 오래 유지하지 못하게 될 것이다. 어쩌면 나는 이렇게 말할 권리가 없을지도 모르지만, 신약성경은 지난 1,800년 동안 사람들의 손을 타며 기록돼왔다. 하지만 입법이라는 과학에 성경이 비추는 빛을 잘 활용할 지혜와 실천력을 갖춘 입법자는 과연 어디 있는가?

내가 기꺼이 복종할 의사가 있는 정부라 할지라도, 정부의 권위는 아직 순수하지 못하다. 나는 실제로 나보다 더 잘 알고 더 잘할 수 있는 사람에게, 심지어 많은 점에서 그렇게 잘 알지도 못하고 잘할 수도 없는 사람들에게조차 기꺼이 복종할 것이다. 정부가 엄밀하게 정의로워지려면 피지배자의 허락과 동의를 얻어야만 한다. 정부는 내가 허락한 것 외에는 내 인신과 재산에 절대적 권리를 행사할 수 없다. 절대 군주제에서 입헌 군주제로의 이행, 제한된 입헌 군주제에서 민주주의로의 이행은 개인을 진정으로 존중하는 쪽으로 발전해온 과정이다. 중국 철인*조차도 개인을 제국의 근본으로 볼 만큼 현명했다. 우리가 알고 있는 민주주의는 정부 발전의 마지막 형태일까? 인간의 권리를 인정하고 조직하는 쪽으로 한 걸음 더 나아갈 수는 없을까? 정부가 개인을 한층 더 높고 독립적인 힘으로

---

* 흔히 '공문십철(孔門十哲)'로 일컫는 공자의 핵심 제자 중 한 사람인 자로(子路)를 말한다. 본문의 문장은《논어》선진편 24장 "백성이 있고 국가가 있는데 어찌 책을 읽는 것만 학문이라고 하겠습니까(有民人焉 有社稷焉 何必讀書然後 爲學)"에서 따왔다.

인정하고, 그 힘에서 정부의 모든 권력과 권위가 나온다고 여기고, 그에 걸맞게 개인을 대우해줄 때 비로소 진정으로 자유롭고 개명된 국가가 될 것이다. 나는 마침내 모든 국민을 공정하게 대하고 이웃 사람처럼 다정하게 대하는 국가의 모습을 상상하며 기쁨을 느낀다. 그런 국가는, 몇몇 개인이 국가에서 떨어져나가 초연하게 살며 국가 일에 개입하지 않고 국가에 수용당하지 않으려 하면서도 이웃과 시민의 의무를 다하면, 그런 개인이 국가의 안녕에 방해가 되지 않는다고 생각할 것이다. 열매를 맺고 그 열매가 무르익는 대로 땅에 떨어지도록 허용하는 국가는 한층 더 완벽하고 영광스러운 국가로 향하는 길을 닦을 것이다. 내가 머릿속에 그려보았지만 아직은 이 세상 어디에서도 만나지 못한 그런 국가 말이다.

존 브라운 대위를
위한 청원

여러분은 내가 이 자리에 선 것을 용서해주리라고 믿습니다. 나는 내 생각을 여러분에게 강요할 마음이 전혀 없지만 나로서는 이렇게밖에 할 수 없습니다. 나는 브라운* 대위를 잘 알지는 못하지만, 그의 성격과 행동과 관련하여 여러 신문과 내 동포들의 논조와 진술을 바로잡는 데 기꺼이 최선을 다하고 싶습니다. 정의로워지

---

* John Brown, 1800~1859. 미국 노예제를 철폐할 방법은 오직 무장봉기밖에 없다는 신념으로 1859년 10월 16일 추종자 21명과 함께 버지니아주(오늘날의 웨스트버지니아주)에 있던 하퍼스 페리 연방군 조병창을 습격했다. 이는 조병창에서 무기를 탈취하여 노예들을 무장시키려는 계획이었다. 하지만 공격은 실패했고, 36시간 만에 브라운 일당은 지역 노예 농장주들과 민병대, 로버트 리가 지휘하는 해병대에게 포위당했다. 브라운의 추종자 중 10명은 공격 중 사살당했고, 브라운은 부상을 입고 체포되어 그해 12월 2일 교수형에 처해졌다. 캔자스 노예 폐지를 주장하는 민병대인 '포토와토미 소총부대'에서 대위 직함을 가지고 있었기에 흔히 그를 '존 브라운 대위'라고 부른다.

는 데는 어떤 비용도 들지 않습니다. 우리는 적어도 브라운 대위와 그의 동료들에게 공감과 존경을 표할 수 있고, 바로 그것이 지금 내가 하고자 하는 일입니다.

그럼 먼저 브라운 대위의 이력을 말씀드리겠습니다. 나는 여러분이 이미 이 일에 관해 읽었을 법한 내용은 되도록 생략하겠습니다. 여러분 대부분은 아마 그를 알고 있고 그는 금방 사람들에게서 잊히지 않을 것이므로 내가 여러분에게 그가 어떤 사람인지 언급할 필요는 없을 겁니다. 그의 할아버지 존 브라운은 미국 독립전쟁 당시 장교였으며, 그는 19세기 초에 코네티컷주에서 태어났고 어린 시절 할아버지와 함께 오하이오주로 이주했다고 들었습니다. 내가 그에게서 들은 바에 따르면, 그의 아버지는 1812년 전쟁* 당시 그곳에서 군대에 소고기를 납품하는 계약자로 일했습니다. 또 브라운이 아버지를 따라 군부대에 가서 납품 일을 도우면서 군대 생활에 관해 많은 것을 관찰했다는 말도 했습니다. 그는 장교 회의에도 자주 들어갔기 때문에 어쩌면 그가 실제로 군인이었다 해도 아마 그보다 더 많이 군대를 관찰할 수는 없었으리라고도 했지요. 그는 특히 어떻게 현장에서 군수품이 보급되고 유지되는지 경험을 통해 배웠습니다. 그가 관찰한 바에 따르면, 군수품 보급은 적어도 군인 전투 지휘 못지않게 경험과 기술이 요구되는 작업이었습니다. 브라운은 전쟁에서 총알 한 발을 쏘는 데 얼마나 비용이 드는지도 알았고, 심지어 그 금전적 비용을 알고 있는 사람은 거의 없다고

---

* 1812년 6월부터 1815년 2월까지 미국과 영국 및 양국의 동맹국 사이에서 벌어진 전쟁으로, 흔히 '미영 전쟁'으로 부른다.

말했습니다. 어쨌든 그는 군대 생활에 넌더리가 날 정도로, 아니 군대에 혐오감을 느낄 정도로 군대를 충분히 경험했습니다. 너무 혐오감을 느낀 나머지 그는 열여덟 살 때 제안받은 하사관 자리를 거절했을 뿐 아니라, 경고를 받고도 훈련을 거부해 벌금까지 물어야 했습니다. 그리고 나서 그는 자유를 쟁취하기 위한 전쟁이 아니고서는 두 번 다시 어떤 전쟁에도 관여하지 않겠다고 결심했습니다.

캔자스에서 문제가 일어나기 시작했을 때* 존 브라운은 자유주** 주민들에게 힘을 실어주려고 그의 아들 몇을 그가 소지하던 무기로 무장시켜 그곳으로 보냈습니다. 그러면서 그는 아들들에게 만일 사태가 커지고 그의 도움이 필요하게 되면 그도 사태 수습에 나서서 조언을 주고 함께 싸우겠다고 말했습니다. 그가 곧 그 약속을 실행에 옮겼다는 사실은 여러분도 모두 알고 계실 겁니다. 캔자스가 자유주가 된 데는 다른 누구보다도 그의 공이 컸습니다.

브라운 대위는 한동안 측량 기사로 일했으며, 한때는 목양업에 종사해 그 사업의 대리인으로 유럽에 가기도 했습니다. 어느 곳에서나 그랬던 것처럼 그곳에서도 그는 예리한 눈으로 주변을 살펴 독창적인 관찰을 이어갔습니다. 예를 들어 그는 왜 영국의 토양은 그렇게 비옥한지, 왜 독일의 토양은 척박한지(나도 그렇다고 생각합

---

* 1850년대 중엽 노예제의 인정 여부는 주민 의사에 따라 결정된다는 캔자스-네브래스카 법 제정으로 자유주로 인정된 지역이 생겨나면서 노예제를 둘러싼 갈등이 첨예하게 부각됐다. 1856년 5월 캔자스에서 이 문제를 주민 투표에 부친다는 법이 통과되자 노예제 찬성파와 노예제 반대파 사이에 유혈 충돌 사태가 일어났다. 연방군이 이 사태를 진압하는 과정에서 200여 명이 살해됐다.

** 노예제를 채택하지 않은 주를 말한다.

니다) 알아냈고, 이 사실을 해당 기관의 고위층 인사 몇 사람에게 편지를 써서 알려주려 했다고 말했습니다. 영국에서는 농민들이 경작하는 땅에서 거주하지만, 독일에서는 농민들이 밤이 되면 자기 마을로 돌아가기 때문이었습니다. 그가 관찰한 내용을 책으로 쓰지 않은 것이 유감입니다.

존 브라운 대위는 미국 헌법을 존중하고 미국 연방의 영속성을 믿는다는 점에서 구시대적인 인물이라고 할 수 있겠습니다. 그는 노예제가 헌법과 연방의 가치에 전적으로 어긋난다고 생각해 노예제를 철저하게 반대했습니다.

그는 혈통과 출생 모두 뉴잉글랜드 농부였으며 대단한 상식의 소유자로 그 계층이 그러하듯, 아니 그보다 열 배는 더 신중하고 실용적이었습니다. 그는 한때 콩코드 다리와 렉싱턴 공유지와 벙커힐*에 있던 사람들 중에서도 가장 뛰어난 인물이었습니다. 내가 들어본 그 누구보다도 그는 훨씬 단호하고 고결한 원칙주의자였습니다. 그는 노예제 폐지를 부르짖는 연설자의 강연을 듣고 노예제 폐지론자가 된 것이 아니었습니다. 어떤 점에서 존 브라운과 견줄 수 있는 이선 앨런**과 스타크***는 그보다 덜 중요한 싸움터에서 활약하던 무장 순찰 대원이었습니다. 그들은 조국의 적들에 맞서 용감하게 싸웠지만, 대위는 조국이 잘못된 길을 가고 있을 때 조국 자체

---

* 1775년 9월 미국 독립전쟁의 도화선이 된 매사추세츠주의 세 지역이다.

** Ethan Allen, 1738~1789. 코네티컷주 출신인 미국 독립전쟁의 영웅이다.

*** John Stark, 1728~1822. 뉴햄프셔 출신 장교로 미국 독립전쟁 중 1775년 벙커힐 전투에서 싸웠고, 1777년 버먼트주 베닝턴 전투에서 영국군을 무찔러 영웅이 됐다.

에 맞서 용기 있게 싸웠습니다. 한 서부 작가는 대위가 벗어난 수많은 위험을 설명하면서 그가 '시골 사람 복장'으로 위장했다고 말합니다. 마치 영웅이라면 당연히 평민 차림으로만 평원을 여행하는 것처럼 말입니다.

대위는 역사가 유구한 내 모교 하버드대학교에 다니지는 않았습니다. 그는 그 대학교의 유치한 지식에 입을 대지 않았습니다. 그는 "나는 당신의 송아지와 마찬가지로 문법에 관해 아무것도 모릅니다"라고 했습니다. 하지만 그는 저 미국 서부라는 위대한 대학교에 다녔고, 그곳에서 일찍이 좋아하게 된 '자유'라는 과목을 열심히 공부했습니다. 그곳에서 그는 많은 학위를 받은 다음 마침내 캔자스에서 '인간다움'을 널리 실천하기 시작했습니다. 그의 인문학은 문법 공부가 아니라 바로 이것이었습니다. 그는 그리스어 발음은 틀려도 그냥 내버려뒀지만, 도덕적으로 타락하는 인간은 바로잡았습니다.

대위는 우리가 들어본 적은 많지만 대개 전혀 모르는 부류의 사람, 즉 청교도 중 하나였습니다. 그를 죽여봤자 헛수고일 겁니다. 그는 크롬웰* 시대 후반에 죽었다가 이곳에 다시 나타났습니다. 왜 그가 다시 나타나서는 안 됩니까? 청교도 혈통의 일부 사람들이 대서양을 건너와 뉴잉글랜드에 정착했다고 합니다. 그들은 조상을 기리는 날을 축하하고 그 시절을 기억하며 말린 옥수수를 먹는 것 외에 다른 일을 하는 부류였습니다. 그들은 민주당원도 공화당원

---

* Oliver Cromwell, 1599~1658. 영국의 정치가이자 군인으로, 잉글랜드 내전에서 승리하여 정권을 잡고 찰스 1세를 처형한 후 스스로 종신 호국경이 됐다.

도 아닌, 올바르고 열심히 기도하는 소박한 습관을 지닌 사람이었습니다. 하느님을 경외하지 않는 지도자를 대단하게 여기지 않았을뿐더러 그들과 타협하지 않았고, 지도자 후보 자리에 앉으려 하지도 않았습니다.

최근에 누군가가 그의 발언을 글로 남겼고 나 자신도 직접 그가 이렇게 말하는 것을 들은 적이 있습니다. "그의 진영에서는 어떤 불경스러운 언행도 허용되지 않았다. 도덕이 해이한 사람은 전쟁 포로가 아닌 이상 누구도 그곳에 머물 수 없었다. 그는 '원칙 없는 사람과 함께 지내기보다는 차라리 천연두와 황열병과 콜레라와 함께 지내겠습니다. (…) 선생께서 약자를 괴롭히는 사람들이 가장 훌륭한 투사나 남부인들과 맞서 싸우는 데 적합한 사람들이라고 생각한다면 그것은 착오입니다. 나에게 원칙에 철저한 사람들, 하느님을 경외하는 사람들, 자신을 존중하는 사람들을 주십시오. 그런 사람 열두어 명만으로 나는 악당 뷰퍼드* 같은 사람 100명과 거뜬히 맞설 수 있습니다.'" 만약 누군가가 자기 밑에 들어와 군인이 되겠다고 하면서 적이 눈앞에 보이기만 하면 무엇을 할 수 있고 무엇을 하겠다고 선뜻 말한다면, 그는 그 사람을 별로 믿지 않는다고 했습니다.

존 브라운은 그가 받아들일 만한 신병을 20명 넘게 찾지 못했습니다. 12명 정도밖에 되지 않았고 그중에는 그가 완전히 신임하는

---

* Jefferson Bufford, 1807~1862. 1856년에 30여 명을 남부에서 캔자스로 이주시키는 역할을 한 변호사다. 19세기 중엽 캔자스 준주에 들어와 선거에 영향력을 행사하고 캔자스를 비롯한 북부의 여러 주를 노예주로 만들려고 했던 미주리주의 폭력배를 '주(州) 경계 악당'이라 했다. 이 시기 노예제에 찬성하는 사람들을 그 행태에 빗대어 '주 경계 악당'이라고 부르기도 했다.

그의 아들들이 포함되어 있었습니다. 몇 해 전 그가 이곳을 방문했을 때* 그는 몇 사람에게 조그마한 수첩을 보여주었는데, 내 기억에 그 수첩을 '명령 기록'이라고 불렀던 것 같습니다. 그 수첩에는 캔자스에 있는 그의 부대원 명단과 부대가 지켜야 할 규칙이 적혀 있었습니다. 부대원 중 몇 명은 이미 혈서로 서약했다고 했습니다. 그러자 누군가가 종군 목사 한 사람을 추가한다면 완벽하게 크롬웰 부대가 되겠다고 하자, 그는 그 직책에 합당한 사람을 찾을 수만 있다면 기꺼이 종군 목사를 그 명단에 추가하겠다고 했습니다. 미국 육군에서 그런 목사를 찾기란 아주 쉬운 일입니다. 그래도 그는 진영에서 아침저녁으로 기도를 드렸을 것으로 믿습니다.

그 사람은 스파르타식 습관이 몸에 밴 사람이었습니다. 예순 살 나이에도 식단을 철저히 지켰으며, 군인이나 비바람을 맞으며 어려운 일에 적응하는 사람답게 적게 먹고 엄격하게 살아가야 한다는 말을 했습니다.

브라운 대위는 뛰어난 행동 못지않게 보기 드문 상식을 갖춘 데다 직설적으로 말하는 인물이었습니다. 무엇보다도 초월주의자** 였고, 관념과 원칙을 존중하는 인물이라는 점에서 다른 사람들과 구별됐습니다. 변덕이나 일시적 충동에 굴복하지 않고 삶의 목적을 충실히 이행했습니다. 내가 보기에, 그는 그 어떤 것도 과장하

---

* 존 브라운은 1857년 3월과 1859년 5월 두 차례에 걸쳐 콩코드를 방문하여 타운 홀에서 강연했다. 두 번째 방문 때 그는 소로와 에머슨 등을 만났다.
** 19세기 중엽 미국에 나타난 철학 사조로 에머슨이 주창했다. 직관적 지식과 인간과 자연에 내재하는 선함, 인간이 양도할 수 없는 가치에 대한 믿음을 망라하는 관념주의의 한 형태다.

여 말하지 않고 상식의 선 안에서 말했습니다. 그가 이곳을 방문하여 연설할 때 그의 가족이 캔자스에서 얼마나 큰 고통을 겪었는지 언급한 것이 특히 기억납니다. 그러면서도 그는 억눌린 감정을 조금도 겉으로 드러내지 않았습니다. 그의 마음은 화산이지만 평범한 굴뚝이 달린 화산이었습니다. 또한 어떤 '주 경계 악당들'의 만행에 대해 언급하면서도 노련한 군인처럼 서둘러 연설을 마무리지었습니다. 대위는 말을 아끼면서도 "그자들은 교수형에 처해 마땅했어요"라는 의미를 담은 말을 했지요. 그는 현란한 수사(修辭)를 전혀 사용하지 않았고, 어떤 정치인이 벙컴*에서 그랬듯이 인기를 끌려고 정략적인 연설을 장황하게 늘어놓지도 않았으며, 단순한 진리를 말하고 자신의 결심을 전달하는 것 외에는 아무것도 꾸며대지 않았으며 그럴 필요도 없었습니다. 그러므로 그는 누구와도 비교할 수 없을 만큼 강인해 보였고, 그의 연설에 비하면 연방 의회와 다른 곳의 웅변은 나에게는 시시하게 보였습니다. 평범한 군주의 연설이 크롬웰의 연설과 비교되는 것과 같았다.

브라운의 요령과 신중함에 관해 나는 이 점만 언급하겠습니다. 자유주 출신인 사람이 무기를 빼앗기지 않고 지름길로 캔자스에 도착하기란 거의 불가능할 때, 그는 겨우 구한 부실한 총기 몇 자루와 다른 무기들을 들고 소달구지를 천천히 몰며 공공연하게 미주리를 통과했습니다. 그는 측량 기사 행세를 하려고 일부러 소달구

---

* 노스캐럴라이주의 한 군이다. 원문의 "talk to Buncombe"은 무의미한 정치 연설을 뜻하는데, 벙컴군을 포함한 노스캐럴라이나주의 하원의원 펠릭스 워커(Felix Walker, 1753~1828)가 그런 연설을 편 데서 유래한다.

지에 측량 나침반이 잘 드러나 보이도록 매달았기에 아무런 의심도 받지 않고 통과했고, 적의 계획을 충분히 알아낼 수 있었습니다. 적의 소굴에 도착한 뒤에도 그는 얼마 동안 측량사로 활동했습니다. 예를 들어 악당 무리가 대초원에서 당시 그들의 유일한 관심사인 노예제 문제를 논의하고 있는 모습을 보면, 그는 나침판을 꺼내 들고 아들 한 명과 함께 선을 긋는 시늉을 하며 비밀회의가 열리는 장소로 곧장 달려갔을 겁니다. 그는 그들에게 다가가 자연스럽게 걸음을 멈추고 몇 마디 말을 주고받으면서 적들의 소식은 물론 마침내 그들의 모든 계획을 완벽하게 알아냈습니다. 이렇게 진짜 정보를 얻고 나면, 그는 다시 측량을 하는 척하며 선을 따라 달려가다가 마침내 적들의 시야에서 사라졌습니다.

나는 그의 목에 엄청난 현상금에 걸린 데다 당국을 포함하여 그렇게 많은 사람들이 그를 적대시하는 상황에서 어떻게 그가 캔자스에서 무사히 지냈느냐고 놀라움을 표했습니다. 그러자 그는 "잡히지 않을 것이라고 확신했기 때문이죠"라며 비결을 말했습니다. 그는 몇 해 동안 대부분의 시간을 늪지대에서 숨어 지내다 보니 비바람에 노출되어 가난과 질병으로 고생했습니다. 당시 그가 친하게 지낸 사람들은 인디언과 백인 몇 명뿐이었습니다. 하지만 그가 특정한 늪지대에 숨어 지낸다는 사실이 알려지더라도 그의 적들은 대체로 그를 잡으러 나서지 않았습니다. 심지어 그는 자유주 주민들보다 주 경계 악당들이 훨씬 많은 읍내에 걸어 들어가 잠깐 거래하기까지 했는데도 괴롭힘을 당하지 않았습니다. 그러면서 "작은 무리는 싸우려 들지 않고, 큰 무리는 시기적절하게 소집할 수가 없었거든요"라고 말을 덧붙였습니다.

최근 그의 실패에 관해 말하자면, 우리는 정확한 사실을 잘 모릅니다. 다만 무모하고 필사적인 시도와는 거리가 멀다는 것만은 분명합니다. 그의 적인 밸런디검* 씨는 "이제껏 실패한 음모 중에서 가장 잘 계획되고 실행된 음모였다"라고 인정할 수밖에 없었습니다.

다른 성공들은 접어두고라도, 그는 12명 남짓한 노예를 구출해 대낮에, 몇 달은 아니어도 적어도 몇 주나 여러 주를 거쳐 북부의 절반에 이르는 거리를 그들과 함께 여유 있게 걸어 나왔습니다. 그러고는 현상금이 걸린 상태에서 길을 가던 도중에 법정에 들어가, 모든 사람이 빤히 지켜보는 가운데 그가 한 행동을 고백했습니다. 그렇게 해서 미주리주에 이웃 주처럼 노예를 붙잡아두려고 하는 것은 아무 이득이 되지 않는 행동임을 이해시키려 했습니다. 그의 행동이 과연 실패한 일이었습니까? 아니면 그의 능력이 부실했다는 방증이었습니까? 그가 이렇게 할 수 있었던 것은 정부의 하수인들이 관대해서가 아니라 그들이 그를 두려워했기 때문입니다.

하지만 브라운은 자신의 성공을 어리석게 '별자리'나 다른 마법 덕이라고 여기지 않았습니다. 탈주자 중 한 사람이 고백한 대로, 그토록 수적으로 우월했는데도 적들이 그에게 기가 죽은 것은 그들에게 대의명분이 없었기 때문이라고 그는 말했습니다. 대의명분은 브라운과 그의 일행이 언제나 지니고 있던 일종의 부기와 같았습니다. 때가 되었을 때 부당하다고 알고 있는 바를 지키기 위해 기꺼

---

* Clement Larid Vallandigham, 1820~1871. 오하이오주 민주당 하원 의원으로 남북전쟁 당시 전쟁에 반대해 군사 재판을 받고 남부로 추방됐다. 그는 존 브라운이 체포된 뒤 브라운이 전국 노예제 폐지 공도 모의의 일원으로 활약했다고 주장했다.

이 목숨을 바칠 사람은 거의 없었습니다. 그들은 그런 행동으로 삶을 마감하기를 원하지 않았습니다.

하지만 브라운의 마지막 행동과 그 결과를 서둘러 말하도록 하겠습니다.

언론은 북부에서 한 마을에 적어도 2~3명은 그와 그가 모험적으로 한 일에 대해 나처럼 생각한다는 사실을 무시하거나, 어쩌면 정말로 모르고 있는 것 같습니다. 단언컨대 그들은 중요한 사회 집단의 일원으로 그 수가 점점 늘어나고 있습니다. 우리는 역사와 성경을 읽는 시늉만 내면서, 모든 집과 우리가 숨 쉬는 모든 나날을 더럽히는 어리석고 겁 많은 노예 이상의 존재가 되기를 간절히 원합니다. 어쩌면 정치가들은 불안에 떨다 최근 모험적인 일에 관여한 사람은 백인 17명과 흑인 5명뿐이라고 입증하려 들지도 모릅니다. 하지만 이것을 입증하려는 그들의 불안 자체가 모든 것이 명명백백하게 밝혀지지 않았다는 사실을 스스로 암시하는 셈입니다. 왜 그들은 여전히 진실을 회피할까요? 그들이 불안해하는 이유는, 만약 그 일이 성공했더라면 적어도 자유로운 미국 주민 100만 명이 크게 기뻐했을 것이라는 사실을 똑바로 직면하지는 못해도 어렴풋하게나마 알아챘기 때문입니다. 그들은 기껏 브라운 일당의 작전 행동을 비판할 뿐입니다. 비록 검은 상장(喪章)을 달고 있지는 않지만 이곳 북부의 많은 주민은 그의 처지와 앞으로 닥칠지 모르는 비극적 운명을 염려하며, 차마 다른 생각으로 그 일을 잊거나 즐겁게 일상을 보내지 못하고 있습니다. 만약 이곳에서 그를 본 적이 있는 누구든 다른 생각을 제대로 할 겨를이 있다면, 그 사람은 도대체 어떻게 생겨먹은 사람인지 나로서는 알 수가 없습니다. 평소처럼 잠을 자는 사람이 있다면, 단언컨대 그자는 신체나 지갑에 손을 대지 않고서도 쉽게 살이 찔 사람입니다. 나는 베개 밑에 종이 한 장과 연필을 준비해놓고 잠이 오지 않을 때 어둠 속에서 글을 적었습니다.

이처럼 한 사람이 100만 명을 압도할지 모르는 경우를 제외하면, 요즈음에는 전반적으로 동포를 존중하는 내 마음이 좀처럼 커지지 않고 있습니다. 나는 신문 기자들을 비롯한 사람들이 피도 눈물도 없이 이 사건을 논한다는 걸 알았습니다. 그들은 마치 비범한 '용기'를 지니기는 했지만 결국 평범한 악인이 체포되어 곧 교수형을 당할 것처럼 말했습니다. 버지니아 주지사*가 투계장의 언어를 사용하여 "내가 본 사람 중 가장 투지만만한 사내"라고 말한 것으로 알려졌듯이 말입니다. 그 주지사가 브라운 대위를 보고 그토록 용감해 보인다고 생각했을 때, 대위는 적에 대해서는 꿈에도 생각하지 않고 있었습니다. 내 이웃 중 일부가 대위에 관해 꺼내는 말을 직접 듣거나 전해 들으면, 내 마음속에 그나마 있던 달콤함이 쓸개즙처럼 쓴맛으로 바뀝니다. 그가 죽었다는 말을 듣고 내 마을 주민 중 한 사람은 "어리석은 사람이 죽듯이 그렇게 죽었군"**이라고 했습니다. 이런 말을 해서는 안 되겠지만, 그 말은 죽어가는 그 사람과 지금 살아 있는 내 이웃이 잠깐이라도 서로 닮았다는 뜻으로 보였습니다. 비겁한 다른 사람들은 그가 징부에 저항했기 때문에 "자기 삶을 내팽개쳐버렸어"라고 험담했습니다. 그들은 도대체 어쩌

---

* 헨리 와이즈(Henry A. Wise, 1807~1876)를 뜻한다. 1856년부터 1860년까지 버지니아 주지사를 역임한 그는 존 브라운의 사형에 서명했다.
** "다윗 왕은 아브넬을 두고, 이렇게 조가를 지어 불렀다. '어찌하여 어리석은 사람이 죽듯이, 그렇게 아브넬이 죽었는가?'"(《사무엘하》 3장 33절)

다 그들의 삶을 내팽개쳐버렸을까요? 마치 평범한 도둑 떼나 살인 자들을 혼자서 공격한 사람을 칭찬하는 것처럼 말입니다. 또 다른 이웃은 북부 사람답게 "그렇게까지 해서 그가 얻는 게 뭐죠?"라고 묻습니다. 마치 이 일로 자기 주머니를 채울 수 있을지 기대하는 것 처럼 보입니다. 그런 사람은 오직 세속적 의미 말고는 이득에 관한 개념이 전혀 없습니다. 그런 사람들은 '깜짝' 파티에 초대받지 못하 면, 새 부츠 한 켤레나 감사의 한 표를 얻지 못하면 꼼짝없이 실패 했다고 여깁니다. "그렇게 해도 그 사람은 아무것도 얻지 못할 겁니 다." 글쎄요, 그렇지 않습니다. 물론 나도 교수형에 당한다고 해서 1년 내내 하루에 몇 푼 벌 수는 없다고 생각합니다. 하지만 그 사람 은 영혼의 상당 부분을 구원받을 기회를 얻습니다. 그렇게도 소중 한 영혼 말입니다! 여러분에게는 그런 기회가 없는데 말이지요. 여 러분은 1리터쯤 되는 피보다 그만큼의 우유를 시장에 내놓으면 틀 림없이 더 많은 돈을 얻을 수 있을 테지만, 영웅들이 피를 내놓는 곳은 그런 시장이 아닙니다.

그런 사람들은 뿌린 대로 거둔다는 사실을,* 도덕적인 세계에서 는 선한 씨앗을 뿌리면 물을 주고 가꾸지 않아도 반드시 선한 열매 가 맺힌다는 사실을 알지 못합니다. 그들은 들판에 영웅 한 사람을 심으면 영웅의 곡식이 틀림없이 자란다는 사실을 알지 못합니다. 그렇게 강인하고 생명력이 강한 씨앗이어서 우리의 허락을 구하지

않아도 싹을 틔웁니다.

한 계관시인*은 서투른 명령에 따라 순간적으로 이루어진 발라클라바** 공격을 그럴듯하게 찬양했습니다. 이 공격은 병사가 얼마나 완벽한 기계인지 증명한 사건이었습니다. 하지만 이 사람은 무한히 고귀한 명령에 따라 몇 해 동안 노예제라는 대군에 맞서 꾸준하게 맞서 싸웠고, 대체로 성공을 거두었습니다. 그러니 브라운 대위의 싸움은 발라클라바 공격보다 훨씬 기억에 남을 만합니다. 지적이고 양심적인 사람이 기계보다 우월한 것과 마찬가지입니다. 그런데도 여러분은 그의 업적이 찬양받지 않은 채 그냥 잊혀야 한다고 생각합니까?

"처벌받아도 싸지." "위험한 인물이야." "미친 게 틀림없어." 그렇게 말하면서 그들은 여전히 정상적이고 현명하고 전적으로 존경받을 만한 삶을 영위해갑니다. 그들은 《플루타르코스*** 영웅전》을 조금 읽기도 하지만 대개 늑대의 소굴로 떨어진 퍼트넘****의 용기에 감탄하는 데서 멈추고 맙니다. 이와 같이 그들은 가끔씩 용감하

---

* 앨프리드 테니슨(Alfred Tennyson, 1809~1892)을 가리킨다. 소로는 여기에서 그가 집필한 〈경기병 여단의 돌격〉을 언급한다. 테니슨은 1854년 10월 영국의 카디건 중장이 기병 673명을 이끌고 러시아 포병대를 공격한 사건을 소재로 이 작품을 썼다.

** 크림반도 남서부에 위치한 도시로 흑해와 접하며 행정 구역상으로는 세바스토폴에 속한다. 크림 전쟁(1853~1856)의 격전지였다.

*** Plutarchus, 46~119. 고대 그리스 시대의 철학자, 정치인 겸 작가로 중기 플라톤주의 철학자 중 한 명이었다. 저서로 《플루타르코스 영웅전》과 《도덕론》이 있다.

**** Israel Putnum, 1718~1790. 미국 독립전쟁에서 활약한 미국 병사로, 코네티컷주 폼프렛에서 양 떼를 습격한 늑대를 잡은 것으로 유명하다.

고 애국적인 행위를 보고 마음의 양식을 쌓습니다. 미국 선교 도서 협회*는 퍼트넘의 이야기를 인쇄할 재정적 여력이 있었습니다. 그 이야기에는 노예제나 교회에 관한 언급이 단 한 줄도 없으므로 여러분은 이런 이야기를 읽을 수 있는 지역 학교를 열어도 좋을 겁니다. 물론 몇몇 목사들이 양의 탈을 쓴 늑대**라는 사실을 독자들이 떠올리지 않는다면 말이지요. 심지어 '해외 선교회'조차 뱃심 좋게 그런 늑대에게 항의할지도 모릅니다. 나는 그런 선교회, 특히 미국 선교회에 대해 들어왔지만, 최근에서야 비로소 이 쓸데없는 특정 단체의 이야기를 들을 기회가 우연히 생겼습니다. 그런데도 북부의 남녀노소가 가정 단위로 이런 단체의 '평생회원'으로 가입한다고 합니다. 무덤에 묻힐 평생회원권이라니요! 여러분은 그보다 훨씬 적은 비용으로 무덤에 묻힐 수 있습니다.

우리의 적들은 우리 한가운데와 우리 주위에 있습니다. 분열되지 않은 집***이 거의 없다시피 합니다. 우리의 적들은 대개 마음과 머리가 나무로 만든 것처럼 활기가 없고 인간으로서 생명력이 부족해 쉽게 악의 영향을 받기 때문입니다. 그래서 두려움, 미신, 편

---

* 도박과 음주 등 사회악을 제거하고 선교 활동 팸플릿 등을 출판하고 보급하는 자선 단체 겸 출판사로, 현재도 운영되고 있다.

** 흔히 '이솝우화'로 알려진 《아이소피카》에 늑대가 양의 탈을 쓰고 목장에 들어가 어린 양을 잡아먹는 이야기가 나온다.

*** "또 한 가정이 갈라져서 싸우면, 그 가정은 버티지 못할 것이다."(《마가복음》 3장 25절) 에이브러햄 링컨은 상원 의원 후보 지명 수락 연설 〈분열의 집〉에서 "분열되어 자기 자신을 향해 적대하는 집은 바로 설 수 없으리라는 성경 말씀이 있습니다. 나는 이 정부가 절반은 노예제를 찬성하고 절반은 반대하는 상태로 영원히 버텨낼 수는 없으리라고 생각합니다"라고 말했다.

협함, 박해와 모든 유형의 노예제가 생겨납니다. 우리는 낡은 뱃머리에 장식한 조각상일 뿐이며, 심장이 있을 자리에 간(肝)을 간직하고 있습니다. 우상 숭배는 저주로, 마침내 숭배자를 돌 우상*으로 변하게 합니다. 뉴잉글랜드 사람은 힌두인과 꼭 마찬가지로 우상 숭배자입니다. 하지만 이 사람만은 예외였으니 그는 그 자신과 하느님 사이에 정치적 우상조차 세우지 않았기 때문입니다.

아직도 존재하면서도, 예수 그리스도를 파문하는 데 어떻게 손을 쓸 수 없는 교회라니! 넓고 평평한 교회도,** 좁고 높은 교회도*** 치워버리십시오! 앞으로 한 발 더 나아가 새로운 형태의 교회를 지으십시오. 자신을 구원하고 우리가 코로 짠 냄새를 생생히 느낄 수 있도록 소금을 만들어내십시오.****

오늘날 기독교인은 예배를 볼 때 모든 기도문을 외기로 합의했습니다. 그 후 곧바로 잠자리에 들어 편안하게 잠을 잘 수만 있다면 말입니다. 기독교인은 하나같이 "이제 저는 자려고 눕습니다"라고 기도를 시작하고, '기나긴 안식'에 들 때를 늘 기다립니다. 또한 기독교인은 오래된 자선 활동을 그럭저럭 실천하겠다는 데도 합의했지만, 신식 자선 활동에 대해서는 듣고 싶어 하지 않습니다. 시대에 맞게 계약에 부가 조항을 추가하려 하지도 않습니다. 안식일에는

---

*   "그들이 기다리는 동안에 에훗은 몸을 피하여, 돌 우상들이 있는 곳을 지나서 스이라로 도망쳤다."(《사사기》3장 26절)

**   교리나 신학이 엄격하지 않아 신념과 예배식이 개방적이고 포괄적인 교회를 뜻한다.

***   교리나 신학이 엄격하여 배타적 성격이 강한 폐쇄적인 교회를 뜻한다.

**** "너희는 세상의 소금이다. 소금이 짠맛을 잃으면, 무엇으로 그 짠맛을 되찾게 하겠느냐?"(《마태복음》5장 13절)

눈 흰자위를 드러내고, 다른 날에는 검은자위를 드러냅니다. 이처럼 악은 단순히 피의 정체만이 아니라 영혼의 정체이기도 합니다. 분명 좋은 마음씨를 품고 있는 사람은 많지만, 체질이나 습관에 따라 나태해지고 자신보다 더 고귀한 동기에 따라 행동하는 인간의 모습을 떠올리지 못합니다. 그러므로 사람들은 이런 인간을 미치광이라고 단언합니다. 왜냐하면 그들도 지금 같은 삶을 사는 한 결코 그 사람처럼 행동할 수 없다는 사실을 잘 알고 있기 때문입니다.

우리는 다른 나라, 시대, 종족에 대해 상상할 때 역사적으로나 공간적으로 동떨어져 있다고 생각합니다. 하지만 이번 같은 중요한 사건이 우리의 삶 한가운데에서 일어나면, 우리는 가장 가까운 이웃과 우리 사이에 이렇게 거리감과 이질감이 있다는 것을 깨닫게 됩니다. 그들은 우리의 오스트리아이고 중국이며 남태평양 군도입니다. 사람들로 북적북적 붐비던 사회가 갑자기 공간이 확 트입니다. 무척 말끔하고 멋지고 널찍한 도시가 되는 거지요. 우리는 왜 그들과 함께할 때 피상적인 칭찬과 겉모습뿐인 관계를 넘어서지 못하는지 깨닫게 됩니다. 또한 타타르 유목민과 중국의 소도시 주민 사이의 거리가 먼 만큼 그들과 우리 사이도 거리가 꽤 멀다는 것을 깨닫게 됩니다. 생각이 많은 사람은 시장 길바닥에서도 은둔자가 됩니다. 사람들과의 사이에 건널 수 없는 망망대해가 갑자기 나타나거나 무언의 대초원 지대가 펼쳐집니다. 개인과 개인 사이에, 국가와 국가 사이에 정말로 넘을 수 없는 경계선을 만드는 것은 개울과 산이 아닙니다. 체질의 차이, 지성의 차이, 신념의 차이가 그런 선을 만듭니다. 법정에서 절대적 권한을 가진 사람들 역시 모두 생각이 비슷한 사람들뿐입니다.

나는 이 사건이 일어난 뒤 1주 안에 시중에 나온 신문을 모조리 구해 읽었는데, 이 사건에 연루된 사람들을 동정하는 내용은 단 한 줄도 읽은 기억이 나지 않습니다. 그 뒤 보스턴에서 발행하는 한 신문에서 사설은 아니지만 그 사건을 동정하는 훌륭한 기사를 읽은 적이 있습니다. 부피가 큰 어떤 잡지들은 브라운이 한 말을 모두 싣지 않고 다른 기사도 제외하기로 결정했습니다. 마치 발행인이 신약성경의 원고를 거부하고 윌슨*의 마지막 연설을 인쇄한 것과 같았습니다. 이 의미심장한 소식을 실은 바로 그 잡지는 옆 난(欄)에 주로 당시 열리고 있던 정치 집회들에 대한 보고로 지면을 가득 채웠습니다. 하지만 정치 집회 기사를 게재하는 것은 너무 터무니없는 처사였습니다. 이렇게 두 기사를 나란히 대조적으로 싣지 말고 적어도 임시 증간호로 인쇄해야 했습니다. 진지한 사람들의 목소리와 행위를 담은 기사를 읽다가 암탉처럼 꼬꼬댁거리는 정치 집회의 수다를 읽게 된다니요! 공직을 추구하는 사람들과 연설자들은 진짜 달걀은 낳지도 못하고 오직 호분(胡粉)으로 만든 가짜 달걀을 낳을 뿐이 아닙니까! 그들이 즐기는 게임은 밀짚 놀이, 아니 오히려 인디언들이 떠들썩하게 소리치며 벌이는 토착 원주민 접시 놀이가 아닙니까! 종교 집회나 정치 집회에 관한 기사는 제외하고 살아 숨 쉬는 한 사람의 말을 발행하십시오.

　하지만 나는 그들이 생략한 내용에 이의를 제기하기보다는 그들이 보도한 내용에 이의를 제기하려 합니다. 심지어 《해방자》**조차

*　　Henry Wilson, 1812~1875. 노예제에 반대한 매사추세츠주 출신 상원 위원이다.
**　 1831년부터 1865년에 걸쳐 보스턴에서 발행된 급진주의적 신문으로, 윌리엄 로

그 사건을 "잘못된 방향을 택한 야만적이고 분명히 미친 (…) 처사"라고 말했습니다. 수많은 신문과 잡지에 관해 말하자면, 이 기사로 결국 구독자 수가 영원히 떨어질 거라는 걸 알면서도 기사를 싣는 기자나 편집자를 나는 이 나라에서 한 사람도 알지 못합니다. 그들은 그것이 편의주의적 처사라고 여기지 않습니다. 그런 이들이 어떻게 진실을 발행할 수 있겠습니까? 그들은 듣기 좋은 내용을 말하지 않으면 아무도 자신들을 거들떠보지 않는다고 주장합니다. 그래서 그들은 군중을 끌어모으기 위해 음란한 노래를 부르며 전국을 떠돌아다니는 경매인처럼 행동합니다. 공화당 편집자들은 조간판에 맞춰 기사를 내보낼 준비를 하느라 바쁘고, 이도저도 아닌 정치 관점으로 모든 것을 바라보는 데 익숙해져 있습니다. 그래서 어떤 존경심도 진심 어린 슬픔도 표현하지 않고, 오히려 이런 사람들을 "현혹된 광신자", "잘못 판단한 사람", "정신 이상자", "미치광이"라고 부릅니다. 이러니 우리가 얼마나 "잘못 판단한 사람들"이 아닌 "사리 분별 능력이 있는 편집자들" 복이 있는지 알 수 있습니다. 그들은 적어도 어느 쪽에 줄을 서야 하는지 아주 잘 알고 있습니다.

어떤 사람이 인도적이고 용감한 행동을 하면, 곧바로 사방에서 사람들과 정당들이 이렇게 외치는 소리가 들립니다.

"나는 그런 일을 하지 않았어요. 어떤 식으로든 그 사람에게 그래도 좋다고 허용해준 적이 없다고요. 내 내력을 보면 그런 일을 할

이드 개리슨(William Lloyd Garrison, 1805~1879)이 주로 편집을 맡았다. 당시 미국에서 노예제 폐지론을 주창한 언론 중 가장 영향력 있는 신문이었으며, 수정헌법 13조에 따라 노예제가 폐지된 1865년까지 발행됐다.

수 없다는 걸 충분히 추론할 수 있을 거예요."

개인적으로 나는 여러분이 자신의 의견을 어떻게 정의하든 관심이 없습니다. 과거에도 그랬고, 앞으로도 그럴 일은 없을 겁니다. 그런 태도는 한낱 이기심에 지나지 않을뿐더러 이 시점에서는 부적절하다는 생각이 듭니다. 여러분이 그 사람과 거리를 두려고 그렇게 애쓸 필요는 없다고 생각합니다. 지성인이라면 결코 여러분이 그와 같은 부류라고 확신하지 않을 테니까요. 그 사람은 우리에게 말한 대로 "그 누구도 아닌 존 브라운 자신의 후원을 받아" 자유롭게 행동했습니다. 공화당은 그의 거사가 실패한 덕분에 얼마나 많은 사람이 훨씬 올바로 투표하게 되었는지 깨닫지 못하고 있습니다. 그들은 펜실베이니아주라는 회사의 표는 열심히 세었지만, 브라운 대위의 표는 정확하게 세지 않았습니다. 브라운 대위는 그들이 그나마 가지고 있던 신념이나 결의라는 바람을 돛에서 앗아가버렸습니다. 그러니 그들은 차라리 배를 멈추고 재정비하는 편이 더 좋을 겁니다.

그 사람이 여러분과 같은 파벌이 아니라 해서 도대체 어쨌다는 말인가요! 여러분은 그의 방법과 원칙을 인정할 수 없을지라도 그의 관대함은 인정해야 할 겁니다. 비록 다른 점에서는 여러분과 완전히 다르더라도, 어떤 점에서는 동질감을 느낀다고 주장하고 싶지 않습니까? 그렇게 하면 평판을 잃으리라 생각합니까? 잃는 것이 있으면 얻는 것도 있는 법입니다.

만약 이런 의미가 아니었다면 그들은 진실을 말하지 않고, 의도하는 바를 말하지 않는 겁니다. 그저 예전에 쓰던 속임수를 여전히 쓰고 있을 뿐이지요.

어떤 사람은 대위가 미쳤다고 말하면서 이렇게 이야기하기도 했습니다.

"노예제 문제가 대두되기 전까지만 해도, 그는 아주 겸손하게 행동하고 겉보기에 악의가 없는 양심적인 사람이라는 말을 늘 들었지요. 그런데 그 문제가 나오면 그 사람은 전에 없던 분노를 표출하곤 했어요."

지금 노예선이 죽어가는 희생자들을 가득 태운 채 항해하고 있습니다. 바다 한복판에서 새로운 짐을 더 싣습니다. 소수의 노예 소유주들이 수많은 승객의 호의를 받고 창구(艙口) 밑 400만 명을 질식시키고 있습니다. 그런데도 정치가들은 노예를 수송하는 유일하게 적절한 방법이 아무런 '폭동'도 없이, "인류애의 조용한 확산"에 따라 이루어지고 있다고 단언합니다. 마치 인류애가 일찍이 행동 없이도 이루어졌다는 것처럼, 물뿌리개로 물을 뿌려 먼지를 씻어내듯이 손쉽게 그런 마음을 없앨 수 있는 것처럼 말입니다. 지금 뱃전 밖에서 들리는 소리는 무슨 소리입니까? 마침내 해방을 맞이한 죽은 노예들의 시신이 바다에 내던져지는 소리입니다. 이것이 바로 우리가 인류애와 그와 더불어 그 마음을 '확산하는' 방식입니다.

영향력 있고 저명한 편집자들은 지독히 저질스러운 정치인들을 다루는 데 익숙해진 상태라, 정확히 알지도 못하면서 브라운 대위가 "복수의 원칙으로" 행동했다고 말합니다. 편집자들은 그 사람을 잘 모릅니다. 그에 대해 제대로 생각하려면 자신의 지평을 넓혀야 합니다. 그들이 그를 있는 그대로 보기 시작할 날이 오리라고 나는 믿어 의심치 않습니다. 그들은 정치인이나 인디언이 아닌, 신념과 종교적 원칙을 지닌 한 인간을 생각해야 합니다. 개인적으로 간섭

받거나 악의 없는 일을 하다가 좌절당할 때까지 기다리지 않고, 억압받는 사람들의 대의명분을 위해 목숨을 바친 한 인간을 생각해야 합니다.

워커*가 남부를 대표는 인물이라면 브라운 대위는 북부를 대표하는 인물이라고 말하고 싶습니다. 브라운 대위는 뛰어난 사람이었습니다. 자신의 육체적 삶보다 이상을 더 중요하게 생각했습니다. 그는 부당한 인간의 법을 인정하지 않고 오히려 자신이 옳다고 생각하는 것에 따라 법에 저항했습니다. 이번 한 번만이라도 우리는 그를 통해 하찮고 무가치한 정치에서 벗어나 진실과 인간다움의 영역으로 고양됐습니다. 미국에서 한 인간으로서, 그리고 어떤 정부나 모든 정부에 필적할 만한 인간으로서 자기 자신을 잘 알고 있으면서, 인간 본성의 위엄을 옹호하기 위해 그토록 끈질기고도 효과적으로 투쟁한 인물은 일찍이 한 사람도 없었습니다. 그런 의미에서 그는 우리 중에서 가장 미국적인 사람이었습니다. 그는 헛된 논쟁만 만들면서 입만 나불거리며 자신을 변호해줄 변호사가 필요 없었습니다. 그는 미국 유권자들이나 어떤 직급이든 공무원들이 뽑을 판사를 모두 상대하고도 남았습니다. 그와 맞먹는 동료들은 존재하지 않기 때문에 그런 동료들로 이루어진 배심원에게도 재판받을 수 없었을 겁니다. 한 사람이 인류의 비난과 원한에 말그대로 온몸으로 묵묵히 맞서 그들 위에 우뚝 일어서는 모습은 참

---

* Robert J. Walker, 1801~1869. 미시시피주 상원의원, 재무장관, 캔자스 준주 주지사를 역임했다. 제임스 뷰캐넌 행정부가 노예제 찬성 헌법을 국민 투표에 부칠 것을 거절하자 그에 항의하여 공직에서 사임했다.

으로 숭고한 광경입니다. 비록 그 사람이 혼자 힘으로 그 모든 일을 다 해낸, 최근 본 가장 지독한 살인자라 해도 말입니다.《해방자》 같은 신문들이여,《트리뷴》* 같은 신문들이여,《공화주의자》 같은 신문들이여, 그대들은 그 사실을 모르고 있었단 말입니까? 그 사람과 비교하면 우리는 죄인입니다. 그러니 그를 인정하여 명예로운 사람이 되십시오. 그는 여러분의 존경 따위는 필요 없습니다.

민주당 쪽 신문에 관해 말하자면, 그 신문들도 내게 감동을 줄 만한 인간미가 없습니다. 그 신문들이 무슨 말을 하든 나는 화도 나지 않습니다.

나는 그 사람이 무슨 일이 있어도 적들의 손에 아직도 살아 있으리라는 기대를 저버리지 않고 있습니다. 하지만 그러면서도 지금껏 줄곧 그가 육체적으로 죽었다고 생각하고 또 그렇게 말해왔습니다.

나도 우리 마음속에 아직 살아 있고 뼈가 아직 우리 주변의 땅에 흩어지지 않은 사람을 기리는 동상을 세워야 한다고는 생각지 않습니다. 하지만 나는 내가 알고 있는 어떤 사람보다도 브라운 대위의 동상이 매사추세츠주 의사당 앞 광장에 우뚝 서 있는 모습을 보고 싶습니다. 나는 그와 같이 이 시대에 살았다는 것이, 그와 동시대인이라는 것이 무척 기쁩니다.

그토록 열심히 그 사람을 속이고 그의 계획을 무산시키려 드는 정당과 그를 비교해보면 얼마나 대조가 뚜렷합니까! 대위가 무기

---

* 1824년에 새뮤얼 볼스(Samuel Bowles, 1826~1878) 2세가 창간한 신문이다. 1855년에 볼스 3세가 노예제 폐지를 위한 새로운 정당 창당을 주창하면서《공화주의자》로 제호를 바꿨다.

를 들고 폐지하려 했던 부당한 법들, 적어도 도망 노예법*을 시행할 노예 소유주 후보를 찾고 있는 바로 그 정당 말입니다.

미쳤다니요! 아버지와 아들 6명, 사위 1명, 그 외에도 제자 최소 12명까지, 이 많은 사람 모두가 동시에 미쳤다는 말입니까! 폭군은 똑같이 노예 400만 명을 전보다 훨씬 강력하게 통제하고, 그의 교사자인 '제정신'인 편집인 수천 명이 이 국가를 위험에서 지키고 있다는 말입니까! 캔자스에서는 그가 벌인 여러 노력도 마찬가지로 미친 짓이라고 합니다. 그의 가장 위험한 적인 독재자에게 그가 제정신인 사람인지 미친 사람인지 한번 물어보십시오. 그를 가장 잘 알고, 캔자스에서 그의 행적을 기뻐하고 그에게 물질적 도움을 주었던 캔자스 주민 수천 명도 그를 미친 사람으로 생각할까요? 미쳤다는 말은 그 말을 끊임없이 사용하는 사람들에게는 한낱 비유에 지나지 않습니다. 나는 나머지 중 많은 사람이 자신이 한 말을 조용히 취소했으리라 믿어 의심치 않습니다.

그 사람이 메이슨**과 다른 사람들에게 건넨 멋진 답변을 한번 읽어보십시오. 그와 대조해보면 그들은 얼마나 형편없이 참패를 당했습니까! 한편에서는 절반쯤 야만적이고 절반쯤 자신 없는 질문이 난무하고, 다른 한편에서는 번개처럼 명약관화한 진실이 타락

---

* 1793년과 1850년에 미국 의회를 통과한 여러 법률로, 특정 주에서 다른 주로 또는 공유된 영토로 도망간 노예의 반환을 규정했다.

** James Murry Mason, 1798~1871. 당시 버지니아주 상원 위원인 메이슨은 존 브라운이 체포된 직후 버지니아 주지사 와이즈, 오하이오주 하원 위원 밸런디검, 《뉴욕 헤럴드》 특파원 등과 함께 브라운을 인터뷰했다. 브라운이 이 인터뷰에서 한 말이 북부 신문에 널리 실렸다.

한 신전을 강타하고 있었습니다. 그들은 빌라도,* 게슬러,** 종교 재판관 같은 태도를 보이고 있습니다. 그들의 말과 행동은 얼마나 무력합니까! 그들의 침묵은 또 얼마나 공허합니까! 그들은 이 위대한 과업에서 한낱 무력한 도구일 뿐입니다. 그들을 이 연설자 주위로 모여들게 한 것은 인간의 힘이 아니었습니다.

최근 몇 년 매사추세츠주와 북부 주들은 왜 '제정신'인 대표 몇을 의회로 보냈습니까? 어떤 종류의 감정을 효과적으로 선언하라고 보낸 것입니까? 그들의 연설을 모조리 모아서 요약해도, 아마 그들 스스로도 인정하겠지만, 그 미쳤다는 존 브라운이 하퍼스 페리***의 차고 바닥에서 우연히 내뱉은 몇 마디 말보다 대장부다운 직설과 힘에서 미치지 못합니다. 여러분이 교수형에 처해 저세상으로 보내려는 그 사람 말입니다. 물론 브라운 대위는 저세상에서 여러분을 대표하지는 않을 겁니다. 절대로 그럴 리가 없지요. 그는 어떤 의미에서든 우리의 대표자가 아니었습니다. 우리 같은 사람들을 대표하기에는 너무나 공정한 기인이었습니다. 그렇다면 그를 뽑을 유권자는 과연 누구였을까요? 여러분이 그의 말을 제대로 이해한다면 아마 그 답을 알아낼 수 있을 겁니다. 그는 쓸데없는 웅변

---

* Pontius Pilatus. 로마 제국 제2대 황제 티베리우스 시대의 군인으로 재직 중 예수 그리스도를 십자가형에 처한 것으로 유명하다.

** Albrecht Gessler. 헤르만 게슬러로도 알려진 그는 14세기 오스트리아의 총독으로 빌헬름 텔이 권위에 도전하자 그 죄로 그에게 아들의 머리에 놓인 사과를 총을 쏘도록 했다.

*** 미국 웨스트버지니아주 동북부, 셰난도강과 포토맥강이 맞닿는 지점에 있는 도시다. 1796년에 수리를 이용해서 병기창이 세워졌고, 1859년 노예 해방론자인 존 브라운이 무기를 찬탈하려고 점거했다.

도, 인위적인 연설도, 풋내기 같은 첫 연설도, 압제자에 대한 아부 따위도 하지 않습니다. 진실이 그에게 영감을 주었고, 진정성이 그의 문장을 다듬어주었습니다. 그는 자신의 샤프스 소총*을 버릴 수 있을지언정 연설 능력만큼은 간직하고 있었습니다. 비길 데 없는, 어느 총보다도 멀리 나아가는 샤프스 소총이었습니다.

《뉴욕 헤럴드》**는 그와 나눈 대담을 글자 그대로 보도했지요! 그 신문은 자신이 불멸의 말을 전하는 매개체가 되었다는 사실을 모르고 있습니다.

누구든 그 대담 기사를 읽고서도 여전히 그 사건의 주동자가 미쳤다고 간주하는 사람이 있다면, 나는 그런 사람의 통찰력을 높이 평가하지 않습니다. 그 대화는 통상적인 규율이나 생활 습관보다도, 또한 통상적인 조직보다도 훨씬 건전하다는 느낌이 듭니다. 그 대담에서 어떤 문장이든 짚어보십시오. "내가 명예롭게 대답할 수 있는 질문이라면 그 어떤 질문이든 답할 겁니다. 하지만 그런 질문이 아니면 답하지 않겠습니다. 나 자신에 관한 한, 나는 지금까지 모든 것을 사실대로 정직하게 말해왔습니다. 여러분, 나는 내 말을 소중하게 여깁니다." 극히 소수의 사람은 이를 보고 그가 복수심을 품었을 거라 말하면서도 동시에 그의 영웅적인 면모를 진정으로

---

* 1848년에 미국에서 크리스천 샤프스(Christian Sharps)가 만든 단발식 후장 소총으로, 장거리에서 정확도로 유명한 소총으로 서부 개척 시대의 상징이 되어 여러 번 재생산됐다.

** 1835년에 제임스 고든 베넷(James Gordon Bennett, 1795~1872)이 창간한 뉴욕에 기반을 둔 신문이다. 정파성을 탈피하고 불편부당한 보도를 표방했지만 앤드루 잭슨 민주당과 존 타일러 대통령에 호의적이었으며, 반가톨릭적 성향이나 노예제를 옹호하는 의견을 드러내기도 했다.

찬양합니다. 이런 자들은 고결한 사람을 판단하는 기준도 없는 자들입니다. 말하자면 순금은커녕 그와 합금할 혼합물도 없는 셈입니다. 그들은 순금을 자신의 쇠똥과 혼합해버립니다.

이제 이런 중상모략에서 눈을 돌려, 겁에 질려 있긴 하지만 좀 더 진실한 간수와 사형 집행인의 증언을 살펴보면 안심이 됩니다. 와이즈 주지사는 내가 여태껏 우연히 들은 북부 주의 어떤 편집자, 정치인, 공적 인물보다 그를 훨씬 공정하게 높이 평가했습니다. "그를 미치광이로 보는 사람들은 그를 잘못 알고 있는 겁니다. (…) 그는 냉정하고 침착한 백절불굴의 인간입니다. 공정하게 말해서, 그는 포로들을 인간적으로 대했습니다. (…) 그는 진실한 사람으로 내게 진정성에 대한 신념을 북돋았습니다. 그는 허황되고 말이 많은 광신도이기는 합니다(이 점에 대해서는 와이즈 씨에게 맡기겠습니다). 하지만 그는 꿋꿋하고 진실하며 총명합니다. 살아남은 그의 부하들 역시 그와 비슷했습니다. (…) 워싱턴* 대령은 그가 지금까지 보아온 사람 중 가장 냉정하고 분명 위험과 죽음을 두려워하지 않았다고 말했습니다. 아들 하나가 그의 옆에 이미 죽어 있고 또 다른 아들 하나가 총에 맞은 상황에서도, 그는 한 손으로 죽어가는 아들의 맥박을 재고 다른 한 손으로는 소총을 든 채 아주 침착하게 부하들에게 명령을 내렸습니다. 부하들에게 꿋꿋해야 한다고 격려하면서 그들의 목숨을 가능한 한 값지게 내놓으라고 격려했습니다. 백인

---

* Lewis W. Washington. 조지 워싱턴의 증손자로 버지니아 주지사를 지냈다. 헨리 와이즈의 참모 중 한 사람이었고, 존 브라운의 하퍼스 페리 습격 사건 때 브라운 측에 포로로 잡혔다.

포로 3명, 브라운, 스티븐스, 코픽 중에서 누가 가장 꿋꿋했는지 말하기 어려웠습니다…….”

노예주가 존경하는 마음을 배운 최초에 가까운 북부인이었지요!*

밸런디검 씨의 증언도 가치는 떨어지지만 요지는 같았습니다.

“그 사람이나 그의 불법 공모를 과소평가해 봤자 아무 소용이 없습니다. (…) 그는 결코 평범한 악당이나 광신자나 미치광이가 아닙니다.”

여러 신문에서는 “하퍼스 페리는 이제 아주 평온하다”라고 보도합니다. 법과 노예 소유주들이 세상을 지배할 때 뒤따르는 이런 평온함이란 어떤 특성을 뜻할까요? 나는 그 사건이야말로 이 정부의 특성을 아주 명약관화하게 보여주는 시금석이라고 생각합니다. 그래서 우리는 그 사건을 역사라는 빛에 비추어 바라보도록 도움을 받을 필요가 있습니다. 이 정부는 스스로 깨달아야 했습니다. 정부가 노예제를 유지하고 노예 해방론자들을 압살했듯이, 정부가 불의의 편에 서서 힘을 발휘하면 그 정부는 스스로 야만적인 폭력, 또는 그보다 훨씬 나쁜 악마적 권력을 드러낼 뿐입니다. 그런 정부는 ‘플러그 어글리스’**의 두목에 지나지 않습니다. 그 어느 때보다 분명하

ı   1857년 3월 ‘드레드 스콧 대(對) 샌드퍼드 판결’에서 대법원장 로저 태니(Roger B. Taney)는 “노예 흑인도, 자유 흑인도 미국 시민이 아니므로 그들은 연방법원에 제소할 권리가 없다”라고 결론을 내렸다. 이 판결에서 미국 연방 대법원은 노예로 미합중국에 들어온 흑인과 그 후손은 그가 노예이든 노예가 아니든 미국 헌법의 보호를 받지 않으며, 미국 시민이 될 수 없기 때문에 연방 법원에 제소할 권리가 없다고 결정했다.

•• 1856년에 캔자스에서 일어난 무장봉기에서 노예제를 찬성한 지지자들을 칭하는 별명이다.

게 탄압이 지배하고 있습니다. 나는 이 정부가 인류를 억압하는 데 프랑스와 오스트리아와 효과적으로 연합을 맺었다고 생각합니다. 400만 명의 노예를 속박하는 탄압 정권이 군림하고 있는데, 여기에 노예들을 해방할 영웅적인 사람이 나타난 겁니다. 가장 위선적이고 사악한 이 정부는 권좌에 앉아서 숨이 막혀 괴로워하는 400만 명을 바라보며 순진한 척 이렇게 묻습니다. "왜 나를 공격하나요? 내가 정직한 사람이 아니라는 말입니까? 이 문제로 선동을 멈추십시오. 멈추지 않으면 당신도 노예로 삼거나 사형에 처하겠습니다."

우리는 대의 정부를 말합니다. 하지만 가장 고귀한 정신력과 온전한 마음을 대표하지 않는 정부는 정말로 끔찍한 괴물입니다. 그것은 반인(半人) 호랑이나 반인 황소로, 심장이 몸 밖으로 나와 있고 두뇌 윗부분이 총에 맞아 날아간 채 대지를 활보하고 있습니다. 영웅들은 두 다리가 잘려나간 채로도 괴물과 잘 싸워왔지만, 나는 그 괴물 같은 정부가 제대로 된 일을 했다는 말은 이제껏 한 번도 들어본 적이 없습니다.

내게 정부에 지도자가 적다거나 군대가 소규모라는 이야기는 문제가 되지 않습니다. 내가 인정하는 정부는 이 땅에 불의가 아닌 정의를 세우는 정부입니다. 억압받는 사람들을 가로막고 서서 이 땅에서 진정으로 용감하고 정의로운 사람들을 적으로 삼는 정부를 우리는 과연 어떻게 생각해야 합니까? 기독교인인 척하면서 날마다 100만 명의 예수를 십자가에 매다는 정부가 아니던가요!

반역이라니! 그런 반역이 도대체 어디에서 일어납니까? 그대 정부들이여, 나는 그대들이 반역을 당할 만하다고 생각할 수밖에 없습니다. 그대들이 사유의 샘을 바싹 마르게 할 수 있습니까? 폭정에 대한 저항으로 아래에서부터 일어난 반역은 인간을 만들고 영원히 재창조하는 힘에서 비롯되어 일어납니다. 그대들 정부는 이런 인간 반역자를 모조리 붙잡아 사형에 처했습니다. 하지만 그대들은 이들의 근원까지는 무너뜨리지 못했기에 그저 죄를 짓는 것 외에는 아무것도 할 수 없었습니다. 그대들은 웨스트포인트* 사관 후보생들이나 강선포도 겨누지 않는 적과 싸우는 시늉을 하고 있을 뿐입니다. 대포 주조자의 기술이 아무리 뛰어나도 그 기술이 주조자를 거역하자고 물질을 부추길 수 있겠습니까? 주조자가 생각한 형태가 대포와 주조자 자신의 구조보다 더 중요하겠습니까?

미국에는 400만 명의 노예가 한 사슬에 묶여 있습니다. 미국 정부는 노예들을 이런 상태로 계속 단호하게 유지하려고 합니다. 매사추세츠주는 노예 도망을 막는 연합 감시 주 중 하나입니다. 물론 매사추세츠주의 주민 모두가 그렇다는 것은 아니지만, 주민을 지배하고 그에 순종하는 사람들이 그렇다는 말이지요. 하퍼스 페리에서 일어난 폭동을 진압한 것은 비단 버지니아주뿐만이 아니라 매사추세츠주도 마찬가지였습니다. 매사추세츠주에서는 해군을 파병했고, 언젠가는 그에 대한 죗값을 치르게 될 겁니다.

이 매사추세츠주에 도망 노예를 주 경비를 들여 모두 너그럽게 구조하고 동료 유색 인종 시민을 보호하며 나머지 일은 이른바 정부에 맡기는 단체가 하나 있다고 가정해봅시다. 그렇게 되면 정부는 자기 할 일을 빠르게 상실하고 인류의 경멸을 받게 되지 않겠습니까? 만약 개인들이 정부가 할 일을 대신해 약자를 보호하고 정의

---

* 미국 육군 사관 학교로 뉴욕주 오렌지군 웨스트포인트에 있다.

를 실천한다면, 그때 정부는 한낱 고용인이나 사무직원이 되어 하찮거나 별로 중요하지 않은 일을 할 겁니다. 물론 그렇게 되면 그것은 자경단*을 필요로 하는 이름만 남은 정부일 뿐입니다. 막후에서 자경단을 부리던 동양식 재판관**을 우리는 어떻게 생각해야 할까요? 하지만 일반적으로 우리 북부 주들의 성격이 그러합니다. 각 주마다 자경단을 두고 있습니다. 그리고 이 정신 나간 주 정부들은 이런 관계를 어느 정도 인정하고 받아들입니다. 그들은 실제로 이렇게 말합니다. "우리는 이런 계약 조건에서 당신을 위해 기꺼이 일할 것이니 이에 관해 함부로 떠들어대지만 마십시오." 그러고 나서 정부는 봉급만 안전하게 보장받으면 헌법을 들고 뒷방으로 물러나 헌법을 고치는 데 대부분의 노력을 바칩니다. 오다가다 그런 일이 벌어지고 있다는 소리를 들을 때면, 고작 겨울철에 나무통 만드는 일로 푼돈이나 벌려는 농부들이 생각납니다. 대체 어떤 술을 담으려고 통을 만드는 걸까요? 그들은 가축에 투기하고 산에 굴을 뚫지만, 변변한 고속도로 하나 건설할 능력이 없습니다. 유일한 무료 통행로인 지하 철도***는 자경단이 소유하고 운영합니다. 그들은 전국에 걸쳐 터널을 뚫었습니다. 그런 정부는 금이 간 그릇에서 물이 새듯이 분명 힘과 존경심을 잃고 있습니다. 그리고 그 물은 새지 않는 그릇이 될 자에게 담기고 있습니다.

---

* 여기서는 도망 노예들을 돕는 조직을 일컫는다.
** 원문은 'Cadi'로, 'Qadi'로도 표기하는 이 용어는 이슬람법에 기초해 판결을 내리는 시민 재판관을 말한다.
*** 미국 남부에서 북부나 캐나다로 탈출하는 흑인 노예를 도와주던 비밀 조직이다.

이런 사람들은 아주 극소수라는 이유로 많은 사람에게 비난을 받습니다. 언제 착한 사람이나 용감한 사람이 다수였던 적이 있었습니까? 그런 때가 올 때까지, 여러분과 내가 그에게 다가갈 때까지 그 사람에게 기다리라고 할 겁니까? 대위의 주변에 폭도나 돈만을 목적으로 일하는 사람이 없었습니다. 바로 그 사실만으로도 그는 평범한 영웅들과 다릅니다. 그의 검열에 통과할 만한 사람이 워낙 적었기 때문에 대위의 부대는 정말로 규모가 작았습니다. 가난한 사람과 억압받는 사람을 위해 목숨을 내놓은 부대원 한 사람 한 사람은, 수백만 명은 아니더라도 수천 명 중에서 선택된 사람들이었습니다. 그들은 분명히 원칙적이고, 보기 드물게 용기 있고, 인류애에 헌신적인 사람들로 언제든지 동료를 위해 기꺼이 목숨을 바칠 각오가 되어 있었습니다. 온 나라를 뒤져도 이 점에서 그들과 똑같을 사람들이 그만큼 있을지 의문이 듭니다. 나는 오직 그의 추종자들에 대해 말하고 있을 따름입니다. 물론 그들의 지도자는 부대원을 늘리기 위해 전국 방방곡곡을 찾아다녔습니다. 그런데 이 사람들만으로도 압제자와 억압받는 사람들 사이에 끼어들 준비가 되어 있었습니다. 확실히 그들은 여러분이 교수형에 처하기에 최상의 인물이었습니다. 그것이야말로 이 나라가 그들에게 바칠 수 있는 최상의 찬사였습니다. 그들은 교수대에 설 만반의 준비가 되어 있었습니다. 이 나라는 오랫동안 재판을 열었고 수많은 사람을 사형에 처했습니다만, 지금까지 제대로 된 대상을 한 번도 찾은 적이 없었습니다.

이 투쟁에 참여한 다른 사람들은 계산에 넣지 않더라도 브라운 대위, 그의 여섯 아들들과 그의 사위가 몇 해는 아니더라도 몇 달

동안 차분하고 경건하고 인도적으로 이 투쟁에 임한 것을 생각하면, 그들의 숭고한 행위가 나에게 큰 감동을 준다고 다시 밝히는 바입니다. 거의 모든 미국 국민은 다른 편에 있었는데도, 그는 깨어 있을 때나 잠을 잘 때나 그 일만 생각하며 꼬박 한 해를 보내며 떳떳한 양심 말고는 어떤 보상도 바라지 않았습니다. 만약 그에게 그의 '대의명분'을 옹호하는 신문이 있었더라면, 시쳇말로 자동 오르간처럼 단조롭고도 지겹게 늘 같은 구식 노래를 연주하고 나서 모자를 내리고 인사했더라면, 그는 아마 효율성에서 치명타를 입었을 겁니다. 만약 그가 어떤 식으로든 정부가 그냥 내버려두도록 행동했더라면 그는 아마 의심을 받았을 겁니다. 탄압하는 권력자가 그에게 양보하든지, 아니면 그가 권력자에게 양보하든지 양자택일을 해야 한다는 점에서 그 사람은 내가 알고 있는 당대의 모든 개혁가와 달랐습니다.

그 사람은 특이하게도 노예를 구하려면 폭력을 사용하더라도 노예 소유주에게 간섭할 권한이 전적으로 있다고 주장했습니다. 나는 그의 주장에 동의합니다. 노예제에 끊임없이 충격받는 사람들은 노예 소유주의 폭력적 죽음에 충격받을 권리도 조금은 있습니다만, 그 밖의 사람에게는 그럴 권리가 없습니다. 그런 노예 소유주의 죽음보다는 그의 삶이 더 충격적일 겁니다. 나는 가장 신속하게 노예를 해방하는 데 성공한 그의 방법이 잘못되었다는 생각이 선뜻 들지 않습니다. 나에게 총을 쏘지도 나를 해방하지도 않는 자선 행위보다는 브라운 대위의 자선이 더 좋다고 말한다면, 그런 말은 노예들의 편에 서서 말하는 겁니다. 어쨌든 누군가가 계속 격려받는 일도 없으면서 평생 이 문제를 주제로 말하거나 글을 쓰는 것은 제정신이 아니라고 생각합니다. 나도 그렇게는 하지 않았습니다. 그 일 말고도 돌보아야 할 다른 일들이 많습니다. 나는 다른 사람을 죽이는 것도, 내가 죽임을 당하는 것도 바라지 않지만, 어쩔 수 없이 이 두 가지 일이 불가피한 상황이 있다는 것을 예측할 수는 있습니다. 우리는 날마다 사소한 폭력 행위를 저질러 이른바 사회의 평화를 유지합니다. 경찰의 곤봉과 수갑을 보십시오! 감옥을 보십시오! 교수대를 보십시오! 연대의 종군 목사를 보십시오! 우리는 이런 임시 군대의 변두리에서 안전하게 살기만을 바라고 있습니다. 그렇게 해서 우리는 우리 자신과 우리가 가꾸는 닭장을 지키고 노예제를 유지합니다. 내 동포 대부분은 샤프스의 소총과 연발총을 합법적으로 사용할 수 있는 때가 거의 없습니다. 몇 안 되는 명분이라고는 우리를 침략한 외국 사람들에게서 모욕을 받고 결투할 때와 인디언들을 추적할 때, 도망 노예를 사살할 때뿐입니다. 올바른 대의명분을 위해 샤프스 소총과 연발총을 사용한 적이 단 한 번 있었다는 생각이 듭니다. 그때 그 총들은 그것을 제대로 사용할 줄 아는 사람이 손에 들고 있었습니다.

한때 성전을 정화했다는 바로 그 분노가 다시 신전을 정화할 겁니다.* 문제는 무기가 아니라 바로 그 무기를 사용하는 정신입니다. 지금껏 브라운 대위만큼 동료를 사랑하고 다정하게 대한 사람은

---

* "예수께서 성전에 들어가셔서, 성전 뜰에서 팔고 사고하는 사람들을 다 내쫓으시고, 돈을 바꾸어주는 사람들의 상과 비둘기를 파는 사람들의 의자를 둘러엎으시고, 그들에게 말씀하셨다. '성경에 기록한바, 내 집은 기도하는 집이라고 불릴 것이다' 했다. 그런데 너희는 그것을 '강도들의 소굴'로 만들어 버렸다."《마태복음》 21장 12~13절)

미국에 없었습니다. 그 사람은 자기 동료를 위해 살았습니다. 그는 동료를 위해 목숨을 바쳤습니다. 군인이 아니라 평화를 사랑하는 민간인이, 일반 신도보다 교회 목사가, 서로 싸우는 종파보다 퀘이커교도*들이, 남성 퀘이커보다 여성 퀘이커들이 지지하는 이 폭력은 도대체 어떤 유형의 폭력입니까?

이번 사건은 내게 죽음이라는 엄연한 사실, 인간이 죽을 수 있다는 사실을 일깨웠습니다. 지난날 미국에는 제대로 죽었던 사람이 단 1명도 없었던 것 같습니다. 죽기 위해서는 먼저 살아야 하기 때문이지요. 나는 사람들이 관에 검은 보를 덮은 영구차를 옮기며 장례식을 치렀다는 것을 믿지 않습니다. 그런 이들은 제대로 산 적이 없으니 죽을 리도 없습니다. 그들이 사는 동안 내내 부패했던 육신의 옷을 벗은 것에 지나지 않습니다. 성소의 휘장이 찢어진 것도 아니고 어딘가에 구멍 하나가 파였을 뿐입니다.** 죽은 사람들을 장사하는 일은 죽은 사람들에게 맡겨두십시오.*** 그들 중 가장 훌륭한 사람들조차 시계처럼 천천히 움직이다가 멈춰 섰습니다. 프랭클

---

* '종교 친우회'라고도 일컫는 기독교 교파로, 17세기에 영국인 조지 폭스(George Fox, 1624~1691)가 창시했다. 퀘이커는 올리버 크롬웰의 종교적 관용 정책으로 크게 확산되었지만 그 후 찰스 2세가 국가 교회 정책을 펴면서 영국 정부로부터 탄압받았다. 퀘이커교도들은 윌리엄 펜(William Penn, 1644~1718)이 불하받은 북아메리카 식민지 영토에 도시(오늘날의 미국 펜실베이니아)를 세운 후에야 종교의 자유를 허용받았다.

** "그런데 보아라, 성전 휘장이 위에서 아래까지 두 폭으로 찢어졌다. 그리고 땅이 흔들리고, 바위가 갈라지고, 무덤이 열리고, 잠자던 많은 성도의 몸이 살아났다." (《마태복음》 27장 51~52절)

*** "예수께서는 그에게 말씀하셨다. '죽은 사람들을 장사하는 일은 죽은 사람들에게 맡겨두고, 너는 가서 하나님 나라를 전파하여라.'"(《누가복음》 9장 60절)

린과 워싱턴 같은 사람들은 죽은 것이 아니라 잠시 멈춰 선 겁니다. 다만 어느 날부터 보이지 않았을 뿐입니다. 잘은 모르지만, 아주 많은 사람이 죽은 척하거나 앞으로 죽을 거라고 합니다. 그건 말도 안 되는 소리지요! 나는 그들의 말을 믿지 않습니다. 그들은 죽기는커녕 제대로 산 적도 없습니다. 그들은 버섯처럼 녹아 없어지고, 100여 명의 애도자들이 찬사를 올리며 그들이 사라진 자리를 청소할 겁니다. 이 세상이 열린 이후 진정으로 죽은 사람은 기껏해야 15명도 되지 않습니다. 여러분은 무사히 죽게 되리라고 생각하십니까? 천만에 말씀입니다! 여러분에게는 그럴 희망이 없습니다. 여러분은 아직도 제대로 교훈을 배우지 못했습니다. 그러니 수업이 끝나도 방과 후에 계속 남아 있어야 합니다. 우리는 사형에 대해 쓸데없이 헛소동을 벌이고 있습니다. 빼앗길 목숨이 없는데도 목숨을 빼앗으며 말이지요. 우리 모두 죽는다는 사실을, 메멘토 모리(Memento mori)*를 기억하십시오! 어떤 훌륭한 사람이 자신의 묘비에 새겼던 이 숭고한 문장의 의미를 우리는 제대로 이해하지 못하고 있습니다.** 우리는 그 문장을 비겁하고 비굴한 의미로 해석해왔습니다. 우리는 어떻게 죽어야 하는지 완전히 망각하며 살아왔던 겁니다.

---

* 고대 로마 공화정 시절의 개선식에서 유래했다고 전해지는 표현이다. 이 개선식의 마차에 가장 비천한 인간이라고 할 수 있는 노예 한 명이 장군과 같이 탑승했는데, 이 노예는 개선식 동안 끊임없이 "메멘토 모리"라는 말을 속삭였다고 한다.

** 스코틀랜드의 외과의사 제임스 보스윅(James Borthwick, 1615~1675)이 자기 묘비에 메멘토 모리를 뜻하는 해골 장식을 넣었다.

하지만 여러분이 죽으리라는 사실을 의심치 마십시오. 여러분이 맡은 일을 하고 그 일을 책임감 있게 끝내십시오. 어떻게 시작하는지 알고 있다면, 언제 끝낼지도 알고 있을 터입니다.

이 사람들은 우리에게 어떻게 살아야 하는지를 가르쳐준 동시에 어떻게 죽어야 하는지도 가르쳐줬습니다. 만약 그 사람의 행동과 말이 다시 살아나지 않는다면, 그것은 아마 그의 언행에 대한 가장 심한 조롱이 될 겁니다. 이것은 미국이 들어본 최고의 소식이 될 겁니다. 이 소식으로 벌써 미약해진 북부의 맥박이 팔딱거리며 뛰기 시작했고, 이른바 상업적, 정치적 번영이 수년간 이뤄낸 것보다 훨씬 더 많은 피를 우리의 심장과 혈관에 불어넣고 있습니다. 최근 자살을 고민한 수많은 사람에게 이제 살아야 할 이유가 생기지 않았던가요!

한 작가는 브라운 대위의 유별난 편집증 때문에 "미주리주 사람들이 그를 초자연적 존재로 두려워하게" 되었다고 말합니다. 과연 겁쟁이들 가운데에 나타난 영웅은 늘 그토록 두려움의 대상이었습니다. 대위는 바로 그런 존재입니다. 그는 자연마저 초월하는 모습을 보입니다. 그는 내면에 신성한 불꽃을 품고 있습니다.

> 자신을 뛰어넘어 우뚝 설 수 없다면
> 인간은 얼마나 가련한 존재인가!*

---

* 영국의 시인인 새뮤얼 대니얼(Samuel Daniel, 1562~1619)의 〈컴벌랜드 공작 부인 레이디 마거릿에게〉의 한 구절이다.

언론인들은 그가 신에게 이 일을 하도록 소명받았다고 여긴다는 점, 한순간도 자신을 의심치 않았다는 점이 광기의 증거라고 주장합니다. 그들은 마치 오늘날 무슨 일을 하든 '신의 소명을 받는다는 것'이 불가능한 것처럼 말합니다. 마치 그리스도인의 서원(誓願)과 종교가 일상과는 아무 관련이 없는 시대착오적인 개념인 것처럼 말입니다. 또한 그들은 노예제 폐지가 오직 대통령이나 정당이 임명한 누군가가 할 수 있는 일인 것처럼 말합니다. 그들은 마치 한 사람의 죽음은 실패고, 어떻게든 계속 사는 것이 성공인 것처럼 말합니다.

존 브라운이라는 사람이 어떤 대의명분을 따라 얼마나 종교적으로 헌신했는지 생각해보고, 그의 재판관들이나 그토록 격렬하고 유창하게 그를 비난하는 자들이 모두 어떤 명분에 헌신하는지 생각해보면, 그 둘의 차이가 그야말로 하늘과 땅처럼 엄청나다는 사실을 알 수 있습니다.

요지는, 우리 '지도자'들은 아무런 해도 끼치지 못하는 사람들로, 자신이 신에게 임명받은 게 아니라 정당 투표로 선출된 사람이라는 사실을 충분히 잘 알고 있습니다.

브라운 대위는 도대체 누구의 안전을 위해 교수형에 처해져야 합니까? 북부 사람이라면 누구라도 꼭 그래야만 하는 것입니까? 이런 사람들을 미노타우로스*에게 바치는 것 외에는 다른 방법이 전혀 없습니까? 여러분이 이런 일을 원하지 않는다면 분명히 그렇

---

* 그리스 신화에 나오는 괴물로 인간의 몸에 황소의 얼굴과 꼬리를 지녔다. 미노스 왕은 크노소스 궁전 안의 미로에 다이달로스와 그의 아들 이카로스를 가둔다.

다고 말하십시오. 지금 이런 일들이 벌어지는 동안 미의 여신은 베일을 쓴 채 모습을 감추고 있고, 음악의 여신은 새된 소리를 내며 거짓말을 하고 있습니다. 그 사람을, 그의 고귀한 자질을 한번 생각해보십시오! 그런 사람이 이 세상에 나오려면, 또 그를 제대로 이해하려면 오랜 시간이 걸립니다. 그는 가짜 영웅도 아니고, 특정 정당의 대표도 아닙니다. 이 무지몽매한 땅에서 두 번 다시 나오지 않을 사람입니다. 그런 사람을 만들기 위해 가장 값비싼 재료와 가장 단단한 원석이 들어갔습니다. 그는 포로로 갇힌 사람들의 구세주로 이 땅에 보내졌습니다.* 그런데도 그를 밧줄에 매달아 처형하는 것이 그를 이용하는 유일한 방법이라니요! 십자가에 못 박힌 예수 그리스도를 사랑하는 척하는 여러분, 400만 명을 구원하기 위해 자신의 목숨을 바친 사람에게 지금 무슨 짓을 하고 있는지 곰곰이 생각해보십시오.

누구든 자신이 언제 의롭다고 여겨질지 잘 알고 있고, 이 세상 모든 지혜도 그 점을 직접 가르쳐줄 수는 없습니다. 살인자는 자신이 정당하게 처벌받는다는 사실을 압니다. 하지만 누군가의 양심이 동의하지 않는데도 정부가 그의 생명을 앗아간다면, 그런 정부는 무모한 짓을 하는 정부이며 몰락을 향해 한 걸음 내디딘 정부입니다. 개인이 옳고 정부가 그를 수도 있지 않을까요? 단순히 제정되었다는 이유만으로 법을 시행해야 합니까? 법이 옳지 않은데도 수많은 사람이 옳다고 선언한다는 이유만으로 시행되어야만 합니

---

* 여기에서 소로는 애굽(이집트)에서 종살이하던 이스라엘 백성을 가나안으로 인도한 지도자 모세를 떠올린 듯하다.

까? 인간이 자신 안의 선한 본성이 반대하는 행위를 수행하는 도구로 전락할 필요가 있습니까? 선량한 사람들을 교수형에 처하는 것이 입법자들의 의도입니까? 판사들은 법의 정신이 아니라 글자에 따라 법을 해석합니까? 내면의 빛에 반하여 이런저런 일을 하겠다고 자신과 계약을 맺을 권리가 여러분에게 있습니까? 여러분이 주체가 되어 마음을 정하고, 무엇이든 결심하고, 외부에서 강요받거나 여러분이 이해할 수 없는 신념을 받아들일 권리가 있습니까? 나는 변호사라는 존재를 사람을 공격하거나 변호하는 데 있어 신뢰하지 않습니다. 그들이 비굴하게도 판사의 기준에 맞추는 일이 허다할뿐더러, 정작 중요한 사건에서 인간이 만든 법의을 준수했는지를 전혀 문제 삼지 않기 때문입니다. 변호사들은 사소한 사건이나 처리하라고 하십시오. 사업가들은 그런 문제들을 자기네들끼리 알아서 처리하면 됩니다. 만약 변호사들이 정당하게 인간을 구속하는 영원한 법의 해석자라면, 그것은 또 다른 문제가 될 겁니다. 절반은 노예의 땅이고 절반은 자유인의 땅인 곳에 자리 잡은, 법을 만들어내는 사기 공장일 뿐이지요! 그런 곳에서 도대체 자유인들을 위한 어떤 법을 기대할 수 있겠습니까?

나는 지금 여러분에게 그 사람의 대의명분을 옹호하기 위해 이 자리에* 서 있습니다. 나는 그 사람의 목숨을 살려달라고 탄원하는 것이 아니라, 그의 인격과 불멸할 그의 삶을 옹호하고 있습니다. 이 대의명분은 전적으로 여러분의 것이며 눈곱만큼도 그를 위한 것이 아닙니다. 약 1,800년 전에 예수 그리스도가 십자가에 못 박혔습니

---

* 소로가 존 브라운을 변호하려고 연설하고 있는 콩코드 라이시움을 말한다.

다. 오늘 아침 우연히도 브라운 대위가 교수형을 당했을지도 모릅니다. 이 두 사건은 고리가 달린 한 사슬의 양쪽 끄트머리입니다. 그는 이제 '다정한 브라운'이 아니라 '빛의 천사'입니다.

이제 이 나라를 통틀어 가장 용감하고 가장 인간적인 사람이 어쩔 수 없이 교수형을 당해야 한다는 사실을 나는 알고 있습니다. 그 자신도 그 사실을 알고 있을 겁니다. 나는 그의 석방 소식이 들릴까봐 두려울 지경입니다. 이 세상 어떤 생명이 오래 살아간다고 해도 그의 죽음만큼 큰 업적을 이뤄낼 수 있을지 의문이 듭니다.

"잘못된 길로 빠진 사람!" "말만 많은 사람!" "미친 사람!" "복수심에 불타는 사람!" 여러분은 그렇게 안락의자에 앉아서 이런 말들을 써댑니다. 하지만 그 사람은 상처 입은 채 무기고 바닥에 앉아서 구름 한 점 없는 하늘처럼 명료하게, 자연의 목소리처럼 진실하게 이렇게 대답합니다.

"그 누구도 나를 이곳을 보내지 않았습니다. 내 발로 걸어서, 나의 창조주를 따라 왔습니다. 인간의 모습을 한 어떤 주인도 나는 인정하지 않습니다."

그리고 그 사람은 자기를 붙잡은 자들에게 아주 부드럽고도 고결한 목소리로 이렇게 계속 말합니다. "친구들이여, 여러분은 하느님과 인류에게 큰 잘못을 저지르고 있다고 생각합니다. 누구라도 여러분이 사악하게 고의로 구속한 사람들을 해방하려고 여러분을 방해한다면, 그것은 더할 나위 없이 정당한 일이 될 겁니다."

자신이 한 일에 관해서 그는 "내 생각에, 한 인간이 하느님에게 바칠 수 있는 가장 큰 봉헌입니다"라고 말합니다.

"나는 아무 도움도 받지 못하고 구속된 가난한 사람들을 동정합

니다. 내가 이곳에 서 있는 것은 바로 그 때문입니다. 개인적인 적
대감이나 복수심이나 원한 때문에 온 것이 아닙니다. 여러분처럼
선량하고 하느님이 보시기에 소중한, 억압받는 사람들과 부당한
대우를 받는 사람들을 동정해서 온 겁니다."

여러분은 그 증거를 눈으로 보고도 깨닫지 못하고 있습니다.

"내가 가장 부유하고 힘 있는 사람들의 권리를 존중하는 것처럼,
노예제로 억압받는 가장 가난하고 가장 약한 유색 인종의 권리를
존중한다는 점을 이해해주기 바랍니다."

"더구나 나는 남부에 사는 여러분 모두가 그 문제를 해결할 준비
를 하는 편이 좋다는 점을 말하고 싶습니다. 여러분이 준비하는 것
보다 훨씬 더 빠르게 그 문제를 해결할 순간이 올지도 모릅니다. 서
둘러 준비할수록 좋습니다. 여러분은 수월하게 나를 제거할 수 있
을지 모릅니다. 지금 나는 제거된 것이나 다를 바 없습니다. 하지만
해결해야 할 문제는 여전히 그대로 남아 있습니다. 흑인 문제 말입
니다. 그 문제는 아직도 결말이 나지 않았습니다."

나는 화가가 더는 소재를 찾아 로마로 가지 않고 그 장면을 그릴
날이 오리라고 내다봅니다. 또한 시인은 그 장면을 노래할 날이 올
겁니다. 역사가가 그 사건을 기록할 날이 올 겁니다. 그리고 〈순례
자들의 착륙〉*과 〈독립 선언〉**과 함께 그 작품이 미래의 어떤 국립
미술관을 장식하게 되겠지요. 적어도 오늘날의 노예제가 더는 존

---

* 1876년에 커리어 및 아이브즈 사가 제작한 그림으로 미국 국회도서관에 전시되어
  있다.
** 존 트럼불(John Trumbull, 1756~1843)이 제작한 그림으로 미국 국회의사당에 전
  시되어 있다.

재하지 않을 때 말입니다. 그때가 되면 우리는 마음 놓고 브라운 대위를 애도하면서 실컷 울 수 있을 겁니다. 그때, 그런 날이 올 때야 비로소 우리는 복수할 겁니다.

산책

나는 대자연에 대해, 단순히 공민적인 자유와 문화와 대조되는 절대적 자유와 야생에 대해 한마디 말하고 싶다. 인간을 사회의 한 구성원으로 보기보다는 대자연의 주민이나 그 일부로 보고 싶다. 이 이야기를 극단적으로 진술하고 싶은데, 그렇다면 문명을 수호하려 나설 사람들이 충분히 많을 테니 얼마나 강조하고 단호하게 말해야 할지 모르겠다. 목사와 학교 위원회, 그리고 여러분 각자가 그 문제를 떠안게 될 것이다.

나는 지금껏 살면서 소요(逍遙)의 예술, 걸어 다니는 예술, 말하자면 '산책(sauntering)'에 천부적 재능이 있는 그런 사람을 오직 한두 명밖에 만나지 못했다. '산책'이라는 말은 중세에 시골을 돌아다니며 '생트 테르(Sainte Terre)', 즉 성지 순례를 간다는 구실로 자선을 구걸하던 게으른 사람들이라는 말에서 그럴듯하게 유래했고, 마침내 아이들이 "저기 생트 테르가 간다"라고 외치게 됐다. 그래서 성지 순례자인 '손터러(saunterer)'라는 말이 생겨난 것이다. 그들이 사칭한 대로 한 번도 걸어서 성지에 가지 않는 사람은 실제로는 한낱 게으름뱅이와 방랑자에 지나지 않는다. 하지만 정말로 성지에 가는 사람은 내가 의미하는 바처럼 좋은 뜻에서 산책하는 사람이다. 땅이나 집이 없다는 뜻의 '상 테르(sans terre)'에서 이 말의 유래를 찾으려는 사람들도 있다. 그러므로 이 말은 좋은 의미에서 특정한 집은 없지만 어디에서나 집에 있는 것과 똑같이 마음이 편안함을 의미한다. 이것이야말로 성공적인 산책의 비결이다. 늘 집에 죽치고 앉아 있는 사람은 가장 심각한 부랑자일지도 모른다. 하지만 굽이 굽이 흐르는 강물이 부랑자가 아니듯이 좋은 의미에서 산책하는 사람도 부랑자가 아니다. 강물은 끊임없이 바다로 흘러가는 내내 부지런히 지름길을 찾는다. 하지만 나는 가장 그럴듯해 보이는 첫 번째 어원을 더 좋아한다. 우리 내면의 은둔자 베드로*가 설교한 대로, 모든 산책은 이 성지를 이교도의 손아귀에서 되찾기 위한 일종의 십자군 전쟁이다.

실제로 오늘날 우리는 한낱 비겁한 십자군 전사, 끝없는 모험을 끈기 있게 감행하지 못하는 산책자에 지나지 않는다. 우리의 탐험은 그저 여행일 뿐, 저녁이 되면 출발지에 있던 그리운 난로 곁으로 다시 돌아온다. 산책의 절반은 발걸음을 되짚는 것에 불과하다. 우

---

* 아미앵의 베드로(1050년경~1115)를 뜻한다. 1차 십자군 전쟁을 이끈 프랑스의 수도승으로, 예수의 무덤을 찾는 순례에 나섰다. 그의 순례는 토르콰토 타소(Torquato Tasso, 1544~1595)의 서사시《해방된 예루살렘》(1581)의 소재가 됐다.

리는 어쩌면 불멸의 모험 정신으로 가장 짧은 산책을 떠나서 두 번다시 돌아오지 말아야 할지도 모른다. 방부 처리된 심장을 우리의황량한 왕국에 유물로만 돌려보낼 준비를 한 채 말이다. 만약 여러분이 아버지와 어머니, 형제자매, 아내와 자식, 친구들을 떠나 다시는 그들을 보지 않을 준비가 되어 있다면, 빚을 갚고 유언장을 작성하고 모든 일을 정리하고 자유인이 되었다면, 비로소 여러분은 산책할 준비가 된 것이다.

내 경험으로 돌아가 말하자면, 내 동료와 나는(나한테도 가끔 동료가 있을 때도 있다) 새로운, 아니 오히려 오래된 기사단의 기사라 자부하며 즐거움을 느낀다. 프랑스의 기사단 슈발리에나 독일의 기사단 리터가 아니라 그들보다 훨씬 오래되고 명예로운 계급이라고 할 '산책자' 말이다. 한때 '리터'가 자랑하던 기사도 정신과 영웅 정신은 이제 산책자에 자리 잡고 있거나 어쩌면 이미 그 속에 가라앉은 것처럼 보인다. '기사'가 아니라 '편력하는 산책자'로 말이다. 산책자는 교회와 국가와 국민의 경계 밖에 존재하는 제4의 신분이다.*

우리는 그동안 자신의 거처 근처에서 거의 홀로 이 고귀한 예술을 실천한다고 느꼈다. 하지만 솔직히 말해서, 적어도 그들 자신의 주장을 받아들인다면, 우리 마을 사람 대부분은 나처럼 가끔씩 걷고 싶어 하지만 걸을 수가 없다. 이 직업의 원천이라고 할 여유, 자유, 독립은 어떤 재산으로도 살 수 없다. 그것은 오직 하느님의 은

---

* 프랑스 대혁명 이전에 첫 번째 신분은 성직자, 두 번째 신분은 왕권, 세 번째 신분은 그 밖의 국민이었다. 토머스 칼라일(Thomas Carlyle, 1795~1881)은 《영웅과 영웅 숭배》(1841)에서 영국의 정치 사상가 에드먼드 버크(Edmund Burke, 1729~1797)의 말을 인용하며 언론은 네 번째 신분이라고 말했다.

총으로만 얻을 수 있을 뿐이다. 산책자가 되려면 하늘에서 직접 내려주는 은총이 필요하다. 산책하려면 '산책자'의 가문에서 태어나야 한다. '암불라토르 나시투르, 논 피트.'* 산책자는 태어나는 것이지 만들어지는 것이 아니다. 물론 우리 마을 사람 중 몇 명은 10년 전에 숲에서 반 시간 동안 길을 잃을 정도로 축복받은 산책을 즐겼던 기억을 간직하고 있고, 내게 그 기억을 이야기해줬다. 하지만 나는 그들이 아무리 이 특별한 계층에 속한다고 주장하더라도 그 이후로는 늘 큰길에만 머물렀다는 것을 잘 알고 있다. 틀림없이 그들은 삼림 관리인이자 무법자였던 과거의 삶을 회상하는 것처럼 잠시나마 기분이 우쭐했을 것이다.

어느 상쾌한 아침
그가 초록 숲에 도착했을 때
그의 귓가에 새들이
즐겁게 노래하는 소리가 들렸지.

그것은 오래전의 일이었어, 로빈이 말했지.
내가 지난번 이곳에 있었던 것이.
여기서 잠시 머물러
갈색 사슴을 쏘고 싶네.**

---

* 라틴어 원문은 "Ambulator nascitur, non fit"로, "시인은 태어나는 것이지 만들어지는 것이 아니다"를 뜻하는 "Poeta nascitur, non fit"를 살짝 바꾼 것이다.
** 제프리 초서(Geoffrey Chaucer, 1340년대~1400)의 〈로빈 후드 이야기〉에서 인용한 구절이다. 초서는 흔히 '영국 시의 아버지', '영국 문학의 아버지'로 불리는 문인이다.

나는 적어도 하루에 4시간(보통은 그 이상이지만) 숲과 언덕과 들판을 거닐며 모든 세상일에서 완전히 벗어나지 않고서는 건강과 정신을 지킬 수 없다고 생각한다. 여러분은 '뭘 그리 멍하니 생각하나?'라고 물어도 좋다. 수많은 정비공과 상점 주인은 오전이나 오후나 내내 다리를 꼬고 앉아 있고는 한다. 마치 그 다리가 서거나 걸을 다리가 아니라 앉아 있도록 만들어진 것처럼 말이다. 그 모습을 떠올릴 때면 나는 그들이 오래전에 자살하지 않은 것만으로도 신통하다고 생각한다.

나는 단 하루도 방 안에 들어박혀 있으면 몸에 녹이 스는지라, 가끔 오전 11시나 밤의 그림자가 벌써 낮과 뒤섞이기 시작하여 하루를 되찾기에는 너무 늦은 오후 4시에 몰래 산책하러 나간다. 산책할 때 나는 마치 용서를 구해야 할 죄를 지은 것 같은 기분이 들었다. 나는 이웃들이 몇 주, 몇 달, 아니 몇 년 동안 하루 종일 가게와 사무실에 틀어박혀 있는 모습을 보면, 그들의 도덕적 무감각함은 말할 것도 없거니와 인내심에 놀라지 않을 수 없다는 사실을 고백한다. 지금 오후 3시인데 마치 새벽 3시인 것처럼 앉아 있는 그 사람들이 도대체 어떤 질료로 만들어졌는지 나는 잘 모르겠다. 보나파르트*는 새벽 3시의 용기를 말할지도 모른다. 하지만 그토록 강한 동정심으로 묶여 있는 수비대를 굶겨가며 항복시킬 용기는, 오후 이 시간에 오전 내내 알고 있던 자기 자신에 반하여 기꺼이 자리

---

* 나폴레옹 보나파르트(Napoléon Bonaparte, 1769~1821)는 회고록《생트 헬레나 회상》(1823)에서 "나는 새벽 2시의 용기를 거의 만난 적이 없다. 준비되지 않은 즉석의 용기 말이다."라고 말한 적이 있다. 소로는 2시를 3시로 바꿨다.

잡고 앉아 있을 용기에 비하면 아무것도 아니다. 이 시간쯤, 이를 테면 아침 신문을 보기에는 너무 늦고 저녁 신문을 보기에는 너무 이른 오후 4시와 5시 사이에 집 밖에 나서면, 거리 곳곳에서 폭발이 일어나 집 안에서 생겼던 온갖 낡은 생각과 변덕을 사방팔방으로 흩어버린다. 그러니 산책으로 바람을 쐬어 악한 마음이 저절로 없어지도록 하지 않는 것이 이상할 정도다.

남자들보다 집에 갇혀 지내는 시간이 훨씬 많은 여성들은 어떻게 그 고통을 견뎌내는지 모르겠다. 하지만 대부분의 여성이 그 고통을 전혀 견뎌내지 못할 거라고 추정할 만한 근거는 있다. 어느 여름날 오후 나는 일행과 옷자락에서 마을의 먼지를 털어내며, 도리아식이나 고딕 양식으로만 지어 고요한 분위기를 자아내는 집들을 서둘러 지나치고 있었다. 그때 내 일행은 아마 이 시간쯤이면 그 집들에 살고 있는 사람은 모두 잠자리에 들었을 거라고 속삭였다. 그제서야 나는 건축의 아름다움과 위엄을 깨달았다. 건축은 결코 안으로 향하지 않고, 언제나 바깥쪽에 우뚝 서서 잠든 사람들을 감시한다.

산책에는 기질, 그리고 무엇보다도 나이가 큰 영향을 미친다는 점에는 의심의 여지가 없다. 사람은 나이가 들면서 가만히 앉아서 실내 활동을 하는 능력이 늘어난다. 인생의 황혼이 다가오면 생활 습관이 저녁처럼 변하여 해가 지기 직전에야 마침내 밖으로 나와 반 시간 만에 필요한 모든 산책을 마친다.

하지만 내가 말하는 걷기는 마치 환자가 정해진 시간에 약을 복용하듯이, 아령이나 의자를 흔드는 것과 같은 소위 운동과는 관련이 없다. 오히려 그 자체가 하루의 모험이자 진취적인 활동이다. 저 멀리 누군가가 찾지 않는 목초지에 샘물이 보글보글 솟아오르고 있는데, 그걸 모르고 건강을 위해 아령만 흔들어대고 있다고 상상해보라!

산책은 낙타처럼 해야 한다. 낙타는 걸으면서도 되새김질하는 유일한 동물이라고 한다. 한 여행자가 윌리엄 워즈워스*의 하녀에게 주인의 작업실을 보여달라고 부탁하자, 하녀는 "여기가 그분의 서재입니다. 그분의 작업실은 집 밖에 있습니다"라고 대답했다고 한다.

햇빛과 바람을 쏘이며 야외에서 생활하다 보면 분명히 거친 성격이 생길 것이다. 얼굴이나 손에 각질이 생기거나, 고된 육체노동으로 손의 섬세함이 일부 사라지는 것처럼, 우리 본성의 섬세한 부분 위에도 좀 더 두꺼운 각질이 일부 생길 것이다. 이와는 반대로 집에서 생활하면 피부가 얇아진다고는 말할 수 없지만 부드럽고 매끈해지며, 어떤 인상을 좀 더 민감하게 받아들이게 된다. 햇살이 조금만 덜 강하고 바람이 조금만 덜 불었다면, 어쩌면 우리는 지적이고 도덕적인 성장에 중요한 영향을 더 받을 수 있었을지도 모른다. 두껍고 얇은 피부를 적절히 조절하는 것은 분명히 좋은 일이다. 하지만 나는 이런 건 금방 떨어져버리는 비듬 같은 것이라고 생각한다. 자연 치유책은 밤과 낮, 겨울과 여름, 생각과 경험의 균형을 맞추는 데서 찾을 수 있다. 우리의 생각에도 공기와 햇살이 더 많이 필요하다. 노동자의 못 박힌 손바닥은 자존감과 영웅심이라는 좀 더 섬세한 조직과 친근하며, 그 감촉은 게을러서 생긴 맥 빠진 손가

---

* William Wordsworth, 1770~1850. 영국 낭만주의를 대표하는 시인 중 한 사람으로 자연친화적 성격이 강했다.

락보다 더 우리 마음을 설레게 한다. 한낱 벌건 대낮에 침대에 누워 스스로를 희다고 생각하는 것은 감상주의에 지나지 않을 뿐 햇볕에 검게 그을리고 군살이 박힌 경험과는 거리가 멀다.

우리는 산책할 때 자연스럽게 들판과 숲으로 발길을 돌린다. 만약 우리가 오직 정원이나 쇼핑몰만을 걷는다면 과연 어떻게 될까? 심지어 어떤 학파의 철학자들은 숲에 가지 않기 때문에 자신이 있는 곳에 숲을 옮겨다 놓아야 한다고 생각했다. "그들은 플라타너스의 숲과 산책로를 조성했다." 그리고 그곳에서 그들은 지붕이 덮여 있지만 야외로 열린 회랑의 산책로*에서 걸었다. 물론 숲에 들어갈 때 자신을 데리고 가지 않는다면, 그곳으로 발길을 옮기는 것은 아무 소용이 없다. 몸은 숲속으로 1.5킬로미터 조금 넘게 걸었는데 정작 영혼이 같은 곳에 없다는 사실을 깨달으면 나는 당혹스러워진다. 오후에 산책할 때면 나는 오전에 일어난 일과 사회에 대한 의무를 모두 잊고 싶다. 하지만 마을 일을 뇌리에서 쉽게 떨쳐내지 못할 때가 가끔 있다. 어떤 일이 계속 머릿속을 맴돌고, 몸과 마음이 따로 논다. 제정신이 아니라고나 할까. 이럴 때 숲을 걸어 제정신을 다시 찾고 싶다. 숲에 와서 숲 밖의 일을 생각한다면 숲속을 산책할 필요가 어디 있을까? 심지어 좋은 일이라 할 수 있는 일에 연루되어 있을 때조차 나는 자신을 의심하며 진저리를 치지 않을 수 없다. 이러한 일이 가끔 일어날 때가 있다.

---

* 원문은 'Subdiales Ambulationes'로, 지붕이 있는 산책로를 말한다. 소로는 고대 그리스 철학파의 하나인 소요학파를 이야기하고 있다. 아리스토텔레스가 학원 안 나무 사이를 산책하며 제자를 가르쳤다는 데에서 소요라는 이름이 붙었다.

내가 사는 주변에는 좋은 산책로가 많다. 오랜 세월 거의 날마다, 때로는 며칠씩이나 계속 걸었지만 아직도 다 걸어보지 못했다. 완전히 새로운 풍경은 큰 행복이며, 나는 어느 오후라도 이런 행복을 느낄 수 있다. 2~3시간만 걸으면 언젠가 보고 싶어질 낯선 곳에 도착할 수 있다. 전에 본 적 없는 농가 한 채가 다호메이* 왕의 영토만큼이나 좋을 때도 있다. 사실 반경 16킬로미터 이내나 오후 산책로의 범위에 있는 풍경과, 인간의 70년 인생** 사이에는 일종의 조화가 있다. 아마 여러분에게는 이런 게 결코 익숙해지지 않을 것이다.

오늘날 집을 짓고 숲과 온갖 큰 나무를 베는 일 같은, 이른바 인간이 이룬 진보의 대부분은 단순히 풍경을 훼손하고 그 풍경을 점점 더 길들이고 값싼 것으로 만들 뿐이다. 울타리를 불태우는 것도 모자라 숲을 그대로 두는 사람들이라니! 나는 울타리가 반쯤 불에 타 끝 부분들이 초원 한가운데서 사라져버린 것을 봤다. 어떤 세속적인 구두쇠가 측량사와 함께 자신의 땅 경계를 살피고 있었는데, 그는 천국이 이미 그의 주변에 펼쳐져 있었는데도 천사들이 오가는 것을 보지 못한 채 낙원 한가운데서 낡은 기둥 구멍을 찾고 있었다. 다시 바라보니, 그는 악마들에게 둘러싸여 스틱스의 늪지대 한가운데 서 있었다. 그 사람은 의심할 여지없이 자신이 경계 표시를 해둔 곳, 즉 말뚝이 박혀 있던 곳에서 작은 돌 세 개를 찾아냈다. 내가 좀 더 가까이 다가가 보니 마왕은 다름 아닌 그의 측량사였다.

---

* 오늘날 서아프리카 남부 베냉에 있던 식민지 시대 이전의 왕국으로, 18~19세기에 번성하여 대서양 노예무역이 절정을 이르던 무렵 전성기에 이르렀다.

** "우리의 연수가 70이요 강건하면 80이라도, 그 연수의 자랑은 수고와 슬픔뿐이요, 빠르게 지나가니, 마치 날아가는 것 같습니다."(《시편》 90장 10절)

나는 내 집 앞에서 출발해 어느 집도 지나지 않고서도, 또 여우와 밍크가 지나가는 길 외에는 다른 길을 건너지 않고서도 15킬로미터, 25킬로미터, 30킬로미터 등 그 거리가 얼마나 되든 쉽게 걸을 수 있다. 먼저 강가를 따라 걷다가, 그다음에는 시냇물을 따라 걷다가, 그리고 목초지와 숲길을 따라 걸어간다. 내가 사는 인근에는 사람이 살지 않는 땅이 몇십 제곱킬로미터나 된다. 수많은 언덕에서 내려다보면 저 멀리 문명과 인간의 거주지가 보인다. 여기서는 농부들의 작업은 마멋이 사는 굴보다도 더 희미하게 보인다. 인간과 그들의 일거리, 교회와 국가와 학교, 무역과 상업, 제조업과 농업, 그 모든 것 중에서도 가장 심상치 않은 정치에 이르기까지. 정치가 이런 풍경에서 얼마나 작은 공간을 차지하는지 보면 기분이 좋아진다. 정치는 한낱 좁은 들판일 뿐이고, 저쪽에 그보다 훨씬 좁은 큰길이 정치로 이어진다. 나는 가끔 여행자를 그곳으로 안내할 때도 있다. 만약 정계에 들어가고 싶다면 큰길을 따라가도록 하라. 시장 상인을 따라가고, 여러분의 두 눈을 뿌연 티끌로 가려야만 곧장 정계로 인도될 것이다. 정계 역시 오직 그만의 자리를 차지할 뿐 모든 공간을 차지하지 않기 때문이다. 나는 콩밭에서 숲으로 들어가듯이 그곳을 지나치고 그곳은 곧 잊힌다. 반 시간만 걸으면 나는 지구 표면의 어느 한 지점으로 걸어갈 수 있다. 그곳은 한 해의 끝자락에서 그 이듬해 끝자락까지 발을 들인 사람이 없는 곳이다. 따라서 그곳에는 정치가 존재하지 않는다. 정치란 누군가가 피우는 담배 연기와 같이 덧없기 때문이다.

　마을은 도로들이 향하는 곳으로, 강의 호수처럼 확장된 큰길과 비슷하다. 마을은 몸이고, 도로는 팔과 다리 노릇을 한다. 마을은 사방팔방으로 갈라진 시시한 장소이며, 여행자들의 통행로이자 여관이다. 마을이라는 낱말은 라틴어 '빌라(villa)'에서 유래했다. 바로*는 이 말을 길을 뜻하는 말 '비아(via)', 좀 더 옛날에 사용하던 말 '베드(ved)'와 '벨라(vella)', 운반한다는 말 '베호(veho)'에서 그 유래를 찾을 수 있다. 빌라는 물건을 운반하는 장소이기 때문이다. 짐승으로 짐을 날라 생계를 유지하는 사람들은 '벨라투람 파세레(velaturam facere)'라고 했다. 여기에서 악을 뜻하는 라틴어 '빌리스(vilis)', 영어 '극악이다(vile)'와 '악하다(villan)'라는 어휘도 나왔다. 이는 마을 사람들이 어떤 종류의 타락에 빠지기 쉬운지를 암시한다. 그들은 직접 여행하지 않는데도 자신들의 바로 곁을 여행이 끊임없이 지나가는 탓에 여행에 지쳐 있다.

어떤 사람들은 전혀 걷지 않고, 어떤 사람들은 큰길을 따라 걸으며, 또 몇몇 사람은 넓은 토지를 가로질러 걷는다. 도로는 말과 사업가를 위해 만들어졌다. 나는 그런 도로는 비교적 자주 다니지 않는 편이다. 선술집이나 식료품점, 말이나 마차를 세놓는 집, 역 쪽으로 서둘러 갈 일이 없기 때문이다. 나는 여행하기에는 좋은 말이지만, 그 목적으로 일부러 선택한 승용마는 아니다. 풍경화가는 사람의 형상을 사용하여 길을 표시한다. 그는 내 형상을 그런 용도로 사용하지 않을 것이다. 나는 메누**, 모세, 호메로스, 초서와 같은 옛 선지

<hr />

* Marcus Terentius Varro, 기원전 116~27. 고대 로마 시대의 문학가로, 여러 분야에 걸쳐 저술 활동을 했지만 지금은《농업론》이 그의 대표작으로 남아 있다.

** 힌두교에서 인류의 조상으로 간주하는 존재로, '마누(Manu)'로 더욱 잘 알려져 있다. 브라흐마의 영적인 아들로 의례와 일상생활 전체를 규정한《마누 법전》을 만들었다. 소로는 에머슨에게《마누 법전》한 권을 받았고, 초월주의자들의 잡

자들과 시인들이 걸어 들어갔던 그런 자연 속으로 걸어 들어간다. 그것을 아메리카라고 부를 수도 있을 테지만 실제로 아메리카는 아니다. 아메리쿠스 베스푸키우스*도, 콜럼버스도, 그 밖의 다른 누구도 아메리카를 발견한 사람은 아니다. 지금까지 내가 읽은 아메리카의 어떤 역사보다도 신화 속에 훨씬 진실한 이야기가 담겨 있다.

하지만 이제는 거의 없어지다시피 했어도 어딘가로 이어지듯 보이는, 유익한 옛 길이 몇 군데 있다. 그중 하나가 올드 말버러 도로인데, 지금은 말버러까지 이어지지는 않는 것 같다. 지금 내가 걷고 있는 곳이 그 말버러가 아니라면 말이다. 내가 여기에서 이 도로를 비교적 대담하게 이야기하는 것은 마을마다 그런 길이 한두 개쯤은 있을 거라고 생각하기 때문이다.

올드 말버러 도로

한때 그들이 돈을 찾으려고 땅을 파다가
결국 아무것도 찾지 못한 곳.
이따금 마셜 마일스와
일라이저 우드가
홀로 종렬로 지나가는데,
나는 쓸데없는 걱정을 한다.

지《다이얼》에《마누 법전》의 본문 일부를 발췌하여 실었다.

* 아메리고 베스푸치(Amerigo Vespucci, 1454~1512)를 뜻한다. 이탈리아의 탐험가로 1497년에서 1504년까지 세 차례에 걸쳐 현재의 브라질을 지나 남아메리카 지역까지 탐험했다. '아메리카'라는 대륙의 이름은 그의 이름에서 유래했다.

일라이셔 듀건* 외에는

아무도 없다.

아, 자고새와 토끼 같은

야생적인 습관을 지닌 사내,

올가미를 놓는 것 말고는

아무 걱정도 없는 사내,

뼛속까지 혼자 사는 사내,

삶이 가장 달콤한 곳에서

그는 끊임없이 먹는다.

봄이 내 피를 자극해

여행 본능을 일깨우면

나는 올드 말버러 도로에서

자갈을 충분히 얻을 수 있다.

아무도 다니는 이 없어 닳지 않으니

아무도 수리하지 않는다.

기독교인들이 말하듯이

그것은 살아 있는 길이다.**

그곳에 들어가는 사람은

그다지 많지 않다.

오직 아일랜드인 퀸의 손님뿐.

---

* 마일스와 우드와 듀건은 소로의 친구이자 그가 콩코드에서 운영하던 학교의 학생
이었다.

** "예수께서는 휘장을 뚫고 우리에게 새로운 살 길을 열어 주셨습니다. 그런데 그 휘
장은 곧 그의 육체입니다."(《히브리서》10장 20절)

그것은 어떤 곳인가, 어떤 곳인가?

저 바깥으로 나가는 방향일 뿐,

어딘가로 갈 수 있는 막연한 가능성일 뿐.

돌로 만든 큰 안내판이 있지만

여행자는 한 사람도 없다.

그들의 왕관에 이름이 새겨진

마을의 기념비.

그대가 어디에 있을지

가볼 만한 가치가 있는 곳.

어떤 왕이 그 일을 했는지

나는 아직도 궁금하다.

어떻게, 언제, 어떤 도시 행정위원들이

세웠을까?

구어개스일까, 리일까?

클라크일가, 다비일까?*

그것들은 엄청난 노력으로

영원히 남을 것이다.

여행자가 괴로워할지 모르고

한 문장 안에 알려진 것들을

모조리 새길지 모르는

텅 비어 있는 돌판.

---

* F. R. 구어개스, 윌리엄 리, 대니얼 클락, 조지프 다비 등은 1940년대 콩코드 마을
의 관리였다.

극심한 어려움 속에서

다른 사람이 읽을지 모르는 그것.

나는 글 한두 줄만을 아는데

그것으로 충분하다.

온 땅에 널리 읽힐 문학

누군가가 다음 12월까지

기억할 수 있는 문학.

그리고 얼음이 풀린 뒤

새봄에 다시 읽을 수 있는 문학.

상상의 나래를 활짝 펼치고

그대의 집을 나서면

올드 말버러 도로를 따라

그대는 세상을 일주할 수 있으리.*

오늘날 이 인근에서 가장 좋은 땅은 사유지가 아니다. 경관은 아무도 소유할 수 없으며, 산책자는 비교적 자유로이 땅을 누빈다. 하지만 어쩌면 이 땅이 이른바 유흥지로 분할되어 오직 소수만이 편협하고 배타적인 유흥을 즐기게 될지도 모른다. 그런 날이 오면 울타리는 몇 배로 늘어나고, 사람들을 공공 도로에 가두기 위해 사람 잡는 함정을 비롯한 장치들을 발명할 것이다. 하느님이 지은 땅의 표면을 거니는 일은 어떤 신사의 땅을 침범하는 일로 해석될 것이다. 무언가를 독점적으로 즐긴다는 것은 대체로 그것을 진정으로

---

* 소로의 자작시를 수록한 부분이다.

누리지 못함을 뜻한다. 그러니 끔찍한 날이 오기 전에 지금 있는 기회를 최대한 활용하도록 하자.

왜 이따금 어디로 걸어야 할지 결정하기 어려운 걸까? 나는 대자연에 미묘한 자력이 있어서, 우리가 무의식적으로 그 자력에 따른다면 자연이 우리를 올바른 길로 인도할 것이라고 믿는다. 우리가 어떤 길을 걷든 대자연은 우리에게 관심을 놓지 않는다. 옳은 길은 있지만, 우리는 부주의하고 어리석기 때문에 잘못된 길을 택하기 쉽다. 그래도 이 현실 세계에서 아직 한 번도 걸어보지 못한 길을 기꺼이 걸으려 한다. 그 길은 어쩌면 우리가 내면 속 이상적인 세계에서 걷고 싶어 하는 길의 완벽한 상징일지도 모른다. 그리고 어느 길로 가야 할지 선택하기 어려울 때가 분명히 찾아온다. 아직 그 길의 방향이 우리의 관념 속에 명확하게 존재하지 않기 때문이다.

산책하러 집 밖으로 나서 어디로 가야 할지 정하지 못해 발걸음을 본능에 맡길 때면, 이상하게 들릴지 모르지만 나는 결국 어쩔 수 없이 방향을 남서쪽으로 정하고 그쪽에 있는 특정한 숲이나 초원이나 황량한 목초지나 언덕으로 발길을 돌리게 된다. 내 나침반의 바늘은 천천히 움직이며 자리를 잡고 몇 도씩 차이가 나기도 하지만, 늘 정남서쪽을 가리키는 것은 아니다. 이렇게 오차가 생기는 데는 그럴 만한 이유가 있다. 하지만 나침반의 바늘은 늘 서쪽과 남남서쪽 사이에 놓여 있다. 나에게 미래는 그쪽에 놓여 있고, 지구는 그쪽이 훨씬 덜 쇠진되고 더 풍요로워 보인다. 내 산책의 경계가 될 윤곽은 원이 아니라 포물선, 아니 오히려 되돌아오지 않는 곡선으로 여겨져온 혜성의 궤도와 같다고나 할까. 이 경우 산책길은 서쪽으로 열려 있는데, 그 방향에서 내 집은 태양의 자리를 차지하고 있다. 나는 가끔 15분간 우유부단하게 빙빙 돌다가 마침내 1,000번도 넘게 남서쪽이나 서쪽으로 걸어가기로 결심한다. 동쪽 방향으로는 마지못해 억지로 걸어갈 뿐이지만, 서쪽 방향으로는 자유롭게 걸어간다. 동쪽 방향으로 걸어가는 길에서는 어떤 일에도 이끌리지 않는다. 동쪽 지평선 너머에서 아름다운 풍경이나 충분한 황야와 자유를 찾을 수 있을 거라고 믿기 어렵다. 그쪽 방향으로 걸어갈 생각을 하면 마음이 설레지 않는다. 하지만 서쪽 지평선에 보이는 숲은 저물어가는 해를 향해 끝없이 뻗어 있고, 그곳에는 나를 불안하게 할 만큼 대단한 마을이나 도시가 없다는 생각이 든다. 내가 살고 싶은 곳에 살게 해달라. 이쪽에는 도시가 있고 저쪽에는 황야가 있는데, 나는 점점 더 도시를 떠나 황야 속으로 물러나고 있다. 만약 내 동포들이 압도적으로 나와 같은 경향을 보인다고 믿지 않는다면, 내가 이 사실을 이토록 강조하지는 않을 것이다. 나는 유럽이 아니라 오리건을 향해야 한다. 이 나라는 바로 그쪽으로 나아가고 있으며, 인류도 동쪽에서 서쪽으로 진보한다고 말할 수 있다. 몇 해 전 우리는 오스트레일리아 정착 과정에서 사람들이 남동쪽으로 이주하는 현상을 목격했다. 하지만 이는 역행으로 우리에게 충격을 주었다. 오스트레일리아 1세대의 도덕적·물리적 특성으로 미루어 볼 때 아직 실험이 성공적으로 입증된 것은 아니다. 동부 타타르족은 티베트 너머에 더는 서쪽이 없다고 생각한다. "세상은 그곳에서 끝납니다"라고 그들은 말한다. "그곳 너머에는 오직 해안이 없는 바다 말고는 아무것도 없습니다." 그들이 살고 있는 곳은 완벽하게 동쪽이다.

우리는 역사를 깨닫고 예술과 문학 작품을 연구하기 위해 인류의 발자취를 되짚어보면서 동쪽으로 나아간다. 우리는 미래를 향해 나아가듯 진취적이고 모험심 넘치는 정신으로 서쪽을 향해 나아간다. 대서양은 레테강*과 같아서, 우리는 그 강을 건너며 구세계와 거기서 생겨난 제도를 잊을 기회가 생긴다. 비록 이번에 성공하지 못하더라도, 인류가 스틱스 강둑에 도착하기 전에 어쩌면 한 번 더 기회가 있을지도 모른다. 그 기회는 바로 스틱스강보다 폭이 세 배나 넓은 태평양의 레테강에 있다.

개인은 가장 사소한 걸음걸이에서조차 인류의 일반적 움직임과 조화를 이루어야 한다던데, 나는 그것이 얼마나 중요하고 인류만이 지닌 특이성의 증거가 되는지 잘 모르겠다. 하지만 나는 새들과 네발짐승들에게 있는 이동 본능과 비슷한 무언가를 알고 있다. 어떤 때는 그런 이동 본능이 다람쥐 무리에 영향을 미쳐 그들이 일제히 신비롭게 움직이게 되었다고 한다. 몇몇 사람에 따르면, 다람쥐 무리는 꼬리를 돛처럼 들어 올리고 저마다 나무토막 위에 올라타 드넓은 강을 건넜다고 하며, 좀 더 좁은 개울에서 죽은 동물로 다리를 놓는 모습이 목격되기도 했다. 이는 봄철이 되면 가축들에게 닥치는 광기와 같은 것으로, 꼬리에 엉기는 벌레 때문이라고 한다. 이런 현상이 국가와 개인 모두에게 이따금, 혹은 끊임없이 영향을 끼친다. 우리 마을 위로 기러기 떼가 끼룩거리며 우르르 지나갈 때면 이곳 부동산 가격도 불안정해진다. 내가 부동산 중개인이라면 아

---

* 그리스 신화에 나오는 저승을 흐르는 망각의 강으로 그 물을 마시면 생전의 모든 기억을 잊어버린다고 한다.

마 그런 혼란을 고려할 것이다.

그러고 나서 사람들은 순례를 떠나고 싶어 한다.
그리고 순례자들은 낯선 해안을 찾아 나서고 싶어 한다.*

내가 목격하는 일몰은 하나같이 나에게 저 멀리 해가 지는 아름다운 서쪽으로 가고 싶은 욕망을 불러일으킨다. 태양은 날마다 서쪽으로 이동하면서 우리더러 따라오도록 유혹하는 것 같다. 태양은 모든 민족이 따르는 '위대한 서부 개척자'다. 비록 산등성이들이 태양의 햇살에 마지막으로 황금빛으로 물든 수증기로만 이루어져 있을지 모르지만, 우리는 지평선 너머 저 산등성이를 밤새도록 꿈꾼다. 아틀란티스**섬과 헤스페리데스들***의 섬과 정원, 일종의 지상 낙원은 고대인들의 '위대한 서부'로 신비와 시로 감싸여 있었던 듯하다. 해 질 녘의 하늘을 바라보며 누가 헤스페리데스들의 정원과 그 모든 우화의 근원을 상상해보지 않았겠는가?

크리스토퍼 콜럼버스는 그 누구보다도 서쪽으로 가고 싶다는 마음을 훨씬 강하게 느꼈다. 그는 그런 마음에 따라 카스티야-레온 왕국****을 위해 신대륙을 찾아냈다. 당시 수많은 사람이 멀리서부터

---

* 초서의 《캔터베리 이야기》(1392) 중 '전체 서문'에서 인용한 문장이다.
** 플라톤이 《크리티아스》에서 처음 언급한 장소로, 오래 전에 바다 속으로 가라앉았다고 하는 섬과 그곳에 있는 도시를 말한다.
*** 그리스 신화에서 세상 서쪽 끝 축복받은 정원을 돌보는 님프들이다.
**** 스페인의 옛 왕국으로 스페인 북중부 지역에 자리했다. 이 왕국의 여왕 이사벨 1세는 1492년에 크리스토퍼 콜럼버스의 항해를 후원했다.

싱그러운 목초지의 향기를 맡았다.

> 태양은 모든 언덕으로 펼쳐졌다가
> 이제 서쪽 만(灣)으로 내려갔다.
> 마침내 태양은 자리에서 일어나 푸른 망토를 흔들었다.
> 내일은 싱그러운 숲과 목초지로 새롭게 향할 것이다.[*]

　미국의 여러 주 대부분이 차지하는 면적과 맞먹는 면적을 가진 곳이 지구상 어디에 있을까? 이토록 비옥하고 풍요로우며 다양한 산물을 생산하면서도 유럽인들이 살기에 적합한 곳이 이곳 말고 또 어디에 있단 말인가? 이 땅의 일부만 알고 있던 미쇼[**]는 "북아메리카에는 큰 나무 종(種)이 유럽보다 훨씬 많다. 미국에는 키가 9미터 넘는 나무가 140종이 넘는다. 프랑스에는 이 정도 크기에 달하는 나무가 30종밖에 없다"라고 말했다. 뒷날 식물학자들은 그의 관찰을 뒷받침하는 데 그치지 않았다. 훔볼트[***]는 열대 식물을 연구한다는 젊은 시절의 꿈을 실현하려고 아메리카에 왔고, 지구상에서 가장 거대한 황야인 아마존의 원시림에서 열대 식물의 가장 완벽한 모습을 목격했다. 그는 아마존 원시림을 매우 웅변적으로 묘

---

[*]　존 밀턴(John Milton, 1608~1674)의 목가적 비가 《리시다스》(1637)에서 인용했다.

[**]　François André Michaux, 1770~1855. 프랑스의 식물학자이자 여행가로 《북아메리카의 산림》(1819)을 집필했다.

[***]　Alexander Von Humboldt, 1769~1859. 프로이센 왕국의 생물학자로 1799년에 남아메리카, 중앙아메리카, 미국을 방문했다.

사했다. 유럽인인 지리학자 기요*는 내가 따라갈 수 있는 것보다 더 멀리 나아간다. 하지만 그가 이렇게 말할 때는 예외다. "식물이 동물을 위해 창조되고, 식물이 동물을 위해 창조되었듯이, 미국은 구세계 인간을 위해 창조되었다. (…) 구세계 인간은 길을 떠난다. 아시아의 고지대를 떠나 유럽을 향해 한 지역에서 다른 지역으로 내려간다. 그의 발걸음 하나하나는 이전 문명보다 우월한 새로운 문명, 더 큰 발전의 힘을 새긴다. 그리고 대서양에 도착해 경계를 알수 없는 미지의 이 대양 기슭에 잠시 멈춰 서서 자신의 발자국을 돌아본다."** 그가 유럽의 비옥한 토양을 샅샅이 살피고 활력을 되찾았을 때, 그는 "최초의 시기에 그랬듯이 서쪽을 향해 모험의 여정을 다시 시작한다." 기요의 이야기는 이쯤 하기로 하자.

이렇듯 대서양의 장벽과 접촉하면서 일어나는 서구의 충동에서 근대의 상업과 기업이 탄생했다. 젊은 시절 미쇼는《1802년 앨러게니 산맥 서쪽 여행기》에서, 서부 개척지에서 흔히 주고받는 질문이 '당신은 세계 어느 곳에서 왔습니까?'였다고 한다. "마치 이 광활하고 비옥한 지역이 지구상의 모든 주민이 자연스럽게 만나고 함께 살아가는 곳인 것처럼 말이다."

이제는 잘 사용하지 않는 라틴어 문구를 사용하자면, "Ex oriente lux; ex Occidente FRUX"***라고 할 수 있을 것이다. 빛은 동방에서

---

* Arnold Henry Guyot, 1807~1884. 스위스 태생의 미국 지리학자, 지질학자다.
** 미쇼의《앨러게니 산맥 서쪽 여행기》에서 인용한 문장이다.
*** 소로는 "빛은 동방에서 왔고, 법은 서방에서 왔다(Ex oriente lux, ex occidente lex)"라는 구절에서 'lex'를 'frux'로 살짝 바꿔 놓았다.

왔고, 과일은 서방에서 왔다는 뜻이다.

영국의 여행가이자 캐나다 총독이었던 프랜시스 헤드* 경은 이렇게 말했다.

"대자연은 신대륙의 북반구와 남반구 모두에서 구세계보다 더 큰 규모로 작품에 밑그림을 그렸고, 구세계를 묘사하고 아름답게 꾸미는 데 활용한 것보다 훨씬 밝고 호화로운 색채로 전체 그림을 그렸다. (…) 미국의 하늘은 무한히 더 높고, 하늘은 더 푸르고, 공기는 더 신선하고, 추위는 더 강렬하고, 달은 더 커 보이고, 별들은 더 밝고, 천둥은 더 크게 들리고, 번개는 더 눈부시고, 바람은 더 강하고, 비는 더 세차고, 산은 더 높고, 강은 더 길고, 숲은 더 크고, 평원은 더 넓다."

이 진술은 적어도 뷔퐁**이 신세계와 그 산물을 설명한 내용과 아주 좋은 대조가 될 것이다.

린네***는 오래전에 "미국 식물의 겉모습에 어떤 즐거움과 부드러움이 있는지 모르겠다"****라고 말했다. 나는 이 나라에는 로마인들이 '아프리카 짐승'이라고 불렀던 부류의 짐승들이 전혀 없거나, 있다고 해도 기껏해야 아주 적다고 생각한다. 나는 이 점에서도 미국은 인간이 살기에 각별하게 적합한 땅이라고 생각한다. 싱가포

---

* Francis Bond Head, 1793~1875. 1837년의 반란 중 북부 캐나다의 부총독이었다.
** Georges-Louis Leclerc Buffon, 1707~1788. 프랑스의 수학자, 박물학자, 철학자로 진화론의 선구자다.
*** Carl von Linné, 1707~1778. 스웨덴의 식물학자로 생물 분류학의 기초를 놓는 데 결정적인 역할을 했다.
**** 라틴어 원문은 "Nescio quæ facies læta, glabra plantis Americanis"다.

르의 동인도에서는 도시 중심부에서 5킬로미터가 채 안 되는 곳에서 해마다 일부 주민이 호랑이에게 잡혀간다고 한다. 하지만 이곳에서는 어디를 돌아다니든 여행자가 한밤중에 숲속에 누워 있어도 야수를 두려워할 필요가 거의 없다.

이런 증언은 큰 용기를 준다. 만약 이곳에서 달이 유럽보다 더 크게 보인다면, 아마 태양도 더 크게 보일 것이다. 만약 미국의 하늘이 무한히 더 높고 별들이 더 밝게 보인다면, 나는 이 사실이 언젠가 미국 주민들의 철학과 시와 종교가 높이 날아오르리라는 것을 상징적으로 보여준다고 믿는다. 어쩌면 비물질적인 하늘이 미국인의 마음속에 한결 높이 뜨고, 별처럼 빛나며 그 하늘을 채우는 미래의 암시가 훨씬 더 밝게 보일 때가 마침내 올 것이다. 나는 기후가 인간에게 그처럼 큰 영향을 준다고 믿는다. 마치 산속의 공기에 정신을 살찌우고 영감을 주는 그 무엇이 있는 것처럼 말이다. 이러한 영향을 받은 인간은 지적으로나 육체적으로 더욱 완벽해지지 않을까? 아니면 인생에서 안개 낀 날이 얼마나 많은지는 그다지 중요하지 않은 것일까? 나는 우리의 상상력이 더욱 풍부해지고, 생각이 하늘처럼 더욱 선명하고 신선하고 영묘해질 것이라고 믿는다. 우리의 이해력이 평원처럼 더욱 포괄적으로 넓어지리라고 믿는다. 우리의 지성이 천둥과 번개처럼, 강과 산과 숲처럼 더욱 크고 웅장해지리라고 믿는다. 그리고 우리의 마음이 내해(內海)처럼 깊고 넓어지리라고 믿는다. 어쩌면 여행자에게는 우리 얼굴에 있는 '레타(læta)'와 '글라브라(glabra)', 즉 기쁨과 고요함 같은 그 어떤 것이 (무엇일지는 알 수 없지만) 나타날지도 모른다. 그렇지 않다면 세상은 어떤 목적을 위해 돌아가며, 미국은 왜 발견됐겠는가?

미국인들에게 나는 굳이 이런 말을 할 필요도 없을 것 같다.

제국의 별이 서쪽으로 여행을 떠나가네.*

　진정한 애국자로서 나는 낙원에 있던 아담이 이 나라의 벽지 사람보다 전반적으로 훨씬 유리한 환경에 있었다는 생각이 부끄럽다.
　매사추세츠주에서 우리가 보이는 동정심은 비단 뉴잉글랜드에만 국한되지 않는다. 비록 우리는 남부와는 소원한 관계에 있을지 모르지만 서부와는 서로 통하는 데가 있다. 스칸디나비아인 중에 유산을 위해 바다로 떠나는 사람들이 있듯이, 어린 아들들의 고향도 저 먼 곳에 있다. 지금에 와서 히브리어를 공부하기에는 너무 늦었다. 그러니 오늘날의 속어라도 이해하는 것이 더 중요하다.
　몇 달 전 나는 라인강의 파노라마**를 보러 갔다. 마치 중세 시대의 꿈을 꾸는 것 같았다. 상상을 넘어 로마인이 건설하고 후대의 영웅이 수리한 다리들 아래로 그 유서 깊은 강물을 따라 떠내려갔다. 이름만 들어도 내 귀에 음악처럼 달콤하게 들리는 과거의 도시들과 성들을 지나갔는데, 그 하나하나가 전설의 소재였다. 역사 속에서만 접했던 에렌브라이트슈타인, 롤란트제크, 코블렌츠***가 있었다. 가장 내 관심을 끈 것은 폐허였다. 강물과 포도나무로 뒤덮이

---

* 아일랜드의 철학자 조지 바클리(George Berkeley, 1685~1753)의 〈미국에 예술과 학문을 심는 전망에 관한 시〉를 참고한 문장이다.
** 풍경과 장소를 사실처럼 광활하게 재현한 전시 기법으로, 19세기 세계박람회 때 처음 등장했다.
*** 라인 강변에 위치한 독일의 작은 마을들이다.

언덕과 계곡에서는 마치 성지로 향하는 십자군 행렬에서 들려올 법한 고요한 음악이 흘러나오는 것 같았다. 마치 영웅의 시대*로 되돌아간 듯 마법에 걸린 상태에서 강을 따라 떠내려가면서 나는 기사도 정신의 분위기를 들이쉬었다.

얼마 지나지 않아 나는 미시시피강의 파노라마를 보러 갔다. 오늘날의 햇살 아래 강을 따라 올라가면서 증기선들이 목재를 쌓는 모습을 보고, 높이 솟아오르는 도시의 수를 세어보고, 노부**의 새로운 폐허를 바라보고, 강을 건너 서쪽으로 이동하는 인디언들을 바라봤다. 또한 이전에 모젤강***을 올려다봤듯이 이번에는 오하이오강과 미주리강을 올려다보며 더뷰크****와 위노나***** 절벽의 전설을 들었다. 여전히 과거나 현재보다는 미래를 훨씬 더 생각하면서 말이다. 나는 미시시피강이 다른 종류의 라인강이라는 사실을, 다시 말해 주변에 성의 기초가 닦이거나 유명한 다리가 놓이지 않은 강이라는 사실을 깨달았다. 그리고 나는 비록 우리가 모르고 있

---

* 헤시오도스는 《일과 날》에서 그리스·로마 신화의 인류가 거쳐온 시대를 ① 황금의 시대, ② 은의 시대, ③ 청동의 시대, ④ 영웅의 시대, ⑤ 철의 시대로 나누었다. 헤라클레스와 아킬레우스 등이 활약한 시대가 바로 영웅의 시대다.

** 일리노이주 행콕군의 작은 도시로, 아이오와주 포트 매디슨 근처 미시시피 강변에 자리한다.

*** 프랑스 북동부, 룩셈부르크, 독일을 거쳐 흐르는 강으로, 코블렌츠에서 라인강과 합류하는 라인강의 좌안 지류다.

**** 아이오와주 중부 동쪽 미시시피 강변의 도시로 아이오와, 일리노이, 위스콘신의 세 주가 만나는 곳에 있어 상업, 산업, 교육, 문화의 중심지다.

***** 위스콘신주 쪽에 있는 페핀 호수 절벽으로, 수 다코타 인디언족의 젊은 여성 위노아가 사랑하지 않는 남성과 결혼하지 않기 위해 절벽에서 뛰어내려 목숨을 끊었다는 전설이 전해온다.

지만 이것이 바로 영웅의 시대 그 자체라고 느꼈다. 영웅은 보통 가장 소박하고 가장 눈에 띄지 않는 사람이기 때문이다.

내가 말하는 서부란 '야생'을 달리 부르는 이름에 지나지 않는다. 지금껏 내가 말하려고 했던 것도, 바로 야생 속에 이 세계가 보존된다는 이야기다. 모든 나무는 야성을 찾아 섬유 조직을 뻗는다. 도시는 어떤 대가를 치르고라도 그것을 들여오려고 한다. 사람들은 야생을 얻기 위해 땅에 쟁기질을 하고 바다에 돛을 세운다. 숲과 황야에서 인류의 기운을 돋우는 강장제와 나무껍질이 나온다. 우리 선조는 야만인이었다. 늑대 젖을 먹고 자랐다는 로물루스와 레무스*의 이야기는 한낱 부질없는 우화가 아니다. 훗날 명성을 얻은 나라를 세운 자들은 모두 이와 비슷한 야생의 원천에서 영양과 활력을 얻어왔다. 제국의 후예가 북부 삼림 지방에 사는 후예에게 정복당하고 쫓겨난 것은 바로 제국 측이 늑대의 젖을 먹지 않았기 때문이다.

나는 숲을 믿고 초원을 믿으며 옥수수가 자라는 밤을 믿는다. 우리는 평소 마시는 차에 헴록 가문비나무나 '아르보르 비테(생명의 나무)'**를 넣을 필요가 있다. 힘을 얻기 위해 먹고 마시는 것과 단순히 폭식하려고 먹고 마시는 것은 다르다. 호텐토트족***은 쿠두와 다른 얼룩영양의 골수를 게걸스럽게 날것 그대로 먹어치운다. 미

---

* 로마 건국 신화에 따르면 쌍둥이 형제인 로물로스와 레무스는 늑대의 보살핌을 받고 자랐다고 한다. 로물루스는 전설 속 로마의 건국자이자 초대 왕이다.
** 원문은 라틴어 'arbor vitae'로 영어로는 'tree of life'라고 한다. 흔히 생명수(生命樹), 생명의 나무로 번역하는데 상록수가 여기에 속한다.
*** 유럽인들이 남아프리카 토착 유목민인 코이코이족을 일컫던 용어다.

국 북부 지방에 사는 어떤 인디언들은 북극 사슴의 골수를 날것으로 먹을 뿐 아니라, 부드럽기만 하면 뿔 끄트머리를 포함해 사슴의 여러 다른 부위도 먹는다. 그리고 어쩌면 이 점에서 그들은 파리 요리사들보다 한 수 앞서 나간 것일지도 모른다. 그들은 불을 피우는 데 흔히 사용하는 부위를 먹거리로 삼기도 한다. 버젓한 사나이를 만드는 데는 어쩌면 마구간에서 키운 소고기나 도축장에서 잡은 돼지고기보다 이런 먹이가 더 나을지도 모른다. 어떤 문명도 그 눈빛을 견뎌낼 수 없는 야생을 나에게 보여달라. 마치 우리가 쿠두*의 골수를 날것으로 먹어 치우며 사는 것처럼 말이다.

나는 숲지빠귀의 서식지와 인접한 몇몇 구간으로 이주하고 싶은 마음이 있다. 그곳은 개척자가 한 번도 거주하지 않은 황무지 지역이다. 나는 이미 그곳에 적응해 있다는 생각이 든다.

아프리카 사냥꾼 커밍은, 큰영양의 가죽이 갓 잡은 다른 영양들의 가죽과 마찬가지로 무척 달콤한 나무와 풀 향기를 내뿜는다고 말한다. 나는 모든 사람이 야생 영양이나 자연의 일부와 같아서 그 모습 그 자체만으로도 우리에게 그의 존재감을 달콤하게 알리고, 그가 가장 자주 드나드는 자연의 모습을 일깨워주었으면 좋겠다. 사냥꾼의 옷에서 사향 냄새까지 풍긴다고 해서 나는 그에게 빈정대고 싶은 마음은 전혀 들지 않는다. 그 냄새는 흔히 상인이나 학자의 옷에서 풍기는 냄새보다 훨씬 달콤하다. 사냥꾼들의 옷장에 다가가 옷을 만져보면, 그들이 자주 드나들었던 풀밭이나 꽃들이 만발한 초원이 아니라 먼지 쌓인 상업 거래소와 도서관이 떠오른다.

---

* 아프리카 영양의 일종이다.

검게 그을린 피부에는 존경받는 것 이상의 의미가 있다. 어쩌면 올리브색은 사람에게, 특히 숲에 사는 사람에게는 흰색보다 더 어울리는 색일지도 모른다. "얼굴이 창백한 백인!" 아프리카인들이 그를 불쌍히 여긴 것도 무리는 아니다. 박물학자 다윈은 이렇게 말한다.

"타히티인 옆에서 목욕하는 백인 남자는, 탁 트인 들판에서 무성하게 자라는 짙푸르고 고운 식물에 비하면 마치 정원사가 표백해 놓은 식물과 같았다."*

벤 존슨**은 이렇게 외친다.

아름다운 것은 얼마나 선에 가까운가!
하지만 나는 이렇게 말하고 싶다.
야생적인 것은 얼마나 선에 가까운가!

삶은 야생으로 이루어져 있다. 가장 살아 있는 것은 가장 야생적이다. 아직 인간에게 굴복하지 않은 상태에서 야생의 존재는 인간에게 활력을 불어넣어준다. 끊임없이 앞으로 나아갈 뿐 자신의 노동을 결코 놓지 않는 사람, 빠르게 성장하며 삶에게 무한한 요구를 하는 사람은 늘 새로운 지역이나 황야에 있으며, 삶의 원자재에 둘러싸여 있다. 그는 원시림의 무성한 나무 줄기를 기어오르게 될 것이다.

---

* 찰스 다윈(Charles Darwin, 1809~1882)의 《비글 항해기》 중 1835년 11월 15일 일기를 인용했다.

** Benjamin Jonson, 1572~1637. 영국의 시인이며 극작가다. 아래 구절은 그의 가면극 《무지와 어리석음에서 풀려난 사랑》(1616)에서 인용했다.

나에게 희망과 미래는 잔디밭이나 경작지, 마을이나 도시에 있지 않다. 오히려 침투할 수도 없는 불안정한 늪에 있다. 나는 예전에 어떤 농장이 유달리 마음에 들어 구입하려고 생각한 적이 있었다. 그 농장이 마음에 들었던 이유를 곰곰이 따져보니, 나는 다른 것보다도 물 한 방울 스며들지 않고 깊이도 알 수 없는 100여 평방미터의 늪지(그 농장 한쪽 구석에 천연 웅덩이가 있었다) 때문에 매료되었다는 것을 깨달았다. 그 농장이야말로 나를 매료시킨 보석이었다. 나는 잘 가꾼 마을 정원보다는 내 고향 마을을 둘러싼 늪지에서 삶에 도움이 될 만한 것을 더 많이 얻는다. 내가 보기에는, 지표면의 이런 연약한 곳을 빽빽하게 뒤덮은 난쟁이 안드로메다(카산드라 칼리쿨라타) 군락보다 더 풍요로운 화단은 없다. 식물학은 그곳에서 자라는 관목의 이름을 언급하는 것만으로도 충분하다. 흔들거리는 물이끼 속에 서 있는 큰 블루베리, 원추꽃차례를 따라 자라는 안드로메다, 램킬, 진달래, 로도라 철쭉 말이다. 나는 이 칙칙한 붉은 덤불 덩어리가 있는 땅에 집 앞마당을 두고 싶다는 생각을 자주 한다. 다른 화단과 화단 경계, 옮겨 심은 가문비나무와 다듬어 놓은 회양목, 심지어 자갈길까지도 모두 없애고 말이다. 창문 아래쪽도 이 비옥한 땅 그대로 두고 싶다. 지하실을 파면서 나온 모래를 덮으려고 가져온 흙무더기를 손수레로 날라다 덮는 대신 말이다. 내 집, 내 응접실을 이 작은 땅 뒤편에 두지 말아야 할 이유가 있는가? 내 앞마당이라고 하기에는 대자연과 예술을 향한 초라한 변명에 지나지 않을, 빈약한 골동품을 모아둔 곳 뒤에 두는 대신 말이다. 그것은 목수와 석공이 떠난 다음 그곳을 말끔히 치우고 단정한 모습으로 꾸미려는 노력과 같다. 물론 집 안에 사는 사람 못지않게 지나가는 사람을 위해서도 마찬가지로 그렇게 한다. 최고로 멋지게 꾸몄다는 앞마당 울타리도 내게는 탐탁한 연구 대상이 된 적이 한 번도 없다. 아무리 정교한 장식이나 예쁜 도토리 꼭지 장식, 그 밖의 다른 무엇이 있어도 곧 싫증 나고 역겨웠다. 그러니 (비록 그곳이 마른 지하실을 만들기에 좋은 장소는 아닐지라도) 여러분 집의 문턱을 늘 가장자리까지 높여서 주민들이 그쪽에서 접근할 수 없도록 하라. 앞마당은 걸어 들어가기 위해 만든 곳이 아니라 그저 통과하는 곳일 뿐이고, 뒷길로도 충분히 집에 들어갈 수 있다.

그렇다. 여러분은 내가 좀 유별나다고 생각할지 몰라도, 만약 누군가 내게 인간이 만든 가장 아름다운 정원과 '음침한 늪지'* 인근 중 한 곳에서 살라고 한다면, 나는 틀림없이 그 늪지를 선택할 것이다. 그러니 시민 여러분, 그동안 여러분이 나를 위해 수고한 온갖 노력이 얼마나 헛된 일일까!

내 기분은 겉이 황량할수록 언제나 그에 비례하여 고조된다. 나에게 바다, 사막, 아니면 황야를 달라! 사막에서는 깨끗한 공기와 고독이 습기와 비옥함의 부족을 메꿔준다. 여행가 버튼**은 사막에 대해 이렇게 말한다.

"의욕이 솟고 솔직하고 정중해지며, 친절하고 한결같아진다. (⋯) 알코올 함량이 높은 독한 술은 사막에서는 혐오감을 불러일으킬 뿐이다. 동물적인 생존에 지나지 않는 것에도 강렬한 즐거움이 있다."

---

* 본디 'the Dismal Swamp'라고 하면 버지니아주와 노스캐럴라이나주에 걸쳐 있는 늪지대를 말한다.

** Richard Francis Burton, 1821~1890. 영국의 탐험가이자 동양학 연구가로 아시아, 아프리카, 남아메리카 등을 연하고 탐험한 것으로 유명하다.

타타르의 대초원을 오랫동안 여행한 경험이 있는 사람들은 이렇게 말하곤 한다.

"경작지로 다시 들어서자 문명의 동요와 불안과 혼란이 우리를 억압하고 숨 막히게 했다. 공기가 부족한 것 같고 순간순간 질식해 죽을 것만 같았다."

나는 재충전하고 싶을 때면 가장 어둡고 울창하며 끝없이 이어지는, 그래서 주민들에게는 가장 음울해 보이는 늪지를 찾는다. 나는 신성한 장소, 일종의 '지성소(至聖所)'*로서 늪지에 들어간다. 그곳에는 대자연의 힘, 대자연의 골수가 있다. 원시림은 아직 더럽혀지지 않은 양토를 뒤덮고 있고, 그 양토는 인간과 나무 모두에게 좋다. 농장에 퇴비가 많이 필요하듯이, 사람의 건강에도 넓은 초원이 필요하다. 초원에는 사람이 먹을 든든한 고기도 있다. 마을을 지키는 존재는 마을 안에 살고 있는 의로운 사람들이 아니라 마을 주변의 숲과 늪이다. 위쪽에서는 원시림이 흔들거리고 아래쪽에서는 다른 원시림이 썩어가는 마을, 그런 마을이야말로 옥수수와 감자뿐 아니라 앞으로 다가올 시대를 위한 시인과 철학자를 기르기에 안성맞춤인 곳이다. 그런 토양에서 호메로스, 공자, 그 밖의 인물들이 자랐고, 황무지에서는 메뚜기와 들꿀을 먹는 개혁자**가 탄생한다.

야생 동물을 보존한다는 것은 일반적으로 동물이 서식하거나 자주 드나들 수 있는 숲을 만들어준다는 것을 뜻한다. 이 점에서는 인

---

* 원문은 라틴어 'sanctum sanctorum'으로, 영어 'holy of holies'로 번역하는 이 용어는 유대교 신전의 지성소를 가리킨다.

** "요한은 낙타 털 옷을 입고, 허리에는 가죽 띠를 띠었다. 그의 식물은 메뚜기와 들꿀이었다."(《마태복음》 3장 4절)

간도 마찬가지다. 100년 전만 해도 사람들은 숲에서 나무껍질을 벗겨내 길거리에 내다 팔았다. 그 원시적이고 억센 나무의 모습에는 인간이 지닌 사고의 섬유질을 단단하게 해주는 무두질의 원리가 깃들어 있다는 생각이 든다. 아! 두꺼운 나무껍질 한 짐도 채집할 수 없을 만큼 내 고향 마을이 상당히 타락해버린 오늘날을 생각하면 벌써부터 몸서리가 쳐진다. 우리는 이제 타르와 테레빈유도 더 생산하지 못하고 있다.

그리스와 로마와 영국 같은 문명국을 지탱해준 것은 오래전에 썩은 채 서 있는 원시림이었다. 토양이 고갈되지 않는 한 문명국은 살아남는다. 아, 슬프도다, 인류 문명이여! 식물성 양토가 고갈되고 조상의 뼈로 거름을 만들 수밖에 없는 나라에서 무엇을 더 기대할 수 있단 말인가? 그런 나라에서 시인은 오직 자기 몸에 붙어 있는 비곗살로 목숨을 연명하고, 철학자는 골수가 든 뼈에 의존한다.

"미개간지를 경작하는 것"이 곧 미국인의 임무이며, "이곳의 농업은 이미 다른 어느 곳에서도 볼 수 없는 규모를 갖추고 있"다고 한다. 농부가 인디언을 그의 터전에서 내쫓는 것은 초원을 되찾아서 자신을 더 강하게, 어떤 면에서는 더 자연스럽게 만들려 하기 때문이라는 생각이 든다. 며칠 전 나는 어떤 사람을 위해 늪지를 관통하여 665미터쯤 되는 단일 직선을 측량하고 있었다. 그런데 그 늪지의 입구에는 단테가 지옥 입구 위에 적어 놓은 "여기에 들어오는 자여, 모든 희망을 버려라"*라는 문구, 즉 이곳에서는 두 번 다시 나올 수 없다는 구절이 적혀 있을 법했다. 내 고용주가 한겨울인데도

---

* 단테 알리기에리(Dante Alighieri, 1265~1321)의 《신곡》 지옥편의 문구를 인용했다.

목까지 물에 잠긴 채 목숨을 걸고 헤엄치는 모습도 봤다. 그 사람에게는 이와 비슷한 늪지가 또 하나 있었는데, 그곳은 완전히 물에 잠겨서 측량하지 못했다. 그런데도 그는 내가 멀리서 측량한 세 번째 늪지는 안에 진흙이 있어서 어떤 조건으로도 팔지 않겠다고 본능적으로 말했다. 그리고 그 남자는 40개월 안에 늪지 전체를 둘러 도랑을 파고, 마법 같은 삽질로 그 진흙을 되찾으려 했다. 내가 그를 여기서 언급한 건 그저 한 계층의 전형을 이야기하고 싶어서다.

우리에게 중요한 승리를 안겨준 무기, 아버지가 아들에게 가보로 물려줘야 할 무기는 칼이나 창이 아니라 덤불 파는 도구, 잔디 깎는 도구, 삽, 늪지 괭이다. 그런 도구는 수많은 초원의 피로 녹슬었고 치열한 전투의 먼지로 더럽혀져 있다. 바람마저도 인디언의 옥수수밭을 초원으로 날려버렸고 그가 따라갈 재주가 없는 길을 드러냈다. 인디언은 땅에 참호를 파서 자기 몸을 지켜야 했지만, 조개껍데기보다 더 나은 도구가 없었다. 하지만 농부는 쟁기와 삽으로 무장하고 있다.

문학에서 우리를 매료시키는 것은 오직 야성뿐이다. 따분함이란 길들임의 다른 이름일 뿐이다. 우리를 즐겁게 해주는 것은 학교에서 배우는 지식이 아니라《햄릿》과《일리아스》에 나오는, 모든 경전과 신화에 있는 미개하고 자유분방하고 야성적인 사고다. 물오리가 집오리보다 더 날렵하고 더 아름답듯이, 하늘에서 떨어지는 이슬을 맞으며 늪 위로 날개를 펴고 날아가는 길들여지지 않은 생각도 마찬가지로 날렵하고 아름답다. 참으로 훌륭한 책은 서부의 대평원이나 동부의 정글에서 발견하는 야생화처럼 자연스럽고 설명할 수 없을 정도로, 인간의 예상을 뛰어넘을 정도로 아름답고 완벽하다. 천재란 어둠을 드러나 보이게 하는 빛으로, 지식의 신전 자체를 산산조각으로 부수어버릴지 모르는 번개와도 비슷하다. 평범한 대낮의 빛 앞에서 희미해지고 마는, 인류가 난롯가에 켜놓은 촛불과는 다르다.

영국 문학은 음유시인 시대부터 초서, 스펜서, 밀턴, 셰익스피어, 호반 시인들*에 이르기까지 그다지 신선하지도 않고 이런 의미에서 야성적인 생명을 불어넣지 못한다. 영국 문학은 본질적으로 길들고 문명화된 문학으로 그리스와 로마를 반영한다. 영국 문학의 황무지는 푸른 숲이고, 야성적인 인간은 로빈 후드 같은 인물이다. 영국 문학에 대자연을 향한 따뜻한 사랑은 풍부하지만, 대자연 그 자체는 그다지 많지 않다. 영국 문학의 연대기는 야생 동물이 언제 멸종했는지 가르쳐줄 뿐 대자연 속 야성적인 인간이 언제 멸종되었는지는 가르쳐주지 않는다.

훔볼트의 학문과 시는 별개의 문제다. 오늘날의 시인은 과학자들이 이루어낸 모든 발견과 인류가 축적한 지식이 있음에도 호메로스보다 우월한 위치를 차지하지 못하고 있다.

대자연을 표현하는 문학이 과연 어디에 있는가? 바람과 시냇물을 감동시켜 자기 뜻대로 말하게 할 수 있는 사람이 바로 시인이다. 봄에 농부가 겨울 서리 때문에 튀어나온 말뚝을 내리 박듯이 언어를 본래의 의미에 못박을 수 있는 사람. 언어를 사용하는 만큼 그

---

* 19세기 초 영국 북부의 호수 지방에 살면서 자연을 벗 삼아 서정적인 시를 썼던 낭만파 시인들이다. 새뮤얼 테일러 코울리지(Samuel Taylor Coleridge, 1772~1834), 로버트 사우디(Robert Southey, 1774~1843), 윌리엄 워즈워스 등이 대표적인 시인이다.

유래를 캐내어 뿌리에 흙이 묻은 채로 자기 책장에 옮겨놓을 수 있는 사람. 언어가 너무나 참되고 신선하고 자연스러워서, 비록 서재 안 곰팡이가 핀 책장 사이에 반쯤 파묻혀 있더라도 이내 새봄을 맞이한 꽃봉오리처럼 펼쳐지는 사람. 성실한 독자들을 위해 주위의 대자연과 조화를 이루며 해마다 본성에 맞게 활짝 꽃을 피워 열매를 맺는 사람. 바로 그런 사람이야말로 시인이 될 수 있을 것이다.

나는 야생을 향한 이런 갈망을 감칠맛 나게 표현하는 시가 어디 있는지 잘 알지 못한다. 이런 관점에서 보면 가장 좋은 시는 길들여진 작품이다. 고대 문학이든 현대 문학이든, 내가 알고 있는 대자연에 관해 나를 만족시킬 문학을 과연 어디에서 찾을 수 있을지 모르겠다. 여러분은 내가 아우구스투스 시대*도 엘리자베스 시대**도, 한마디로 어떤 문화도 줄 수 없는 것을 요구한다는 것을 알 수 있을 것이다. 신화는 그 무엇보다 대자연에 훨씬 가깝다. 적어도 그리스 신화는 영국 문학보다 훨씬 더 풍요로운 자연에 뿌리를 두고 있지 않은가! 신화는 구세계가 땅이 고갈되기 전, 공상과 상상력이 말라비틀어지기 전에 인류가 수확한 작물이다. 신화는 원시적인 활력이 꺾이지 않는 곳이라면 지금도 어디에서든 여전히 작물을 맺고 있다. 그 밖의 다른 모든 문학은 우리의 집 위로 그림자를 드리우는

---

*   18세기 초중반에 있었던, 그리스와 로마 문학의 영향을 받은 신고전주의 시대를 말한다. 알렉산더 포프(Alexander Pope, 1688~1744), 조너선 스위프트(Jonathan Swift, 1667~1745), 조지프 애디슨(Joseph Addison, 1672~1719), 리처드 스틸(Richard Steele, 1671~1729) 등이 활약했다.

**   튜더 시대 중에서도 엘리자베스 1세(1558~1603)가 통치하던 시대를 말한다. 흔히 영국사의 황금기로 부르는 이 시기에 윌리엄 셰익스피어 같은 문호가 탄생했다.

느릅나무처럼 그저 견디고 있을 뿐이다. 하지만 신화는 인류만큼이나 오래되었고 앞으로도 인류만큼이나 오래 지속될, 서부 제도*의 거대한 용혈수(龍血樹)와도 같다. 다른 문학들의 쇠퇴가 그 문학이 번성할 토양을 만들어주기 때문이다.

서양은 동양의 우화에 자신들의 우화를 보탤 준비를 하고 있다. 갠지스강, 나일강, 라인강 유역은 이미 이야기를 풍성하게 수확했으므로, 이제는 아마존강, 플레이트강, 오리노코강, 세인트로렌스강, 미시시피강** 유역이 무엇을 수확할지 어디 두고 봐야 한다. 어쩌면 오랜 세월이 흘러 미국의 자유가 과거에 지나간 허구가 되면(지금도 어느 정도는 현재의 허구이듯이) 세계 시인들은 미국의 신화에서 영감을 받게 될 것이다.

비록 오늘날 영국인과 미국인의 상식과는 맞지 않을 수 있지만, 길들지 않은 사람의 거친 꿈도 진실이 아닐 수는 없다. 모든 진실이 상식에 부합하는 것은 아니다. 대자연은 양배추뿐만 아니라 야생 클레마티스에도 어울리는 자리를 마련해준다. 진실에 대한 어떤 표현은 옛날을 회상하는 듯하고, 어떤 표현은 시쳇말대로 그저 분별력 있을 뿐이며, 또 다른 어떤 표현은 예언적이다. 어떤 질병의 형태는 오히려 건강의 형태를 예언할지도 모른다. 지질학자는 뱀, 그리핀, 하늘을 나는 용 등 문장(紋章)에 들어가는 여러 기발한 장식은 인간이 창조되기 전 멸종된 화석 종(種)의 형태에 원형을 누

---

* 스코틀랜드 서쪽 해안에 위치한 제도로, 흔히 '아우터 헤브리디즈'라 칭하기도 한다.
** 북아메리카 대륙과 남아메리카 대륙에 있는 강들이다.

고 있으며, 따라서 이를 보고 "희미하고 모호하나마 생물의 이전 상태를 알 수 있다"라고 밝혔다. 힌두교도들은 지구가 코끼리 위에, 코끼리가 거북 위에, 거북이 뱀 위에 놓여 있는 꿈을 꿨다. 비록 사소한 우연일지 몰라도, 최근 아시아에서 코끼리를 떠받칠 만큼 큰 거북 화석이 발견됐다는 사실을 여기에서 언급해도 전혀 엉뚱하지는 않을 것 같다. 나는 시간과 발전의 질서를 초월하는 이런 엉뚱한 공상을 유난히 좋아한다는 것을 고백한다. 이런 공상은 지성을 쉬게 하는 가장 숭고한 기분 전환이다. 자고새는 완두콩을 좋아하지만, 냄비에 들어가는 완두콩은 좋아하지 않는다.

한마디로 말해서, 좋은 것들은 모두 야성적이고 자유롭다. 악기가 만들어내는 소리든 사람의 목소리가 만들어내는 소리든, 음악의 선율에는 특별한 무엇이 실려 있다. 여름밤 나팔 소리를 예로 들어보자. 빈정대지 않고 말하자면, 그 거친 소리를 들으면 야생 동물들이 제 숲에서 내는 울음소리가 떠오른다. 그것은 내가 이해할 수 있는 만큼의 야성을 담고 있다. 내 친구들과 이웃들이 길들지 않고 야성적으로 살아가게 해달라. 야만인의 야성은 착한 사람들이나 연인들이 만나게 되는 끔찍한 야성 상태를 희미하게나마 상징할 뿐이다.

나는 가축들이 그들이 본래 타고난 권리를 되찾는 모습, 본디 가지고 있던 야성의 습성과 활력을 완전히 잃지 않았다는 증거를 보는 것도 즐겁다. 이른 봄에 이웃집 소가 목초지를 박차고 나와, 녹은 눈에 부풀어 폭이 125~150미터쯤 되는 차갑고 잿빛이 도는 강물을 용감하게 헤엄쳐 건너는 모습처럼 말이다. 마치 들소들이 미시시피강을 건너는 모습과도 같다. 내가 보기에 이런 용감한 행동은 들소 무리에 품위를 더한다. 들소에게는 이미 품위가 있는데도 말이다. 본능의 근원은 땅속 깊은 곳에 묻힌 씨앗처럼, 소와 말의 두꺼운 가죽 아래에 영원히 보존되어 있다.

소는 어떤 장난기 어린 행동을 할지 미처 예상할 수 없다. 어느 날 나는 12마리쯤 되는 황소와 소 떼가 엄청나게 큰 쥐나 새끼 고양이처럼 막무가내로 장난치며 뛰어다니는 모습을 봤다. 그 짐승들은 고개를 흔들어대고 꼬리를 치켜들며 언덕을 오르내렸다. 나는 그들의 뿔과 동작으로 그 짐승들이 사슴 종족과 관계가 있다는 것을 알아차렸다. 하지만, 아! 갑자기 '워!' 하는 요란한 소리가 들리기라도 했다면 그들의 열정은 즉시 꺾이고, 살은 사슴고기에서 소고기로 전락하고, 기관차 같은 옆구리와 힘줄은 뻣뻣하게 굳어졌을 것이다. 악마가 아니고서야 그 누가 인류에게 '워!'라고 외쳤겠는가? 참으로 소의 삶도 많은 인간의 삶과 마찬가지로 일종의 기관차에 지나지 않는다. 소들은 한 번에 한 쪽씩 움직이고, 인간은 자신의 기계 장치에 몸을 싣다 말과 소를 중간쯤에서 만난다. 채찍에 맞은 부위는 그 순간부터 마비된다. 누가 그 어떤 유연한 고양이족을 소고기 옆구리살처럼 여길 수 있겠는가?

말과 황소가 인간의 노예가 되기 전 길드는 과정을 거친다는 사실, 사람도 사회에 복종하는 구성원이 되기에 앞서 젊은 혈기로 난봉을 부리는 시기를 지난다는 사실이 나는 기쁘다. 분명, 모든 사람이 문명의 주체가 되는 데 동등하게 적합하지는 않다. 대다수 짐승이 개나 양처럼 유전적 기질에 따라 길들었다고 해서 나머지 짐승들의 본성까지 파괴하여 같은 수준으로 전락해야 할 이유는 없다. 사람들은 대체로 비슷하지만, 그러면서도 다양하게 존재하도록 여러 부류로 만들어졌다. 하찮은 능력에서라면 누구나 능력이 거의 비슷하거나 아주 같다. 만약 고차원의 능력에서라면 개인의 탁월함이 높이 평가받게 될 것이다. 누구든 바람을 막기 위해 구멍을 메울 수 있지만, 이 비유의 저자처럼 그토록 진귀한 능력을 지닌 사람은 없다.* 공자는 이렇게 말했다. "호랑이와 표범의 가죽을 무두질하면 개와 양의 가죽과 다르지 않다."** 하지만 호랑이를 길들이는 것은 양을 사나워지게 만드는 것처럼 진정한 문화가 할 일이 아니다. 또한 그 가죽을 신발로 만드는 것은 그 가죽을 유용하게 사용할 가장 좋은 방법도 아니다.

외국어로 쓴 남자 이름 목록, 예를 들어 군 장교들이나 특정 주제에 대해 글을 쓴 작가들의 이름을 살펴보면, 이름 자체에는 아무 의미도 없다는 사실을 다시 한 번 깨닫게 된다. 예를 들어 '멘쉬코프(Menschikoff)'라는 이름은 내 귀에는 구레나룻보다 더 인간적인 것으로 들리지 않으며, 쥐의 이름처럼 들리기도 한다. 폴란드인과 러시아인의 이름이 우리에게 그렇게 들리는 것처럼, 우리의 이름도 그들에게 그렇게 들린다. 마치 어린아이가 내뱉는 횡설수설로 이름을 지은 것 같다고나 할까. '이어리 위어리 이처리 밴 티틀-톨-탠(Iery wiery ichery van, tittle-tol-tan)'처럼 말이다. 그 소리를 들으면 지구를 떼 지어 다니는 야생 동물의 무리가 떠오르고, 목동이 자신의

---

* "황제 같은 카이사르 또한 죽은 다음 진흙 되면, 바람 들어가는 벽의 구멍을 막는 바람 마개가 되는 수도 있으리라."(《햄릿》5막 1장)

** "文猶質也, 質猶文也 虎豹之鞹, 猶犬羊之鞹."(《논어》안연편 8장)

방언으로 저마다의 무리에 어떤 야만적인 이름을 붙이는 모습이 떠오른다. 물론 인간의 이름 역시 '보즈'와 '트레이' 같은 개 이름만큼이나 천박하고 아무런 의미도 없다.

사람들에게 본인들이 세상에 알려진 대로 대강 이름을 붙인다면, 철학에 어느 정도 도움이 될 것이라는 생각이 든다. 속(屬)이나 어쩌면 종족이나 변종, 개인을 아는 것만으로도 충분할 것이다. 우리는 로마 군대의 모든 사병이 각자 이름이 있었다고 선뜻 믿지 못한다. 그들이 각자의 개성을 가지고 있다고 가정해본 적이 한 번도 없기 때문이다.

오늘날 우리에게 진정한 이름은 별명밖에 없다. 나는 독특한 활력 때문에 자기 놀이 친구들한테서 '버스터'라는 별명이 붙은 한 소년을 알고 있는데, 당연히도 이 별명은 그의 세례명을 대체했다. 어떤 여행자들은 인디언이 처음에는 이름을 받지 못하다가 뒤에 가서 이름을 얻고, 그의 이름이 곧 그의 명성이 됐다고 말한다. 어떤 부족 사람들은 새로운 업적을 이룰 때마다 새로운 이름을 얻기도 했다. 이름도 명성도 얻지 못한 사람이 단지 편의에 따라 이름을 갖는 것은 안타까운 일이다.

나는 나를 그저 이름만으로 구별하는 것을 허용하지 않겠지만, 여전히 사람들이 제 이름에 따라 무리 짓는 모습을 보게 될 것이다. 이름이 익숙하다고 해서 어떤 사람이 내게 털 낯설게 보이기는 않는다. 그런 이름은 숲에서 얻은 야성적인 칭호를 몰래 간직하는 야만인에게도 붙일 수 있다. 우리 내면에는 야성적인 야만인이 있고, 어쩌면 어딘가에 야만적인 이름이 우리의 이름으로 기록되어 있을지도 모른다. 윌리엄이나 에드윈이라는 익숙한 이름을 가진 내 이

옷은 재킷과 함께 그 이름을 벗어던진다. 잠들었을 때나 화가 났을 때, 또는 어떤 열정이나 영감에 사로잡혀 있을 때 이름은 그 사람에게 붙어 있지 않다. 그럴 때면 그의 친척들이 원래 야성적인 그의 이름을 발음하기 어려워하며 서툴게, 혹은 감미로운 말투로 부르는 것을 듣는 듯하다.

이곳에는 이렇게 광활한 우리의 어머니 대자연이 마치 표범처럼 야성적으로 울부짖으며, 자식에 대한 애정을 가득 품고 무척 아름다운 모습으로 누워 있다. 그런데도 우리는 어머니에게서 너무 일찍 젖을 떼고 사회 속으로 들어가 독점적으로 인간과 인간이 서로 교류하는 문화라는 이유식을 섭취한다. 달리 말하자면 기껏해야 영국 귀족이나 곧 사라져버릴 운명인 문명을 만들어내는, 일종의 동종 교배라고나 할까.

사회, 특히 인간이 만들어낸 가장 훌륭하다는 제도에서는 조숙함을 쉽게 찾아볼 수 있다. 우리는 한창 자랄 어린아이여야 할 때 벌써 애늙은이가 되어버린다. 내게 목장에서 거름을 가득 들여와 땅을 비옥하게 하는 그런 경작법을 달라. 난방용 거름이나 개량된 도구, 다양한 재배 양식에만 믿고 의지하는 문화가 아닌 진정한 경작법을.

요즘 눈이 상한 학생이 많다고들 한다. 만약 그 학생들이 아주 늦게까지 깨어 있는 대신 바보처럼 충분히 잠을 잔다면, 지적으로나 육체적으로나 훨씬 빨리 성장할 수 있을 것이다.

심지어 정보를 전달하는 빛조차 지나친 것이 아닌지 모르겠다. 프랑스인 니에프스는 '액티니즘'이라는 것을 발견했는데, 이는 태양 광선에 있는 화학적 효과를 만들어내는 힘이다. 그는 화강암과 석조 구조물과 금속 조각상이 "모두 햇빛이 비치는 동안 파괴적인 영향을 받으며, 만약 경이로운 대자연의 은혜가 없었다면 우주의 가장 사소한 작용에도 사라져버릴 것이다"라고 했다. 하지만 "대낮에 이러한 변화를 겪은 물체들은 자극을 더 받지 않는 밤에 원래 상태로 회복하는 힘이 있다"라고도 했다. 그러므로 "어둠의 시간은 밤과 잠이 우리와 같은 유기물의 세계에 필수적인 것처럼 무기물의 창조에도 필수적이다"라고 추론했다. 심지어 달조차도 매일 밤 빛나지 않고 어둠에 자리를 내어준다.

나는 인류가 모든 땅을 경작하기를 바라지 않으며, 같은 이유로 인간이나 인간 신체 부위를 모조리 발전시키는 것도 바라지 않는다. 일부 땅은 경작되겠지만 대부분은 초원과 숲으로 남아야 한다. 그런 땅은 당장의 용도에만 쓰이는 데 그치지 않고, 해마다 그곳에서 자라는 식물을 분해해 먼 미래를 대비하는 양토를 마련해줄 것이다.

카드모스*가 발명한 글자 말고도 어린이가 배워야 할 글자가 더 있다. 스페인 사람들에게는 이 거칠고 음울한 지식을 표현하는 데 꼭 알맞은 용어가 있다. 바로 '그라마티카 파르다(Gramatica parda)'라는 말로 '황갈색의 문법'이다. 일종의 타고난 지혜를 뜻하는데, 내가 앞에서 언급한 바로 그 표범에서 유래했다.

---

* 페니키아의 왕자이자 크레타 왕가의 조상인 에우로페의 오빠로, 테베를 건국했다. 헤로도토스에 따르면, 페니키아인이 발명한 문자를 카드모스가 그리스에 처음으로 들여왔다고 한다.

'유용한 지식 보급 협회'*에 대해 들어본 적이 있을 것이다. 지식은 힘**이라는 말도 있다. 나는 '유용한 무지 보급 협회', 즉 우리가 아름다운 지식이라고 부를 만한 좀 더 높은 의미에서의 유용한 지식도 마찬가지로 필요하다고 생각한다. 우리가 자랑하는 이른바 지식의 대부분은 무언가를 안다는 자만심에 지나지 않으며, 이는 실제 무지가 지니는 이점을 앗아간다. 우리가 지식이라고 부르는 것은 보통 우리의 긍정적인 무지이고, 무지는 우리의 부정적인 지식이다. 사람은 오랜 세월에 걸쳐 끈기 있게 노력하고 신문을 읽어 (과학 도서관도 여러 신문을 묶은 서류철이 아니고 무엇이겠는가?) 무수한 사실을 축적하고 기억 속에 쌓아둔다. 그러고 난 다음 인생의 어느 봄날, 생각의 '광활한 들판'으로 산책하러 나갈 때 마치 말처럼 풀밭으로 향하고 마구는 모두 마구간에 남겨둔다. 나는 '유용한 지식 보급 협회'에 가끔 이렇게 말하고 싶다. 풀밭으로 나가보라. 건초는 충분히 먹었다. 푸른 곡식과 함께 봄이 왔다. 소들은 5월이 끝나기도 전에 시골 목초지로 몰려간다. 하지만 어떤 이상한 농부가 소를 헛간에 가두고 1년 내내 건초만 먹였다는 이야기를 들은 적이 있다. '유용한 지식 보급 협회'는 소들을 그런 식으로 다루고는 한다.

인간의 무지는 때로는 유용할 뿐 아니라 아름답기도 하다. 반면 이른바 지식이라는 것은 추악할 뿐 아니라 쓸모없는 것보다도 더 나쁠 때가 많다. 어떤 주제에 관해 아무것도 모르고, 극히 드물지만

---

* 1829년에 보스턴에서 처음 창설됐다.
** "scientia potentia est"라는 라틴어 경구로, 흔히 프랜시스 베이컨(Francis Bacon, 1561~1621)이 처음 사용한 것으로 알려져 있다. 베이컨이 말하는 지식은 과학적 지식을 뜻한다.

자신이 아무것도 모른다는 사실을 아는 사람과, 실제로는 일부만을 알고 있지만 모든 것을 안다고 생각하는 사람 중 어떤 사람을 상대하는 것이 더 좋을까?

지식에 대한 나의 욕망은 간헐적이지만, 내 발이 닿지 않는 곳에서 머리를 씻고 싶은 욕망은 영원히 끊이지 않는다. 우리가 도달할 수 있는 최고의 경지는 지식이 아니라 지성과의 공감이다. 나는 더 높은 차원의 지식이, 우리가 이전에 지식이라 불렀던 모든 것이 부족하다는 것을 깨달으며 일어나는 새롭고 엄청난 놀라움보다 더 명확한 발견인지 잘 모르겠다. 하늘과 땅에는 우리가 철학에서 꿈꾸는 것보다 더 많은 것이 있다는* 발견 말이다. 그것은 햇살이 안개를 걷어내는 것과도 같다. 인간이 이보다 고차원적인 의미를 알지 못한다. 아무 탈 없이 태연하게 태양의 얼굴을 바라볼 수 없는 것과 같다. "너는 그것을 특정한 사물과 같이 지각하지는 못할 것이다"라고 칼데아 신탁**은 말한다.

우리는 따를지도 모르는 법칙을 추구하는 습관이 있으며, 이 습관에는 비굴함이 있다. 우리는 편의를 위해 물질의 법칙을 연구할 수는 있지만, 성공한 삶은 아무런 법칙도 모른다. 전에는 알지 못했던 곳에서 우리를 속박하는 법이 있다는 사실을 알아차리는 것은

---

* "이 세상천지에는 우리가 철학으로 알 수 있는 것보다 훨씬 많은 일이 있다네." (《햄릿》 1막 5장)

** 소로는 먼저 "τί νοῶν, οὐ κεῖνον νοήσεις"라는 그리스어를 적은 뒤 그 뜻을 영어로 적었다. 로마 제국 마르쿠스 아우렐리우스 안토니누스(Marcus Aurelius Antoninus, 196~217) 황제 시대에 칼데아의 율리아누스(Julianus the Chaldean)가 지었다고 전해지는 예언 시다.

확실히 불행한 일이다. 안개 같은 미몽의 자식이여, 자유롭게 살도록 하라. 지식과 관련하여 우리는 모두 미몽의 자식이다. 자유롭게 사는 사람은 법을 만드는 사람과의 관계 덕분에 모든 법보다 우월하다. 비슈누 푸라나*에서는 이렇게 말한다. "우리를 속박하려 하지 않는 의무가 적극적인 의무다. 우리를 해방하려는 지식이 진정한 지식이다. 다른 모든 의무는 우리를 지치게 할 뿐이고, 다른 모든 지식은 예술가의 교묘함에 불과하다."

우리 역사에 사건이나 위기가 얼마나 적은지, 우리가 정신을 얼마나 적게 발휘하는지, 경험은 또 얼마나 적은지 참으로 놀랍다. 비록 내 성장이 이 둔탁한 평정심을 깨뜨릴지라도, 길고 어둡고 습한 밤이나 우울한 계절을 힘겹게 헤쳐 나가더라도, 나는 내가 빠르고도 무성하게 성장하고 있다고 확신하고 싶다. 우리 모두의 삶이 이 하찮은 희극이나 익살극이 아니라, 신성한 비극이라면 좋겠다. 단테와 버니언**을 비롯한 작가들은 우리보다 훨씬 정신을 발휘한 것 같다. 그들은 우리 지역 학교나 대학에서는 상상조차 못할 부류의 문화에 노출되어 있었다. 많은 사람이 그의 이름만 들어도 비명을 지르겠지만, 마호메트***도 보통 사람이 누리는 것보다 훨씬 더 많은 것을 위해 살았고 죽었다.

아주 드물게, 기찻길 위를 걸을 때처럼 어떤 생각이 문득 스치면,

---

*   힌두교의 경전 중 하나다. 소로는 호레이스 헤이머 윌슨이 1940년에 번역한《비슈누 푸라나: 힌두교의 신화와 전통 체계》를 읽었다.
**   John Bunyan, 1628~1688. 영국의 청교도 목회자이자 작가로 기독교 우화인《천로역정》(1678)을 출간했다.
***   Muhammad, 570~632. 이슬람교의 창시자이자 이슬람교의 마지막 예언자다.

그 소리를 듣지도 못한 채 기차가 지나가고는 한다. 하지만 곧 어떤 냉혹한 법칙에 따라 우리의 삶은 흘러가고 기차는 다시 돌아온다.

눈에 보이지 않게 이리저리 흘러가고
폭풍우 속 로이라 주변의 엉겅퀴를 휘감는 미풍이여,
바람이 부는 계곡의 나그네여,
왜 그대는 그렇게 빨리 내 귓가를 떠났는가?

거의 모든 사람이 사회의 매력에 이끌려 사회로 다가가고 싶은 마음을 느끼지만, 대자연에 강하게 끌리는 사람은 거의 없다시피 하다. 아무리 인간의 예술이 뛰어나다지만, 대자연에 대한 반응을 보면 인간은 대부분의 동물보다 못한 존재로 보인다. 동물들처럼 아름다운 관계를 형성하는 인간은 그다지 흔치 않다. 우리에게 아름다운 풍경을 제대로 감상하는 태도가 얼마나 부족한가! 그리스인이 이 세계를 '코시모스(Κόσμος)', 즉 '아름다움'이나 '질서'라고 불렀다는 사실을 알아야 한다. 하지만 그들이 왜 그렇게 불렀는지 우리는 명확히 알지 못한다. 기껏해야 기이한 언어학적 사실로만 여길 뿐이다.

나는 대자연과 관련해 일종의 변방 생활을 하고 있다는 느낌이 든다. 나는 어쩌다 잠깐 들어가는 세계의 경계에 머무르고, 미국의 영토에서는 물러난 것만 같다. 미국에 대한 내 애국심과 충성심은 마치 산적*의 애국심과 충성심과도 같다. 내가 자연스럽다고 부르

---

*   17세기 스코틀랜드 변경에 활약하던 산적을 가리킨다.

는 삶을 향해 가는 길이라면 나는 기상천외한 늪지와 수렁을 가로지르고 도깨비불이라도 기꺼이 따라갈 것이다. 하지만 달도 반딧불이도 나에게 그런 삶으로 향하는 둑길조차 보여주지 않는다. 대자연은 너무나 광대하고 완전하기에, 우리는 지금까지 자연의 모습 중 어느 하나라도 제대로 본 적이 없다. 내 고향 마을 주변으로 펼쳐진 익숙한 들판을 걸으면서도, 이따금 토지 소유권 증서의 내용과는 다른 땅에 있는 듯한 사람이 있다. 실제로는 콩코드의 경계에 있는 머나먼 들판에 있는 것처럼 말이다. 그곳에서는 콩코드의 관할권이 미치지 못하고, 콩코드라는 말이 더는 어떤 개념도 암시하지 않는다. 내가 직접 측량한 이곳의 농장들, 내가 세운 이곳의 경계는 마치 안개 속에 있는 것처럼 어렴풋해 보인다. 하지만 어떤 화학 작용으로도 그것들을 응고시킬 수 없다. 그것들은 유리 표면에서 사라지고, 화가가 그린 그림이 그 아래에서 희미하게 드러난다. 우리가 흔히 알고 있는 세상은 아무런 흔적도 남기지 않으며, 그 기억을 기리는 기념일도 없을 것이다.

어느 날 오후 나는 스폴딩 농장*을 산책했다. 저물어가는 해가 웅장한 소나무 숲 맞은편을 환하게 비추는 것이 보였다. 황금빛 햇살이 마치 웅장한 저택 안으로 스며들듯 숲의 통로를 따라 흘러 들어갔다. 나는 마치 오래되고 존경스럽고 빛나는 어떤 가문이 내가 모르는 콩코드라는 지역에 정착한 것 같은 인상을 받았다. 태양이 그 가문의 하인이고, 가문 구성원들은 마을 사람들과 어울리지도 않

---

* 콩코드에 실제로 있던 농장이 아니라 소로가 창안해낸 가공의 공간이다.《월든》에서도 그는 상상력으로 세운 '큰 집'을 언급한다.

고 누구의 방문도 받지 않은 그런 가문 말이다. 숲 너머로 크랜베리 초원에 있는 그들의 공원과 유원지가 보였다. 소나무들이 자라면서 그 집에 박공지붕을 드리웠다. 그들의 집은 눈에 잘 띄지 않았고, 나무들이 그 사이로 자라고 있었다. 웃음을 참는 소리가 들렸는지 들리지 않았는지 잘 모르겠다. 그들은 햇살에 기대어 있는 듯했다. 그들에게는 아들딸이 있다. 그들은 아주 건강하다. 농부의 마찻길이 그들의 저택 부지를 가로지르지만, 하늘이 비치는 연못에도 진흙탕 바닥이 보일 때가 있다는 듯이 그들은 조금도 개의치 않는다. 그들은 스폴딩이라는 이름을 들어본 적도 없을뿐더러 그 농부가 이웃이라는 사실도 모른다. 그가 마차를 몰고 저택을 지나갈 때 휘파람을 불던 소리는 들었지만 말이다. 그들의 평온한 삶에 견줄 만한 것은 이 세상에 아무것도 없다. 그들 가문의 문장(紋章)은 소박한 이끼뿐이다. 그 문장이 소나무와 참나무에 그려진 것을 봤다. 나무들 꼭대기에는 다락방이 있었다. 그들에게는 정치는 아무 상관이 없다. 노동하는 소리도 들리지 않았다. 그들이 옷감을 짜거나 실을 잣는 것도 알아채지 못했다. 하지만 바람이 잠잠해지고 모든 소리가 멈추었을 때, 나는 상상할 수 있는 가장 아름답고 감미로운 콧노래 소리를 들었다. 마치 5월에 멀리서 들려오는 벌집 소리인 듯했는데, 아마도 그들의 생각이 내는 소리였을 것이다. 그들은 부질없는 생각을 하지 않았고, 아무도 밖에서 그들이 일하는 것을 볼 수 없었다. 그들의 근면함은 마치 옹이와 돌기처럼 얽혀 있지 않기 때문이다.

하지만 나는 그들을 기억하기가 어렵다. 지금처럼 말하고 기억해내려고 애쓰고 나 자신을 돌아보는 동안에도 그들은 내 마음에서 돌이킬 수 없이 사라져버린다. 오랫동안 진지하게 무척 좋았던 기억을 떠올리려고 노력한 뒤에야 비로소 내가 한때 그들과 함께 살았다는 사실을 다시금 깨닫는다. 만약 이런 가족들이 없다면, 나는 아마 콩코드를 떠나야 할 것 같다.

뉴잉글랜드에서는 비둘기가 해를 거듭할수록 점점 줄어든다고들 말한다. 우리의 숲에는 이제 비둘기가 먹을 떡갈나무 열매가 더 없다. 이와 마찬가지로 해를 거듭할수록, 성장 중인 청소년들에게도 생각이 찾아오지 않는 것 같다. 우리 마음속 숲은 황폐해지고, 숲속 나무들도 불필요한 야망의 불을 피우는 데 팔려나가거나 제재소로 보내졌기 때문이다. 생각이 홰를 칠 만한 나뭇가지가 별로 남아 있지 않다. 비둘기들은 이제는 더 우리와 더불어 살며 집을 짓거나 번식하지 않는다. 좀 더 온화한 계절이 되면, 어쩌면 봄이나 가을에 어떤 생각의 날개들이 지나가며 드리운 희미한 그림자가 마음의 풍경을 가로질러 스쳐 지나갈지도 모른다. 하지만 그 위를 올려다봐도 생각 자체의 실체는 감지할 수 없다. 우리의 날개 달린 생각은 가금류로 변해버린다. 이제는 더 하늘로 훨훨 날아오르지 못하고 기껏 상하이나 코친차이나*의 장엄함에 그칠 뿐이다. 당신이 듣고 있는 그 위-대-한 생각들, 그 위-대-한 사람들이여!

우리는 지구를 껴안고 살고 있다. 그러면서도 이 대지에 오르는

---

* 유럽인이 베트남 일부 지역을 가리켜 불렀던 옛 명칭이다. 때때로 베트남 전체를 지칭하기도 하지만 일반적으로 프랑스가 가장 먼저 식민지화했던 베트남의 남부 지역을 지칭한다.

일은 얼마나 드문 일인가! 우리는 조금 더 높이 올라갈 수 있을지도 모른다. 적어도 나무에 오를 수 있을지 모른다. 한 번은 내가 전에 나무에 올라간 일을 기술한 것을 찾아냈다. 그때 올라간 나무는 언덕 꼭대기에 있는 키 큰 백송나무였다. 비록 떨어져 곤두박질치고 말았지만 충분히 보상을 받았다. 지평선 너머로 전에 본 적 없는 새로운 산들을 발견했기 때문이다. 그곳에서는 땅과 하늘을 훨씬 많이 볼 수 있었다. 70 평생 나무 발치를 걸어도 그런 모습을 결코 볼 수 없었을 것이다. 하지만 무엇보다도 나는 주변에서 가장 높은 가지 끝에 작고 섬세한 붉은 솔방울처럼 생긴 꽃, 즉 백송의 풍성한 꽃 몇 송이가(그때는 6월이 끝나가는 때였다) 하늘 쪽으로 피어 있는 것을 발견했다. 나는 곧장 맨 위에 핀 원뿔 모양의 꽃을 따서 마을로 들고 가, 거리를 걷고 있던 낯선 배심원들(그 주(週)에는 근처에서 재판이 열리고 있었다)을 비롯하여 농부, 목재상, 벌목꾼, 사냥꾼들에게 보여줬다. 그들 중 누구도 전에 그런 꽃을 본 적이 없었고, 마치 별이 떨어진 것을 보는 것처럼 놀라워했다. 고대 건축가들이 눈에 잘 띄는 아랫부분부터 기둥 꼭대기까지 공사를 모두 완벽하게 마무리했다는 이야기가 있으면 말해달라! 대자연은 처음부터 숲의 작디작은 꽃들을 사람들의 머리 위로, 사람들의 눈에 띄지 않는 하늘 쪽에 펼쳐 놓았다. 그런데도 우리는 초원에서 발밑에 핀 꽃들만 바라본다. 소나무들은 오랜 세월 여름마다 숲의 가장 높은 가지에 섬세한 꽃을 피워왔다. 또한 대자연은 얼굴이 흰 아이들과 마찬가지로 얼굴이 붉은 아이들*의 머리 위로도 그런 꽃을 피워 왔다.

---

* 얼굴이 희고 검은 아이들은 각각 백인 아이들과 아메리카 원주민 아이들을 가리

148

하지만 이 땅의 농부나 사냥꾼은 일찍이 그런 꽃들을 본 적이 거의 없다.

　무엇보다도 우리는 현재를 살아가지 않을 수 없다. 과거를 기억하며 덧없는 삶의 순간을 잃지 않는 사람은 어떤 인간보다도 훨씬 축복받은 사람이다. 만약 우리의 철학이 시야에 들어오는 모든 농장의 수탉 울음소리를 듣지 못한다면 이미 때가 늦은 것이다. 그 울음소리는 우리의 행동과 사고방식이 녹슬고 낡아가고 있다는 사실을 일깨운다. 수탉의 철학은 우리 시대보다 훨씬 새로운 시대로 이어진다. 그 소리는 새로운 언약, 즉 이 시대에 부응하는 복음을 암시한다. 수탉은 시대에 뒤떨어지지 않았다. 그는 일찍 일어나 일찍 활동을 유지했다. 그가 있을 곳에 있다는 것은 제때에, 시대의 선두에 있다는 것을 의미한다. 수탉은 대자연이 건강하고 온전하다는 것을 표현하며, 온 세상을 위한 자랑이다. 마치 샘물이 솟는 듯한 건강함으로, 시신(詩神) 뮤즈의 새로운 샘물로 이 마지막 순간을 기념한다. 수탉이 사는 곳에는 도망 노예법이 통과되지 않는다. 마지막으로 그 소리를 들은 이후로 주인을 여러 번 배신하지 않은 사람이 누가 있었겠는가?
　수탉과 같은 새의 장점은 모든 애처로움에서 자유롭다는 것이다. 노래하는 새는 우리를 쉽게 울거나 웃게 하지만, 우리 내면에 순수한 아침의 기쁨을 불어넣는 새가 수탉 말고 어디에 있을까? 일

킨다. 원주민들은 백인을 '얼굴이 흰 사람들(pale faces)'이라고 부르는 한편, 자신들은 '얼굴이 붉은 사람들(red faces)'이라고 불렀다.

요일 아침 나무를 깐 보도의 끔찍한 정적을 깨뜨리며 걸을 때, 어쩌면 상가(喪家)를 지키고 있을 때, 멀리서나 가까이서 수탉 울음소리가 들리면 나는 속으로 "어쨌든 우리 중 하나는 건강하구나"라고 생각하며 급히 정신을 차리곤 한다.

　지난 11월 어느 날 나는 사람들과 놀라운 일몰을 바라봤다. 작은 시냇물의 발원지인 초원을 걷고 있는데, 차갑고 흐린 날씨가 지나간 뒤 해가 일몰 직전 마침내 지평선의 맑은 지층에 이르렀다. 그러더니 부드럽고 밝은 아침 햇살이 마른 풀과 맞은편 지평선의 나무줄기 위와 언덕바지의 관목 참나무 잎사귀 위로 쏟아져내렸다. 그동안 우리의 그림자는 마치 우리만이 그 햇살 속의 유일한 티끌인 듯 초원 위 동쪽으로 길게 뻗어 있었다. 조금 전까지만 해도 상상할 수도 없었던 빛이었고, 공기 또한 너무 따뜻하고 고요해서 그 초원을 낙원으로 바꾸기에 조금도 부족함이 없었다. 이 모든 것이 두 번 다시 만나지 못할 현상이 아니라 저녁이 되면 끝없이 일어날 것이고, 그곳을 하루의 마지막에 걷는 아이를 기쁘게 하고 안심시켜줄 거라는 생각이 들자 그 광경이 더더욱 찬란해 보였다.
　집 한 채 보이지 않는 한적한 초원에, 저녁 해가 도시에 온갖 영광과 화려함을 아낌없이 쏟아부으며 지고 있다. 어쩌면 전에는 해가 결코 그렇게 아름답게 진 적이 없을지도 모른다. 그곳에는 외로운 습지 매 한 마리만이 석양빛을 받은 황금빛 날개를 활짝 펼치거나, 사향뒤쥐 한 마리가 오두막에서 밖을 내다보거나, 습지 한가운데에 검은 혈관 같은 작은 시냇물이 막 구불구불 흐르기 시작하면서 썩어가는 나무 그루터기 주위를 천천히 휘감아 돌고 있다. 우리

150

는 너무나 맑고 밝은 빛 속을 걷고 있었다. 빛은 시든 풀과 잎들을 그토록 부드럽고 고요하고도 밝게 황금빛으로 물들였다. 나는 일찍이 잔물결도 속삭임도 없는 이렇게 고요한 황금빛 물결에 몸을 담가본 적이 없었다는 생각이 들었다. 모든 숲과 언덕 서쪽 면이 마치 엘리시움*의 경계처럼 반짝였고, 우리 등 위로 드리운 해는 저녁 무렵 우리를 집으로 데려다주는 온순한 목동처럼 보였다.

그래서 태양이 그 어느 때보다 밝게 빛나고, 우리의 마음과 정신을 비추어 삶 전체를 위대한 각성의 빛으로 밝혀줄 날이 올 때까지 우리는 성지를 향해 천천히 걸어간다. 마치 가을의 강둑에 서 있는 것처럼, 그렇게 따뜻하고 고요하고 황금빛으로 물든 채 말이다.

---

* 그리스 신화에서 선량한 사람들이 죽은 후에 간다는 이상향이다.

겨울 산책

바람이 창문 블라인드 사이로 부드럽게 중얼거리듯 살랑거리다 깃털처럼 부드럽게 창틀에 숨을 헐떡였고, 이따금씩 여름날의 산들바람처럼 한숨을 내쉬며 밤새도록 나뭇잎을 몰고 지나갔다. 들쥐는 땅속 아늑한 굴에서 잠을 잤고, 부엉이는 늪지의 깊숙한 곳 속 이 텅 빈 나무에 앉아 있었으며, 토끼와 다람쥐와 여우는 모두 제 집에 들어앉아 있었다. 집 지키는 개는 난롯가에 조용히 누워 있었고, 소들은 외양간에 조용히 서 있었다. 길 안내판이나 땔감 창고 문의 경첩이 들릴 듯 말 듯 삐걱거리며 한밤중에 일하고 있는 외로운 자연의 기운을 북돋아줄 때를 제외하고는, 대지 그 자체는 마지막 잠이 아니라 최초의 잠에 빠져든 것 같았다. 창고 문의 삐걱거리는 소리는 금성과 화성 사이에 깨어 있는 유일한 소리였다. 그 소리가 저 먼 곳의 따뜻한 마음, 신들이 누리는 성스러운 쾌활함과 친목을 우리에게 널리 알려주고 있다. 그곳은 신들이 만나는 장소지만 인간이 살기에는 너무 황량한 곳이다. 하지만 대지가 잠들어 있는 동안에도 대기는 온통 솜털 같은 눈을 뿌리며 아직 깨어 있다. 그 모습은 마치 북쪽 지방의 케레스*가 온 들판에 은빛 낟알을 잔뜩 흩뿌리는 것 같았다.

우리는 잠들었다가 마침내 깨어나 고요한 겨울 아침을 맞는다. 창턱에는 눈이 목화나 부드러운 솜털처럼 따뜻하게 내려앉았다. 벌어진 창틀과 서리가 낀 유리창으로 희미하고 은밀한 빛이 들어와 실내에 아늑하고 쾌활한 분위기를 더해준다. 아침의 고요함은 인상적이다. 텅 빈 공간 너머로 바깥 들판을 보려고 창가로 다가가면 발밑에서 마룻바닥이 삐걱거린다. 지붕들이 눈의 무게를 지탱하며 솟아 있다. 처마와 울타리에서는 눈으로 된 종유석이 매달려 있고, 앞마당에는 석순들이 중심부를 숨긴 채 서 있다. 나무들과 관목들은 하늘을 향해 사방으로 흰 팔을 치켜들고 있다. 담벼락과 울타리가 있던 곳에는 환상적인 형상들이 어슴푸레한 풍경 도처에 장난을 치며 펼쳐져 있는 것이 보인다. 그 모습은 마치 대자연이 인간의 예술을 위한 모형으로 밤사이에 들판 위에 새로운 디자인을 설치해놓은 것 같았다.

조용히 문의 빗장을 열면 쌓여 있던 눈 더미가 집 안으로 쏟아져 들어온다. 집 밖으로 한 발 나서자 살을 에는 듯한 차가운 공기가 얼굴을 때린다. 반짝이던 별들도 어느새 빛을 조금 잃고, 우중충

---

* 로마 신화에 나오는 곡물의 여신으로, 사투르누스와 옵스의 딸이자 고대 로마 종교에서 농업, 곡물 작물, 다산과 모성을 관장한다. 그리스 신화의 데메테르에 해당한다.

하고 나른한 안개가 지평선을 감싸안는다. 동쪽에서는 타는 듯한 붉은 황동색이 아침이 다가온다는 사실을 알리는 반면, 서쪽 풍경은 여전히 어둡고 괴기스러운 데다 유령의 왕국처럼 음산한 지옥의 빛에 덮여 있다. 귓가에 들리는 것이라고는 수탉의 울음소리, 개 짖는 소리, 장작 패는 소리, 암소의 울음소리 같은 지옥에서나 들을 수 있는 소리뿐이다. 하나같이 플루톤*의 헛간 앞마당과 스틱스강 너머에서 들려오는 소리 같다. 그런 소리가 우울함을 암시하기 때문이 아니라, 동틀 녘의 부산스러움이 지상의 소리라고 하기에는 너무 장엄하고 신비스럽기 때문이다. 앞마당에는 여우나 수달이 방금 다녀간 흔적이 남아 있어, 밤에도 시시각각 여러 사건이 일어나고 태초의 자연이 여전히 활동하며 눈 위에 발자국을 남긴다는 사실을 일깨워준다. 우리는 대문을 열고 나가 적막한 시골길을 따라 활기차게 걷는다. 그럴 때면 발밑에서 파삭파삭한 마른 눈이 뽀드득 소리를 낸다. 부지런한 농부는 여름 내내 나무토막과 나무 그루터기 사이에 누워 꿈꾸던 장작을 헛간에서 꺼내, 멀리 떨어진 시장으로 간다. 그 농부가 막 출발할 때 내는 날카롭고 낭랑하게 삐걱거리는 썰매 소리에 나는 정신이 번쩍 든다. 한편 저 멀리 쌓여 있는 눈 더미와 눈가루가 묻은 창문 너머로 농부가 일찌감치 켜놓은 촛불이 희미한 별처럼 보인다. 촛불은 마치 엄숙한 성인(聖人) 몇 명이 아침 예배를 드리는 모습처럼 외로운 불빛을 내뿜고 있다. 그리고 나무들과 눈으로 둘러싸인 굴뚝들에서는 하나둘 연기가 피어오르기 시작한다.

---

* 로마 신화의 명계(冥界)를 관장하는 신으로, 그리스 신화의 하데스에 해당한다.

깊은 산골짜기에서 연기가 느릿느릿 피어오르고
뻣뻣한 공기는 새벽에 돌아다니며
한낮과 천천히 친교를 맺는다.
연기는 이제 하늘로 향하던 발걸음을 멈추고
둥근 고리 모양으로 혼자 장난치며 어슬렁거린다.
난롯가에 비몽사몽 졸며 앉아 있는 주인처럼
어정쩡한 목적과 느릿한 행동으로
여전히 졸리고 굼뜬 생각을 떨쳐내지 못한 채
주인의 정신은 아직도 새날의 흐름을 따라
나아가지 못했다. 이제 연기는 멀리 흘러가고
그동안에 벌목꾼은 일찌감치 도끼를 휘두를 생각으로
당당한 걸음걸이로 나아간다.
어슴푸레한 새벽녘에 맨 먼저 주인은
서리에 얼어붙은 공기를 느끼고 날이 밝았음을 알리려고
지붕에서 온 최초의 순례자요 마지막 순례자,
정탐꾼이자 밀사인 연기를 밖으로 내보낸다.
주인이 난롯가에서 여전히 웅크리고 앉아서
문의 빗장을 열 용기를 내지 못하는 동안
연기는 미풍을 타고 산골짜기로 내려가
들판 위에 대담하게 화환을 활짝 펼치고
나무 꼭대기를 휘감고, 언덕 위를 어슬렁거리면서
일찍 일어난 새의 날개를 따뜻하게 데운다.
그리고 어쩌면 지금쯤 산뜻한 공중 높은 곳에서
지구 가장자리에 떠오르는 한낮을 찾아내고

위쪽 하늘에 떠 있는 찬란한 구름이 되어
낮은 문가에 서 있는 주인에게 인사를 건넬지 모른다.

저 멀리 꽁꽁 얼어붙은 대지 위로 농부들이 문가에서 장작을 패는 소리, 집 지키는 개가 짖는 소리, 멀리서 수탉이 명쾌한 나팔소리처럼 우는 소리가 들려온다. 싸늘하고 희박한 공기가 미세한 소리 입자를 전달해 우리 귓가에 짧고 기분 좋은 진동을 전한다. 탁한 물질이 바닥에 가라앉는 가장 순수하고 가벼운 액체 위에서 파동이 아주 빨리 가라앉는 것과 비슷하다. 그런 소리들은 종소리처럼 청명하게, 지평선보다 좀 더 멀리서 들려온다. 마치 겨울에는 여름보다 소리를 흐리는 방해물이 적어서 편하다는 듯하다. 대지도 바짝 마른 나무에서 나는 것 같은 낭랑한 소리를 내고, 평범한 시골의 소리에도 가락이 있으며, 나무에 얼어붙은 얼음이 쨍그랑거리는 소리마저 물이 흐르듯 감미롭다. 모든 것이 말라버렸거나 얼어붙어 대기 중에는 물기가 조금도 없다. 공기는 극도로 희박하고 탄탄해 그 자체로 즐거움의 원천이 된다. 움츠리고 긴장한 하늘은 성당의 측랑(側廊)처럼 구부러져 보이고, 반짝이는 공기는 마치 그 속에 얼음 수정이 떠 있는 것처럼 반짝인다. 그린란드에서 살아온 사람들의 말에 따르면, 공기가 얼어붙으면 "바다는 불타는 잔디밭처럼 연기를 내뿜고, '서리 연기'*라고 하는 옅은 안개나 짙은 안개가 일어난다. 살을 에는 듯한 이 안개는 얼굴과 손에 물집을 생기게 하

---

* '바다 연기' 또는 '증기 연기'라고도 일컫는 안개로, 극지방처럼 매우 추운 지역에서 아주 찬 공기가 더운 물 위를 지나갈 때 생긴다.

는 일이 잦고 건강에 아주 해롭다"고 한다. 하지만 이렇게 순수하고 찌르는 듯 아픈 추위는 폐에는 만병통치약과 같으며, 얼어붙은 안개라기보다는 추위가 정제하고 정화한 한여름 연무 결정체라고 할 수 있다.

태양이 마침내 먼 숲을 통과하여 솟아올라와 빛살로 얼어붙은 공기를 녹인다. 마치 심벌즈가 서로 맞부딪히면서 희미하게 쨍그랑거리며 경쾌한 소리를 내는 듯하다. 또한 아침은 어찌나 빠른 발걸음으로 지나가는지 빛줄기는 벌써 멀리 서쪽 산들을 황금빛으로 물들이고 있다. 그러는 동안 우리는 체내의 열로 몸이 따뜻해지고 생각과 감정도 한층 고조되어 여전히 인디언 여름*을 만끽하며 서둘러 가루눈을 헤치고 걸어 나간다. 만약 우리가 좀 더 자연에 순응하며 살아간다면, 어쩌면 더위나 추위에 맞서 자신을 방어할 필요가 없어지고, 오히려 식물이나 네발짐승이 그러듯이 자연이 우리의 충실한 보모이자 친구라는 걸 깨닫게 될 것이다. 만약 자극적이고 불에 익힌 음식이 아니라 순수하고 소박한 재료로 영양을 섭취한다면, 우리 몸은 잎 하나 없는 잔가지 못지않게 추위를 견딜 수 있고, 나무처럼 번성하여 한겨울에도 튼튼하게 자랄 것이다.

이 계절에 자연이 보여주는 순수하기 그지없는 모습은 내게 더없는 즐거움을 준다. 썩은 나무 그루터기 하나하나, 이끼 낀 돌과 울타리 하나하나, 가을의 낙엽들이 깨끗한 냅킨 같은 눈에 가려져

---

* 북아메리카 중남부에서 겨울이 시작되기 직전인 10월 말에서 11월 중순 사이 나타나는 일시적인 고온 현상이다. 늦가을의 쌀쌀한 날씨가 이어지다 잠시 나타나는 여름처럼 더운 날씨로, 주로 인디언들이 추수하는 시기라고 하여 이런 이름이 붙었다.

있다. 헐벗은 들판과 짤랑거리는 소리를 내는 숲에서 어떤 미덕이 아직 사라지지 않고 남아 있는지 보라. 가장 춥고 가장 황량한 곳에서도 가장 따뜻한 자애심이 여전히 발판을 유지하고 있다. 차갑고 모진 바람이 해로운 것들을 모두 날려버린다. 내면에 덕목을 갖추지 않고서야 어찌 그런 바람을 견뎌낼 수 있으랴. 그러니 산 정상처럼 춥고 황량한 곳에서 무엇을 만나든 우리는 일종의 꺾이지 않는 순수성, 청교도적인 강인함에 경의를 표하게 된다. 그 주변의 다른 것들은 모두 피난처를 찾아 들어간 듯하고, 바깥에 남아 있는 것들은 태초의 우주를 구성하는 뼈대의 일부요, 하느님 자신과 같은 그런 용기의 일부가 틀림없다. 깨끗해진 공기를 들이마시면 기운이 솟아난다. 공기가 좀 더 맑고 순수한 것이 눈에 보이니 더 오래 더 늦게까지 바깥에 머물러 있고 싶어진다. 강풍이 잎이 다 떨어진 앙상한 나무 사이를 지나가듯이, 한숨짓듯 산들거리며 우리 몸을 뚫고 지나가며 우리가 겨울을 맞을 준비를 할 수 있게 해준다. 마치 우리가 사시사철 우리를 지탱해줄 어떤 순수하고 변함없는 미덕을 그토록 빌리고 싶어 하는 것처럼 말이다.

우리는 마침내 숲 언저리에 이르러 번잡스러운 마을에서 벗어나 숲의 은밀한 곳으로 들어간다. 마치 지붕 밑으로 들어가 문지방을 넘어 온통 천장과 벽을 눈으로 만든 오두막 안으로 들어가는 것 같다. 숲은 여전히 밝고 따뜻하고, 겨울인데도 여름처럼 온화하고 생기가 넘친다. 조금 떨어진 곳에서 구불구불 미로 속으로 뻗어가는 깜박이는 빛을 받으며 소나무 숲 한가운데 서 있으면, 문득 마을 주민들은 숲이 들려주는 소박한 이야기를 한 번이라도 들어본 적이 있을지 궁금해진다. 지금껏 소나무 숲을 탐험해본 여행자는 단 한 명도 없었던 것 같다. 과학이 다른 분야에서는 하루가 다르게 놀라운 사실을 밝혀내고 있지만, 그렇다고 소나무 숲의 연대기를 듣고 싶어 하지 않는 사람이 과연 어디 있을까? 이 평원에 우리가 사는 변변치 않은 마을들이 생겨난 것도 이 소나무 숲 덕분이다. 우리는 숲에서 빌려온 널빤지로 집을 짓고 그 나뭇가지로 몸을 덥힌다. 사라지지 않는 여름의 일부이자 영원한 시간, 시들지 않는 풀이라고 할 상록수는 겨울철에 얼마나 소중한가! 이렇게 그저 조금만 올라가도 대지는 각양각색의 모습을 보여준다. 저 자연의 도시, 숲이 없다면 인간의 삶은 어떻게 될까? 산 정상에서 내려다보면 숲은 말끔하게 깎아놓은 잔디밭처럼 보이지만, 그 키 큰 풀밭 사이를 걷지 않고 우리는 도대체 어디로 갈 수 있겠는가?

자연에는 결코 꺼지지 않고 그 어떤 추위로도 식힐 수 없는 불이 땅속에 잠들어 있다. 마침내 그 불은 엄청난 눈을 녹여버린다. 1월이나 7월이나 더 두껍거나 더 얇은 눈 이불을 뒤집어쓰고 파묻혀 있을 뿐이다. 가장 추운 날에도 어딘가에서 불길이 흘러 나무 주변에 있던 눈을 모조리 녹여버린다. 가을 늦게 싹을 틔우고 이제 빠르게 눈을 녹이고 있는 이 겨울 호밀밭도 땅속에 불이 아주 얇게 감춰져 있는 곳이다. 우리는 그 불 덕분에 따뜻함을 느낀다. 겨울에는 따스함이 모든 미덕을 상징한다. 우리는 비록 상상 속에서나마 토끼나 개똥지빠귀와 같은 열정을 품고, 햇빛에 돌들이 반짝이고 물이 졸졸 흐르는 개울이나 숲속의 따뜻한 샘에 자주 찾아간다. 늪지와 연못에서 피어오르는 수증기는 부엌의 주전자에서 새어 나오는 수증기만큼이나 소중하고 가정적인 분위기를 자아낸다. 담벼락 옆으로 들쥐들이 기어 나오고 숲의 좁은 길에는 박새들이 지저귈 때,

겨울날의 햇살에 견줄 만한 불이 또 어디 있겠는가? 겨울 햇살의 온기는 여름처럼 땅에서 복사된 것이 아니라 태양에서 직접 내려오는 것이다. 눈 덮인 작은 골짜기를 걸을 때 등 뒤에서 햇살이 느껴지면 각별한 호의를 받은 것처럼 고마워지면서 그런 외딴곳까지 우리를 따라와준 태양을 찬양하게 된다.

우리는 저마다 가슴속에 땅속의 불을 모시는 제단을 가지고 있다. 한 해 중 가장 추운 날, 가장 황량한 언덕을 오른 여행자일지라도 외투 주름 안에 그 어떤 난롯불보다 훨씬 따뜻한 불을 품고 있다. 실제로 건강한 사람이라면 한겨울에도 마음속에 여름이 있는 것처럼 각 계절을 보완할 수 있는 힘이 있다. 그의 마음은 남쪽 나라와 같다. 모든 새와 벌레가 그곳으로 향하고, 그의 가슴에서 솟아나는 따뜻한 샘 주위로 개똥지빠귀와 종달새가 날아든다.

한 해 동안 자란 관목으로 뒤덮인 이 숲속 빈터에 바싹 마른 나뭇잎과 잔가지마다 은빛 가루가 쌓여 있는 모습을 보라. 겨울 탓에 색깔이 사라진 것을 다양한 방법으로 보상이라도 하듯이 은빛 가루가 무한하고 화려한 형태로 쌓여 있다. 나무 밑동 주변마다 남은 생쥐들이 지나간 흔적과 토끼들이 남긴 세모난 발자국을 자세히 살펴보라. 그 모든 것 위에는 순수하고 탄탄한 하늘이 걸려 있다. 마치 여름 하늘의 불순물을 순수한 겨울 추위로 정제해 줄어든 채로 키질하여, 하늘에서 땅으로 흩날려 보낸 것 같다.

자연은 이 계절에도 여름의 특징과 뒤섞인다. 하늘은 땅에 더 가까워진 것처럼 보인다. 자연의 여러 요소는 전보다 덜 수줍음을 타고 좀 더 눈에 띈다. 물은 얼음이 되고, 비는 눈으로 바뀐다. 대낮은 스칸디나비아반도의 밤과 같다. 겨울은 북극의 여름인 셈이다.

자연 속에 살아가는 생명체에는 훨씬 더 생기가 흘러넘치고, 살이 얼얼할 정도로 추운 밤을 여전히 견뎌낸 짐승들은 서리와 눈으로 뒤덮인 숲과 들판 한복판에서 해가 떠오르는 것을 바라본다.

먹을 것이 없는 황야는
갈색 주민들을 쏟아낸다.*

추운 금요일 아침인데도 외딴 골짜기에서는 회색 다람쥐와 토끼가 활기차고 장난질한다. 이곳이 우리의 라플란드**요 래브라도*** 다. 그리고 에스키모족, 크리족, 도그리브족**** 인디언들, 노바야제 믈랴섬 주민들, 스피츠베르겐섬*****의 주민들 대신에 얼음을 자르고 나무를 벌목하는 사람들, 여우, 사향쥐, 밍크가 이곳에 있지 않은가?

---

* 스코틀랜드의 시인이자 극작가인 제임스 톰슨(James Thomson, 1700~1748)의 시 〈겨울〉에서 인용했다. 톰슨은 사계절의 자연을 노래한 시인으로 유명하다.
** 스웨덴 북부 노를란드 지역을 구성하는 여러 지방 중 하나. 서쪽으로 노르웨이, 북쪽으로 핀란드와 국경을 접한다.
*** 캐나다 동쪽에 있는 거대한 반도로, '퀘벡-래브라도'라고도 일컫는다. 퀘벡주의 북부 대부분과 뉴펀들랜드 래브라도주의 래브라도 지방이 이곳에 속한다. 지리적으로는 그린란드 및 북극해와 가깝다.
**** 한랭 지대에 거주하는 북아메리카의 원주민 부족들이다. 크리족은 '퍼스트 네이션'에 속하는 아메리카 원주민의 한 갈래로 캐나다에 주로 거주한다. 도그리브족은 북극 아래 지역에 사는 원주민이다.
***** 한랭 지대의 대표적인 섬들을 이야기하고 있다. 노바야제믈랴섬은 러시아 북부 북극해상에 위치한 군도이며, 스피츠베르겐섬은 노르웨이령 스발바르 제도에서 제일 큰 섬이다.

우리는 북극 지방 같은 추위 속에서도 여전히 여름의 은신처를 찾아내어 같은 시대의 삶과 교감할지도 모른다. 땅이 꽁꽁 얼어붙은 초원 한복판에 개울 위로 펼쳐져 있는 날도래* 유충, 즉 물여우가 사는 물 밑 오두막을 볼 수 있다. 물여우가 붓꽃 무리, 나무 막대, 풀잎, 마른 잎, 조개껍데기, 자갈로 자신의 몸 주위에 만든 원통형의 작은 집으로, 모양과 색깔이 개울 바닥에 흩어진 난파선 잔해처럼 보인다. 이 작은 집은 어떤 때는 자갈이 깔린 바다 위를 둥둥 떠다니기도 하고, 또 어떤 때는 작은 소용돌이가 되어 빙글빙글 돌면서 경사가 가파른 폭포 아래로 급히 내려가거나 물살에 빠르게 쓸려가기도 하고, 풀잎이나 풀뿌리 끝에 걸려 이리저리 흔들거리기도 한다.

유충들은 곧바로 물속에 가라앉은 집을 떠나 식물 줄기를 타고 기어 올라가거나 수면 위로 올라갈 것이다. 그리고 온전한 성충이 되면 각다귀처럼 물 위로 이리저리 날아다니거나, 아니면 저녁에 켜놓은 촛불에 달려들어 짧은 삶을 산 제물로 바칠 것이다. 저 아래 작은 산골짜기에는 관목들이 무게를 이기지 못하고 축 처져 있고, 오리갈매나무의 붉은 열매는 하얀 대지와 대조를 이룬다. 눈 위에는 벌써 밖으로 나온 짐승들의 발자국이 보인다. 태양이 센강이나 티베르강** 계곡 위로 솟아오르듯이 이 작은 산골짜기 위로 위풍당당하게 솟아오른다. 그러자 이곳은 결코 패배도 두려움도 모르는,

---

*   원문은 'Plicipennes'로, 프랑스 곤충학자 피에르 라트레이유(Pierre André Latreille, 1762~1833)가 붙인 이름이다.
**   이탈리아 중부를 흐르는 강이다.

지금껏 한 번도 목격한 적 없는 순수하고 자립적인 용기가 깃든 곳처럼 보인다. 원시시대의 소박함과 순수함, 마을과 도시에서는 좀처럼 볼 수 없는 건강과 희망이 이곳을 지배하고 있다. 바람이 나무에 쌓인 눈을 흔들어 떨어뜨리는 동안, 깊은 숲속에 홀로 서서 유일한 인간의 발자국을 뒤로하며 도시 생활보다 훨씬 풍요롭고 다양한 자연의 삶에 대해 생각한다. 박새와 동고비는 정치가나 철학자보다 훨씬 좋은 영감을 주는 친구들로, 우리는 이 새들보다 좀 더 세속적인 동반자를 찾을 때 정치가들과 철학자들을 찾을 것이다. 비탈길을 따라 흐르는 시내와 온갖 색깔의 주름진 얼음과 결정이 있는 이 쓸쓸한 산골짜기, 양쪽으로 가문비나무와 솔송나무가 우뚝 서 있고 말라빠진 골풀과 야생 귀리가 작은 개울에서 자라는 이곳은 사색에 잠기기에 안성맞춤이다. 이런 곳에서 우리의 삶은 한결 평온해진다.

하루가 지나가면서 얼었던 시냇물이 녹아 흐르고, 태양의 열기가 산허리에 반사되면서 나무에 매달린 고드름이 녹아내려 희미하지만 감미로운 음악이 들려온다. 마침내 동고비와 자고새가 지저귀는 소리와 함께 그 모습을 드러낸다. 정오가 되면 남쪽에서 불어오는 바람이 눈을 녹여 마른 풀과 낙엽과 함께 맨땅이 흰히 드러나 보인다. 그 땅이 뿜어내는 향기를 맡으면 마치 진한 고기 냄새를 맡은 것처럼 기운이 솟는다.

이제 버려진 벌목꾼의 오두막으로 들어가서 그가 긴 겨울밤과 눈보라 치는 짧은 낮을 어떻게 보냈는지 살펴보도록 하자. 여기 이 남쪽 언덕바지 아래는 사람들이 줄곧 살아왔기에, 문명이 들어오고 사람들이 모여 사는 장소처럼 보인다. 마치 팔미라*나 이란의 고대 도시 헤카톰필로스**의 유적 옆에 서 있는 여행자 같다는 생각이 든다. 꽃들도 잡초와 마찬가지로 인간의 발자국을 따라오기 때문에, 이곳에서도 어쩌면 지저귀는 새들과 꽃들이 모습을 드러내기 시작했을지도 모른다. 솔송나무는 벌목꾼의 머리 위에서 살랑거리며 속삭이고, 히코리 나무토막은 연료가 되었으며, 리기다소나무 뿌리는 불쏘시개가 되었을 것이다. 여전히 옅은 수증기를 부지런히 내뿜고 있는 저 골짜기의 시냇물은 지금은 멀리 떨어져 있지만 그가 마시던 우물이었다. 이렇게 땅을 조금 높게 돋은 곳 위에 쌓아놓은 솔송나무 가지와 짚은 그의 침대였고, 이 깨진 사발은 그의 물잔이었다. 하지만 딱새가 지난여름에 이 널찍한 바위 위에 둥지를 튼 것을 보니 올겨울에는 벌목꾼이 이곳에 오지 않은 모양이다. 벌목꾼이 콩을 삶던 솥 주변에는 아직도 타다 남은 장작이 그대로 놓여 있어 마치 그가 방금전에 외출한 것처럼 보인다. 연기가 꺼진 재 속에 자루 없이 대통만 있는 것으로 보아, 저녁에 어쩌다 동료와 함께 있으면 같이 파이프 담배를 피우며 지금도 펑펑 내리는 눈이 이튿날이면 얼마나 쌓일지 잡담을 나누었을 것이다. 혹은 방금 들린 소리가 부엉이가 내는 쉿소리인지, 나뭇가지가 서로 부딪치며 내는 소리인지, 환청이었을 뿐인지 논쟁을 벌였을 것이다. 그리고 늦은 겨울밤, 짚으로 만든 잠자리에 눕기 전에 넓은 굴뚝 꼭대

---

* 시리아의 홈스주에 위치한 고대 도시. 시리아의 수도인 다마스쿠스에서 북동쪽으로 215킬로미터쯤 떨어진 시리아 사막에 있다.
** 서부 호라산에 있던 고대 파르티아의 도시이자 이란 아르사케스 왕조의 수도다.

기로 언제쯤 폭설이 내릴지 알아보려고 하늘을 올려다보다, 카시오페이아자리의 밝은 별들이 머리 위에서 밝게 반짝이는 것을 보고 안심하고 잠들었을 것이다.

이 벌목꾼의 인생사가 생생히 드러나는 흔적이 얼마나 많은지! 이 나무 그루터기를 보면 그의 도끼가 얼마나 날카로웠는지, 도끼를 내리친 각도를 보면 그가 어느 방향에 서 있었는지, 나무 주위를 빙빙 돌지 않고 단번에 나무를 넘어뜨렸는지, 도끼를 들다 손을 바꿨는지 알 수 있다. 또한 쪼개진 나뭇조각이 휘어진 모습을 보고 나무가 어느 쪽으로 넘어졌는지도 알 수 있다. 이렇듯 나뭇조각 하나에 벌목꾼과 세계의 역사가 새겨져 있다. 어쩌면 벌목꾼이 설탕이나 소금을 싸오거나 엽총의 충전재로 쓰려고 종잇조각을 들고 왔을지도 모른다. 숲속 통나무 위에 앉아서 이 종잇조각 한 장만 봐도 얼마나 흥미롭게 여러 도시의 이야기, 번화가의 비어 있는 큰 셋집들에 얽힌 이야기를 읽어낼 수 있는가. 벌목꾼의 소박한 오두막의 처마는 남쪽으로 비스듬히 기울어져 있고, 박새는 소나무에 앉아서 혀짤배기소리로 지저귀며, 문 주위로 내려앉는 온화한 햇살의 온기는 다정하고 인간적인 데가 있다.

이 초라한 거처는 계절이 두 번이나 바뀌었는데도 숲속 풍경을 볼품없게 만들지는 않는다. 어느새 새들이 날아와 그곳에 둥지를 틀고 있고, 문가에는 많은 네발짐승이 지나간 흔적이 보인다. 이렇듯 자연은 오랫동안 인간의 침략과 불경한 행동을 너그럽게 눈감아준다. 숲은 여전히 자신을 내리찍는 도끼 소리를 의심 한번 하지 않고 즐겁게 메아리로 화답한다. 그리고 도끼 소리가 거의 나지 않는 동안 숲은 야성을 더욱 키우고, 자연의 모든 요소는 열심히 그

도끼 소리를 자연의 일부로 만들려 한다.

우리는 조금씩 언덕 정상을 향해 오르막길을 올라가 마침내 언덕에 오른다. 언덕의 가파른 남쪽 면에서 바라보면 숲과 들판과 강이 넓게 펼쳐진 지역과 그 너머로 저 멀리 눈 덮인 산까지 눈에 들어온다. 여기서 보이지 않는 어느 농가에서 가느다란 연기 기둥이 숲을 뚫고 뭉게뭉게 피어오르는 모습, 다른 농장에서 깃발이 펄럭이는 모습을 보라. 샘에서 피어오른 수증기가 나무 위에 구름을 드리우는 모습을 보고 알 수 있듯, 저 아래쪽은 이곳보다 더 따뜻하고 온화한 지역이 있는 게 틀림없다. 숲속 언덕 위에서 이렇게 연기 기둥을 발견하는 여행자와 그 아래 앉은 사람 사이에 얼마나 멋진 인연이 맺어지고 있는가! 연기는 나뭇잎이 수증기를 내뿜는 것처럼 조용하고도 자연스럽게 모락모락 피어오르고, 저 아래 벽난로 앞에서 음식을 만드는 가정주부라도 있는 듯 바쁘게 고리 모양을 만들어낸다. 연기야말로 인간의 삶을 기록하는 상형문자로, 냄비로 음식을 조리하는 것보다 더 친밀하고 중요한 일이 있다는 것을 암시한다. 이 멋진 연기 기둥이 숲 위로 깃발처럼 솟아오른 곳에서 어떤 인간의 삶이 뿌리를 내렸다. 로마라는 나라가 처음 태어났을 때도, 예술이 처음 생겨났을 때도, 아메리카 대륙의 대초원이나 아시아의 스텝 지대에서 제국이 세워졌을 때도 그러했다.

이제 언덕 사이 우묵한 곳에 있는 숲의 호숫가로 다시 내려간다. 호수는 마치 해마다 호수에 떨어져 물에 잠긴 낙엽에서 짜낸 즙 같다. 호수 물이 어디서 들어오고 어디로 나가는지 눈에는 보이지 않지만 조용히 흐르는 물결 속에, 호수 기슭의 둥근 조약돌 속에, 호숫가 비탈까지 자라는 소나무들 속에 여전히 호수의 역사가 담겨 있다. 호수는 비록 가만히 있어도 게으름을 피우는 일이 없지만, 아부 무사*의 말처럼 "집 안에 얌전히 앉아 있는 것이 천국의 길이라면 집 밖으로 나가는 것은 세속의 길"이라는 사실을 가르쳐준다. 하지만 호수 물은 수증기가 되어 증발하면서 그 무엇보다도 멀리 여행을 떠난다. 여름이면 호수는 대지의 맑은 눈〔眼〕이 되고, 자연의 가슴에 달린 거울이 된다. 숲이 저지른 온갖 죄악은 호수에서 깨끗이 씻겨나간다. 숲이 어떻게 호수 주위에 원형 극장을 만드는지 보라. 그곳은 자연의 온갖 온화함이 경합을 벌이는 곳이다. 모든 나무가 여행자들의 발길을 호숫가로 인도하고, 모든 길은 호수를 찾아내며, 새들은 호수로 날아가고, 네발짐승들은 호수로 도망치며, 대지조차 호수를 향해 마음을 활짝 열어놓는다. 호수는 자연이 맵시를 내는 곳으로, 그곳에서 자연은 다소곳이 앉아서 단장을 한다. 자연의 묵묵한 검약과 정갈함을 생각해보라. 어떻게 태양이 아침마다 수증기를 흩뿌려 호수 수면에서 먼지를 털어내는지, 어떻게 호수 물이 끊임없이 새롭게 솟아오르는지 생각해보라. 호수에는 어떤 더러운 것들이 쌓여도 해마다 새봄이 되면 투명한 물이 다시 솟아오른다. 여름에는 조용한 음악이 호수 수면을 휩쓸고 지나가는 듯하다. 하지만 지금은 바람이 지나가면서 빙판이 드러난 곳을 제외하고는 흰 눈이 이불처럼 호수를 뒤덮고 있어 아무것도 보이지 않는다. 바짝 마른 낙엽들은 빙판 위에서 이리저리 미끄러지고 짧은 항해에서 맞바람을 받고 갈지자로 움직이며 방향을 바꾼다. 바싹 마른 너도밤나무 잎 하나가 호숫가 조약돌에 부딪혀 뒤집어졌

---

*   Abu Musa, 721~815. 아랍의 연금술사이자 신비주의자였던 인물이다.

지만, 다시 어디론가 떠나려는 듯 여전히 몸을 살랑살랑 흔들고 있다. 만약 나뭇잎이 숙련된 기술자라면, 나뭇가지에서 떨어질 때부터 어디로 갈지 진로를 미리 정했을지도 모른다. 그런 길을 계산하려면 여러 가지 요소가 필요하다. 현재의 위치, 바람의 방향, 호수의 높이, 그 밖에 더 많은 요소를 살펴야 한다. 너도밤나무 잎의 찢긴 가장자리와 잎맥에 난 상처에 그런 여행 일지가 기록되어 있다.

호수를 보고 좀 더 큰 집 안에 들어가 있다고 상상해보자. 호수의 수면은 소나무로 만든 탁자나 사포로 문지른 마룻바닥이고, 호숫가에 불쑥 솟은 나무들은 오두막의 담장과 같다. 강꼬치고기를 낚으려고 얼음에 구멍을 내고 늘어뜨려놓은 낚싯줄은 부엌에서 음식을 준비하는 것처럼 보이고, 눈 덮인 흰 대지 위에 서 있는 사람들은 숲의 가구처럼 보인다. 800미터 조금 넘게 떨어진 얼음과 눈 위에서 사람들이 움직이는 모습은 역사책에서 알렉산드로스 대왕의 업적을 읽을 때처럼 우리에게 감명을 준다. 그들의 모습은 풍경 못지않게 훌륭하고 왕국 정복만큼이나 중요하다.

우리는 아치를 이룬 숲을 다시 이리저리 돌아다니다가 마침내 숲의 가장자리에 이른다. 저 멀리 보이는 강 후미에서 얼음이 쿵 하고 깨지는 요란한 소리가 들린다. 얼음은 대양이 아는 파도와는 달리 좀 더 미세한 물결에 실려 가는 듯하다. 내게 그 소리는 집에서 들리는 낯선 소리 같기도 하고, 먼 귀족 친척의 목소리처럼 떨리기도 한다. 온화한 여름 햇살이 숲과 호수 위에 비치고, 몇십 미터를 걸어도 오직 푸른 잎 하나밖에 없지만, 자연은 여전히 평온한 건강을 누린다. 지금 1월에 나뭇가지들이 삐걱거리는 소리든, 7월에 부드럽게 산들거리며 부는 바람 소리든, 모든 소리에는 똑같이 건강에 대한 신비로운 확신으로 가득 차 있다.

겨울이 나뭇가지마다
환상적인 화환을 장식하고,
땅에 떨어진 나뭇잎을
침묵으로 봉인할 때

옥탑의 모든 물줄기가
졸졸 흘러내리고
겨울의 회랑에서 들쥐가
초원의 건초를 갉아먹을 때

내게는 아직도 여름이 가까이서
그 밑에 숨어 있는 것만 같다.
지난해 자란 히스 덤불에
그 들쥐가 기분 좋게 숨어 있는 것처럼.

만약 어느 날 박새가
곧이어 가냘프게 쩍쩍거리면
흰 눈은 여름이 이때까지
걸치고 있던 천개(天蓋)가 된다.

아름다운 꽃들이 기운찬 나무들을 장식하고
눈부신 과일들이 매달려 있다.

북풍은 여름 산들바람이 되어
살을 에는 서리를 막아준다.

가만히 서서 귀를 쫑긋 기울이면
내게 좋은 소식이 들려온다.
겨울을 두려워할 필요가 없다는,
영원히 평온하다는 소식이.

고요한 호수로 곧장 달려 나가니
한껏 들떠 있는 얼음에 쩍쩍 금이 가고
귀청이 떨어질 듯 요란한 소리를 내며
호수의 요정들은 즐겁게 뛰어논다.

자연이 놓치고 싶지 않을 만큼
엄청난 축제를 열었다는
멋진 소식이라도 들은 것처럼
나는 계곡으로 열심히 달려간다.

나는 내 이웃인 얼음과 함께
마음이 맞는 진동과 함께 뛰어논다.
유쾌한 호수를 가로질러
얼음이 순식간에 새롭게 갈라진다.

땅속 귀뚜라미 소리와 하나가 되고

난롯가 나뭇단과 하나가 되어
듣기 드문 집 안의 소리가
숲속 오솔길을 따라 울려 퍼진다.

밤이 오기 전에 우리는 스케이트를 타고 이 구불구불한 강을 따라 여행을 나설 것이다. 그 모습이 겨우내 오두막의 난롯가에만 죽치고 앉아 있는 사람에게는 마치 페리 대위*나 프랭클린 제독**과 함께 북극 빙산에 서 있는 모습을 본 것처럼 자못 신기하게 느껴질 것이다. 꾸불꾸불한 강줄기는 어떤 때는 언덕 사이를 흐르다가, 또 어떤 때는 평탄한 초원을 지나면서 소나무와 솔송나무가 아치를 만드는 수많은 작은 만과 후미를 이룬다. 강물은 마을들 뒤로 흐르고, 우리는 모든 사물을 새롭고 더욱 야성적인 시각으로 바라볼 수 있게 된다. 밭과 정원들은 큰길 주변에서와는 다르게 가식을 벗어던지고 꾸밈없고 자유롭게 강 쪽으로 내려와 있다. 강은 육지의 바깥이자 가장자리다. 육지와 그토록 극단적인 대조를 이루는데도 우리 눈에 거슬리지 않는다. 아직도 생기를 유지한 채 바람에 흔들거리는 버들가지가 농부의 울타리 맨 끝 가로대를 이룬다. 여기에서 마침내 모든 울타리가 끝나고, 이제 더 가로지를 길이 없다. 우리는 이제 언덕 하나 오르지 않고 널찍한 평지 길로 고지대의 초원으로 올라가거나, 더없이 평탄한 외딴 길을 따라 시골 깊숙한 곳으로 들어

---

* William Edward Parry, 1790~1855. 영국 해군 장교이자 탐험가로 1819~1820년에 북서항로를 개척한 것으로 유명하다.
** John Franklin, 1786~1847. 영국의 해군 제독이자 탐험가로 탐험대 129명과 함께 북서 항로를 찾아 떠났다가 그린란드 서쪽에서 행방불명됐다.

갈 수 있다. 강의 흐름이야말로 순응의 법칙을 보여주는 더할 나위 없이 좋은 예증으로, 몸이 아픈 사람을 위한 오솔길이자 도토리깍정이도 도토리를 싣고 안전하게 떠내려갈 수 있는 넓은 길이다. 간간이 나타나는 조그마한 폭포는 안개와 물보라를 일으켜 가까운 곳 먼 곳 할 것 없이 여행자의 발길을 유혹한다. 폭포의 절벽이 풍경에 큰 변화를 줄 정도가 아니어도 그렇다. 물길은 먼 내륙 지역에서부터 넓고 완만한 계단이나 좀 더 부드럽게 경사진 사면(斜面)을 지나 여행자를 바다로 인도한다. 이렇듯 강은 일찍이 고르지 못한 땅을 따라 흘러가며 자신만의 가장 쉬운 길을 만들어간다.

자연의 영역 가운데 인간에게 늘 문을 걸어 잠그는 영역은 없다. 이제 우리는 물고기들의 왕국 가까이로 다가간다. 우리의 발길은 깊이를 가늠할 수 없는 강물 위를 미끄러지듯 빠르게 지나간다. 여름이 되면 우리는 그 강에서 메기와 농어를 낚으려고 낚싯줄을 드리웠고, 우람한 강꼬치고기는 부들이 만든 긴 통로에 몸을 숨겼다. 왜가리가 건너가고 알락해오라기가 몸을 웅크리고 있는 늪지는 워낙 깊어서 뚫고 들어가기 어렵지만, 발걸음을 재빠르게 옮기면 길을 내어준다. 마치 수면 아래에 수많은 철도가 깔린 것처럼 말이다. 단 한 번의 추진력으로 이 숲에 맨 먼저 정착한 사향뒤쥐의 오두막에 이르면, 녀석이 마치 털 달린 물고기처럼 투명한 얼음 밑으로 빠져나가 강둑의 굴로 쏜살같이 달아나는 것이 보인다. 그리고 우리는 최근에 "풀 베는 사람이 낫을 갈았던"* 얼어붙은 크랜베리가 왕포아풀과 뒤섞여 자라는 바닥을 지나 미끄러지듯 초원 위를 재빠

---

* 존 밀턴(John Milton, 1608~1674)의 《쾌활한 사람》에서 인용했다.

르게 가로지른다. 우리는 스케이트를 타고 검은지빠귀, 딱새, 왕딱새가 물 위에 둥지를 틀고 말벌이 늪지의 단풍나무에 집을 지은 곳 가까이로 다가간다. 해가 뜨면 얼마나 많은 휘파람새들이 유쾌하게 은빛 자작나무와 엉겅퀴 갓털로 만든 둥지에서 날아오르는지! 늪지 바깥쪽에는 이제껏 사람들의 발길이 닿은 적 없는 새들의 수상 마을이 있다. 원앙새는 속이 빈 나무 속에서 새끼를 기르며 날마다 먹이를 찾아 건너편 늪지로 미끄러지듯 날아간다.

겨울이면 자연은 진기한 것들을 모아둔 진열장이 되어 자연의 질서와 위계에 따라 말린 표본들을 가득 채워놓는다. 초원과 숲은 '식물 표본실'*이다. 나뭇잎과 풀은 나사못으로 고정시키거나 풀로 붙이지 않아도 완벽하게 진공으로 압착되어 있다. 새의 둥지는 누가 인위적으로 만든 나뭇가지 위에 걸어둔 것이 아니라 새들이 자연 속에 직접 만든 것이다. 우리는 신발이 젖는 일 없이 울창한 늪지를 돌아다니며 여름이 한 일을 살펴보고 오리나무와 버드나무와 단풍나무가 얼마나 자랐는지 본다. 자란 나무들을 보면 따뜻한 햇볕과 풍요로운 이슬과 소나기가 얼마나 내렸는지 알 수 있다. 나뭇가지들이 무성한 여름에 얼마나 성큼 자랐는지 보라. 이제 곧 잠들었던 잎눈들이 올라와 하늘로 높이 한 뼘 더 뻗어나갈 것이다.

우리는 가끔 눈 덮인 들판을 헤치고 나아간다. 강은 10여 미터쯤 두껍게 쌓인 눈 밑에 가려 보이지 않다가 전혀 예상치 못한 곳 오른쪽이나 왼쪽에서 불쑥 다시 나타난다. 쌓인 눈 밑에서 강물은 코를 고는 듯 희미하게 우르릉 소리를 내며 흐르는데, 마치 곰이나 마멋

* 원문은 라틴어로 'hortus siccus'다.

처럼 겨울잠을 자는 것 같다. 우리는 강의 희미한 여름 흔적을 따라가다 눈과 얼음에 파묻힌 곳에 이르렀다. 처음에는 한겨울 강이 물기 없이 바싹 말라 있거나, 아니면 봄이 와서 녹을 때까지 꽁꽁 얼어붙어 있을 거라고 생각했다. 하지만 얕은 냉기가 수면을 덮고 있어 강물의 양은 조금도 줄어들지 않았다. 호수와 개울에 물을 공급하는 수천 줄기의 샘은 여전히 흐르고 있다. 지하수가 지표로 흐르는 몇몇 샘들만 막혀 땅속 깊은 곳의 저수지의 물이 불어나 있다. 자연의 샘들은 꽁꽁 얼어붙은 눈 밑에 있다. 여름철 개울은 눈 녹은 물로만 채워지는 것도 아니고, 또한 풀 베는 사람도 그 물로만 갈증을 푸는 것도 아니다. 봄이 되어 개울에서 눈이 녹아 시냇물이 불어나는 것은, 자연이 꾸물댈 때 물이 얼음과 눈으로 바뀌기 때문이다. 다만 얼음과 얼음의 입자는 매끄럽고 둥글지 않아 강의 수위를 그다지 빠르게 되찾지 못한다.

저 멀리 솔송나무 숲과 눈에 덮인 언덕 사이의 얼음 위로 강꼬치고기 낚시꾼이 외진 후미에 낚싯줄을 드리우고 서 있다. 두꺼운 외투 주머니에 두 팔을 찔러 넣고 서 있는 모습이 마치 핀란드 사람 같다. 이 낚시꾼은 우중충하고 눈이 내리는 곳을 바라보며 물고기 생각에 흠뻑 빠져 있어, 마치 그 자신이 지느러미 없는 물고기가 된 듯 인류와는 몇 걸음 떨어져 있었다. 말없이 꼿꼿하게 서 있는 낚시꾼은 호숫가의 소나무처럼 구름과 눈에 싸여 있었다. 사람들은 이런 야생의 풍경 속에서 풍경 옆에 우두커니 서 있거나 느릿느릿 신중하게 움직이게 된다. 마을의 활기와 생기를 희생하고 자연의 과묵한 진지함을 받아들인다. 낚시꾼은 어치나 사향뒤쥐 못지않게 풍경의 야생을 훼손하지 않고 오히려 풍경의 일부가 되어 서 있다.

누트카 해협*이나 북서 해안을 탐험한 초기 탐험가들의 항해기에 묘사된, 쇳조각 하나를 놓고 호들갑을 떨기 전 모피를 두르고 조용히 서 있던 원주민들처럼 말이다. 낚시꾼은 인류에 속하지만 마을 주민들보다 자연에 훨씬 깊이 발을 들여놓고 더 많이 뿌리를 내린다. 그에게 다가가 운이 좋아 고기를 좀 낚았는지 한번 물어보라. 그러면 그 역시 보이지 않는 것들을 숭배하고 있다는 걸 알게 될 것이다. 한 번도 본 적이 없는 태고의 이상적인 종에 속하는 호수의 강꼬치고기에 대해 그가 얼마나 진심으로 경의를 표하고 손을 흔들어가면서 이야기하는지 그 목소리를 한번 들어보라. 그는 낚싯줄에 연결된 것처럼 여전히 호숫가와 연결되어 있다. 그래서 자기 집 텃밭에서 완두콩이 올라올 때도 그는 호수의 얼음을 뚫고 물고기를 낚아 올린 계절을 잊지 못한다.

하지만 우리가 어슬렁거리는 동안 어느덧 구름이 다시 몰려오더니 눈송이가 조금씩 제멋대로 흩날리기 시작하고 있다. 눈이 점점 빠르게 내리면서 먼 곳에 있는 물체가 시야에서 사라진다. 눈을 모든 나무와 들판에 내리면서 강과 호수, 언덕과 계곡에 갈라진 틈 하나도 놓치지 않는다. 네발짐승들은 그들의 은신처에 틀어박혀 있고, 새들은 이 평화로운 시간을 횃대에 앉아 보내고 있다. 날씨가 화창할 때처럼 소리가 많이 나지는 않는다. 모든 비탈과 잿빛 담벼락과 울타리, 반짝이는 얼음과 아직 땅에 묻히지 않은 말라빠진 나

---

* 캐나다 서부 브리티시컬럼비아 밴쿠버 섬에 인접한 섬으로, 1774년에 스페인 탐험가 후안 페르난데스(Juan Fernández, 1536~1604)가 북서아메리카 항해 도중 처음 발견했다.

뭇잎들이 점차 조용히 눈 속으로 자취를 감추고, 사람들과 짐승의 발자국도 사라지고 만다. 자연은 그렇게 힘들이지 않고 자신의 지배를 천명하며 인간의 흔적을 지워버린다. 이와 똑같은 광경을 호메로스가 어떻게 묘사하는지 들어보라. "겨울날에는 눈송이가 굵고 빠르게 떨어진다. 바람이 잔잔해도 눈은 쉬지 않고 내려 산꼭대기와 언덕, 로터스나무*가 자라는 평원과 경작지를 뒤덮는다. 눈송이는 물거품이 이는 바다의 후미와 해안과 작은 만에도 내리지만 파도에 휩쓸려 조용히 사라지고 만다."** 눈은 삼라만상을 평등하게 만들고 자연의 품 안으로 좀 더 꼭 껴안는다. 마치 모든 것이 느리게 움직이는 여름날, 초목이 신전의 기둥 위 장식과 성의 작은 탑에 기어 올라가 자연이 예술보다 우세하다는 걸 보여주는 듯하다.

험악한 밤바람은 숲속에서 바스락거리며 우리에게 발걸음을 되돌려 돌아가라고 경고한다. 태양은 점점 거세지는 눈보라 뒤쪽으로 떨어지고 새들은 보금자리를, 소들은 외양간을 찾아간다.

일꾼인 황소가 고개 숙이고
눈을 뒤집어쓴 채 서서
열심히 일한 대가를 달라고 한다.***

---

* 그리스·로마 신화에서 환각 효과가 있는 식물로 나온다. 호메로스의 《오디세이아》에서 오디세우스의 선원들이 이 식물이 자라는 땅에 상륙했다가 주민들이 주는 이 식물의 열매를 먹고 돌아오지 않자, 오디세우스가 선원들을 끌고 와서 결박한 다음 탈출했다.
** 《일리아스》 12권에서 인용했다.
*** 톰슨의 〈겨울〉에서 인용했다.

연감에서는 겨울을 바람과 진눈깨비를 정면으로 맞으면서 외투 자락을 여미는 노인으로 묘사하지만, 우리는 오히려 그를 명랑하고 정열적인 청년으로 생각한다. 일찍이 본 적이 없는 눈보라의 위용에 여행자는 용기를 얻는다. 우리와 실없는 말을 나누지는 않지만 다정하고 진심 어린 태도를 보여준다. 겨울이 되면 우리는 좀 더 내면으로 향하는 삶을 영위한다. 우리의 마음은 마치 휘날리는 눈보라 아래 있는 오두막처럼 따뜻하고 유쾌하다. 오두막의 창문과 문은 반쯤 눈에 가려져 있지만 굴뚝에서는 연기가 기운차게 올라간다. 눈보라 때문에 집 안에 갇혀 지내다 보면 오히려 집이 가져다주는 안락을 더욱 깊이 느끼게 된다. 날씨가 가장 추운 날에는 느긋하게 난롯가에 앉아 굴뚝 꼭대기를 통해 하늘을 바라보며 굴뚝 근처 따뜻한 구석에서 누릴 수 있는 조용하고 평화로운 시간을 즐긴다. 그럴 때면 소들이 음매 하고 우는 소리나 오후 내내 멀리 곡식 곳간에서 도리깨질하는 소리에 귀를 기울이며 맥박을 재어보기도 한다. 노련한 외과 의사라면 아마 분명히 이렇게 소박하고 자연스러운 소리가 우리에게 어떤 영향을 미치는지 관찰하여 환자의 건강 상태를 판단할 수도 있을 것이다. 우리는 지금 따뜻한 화로나 벽난로 앞에 둘러앉아, 동양식 여유까지는 아니더라도 보레아스*의 여유를 즐기며 햇살 속에 어른대는 먼지의 그림자를 바라본다.

때때로 운명은 너무 소박하고 허물없이 진지해서 조금도 잔인하지 않을 때가 있다. 3개월이나 모피로 몸을 감싸야 하는 인간의 운명을 한번 생각해보라. 히브리 사람들의 묵시록은 이토록 생기가

---

* 그리스 신화에 나오는 북풍의 신이다.

넘치는 눈을 전혀 인지하지 못하고 있다. 온대나 한랭 지대를 위한 종교는 없는 것일까? 우리는 뉴잉글랜드의 겨울밤에 신들이 베푸는 순수한 자비를 기록한 경전을 알지 못한다. 신들의 자비를 칭송하는 노래는 없고, 그들의 분노를 피해 죄를 면해달라고 애원할 뿐이다. 결국 최고의 경전조차 변변찮은 믿음만을 기록한다. 그 경전에 실린 성인들은 제한적이고 금욕적으로 살아간다. 그렇다면 용감하고 독실한 사람더러 메인주나 래브라도의 숲에서 1년을 살아보라고 하고, 그가 겨울이 시작될 때부터 얼음이 녹을 때까지 겪을 상황과 경험을 히브리 경전이 제대로 담아내는지 보도록 하자.

이제 농부의 난롯가 주변에서 긴 겨울밤이 시작되면, 집 안에 머무는 사람들의 생각은 저 멀리 밖으로 여행을 떠나고 사람들은 천성적으로나 필연적으로 모든 피조물에 관대하고 너그러워진다. 지금은 기쁜 마음으로 추위에 맞서야 할 때로, 추수를 마친 농부는 겨울 채비를 어떻게 할지 생각한다. 이제 눈보라는 지나갔으니 반짝이는 유리창 너머로 차분하게 "북극곰의 별자리"를 바라볼 때다.

> 완전히 둥근 하늘에
> 무한한 세계가 눈앞에 펼쳐지며
> 강렬하고 멋지게 빛나는구나.
> 하늘의 장막에 총총히 박힌
> 반짝이는 별빛이 온 세상에 작열하는구나.*

---

* 톰슨의 〈겨울〉에서 인용했다.

가을 빛깔

미국에 오는 유럽인들은 우리 땅의 찬란한 가을 단풍 빛깔을 보고 놀란다. 영국 나무들은 겨우 몇 가지 색깔밖에 띠지 않기 때문에 영국 시도 그러한 현상을 묘사하지 않는다. 톰슨이 〈가을〉에서 이 소재로 기껏 말하는 내용이 다음 시구에 들어 있을 뿐이다.

> 하지만 시들어가는 온갖 색깔의 숲을 보라.
> 음영에 음영을 더하며 온통 시골을 갈색으로 물들이는구나.
> 나뭇잎은 온갖 색깔 중에서도 어스름한 색과 암갈색으로,
> 점점 엷어지는 초록색에서 검댕이 색깔로.

그리고 톰슨은 그밖에 이렇게 노래하는 시를 썼을 뿐이다.

> 가을은 노란 숲 위로 밝게 미소 짓고 있다.

우리 가을 숲의 변화는 아직껏 미국 문학에 깊은 인상을 주지 못했다. 우리 시는 아직 10월의 빛깔에 물들지 않았다.

평생을 도시에서 보내 단풍이 한창일 때 시골에 와본 적이 없는 도회인들은 대부분 한 해의 꽃, 아니 한 해의 과일에 대해 아무것도 모른다. 나는 그러한 도시 사람 한 명과 함께 마차를 타고 여행한 적이 있다. 그때는 단풍 절정기가 보름이나 지났는데도 그 사람은 가을 풍경에 놀라움을 금치 못했으며, 나뭇잎의 색깔이 그보다더 찬란할 수 있다는 사실을 좀처럼 믿으려고 하지 않았다. 그는 그러한 현상에 대해 지금껏 한 번도 들어본 적이 없다고 했다. 실제로우리 마을에 사는 사람들도 이 현상을 한 번도 주의 깊게 보지 않을뿐 아니라 대부분 잘 기억하지도 못한다.

사람들은 대부분 마치 잘 익은 사과를 썩은 사과로 혼동하는 것처럼 단풍이 든 나뭇잎을 말라빠진 나뭇잎으로 잘못 알고 있다. 하지만 나뭇잎의 색깔이 진한 색깔로 변하는 것은 완전한 성숙 단계에 이르렀다는 증거로, 과일이 익어가는 것에 빗댈 수 있다. 대체로 나무의 가장 아래쪽에 달린 오래된 잎사귀부터 먼저 색깔이 변한다. 하지만 보통 완벽한 날개에 화려한 색깔을 지닌 곤충이 수명이 짧은 것과 마찬가지로 잎이 무르익으면 땅에 떨어질 수밖에 없다.

일반적으로 모든 과일은 익어서 떨어지기 직전에 좀 더 독립적이고 개별적인 삶을 시작한다. 모든 공급원에서 영양분을 덜 빨아들이기 시작하며, 그마저도 줄기를 통해 흙에서 흡수한다기보다태양과 공기에서 흡수한다. 이런 현상은 나뭇잎도 마찬가지다. 생리학자들은 나뭇잎이 이처럼 화려한 색깔을 띠는 것은 "산소의 흡수가 증가하기 때문"이라고 설명한다. 하지만 그 문제를 과학적으로 설명하는 건 한낱 사실의 재확인에 지나지 않는다. 아리따운 아가씨를 보면 나는 그녀의 장밋빛 뺨에 관심을 두지 그녀가 무슨 특별한 음식을 먹는지 알아내려고 하지 않는다. 지구를 둘러싸고 있는 얇은 막이라고 할 숲과 목초는 자신이 성숙했다는 증거로 화려한 색깔을 띠는 것이 틀림없다. 마치 지구 자체가 줄기에 매달려 뺨 한쪽을 늘 태양을 향해 내밀고 있는 과일인 것처럼 말이다.

꽃은 화려한 색깔을 띤 잎에 지나지 않으며, 과일은 숙성한 잎에 지나지 않는다. 생리학자들의 말에 따르면, 대부분의 과일 중 먹을 수 있는 부분은 잎이 변해서 된 "잎의 유조직(柔組織)이거나 다육질 부위"라고 한다.

우리의 식성은 성숙과 그 현상, 색깔, 달콤함, 완벽성을 평가하는 관점을 흔히 우리가 먹는 과일에만 한정해왔다. 그래서 우리는 대자연에서 우리가 먹지 않거나 잘 쓰지 않는 엄청난 양의 작물이 해마다 익어간다는 사실을 까맣게 잊고는 한다. 해마다 열리는 가축 및 원예 전시회에서 보기 좋은 과일을 많이 전시하지만, 그 과일들은 사람의 입에 들어가면서 자신의 아름다움이 지닌 가치를 제대로 인정받지도 못한 채 그다지 명예롭지 못한 최후를 맞는다. 하지만 우리 주변 마을들에서는 해마다 엄청나게 큰 규모로 또 다른 과일 전시회가 열린다. 이곳에서는 미적 취향만으로도 우리를 충족시키는 과일들이 출품된다.

10월은 울긋불긋한 단풍의 달이다. 나뭇잎들은 화려하게 불타오르면서 온 세상을 밝게 비춘다. 과일과 나뭇잎과 하루가 저물기 직전에 선명한 빛을 띠는 것과 마찬가지로, 저물어가는 한 해도 그러한 빛을 띤다. 10월은 한 해의 저녁노을이며, 11월은 그 뒤에 찾아오는 땅거미다.

나는 단풍이 드는 모든 나무와 관목과 식물이 초록색에서 갈색으로 변하면서 특유의 색깔이 가장 선명해질 때, 그 잎을 하나씩 표본으로 채집해둘 만한 가치가 있겠다고 생각한 적이 있다. 그러고 나서 그 잎의 윤곽을 그린 다음 그 색을 물감으로 정확하게 옮겨 책 한 권으로 만들어 《10월 또는 가을의 빛깔》이라는 제목을 붙이는 것이다. 가장 먼저 단풍이 드는 나무부터 시작해 미국담쟁이와 근생엽(根生葉)*을 거쳐, 단풍나무와 히코리나무와 옻나무, 사람들에게 잘 알려지지 않은 아름다운 반점을 가진 여러 나뭇잎들, 그리고 마지막에 가장 늦게까지 남아 있는 떡갈나무와 사시나무까지 채집하는 것이다. 그런 책은 얼마나 멋진 추억거리가 되겠는가! 생각날 때 언제든 책장을 들추기만 하면 가을 숲을 산책하는 기분이 들 것이다. 아니면 그 나뭇잎들을 시들지 않도록 보존할 수만 있다면 한층 더 멋질 것이다. 나는 그런 책을 만드는 데 아직은 별로 진척을 보지 못했다. 하지만 그 대신 이런 가을 나뭇잎들의 온갖 화려한 색깔들이 나타나는 시기 순서로 글을 써서 묘사해보려고 노력했다. 다음은 내 원고에서 일부를 발췌한 것이다.

---

* 뿌리나 땅속줄기에서 돋아 땅 위로 나온 잎이다. 고사리, 민들레, 봄맞이꽃, 연꽃 등에서 볼 수 있다.

보라색 풀들

8월 20일까지 숲과 늪지 어디에서나 사르사파릴라덩굴 잎과 큰 양치류와 검게 시들어가는 앉은부채와 크리스마스로즈와 함께 강가에서 벌써 검게 변하고 있는 물옥잠이 보인다. 우리는 이 식물들을 보고 가을을 생각하게 된다.

보라색 풀(에라그로스티스 펙티나시아)은 이때 가장 아름답다. 나는 특히 이 풀을 처음 보았을 때를 아직도 생생히 기억한다. 우리 마을 강가 근처 언덕에 서 있다가 150미터나 200미터쯤 떨어진 곳, 땅이 목초지 쪽으로 경사진 숲 가장자리에 보라색이 30미터쯤 길게 펼쳐져 있는 것을 봤다. 그 풀은 렉시아(Rhexia) 꽃밭처럼 색조가 강하고 흥미로워 보였지만 그 색만큼 밝지는 않았고, 좀 더 짙은 자줏빛으로 물든 딸기류의 얼룩과 같았다. 가까이 다가가 살펴보니 활짝 꽃이 핀 일종의 풀로 키가 30센티미터가 조금 넘었고 초록색 잎이 몇 가닥밖에 되지 않았다. 자줏빛 꽃의 꽃차례가 멋지게 펼쳐 있었고, 자줏빛이 도는 안개가 내 주위에 나부끼고 있었다. 하지만 좀 더 가까이 다가가니 그냥 흐릿한 자줏빛으로 보여서 이렇다 할 인상이 들지 않았다. 심지어 그 풀을 찾아내기조차 어려웠다. 풀 한 포기를 뽑아보니 얼마나 가늘고 또 얼마나 색깔이 없는지 놀랄 정도였다. 하지만 햇빛이 잘 비치는 먼 곳에서 바라보면, 풀들이 모여 생기 있는 꽃 같은 자줏빛으로 대지를 화려하게 장식하고 있었다. 그런 사소한 원인들이 모여 이런 결정적인 효과를 자아낸다. 나는 이 풀이 대개 수수하고 소박한 색깔을 띠기 때문에 더욱 놀라고 그 풀에 매력을 느꼈다.

그 풀이 품은 자줏빛의 아름다운 홍조는 이제 막 지고 있는 렉시아를 떠올리게 했고, 실제로 그 풀은 렉시아의 자리를 대체하고 있었다. 8월에 볼 수 있는 현상 중에서도 매우 흥미로운 현상이기도 하다. 멋진 그 풀밭은 목초지 가장자리 바로 위쪽 메마른 언덕 기슭의 폐허나 그 변두리에서 자란다. 목초지 가장자리에서는 아무리 탐욕스럽게 풀을 베는 사람도 감히 낫을 휘두르지 않는다. 이 풀이 눈에 띄지 않을 만큼 워낙 가늘고 보잘것없기 때문이다. 그 때문이 아니라면 아마 그 풀이 너무 아름다워서 존재하는지조차 모르기 때문일 것이다. 같은 눈을 가진 사람도 이 풀과 큰조아재비를 보지 못한다. 그는 목초지 건초와 그 옆에 자라는 좀 더 영양가 있는 풀을 조심스럽게 베지만, 이 멋진 자줏빛 안개는 산책가가 공상할 거리로 삼도록 그냥 내버려둔다. 언덕 위쪽으로 좀 더 올라가면 어쩌면 서양산딸기, 서양고추나물, 그리고 아무도 거들떠보지 않는 시든 왕포아풀이 자라고 있을지도 모른다. 그 보라색 풀이 해마다 사람들이 베어대는 무성한 잡초 사이에서 자라지 않고 그런 장소에서 자라다니 얼마나 다행스러운 일인가! 이렇듯 대자연은 효용과 아름다움을 구분한다. 나는 그 풀이 해마다 어김없이 고개를 쳐들고 대지를 불그스레한 얼굴로 수놓는 장소를 많이 알고 있다. 그 풀은 나지막한 언덕에서 자라며, 군락을 이루어 피거나 지름이 30센티미터쯤 되는 둥근 덤불로 군데군데 자라다 첫 된서리를 맞고 스러진다.

　식물에서 색깔이 가장 짙고 가장 매력적인 부분은 대부분 꽃부리와 꽃받침이다. 과피(果皮)나 과일이 그런 부위인 식물도 많고, 꽃단풍처럼 잎이 그런 경우도 있고, 가장 중요한 꽃이나 꽃을 피우는 부분인 줄기 그 자체인 식물도 있다.

특히 미국자리공(피톨라카 데칸드라)이 방금 이야기한 마지막 경우에 해당한다. 우리 마을 절벽 아래에 서 있는 몇몇 풀은 8월과 9월 초인 지금 자줏빛 줄기로 나를 압도한다. 그 풀들은 꽃들과 마찬가지로 내가 관심을 두는 식물이자, 우리 마을에서 중요한 가을철 산물 중 하나다. 각 부위가 꽃(또는 과일)이어서 지나칠 정도로 색깔이 곱다. 줄기, 가지, 꽃자루, 작은 꽃자루, 잎꼭지, 심지어 시간이 지나면서 노르스름하게 변하는 자줏빛 맥을 품은 잎들도 그러하다. 15~18센티미터쯤 되는 길이에 딸기류 열매가 열리는 원통 모양 꽃차례는 초록색에서 짙은 자주색에 이르기까지 색깔이 다양하며, 그 열매로 새들에게 먹이를 선사하며 우아한 모습으로 사방에 고개를 숙이고 있다. 새들이 열매를 쪼아먹은 꽃받침 조각조차 선명한 진홍색(lake-red)을 띠며 시뻘건 불꽃같은 빛을 반짝이는데 모든 것이 무르익어 활활 불타고 있는 것 같다. 그 모습은 비슷한 그 어떤 것과 비교해도 손색이 없어 보인다. 그래서 '라카(lacca)'라는 말이 진홍색 염료인 레이크를 뜻하는 '랙(lac)'에서 나왔나 보다.* 꽃망울, 꽃, 초록색 딸기, 짙은 자주색으로 익은 딸기, 꽃처럼 생긴 꽃받침 조각 등 모든 것이 한 식물 안에 들어 있다.

우리는 온대 지방의 식물에서 어떤 붉은색이라도 보고 싶어 한다. 붉은색은 색깔 중의 색깔이다. 이 식물은 우리 피에 호소한다. 그 색은 제 위에 비친 밝은 태양에게 가장 예쁜 색을 보여달라고 부탁한다. 그래서 한 해 중 바로 이 가을철에 붉은색을 꼭 보아야 한

---

* 래커('라카')는 물건을 코팅하거나 마무리할 때 칠하는 도료로 널리 사용한다.

다. 8월 23일쯤이 되면 줄기가 따뜻한 언덕바지에서 무르익는다. 나는 그날 보라색 풀이 우리 마을 절벽 한쪽 옆에 2미터쯤 높이로 자라난 아름다운 수풀을 산책했다. 풀 줄기는 땅 쪽 아주 가까이부터 꽃까지 선명하고 짙은 보라색을 띠었고, 훨씬 뚜렷한 초록색 잎과 대비를 이루었다. 마치 여름을 보내기에는 이만하면 충분하다는 듯했고, 그런 식물을 만들어내고 완성한 대자연의 보기 드문 승리로 보였다. 얼마나 완벽한 성숙에 이르렀던지! 그 식물은 너무 이르게 죽어 전락하는 대신 성공적인 삶의 상징으로 생명을 마쳐 대자연을 장식했다. 미국자리공처럼 우리도 쇠락하는 가운데 성장하면서 뿌리와 가지 모두 완벽하게 성숙할 수 있다면 얼마나 좋을까! 고백하건대, 나는 그 풀들을 바라보는 것만으로도 가슴이 설렌다. 나는 그중 하나를 꺾어 지팡이로 만들기도 했는데, 그 식물을 손으로 만지면서 그것에 기대고 싶었기 때문이다. 나는 손가락 사이로 열매를 꽉 눌러 그 즙이 내 손을 적시는 모습을 보는 걸 좋아한다. 자줏빛 포도주 통이 곧은 가지처럼 뻗어 있는 모습을 띠며 타오르는 저녁놀 빛을 머금다 퍼뜨린다. 그 사이로 산책한다는 것은 얼마나 큰 특권인가! 런던 부둣가의 파이프를 세는 대신에 포도주 통 하나하나를 눈으로 맛보면서 말이다. 대자연의 포도주는 비단 포도나무에 국한되지 않는다. 우리 시인들은 한 번도 본 적 없는 외래종 식물로 만든 포도주를 주제로 삼고, 마치 우리 토착 식물들에는 시인들보다 더 즙이 없는 것처럼 노래해왔다. 실제로 어떤 사람들은 이 보라색 풀을 '미국의 포도'라고 불렀다. 물론 이 풀은 미국의 토착 식물이지만 그 풀의 즙은 몇몇 외국에서 포도주 색깔을 돋보이게 하려는 용도로 사용한다. 그러므로 시인은 미처 깨닫지 못한 채 미국

자리공의 미덕을 찬양하고 있는지도 모른다. 이 나라에는 서쪽 하늘을 다시 물들이고 원한다면 떠들썩한 술잔치를 벌여도 될 만큼 딸기류 열매가 많이 있다. 그 핏빛 줄기는 술잔치에서 춤을 출 때 얼마나 좋은 피리가 되겠는가! 참으로 제왕처럼 고귀한 식물이다. 나는 미국자리공에 둘러싸여 생각에 잠기면서 한 해의 저녁을 보낼 수 있었다. 이런 작은 숲 한가운데서 마침내 새로운 철학이나 시의 학파가 생겨날지 그 누가 알겠는가. 이 풀은 9월 내내 살아 있다.

이와 비슷한 시기나 8월 말이 다가올 때면 내가 매우 흥미로워하는 풀 속(屬)인 안드로포곤이나 쇠돌피가 전성기를 맞는다. 안드로포곤 푸르카투스는 '갈라진 쇠돌피' 또는 '자줏빛 손가락 쇠돌피'로도 불린다. 안드로포곤 스코파리우스는 '자줏빛 나무풀'이라 부르고, 지금은 소르굼으로 칭하는 안드로포곤 누탄스(Andropogon nutans)는 '인디언풀'이라고 부른다. 첫 번째 풀은 키가 90센티미터에서 2미터쯤으로 아주 크고 줄기는 가늘다. 꼭대기에서 손가락처럼 생긴 수상 꽃차례의 이삭이 네다섯 개 뻗어 나온다. 두 번째 풀역시 아주 가늘고, 높이는 60센티미터쯤이고 넓이는 30센티미터쯤 되는 덤불을 이루며 줄기가 약간 굽을 때가 많다. 한창 때를 지나면서 이삭은 희끄무레한 모습이 된다. 이 두 풀은 가을철 건조하고 모래가 많은 들판과 언덕바지에서 흔히 볼 수 있다. 예쁜 꽃은 말할 것도 없거니와 두 풀의 줄기는 자주색을 띠고 한 해가 무르익어간다는 사실을 알린다. 농부들이 거들떠보지도 않을뿐더러 버려진 불모지에서 자라기 때문에 나는 이 풀들에 좀 더 동정심을 느끼는지도 모른다. 그들은 잘 익은 포도처럼 색깔이 짙고 봄철에는 볼 수 없는 성숙을 보여준다. 이 풀들의 줄기와 잎을 그토록 윤이 나게 할 수 있는 것은 오직 8월의 태양뿐이다. 농부는 이미 오래전에 고지에서 건초 수확을 했으며, 가냘픈 야생초들이 마침내 겨우 꽃을 피운 곳까지 낫을 대지는 않을 것이다. 그 풀들 사이에서는 모래가 훤히 드러난 공간이 자주 보인다. 하지만 나는 모래밭 위 자주색 나무풀* 덤불 사이나 관목참나무 주변을 걸으면 기운이 솟는다. 그러면서 나와 같은 시대를 살아가는 이 단순한 피조물을 즐거운 마음으로 알아본다. 마음속으로 나는 낫을 크게 휘둘러 그 풀들을 '베어' 내고, 그 풀들을 바람에 말리기 위해 마음속 말이 끄는 써레로 줄지어 널어놓는다. 귀가 예민한 시인이라면 아마 내가 휘두르는 낫을 날카롭게 벼르는 소리를 들을 수 있으리라. 이 두 풀은 내가 맨 처음으로 구별하는 법을 배운 풀이었다. 그전까지 나는 얼마나 많은 친구에게 둘러싸여 살고 있는지 알지 못했다. 나는 그 풀들을 한낱 땅에서 자라는 잡초로 보았을 뿐이다. 그 풀들의 자줏빛 줄기도 미국자리공의 줄기처럼 내 호기심을 자극한다.

8월이 끝나기 전에 대학 졸업식과 의미 없는 모임에서 벗어날 피난처가 있는지 한번 생각해보라! 나는 '광활한 들판'** 경계에 있는 자주색 나무풀 밭 한가운데를 어슬렁거릴 수 있다. 요즘 오후에는 산책할 때마다 손가락 모양을 띠는 자주색 풀 또한 길 안내판처럼 서서 최근에 산책한 곳보다 좀 더 시적인 오솔길로 내 생각을 안내해준다.

몇 해나 그 풀을 몇 톤씩이나 베어내고, 외양간에 깔고 가축에게 먹이로 주고, 자기 키만큼이나 큰 식물들을 서둘러 발로 짓밟으며 지나가면서도 그 식물들이 존재한다는 사실을 알아차리지 못할지도 모른다. 하지만 만약 그가 한 번이라도 그 풀들을 호의로 돌본다면 아마 그 아름다움에 압도될지도 모른다. 우리가 가장 보잘것없다고 하는 식물, 이른바 잡초는 그곳에 서서 우리 생각이나 기분을 어느 정도 표현해준다. 그런데도 그 풀들은 그곳에 아무리 오래 서 있어도 헛수고가 아닌가! 나는 8월이면 그 '광활한 들판'을 정말 많이 산책했지만, 그곳에서 만난 이 자주색 친구들을 제대로 알아보지 못했다. 물론 나는 그 풀들을 스치고 지나가고 발로 밟았다. 그런데도 풀들은 벌떡 일어나서 나를 축복해줬다. 아름다움과 진정한 부는 그렇게 늘 싸구려 취급과 멸시를 받는다. 그렇다면 천국은 사람들이 회피하는 장소라고 정의할 수 있을지도 모른다. 농부가 하찮다고 말하는 이런 풀들이 당신이 소중히 여기는 데서 다소 보상을 받는다는 사실을 그 누가 의심할 수 있겠는가? 나도 전에는 그 풀들을 한 번도 본 적이 없다고 말할 수 있다. 하지만 풀들을 직접 마주보자 지난 몇 년간 어스레한 자줏빛이 내게로 다가왔다. 이제 어디를 가나 내 눈에는 그 풀들 말고는 아무 풀도 보이지 않다시피 한다. 그것이 곧 안드로포곤의 지배력이자 통솔력이다.

바로 그 모래는 8월의 태양을 머금어 익어간다고 고백하고, 모래 위에 물결치듯 움직이는 가냘픈 풀들과 더불어 자줏빛 색조를 비춘다. 아, 자줏빛으로 변한 모래라니! 모든 햇살이 식물들의 기공과 대지의 작은 구멍 속으로 흡수된 결과다. 식물의 혈액이라고 할 수액은 모두 이제 포도주 색깔을 띠고 있다. 마침내 우리에게는 자줏빛 바다뿐 아니라 자줏빛 대지가 생긴 것이다.

밤나무 수염풀, 인디언풀, 또는 나무풀은 황무지 여기저기에서 자라지만 전자보다는 좀 더 보기 드물다(키가 60센티미터에서 1.2~1.5미터쯤 자라는 탓이다). 같은 종류의 다른 풀보다 훨씬 멋지고 더욱더 생생한 색조를 띠고 있어서 인디언들의 시선을 사로잡았을지도 모른다. 그런 풀은 원추꽃차례가 길쭉하고 좁고 한쪽으로만 발달해, 꼭 갈대처럼 호리호리한 잎 위에 깃발이 달린 듯 가볍게 나부낀다. 이 선명한 깃발은 대규모 병력은 아니어도 흩어진 부대나 단열 종대로 홍인종처럼 멀리 떨어진 언덕바지까지 진격해 있다. 그래서인지 이 풀들은 제 이름의 종족처럼 아름답고 화려하게 서 있지만 그다지 주목받지는 못한다. 이 풀을 처음 지나가다 본 뒤로, 그 풀이 서 있던 모습이 마치 한 줄기 눈짓처럼 일주일이나 내 머리에서 떠나지 않았다. 마치 인디언 추장이 그가 즐겨 찾던 사냥터를 마지막으로 바라보는 모습과 같다고나 할까.

꽃단풍나무

9월 25일쯤이 되면 꽃단풍나무는 보통 무르익기 시작한다. 큰 나무 몇 그루가 지난 한 주 동안 눈에 띌 만큼 색깔이 변했으며, 몇 그루는 이제 아주 찬란한 빛깔을 내뿜고 있다. 목초지 너머 800미터쯤 떨어진 곳에 초록색 숲가를 배경으로 작은 꽃단풍나무 한 그루가 여름철의 어느 나무에 핀 꽃보다도 훨씬 선명하게 붉은색을 내뿜고 있어 내 눈에 띄었다. 다른 과일나무보다 일찍 열매가 익는 나무가 있는 것처럼, 이 나무도 지난 몇 해 동안 한결같이 자기 동료들보다 먼저 가을 옷으로 갈아입기에 나는 이 나무를 눈여겨보았다. 어쩌면 이 나무는 가을이 왔음을 알려주는 전령일 수도 있겠다. 만약 누가 그 작은 꽃단풍나무를 베어낸다면 나는 섭섭한 마음이 들 것이다. 우리 마을 다른 곳에도 그런 나무가 두세 그루 있다는 것을 알고 있다. 그 나무들 역시 일찍 단풍이 드는 나무나 9월의 나무라고 널리 알려도 좋을지 모른다. 우리가 그런 나무에도 똑같이 관심을 기울인다면, 마치 무 씨앗을 광고하듯이 그 나무들의 씨도 시장에 내놓을 수도 있을 것이다.

지금 사철나무들이 목초 지대의 언저리를 따라 서 있거나 저 멀리 산비탈 여기저기에 퍼져 있는 것이 보인다. 가끔 늪지에서 작은 꽃단풍나무들이 온통 진홍색으로 물든 모습을 볼 때도 있는데, 아직 주위의 다른 나무들은 완전히 초록색을 띠고 있어 더 선명하게 보인다. 초가을에 들판을 가로질러 가다가 그 나무들 옆을 지나면, 마치 홍인이나 다른 삼림지 거주자들이 세워놓은 화려한 야영장을 갑자기 맞닥뜨리기라도 한 것처럼 깜짝 놀라기도 한다.

온통 선명한 진홍빛을 띠며 홀로 있는 꽃단풍나무는 아직 싱싱하게 초록색을 띠는 같은 종류의 나무나 상록수와 대비된다. 그 푸른 나무들을 배경으로 삼아서 꽃단풍나무 한 그루를 보면, 머지않아 보게 될 작고 붉은 꽃단풍나무 숲 전체를 보는 것보다 훨씬 인상적이다. 나무 한 그루 전체가 농익은 즙으로 가득 찬 커다란 주홍색 과일처럼 보인다. 거기다 나무가 태양을 바라볼 때 맨 아래 가지부터 나무 꼭대기까지 모든 잎이 불에 타는 듯 붉게 빛나는 모습은 얼마나 아름다운가! 그보다 더 멋진 광경이 이 세상이 또 있을까? 믿을 수 없을 만큼 너무 아름다운 광경이 수십 킬로미터 떨어져 있어도 잘 보인다. 만약 이런 현상이 이 세상에서 오직 한 번만 일어났다면 아마 그 모습이 후세에 길이 전해져서 마침내 신화에 편입될 것이다.

이처럼 자기 동료들보다 먼저 단풍이 드는 나무는 보기 드문 발군의 존재로, 이 상태를 1~2주 내내 유지하기도 한다. 이런 나무가 초록색 제복을 입은 삼림 거주자 연대를 대표하여 주홍색 깃발을 높이 쳐들고 있는 모습을 바라보고 있노라면 나는 전율을 느낀다. 그리고 나는 800미터쯤 가던 길에서 벗어나 그 모습을 자세히 살펴본다. 이렇게 나무 단 한 그루가 목초지가 있는 골짜기에서 가장 뛰어난 아름다움이 되고, 그 주변의 숲도 모두 더욱 생기를 띤다.

어쩌면 멀리 어느 외딴 골짜기에 조그마한 꽃단풍나무 한 그루가 도로에서 1.6킬로미터쯤 떨어져 사람들 눈에 잘 띄지 않은 채 자라고 있을지 모른다. 겨울과 여름 내내 그 나무는 그곳에서 단풍나무의 의무를 어느 것 하나 게을리하지 않았다. 오히려 여러 달 동안 한 번도 빈둥빈둥 쏘다니는 일 없이 열심히 자라서 단풍나무로서의 위업을 보였다. 그래서 지금은 지난 봄보다 훨씬 하늘에 가까워져 있다. 이 꽃단풍나무는 자신의 수액을 절약하여 썼고, 떠도는 새들에게 안식처를 내주었으며, 이미 오래전에 씨를 성숙시켜 바람에 날려 보냈다. 그래서 행실 바른 어린 꽃단풍나무 수천 그루가 이미 이 세상 어딘가에 자리 잡고 있으리라는 것을 알고 아마 가슴 뿌듯하게 생각할지도 모른다. 이 나무는 단풍나무 왕국에서 융숭한 대접을 받을 만하다. 이 나무의 잎들은 때때로 "우리는 언제쯤이면 붉게 물들까?" 하며 귓속말을 속삭인다. 여행의 계절인 9월로 접어든 지금 사람들은 바닷가로, 산으로, 호수로 달려가기에 바쁘다. 하지만 이 겸손한 꽃단풍나무는 여전히 한 치도 꿈쩍하지 않고 가는 곳마다 자신의 명성을 널리 퍼뜨린다. 그 나무는 저 산허리에 진홍색 깃발을 내걸어 다른 어떤 나무들보다 먼저 여름 작업을 끝냈으며, 그러니 시합에서 일찌감치 물러나겠노라는 뜻을 온 세상에 밝힌다. 그래서 이 나무가 한창 열심히 일할 때는 우리가 이곳 주변을 아무리 유심히 살펴봐도 그 존재를 알아차릴 수 없었지만, 한 해의 마지막 시기에 마침내 그 성숙한 붉은 빛깔로 먼 길을 떠나는 무심한 나그네에게 그 모습을 드러낸다. 이제 이 나무는 나그네의 사념을 먼지투성이의 길에서 자기가 살고 있는 멋진 고독의 세계로 인도한다. 이 나무는 단풍나무가 지닌 온갖 미덕과 아름다움으로 이목을 끈다. 그래서 그 라틴어 이름이 '아케르 루브룸(acer rubrum)'* 이 아니던가. 이제 우리는 그 이름 또는 빨간 글씨로 적은 제목을 훨씬 뚜렷하게 읽을 수 있다. 그 나무의 죄가 아니라 미덕이 진홍색을 띠는 것이다.**

꽃단풍나무는 이 나라의 온갖 나무 중에서 가장 짙은 진홍색을 띠는 나무지만, 붉은색으로 가장 찬사를 많이 받은 나무는 사탕단풍나무였다. 미쇼는 그의 저서《숲》에서 꽃단풍나무의 가을 색깔에 대해서는 한마디 언급도 하지 않는다. 10월 2일쯤, 아직도 많은 나무가 그대로 초록색일 때도 크고 작은 꽃단풍나무들은 매우 현

---

* 라틴어 '아케르'는 단풍나무를 뜻하고, '루브룸'은 붉은색을 뜻한다. 식물 학명에서 전자는 속명을 가리키고, 후자는 종명을 가리킨다.
** "너희의 죄가 주홍빛과 같다 하여도 눈과 같이 희어질 것이며, 진홍빛과 같이 붉어도 양털같이 희어질 것이다."(《이사야》 1장 18절)

란한 색깔을 띤다. '어린나무들이 자라는 땅'에서는 꽃단풍나무들이 서로 경쟁이라도 벌이는 듯하다. 꽃단풍나무 무리 중에는 유별나게 짙은 진홍색 나무가 꼭 한 그루씩 있기 마련이어서 아무리 멀리 떨어져 있어도 그 강렬한 색조로 시선을 끌어 곧바로 승리의 영광을 차지한다. 단풍이 절정일 때 꽃단풍나무들이 자라는 큰 늪지는 내가 살고 있는 곳에 있는 모든 실체적 사물 중에서도 가장 찬란한 존재가 된다. 그런데 이런 나무가 우리 주변에 아주 많다. 모양도 색깔도 무척 다양하다. 노란색만 띠는 나무, 주홍색을 띠는 나무도 있고, 진홍색으로 짙어지며 보통 나무보다 훨씬 붉은 나무도 있다. 저기 400미터쯤 떨어진 소나무로 뒤덮인 언덕바지에 단풍나무와 소나무가 뒤섞여 자라는 늪지를 보라. 노란색과 주홍색과 진홍색이 불타는 듯 일렁이며 나뭇잎들의 결점은 감추고 선명한 빛깔은 완벽하게 드러내면서, 초록색과 뒤섞여 대조를 이루는 모습을 볼 수 있다. 어떤 단풍나무는 아직도 초록색인데 갈라진 잎사귀 가장자리만 노란색이나 진홍색으로 물들었다. 꼭 개암나무 열매의 가시 끄트머리 같다. 어떤 나무들은 전체가 눈부신 주홍색으로 잎맥이 퍼지듯 좌우 양쪽으로 규칙적이고 촘촘하게 사방으로 뻗어나간다. 내가 살짝 고개를 돌리면 땅의 일부가 보이지 않게 되고 나무줄기가 숨어버린다. 형태가 좀 더 불규칙한 다른 나무들은 힘겹게 휴식을 취하는 것처럼 보인다. 그런데 그 모습이 노란색과 주홍색을 띠는 구름처럼, 화관 위에 화관을 올려놓은 것처럼, 바람을 타고 층을 이루며 공기 중에 흩날리는 눈발처럼 얇은 조각 위에 다른 조각을 쌓아놓은 듯한 모습이다. 굳이 주변 여기저기에 다른 나무들이 있지 않아도 이 나무는 단순한 색깔 덩어리로 보이지 않는다. 오히려 서로 다른 색깔과 색조를 띠는 다른 나무들 덕에 초승달 모양의 우듬지 윤곽이 (특히 한 윤곽이 다른 윤곽과 겹쳐질 때) 뚜렷하게 보인다. 그래서 이 가을에 늦지는 더더욱 아름다워진다. 어떤 화가도 400미터쯤 떨어진 나무들을 이토록 뚜렷하게 그려낼 엄두를 내지 못할 것이다.

오늘 오후는 날씨가 화창해 나는 목초지를 가로질러 곧장 완만한 오르막길을 향해 걷고 있다. 그때 태양이 뜬 쪽으로 250미터쯤 떨어진 곳에, 반짝이는 적갈색 산등성이 가장자리 위로 단풍나무 습지 윗부분이 드러난 모습이 보인다. 그 습지는 깊이가 3미터쯤, 너비가 100미터쯤 되며 가장 강렬한 주홍색과 오렌지색과 노란색을 띠고 있다. 그 색채는 화가가 일찍이 그린 어떤 꽃과 과일과 색조와 견주어도 손색이 없다. 앞쪽으로 나아가면 풍경에서 아래쪽 구도를 이루는 언덕 가장자리가 낮아지면서 그 찬란한 작은 숲이 꾸준히 그 모습을 드러낸다. 숲은 안쪽으로 점점 깊어지고, 숲은 둘러싼 계곡 전체가 숲의 색으로 가득 차 있는 것 같았다. 이 나무들의 강렬한 색깔과 넘치는 활기가 무엇을 의미하는지, 어떤 나쁜 짓을 꾸미고 있는 것은 아닌지 걱정되어 마을에서 십일조를 내는 교인들이나 원로들이 나와보지 않는 것이 오히려 이상할 지경이다. 나는 청교도들이 단풍나무가 주홍색으로 활활 불타오르는 이 계절에 무엇을 했는지 잘 모른다.* 당시 숲속에 들어가 예배를 보지는 않았을 것만은 확실

---

* 소로는 여기에서 너새니얼 호손(Nathaniel Hawthorne, 1804~1864)의《주홍 글씨》(1850)를 염두에 둔 듯하다. 호손은 젊은 목사와 간음한 헤스터 프린에게 평생 가슴에 주홍 글씨를 달고 다니라는 처벌을 내린다. 플리머스 식민지 초기에 숲은 교회가 있는 마을과 대조되는 장소이자 흔히 악마가 사는 곳으로 간주되었다.

하다. 아마 그 사람들이 교회를 짓고 나서 그 주위에 울타리처럼 마구간을 빙 둘러 지은 것은 바로 그 때문이었을 것이다.

느릅나무

이제 10월 초나 그보다 조금 늦은 시기에 느릅나무들은 가을 단풍의 절정에 이른다. 오븐처럼 뜨거웠던 9월의 온기를 아직 간직한 채 갈색이 섞인 노란색의 큼직한 덩어리가 한길 위에 걸려 있다. 느릅나무 잎들은 이제 완전히 성숙했다. 나는 이 나무들 밑에 사는 사람들의 삶에도 과연 그에 걸맞은 원숙함이 있을까 하고 생각해본다. 느릅나무가 줄지어 서 있는 우리 마을의 길거리를 내려다보면, 마치 추수할 곡식이 마을에 통째로 들어온 것처럼 그 모습과 색깔이 노랗게 익어가는 곡식 다발을 떠오르게 한다. 우리는 마을 사람들의 사념 속에도 그런 원숙함과 풍미를 찾아볼 수 없을까 하고 기대해본다. 살랑거리는 소리를 내며 금방이라도 길 가는 사람들 머리 위로 떨어질 것 같은 황금색 잎 아래에서 어떻게 조잡하거나 설익은 생각이나 행동이 고개를 들 수 있겠는가? 어느 집 위로 느릅나무 대여섯 그루가 가지를 늘어뜨리고 있는 곳에 서 있노라면, 마치 내가 잘 익은 호박 껍질 안에 들어가 있고 내 자신이 과육처럼 잘 익은 것처럼 느껴진다. 물론 내 과육에는 섬유질과 씨가 조금만 들어 있을 테지만 말이다. 일찌감치 성숙하여 황금색을 띠는 미국 느릅나무와 비교할 때, 철 지난 오이처럼 시도 때도 모르고 계절이 지나도록 푸르기만 한 영국의 느릅나무는 도대체 무엇이란 말인가? 길거리는 한해 수확을 기념하며 벌이는 축제 현장이다. 느릅나무는 가을에 보여주는 단풍만으로도 심을 가치가 충분할 것이다. 이 큼직한 황금색 차양이나 양산들이 우리 머리나 집 위에 몇 킬로미터에 걸쳐 드리워져 마을 전체가 아담하게 하나가 되는 모습을 상상해보라. 그것은 곧 '울마리움(ulmarium)', 즉 느릅나무의 묘목장인 동시에 인간을 기르는 육아실이 아니겠는가! 그리고 그 나무들은 얼마나 사뿐히, 사람들이 눈치채지 못하는 가운데 가지에 달린 짐을 사뿐히 떨어뜨려 필요할 때 햇빛을 들여보내주는가! 그 잎들이 우리의 집 지붕이나 길거리에 떨어질 때는 얼마나 고요한가! 이렇게 마을의 큰 양산은 접혀 뒷날을 위해 치워진다. 나는 장사꾼이 곡물을 실은 마차를 몰고, 마치 큼직한 곡물 창고나 헛간 앞마당으로 들어가듯 마을로 들어가 느릅나무의 차양 아래로 사라지는 모습을 본다. 그럴 때면 나도 그 사람의 뒤를 쫓아 느릅나무 아래로 가서 잘 익어 바짝 마른 사념이라는 곡물의 껍질을 벗고 그 외피에서 벗어나고 싶은 충동을 느낀다. 하지만 아, 애석하게도 그래봤자 기껏 껍질과 하찮은 생각, 돼지에게나 먹일 영글지 않은 사료용 옥수수만 얻을 것 같다는 예감이 든다. 사람은 뿌린 대로 거두는 법이다.*

---

* "적게 심는 사람은 적게 거두고, 많이 심는 사람은 많이 거둡니다." (《고린도전서》 9장 6절) "자기를 속이지 마십시오. 하나님은 조롱을 받으실 분이 아니십니다. 사람은 무엇을 심든지, 심은 대로 거둘 겁니다." (《갈라디아서》 6장 7절)

낙엽

10월 6일쯤이 되고 서리나 비가 내린 다음이면 소나기가 쏟아지듯이 잎들이 우수수 떨어지기 시작한다. 하지만 가장 중요한 잎의 수확, 즉 가을의 절정인 중요한 잎 수확은 대개 10월 16일쯤을 전후하여 일어난다. 그날 아침에는 이제껏 봐오던 것보다 훨씬 강한 된서리가 내리고 펌프 아래에는 얼음이 얼기도 한다. 아침 바람이 불면 나뭇잎들은 전보다 더 세차게 와르르 떨어진다. 바람이 부드럽게 불거나 심지어 전혀 불지 않을 때도 갑자기 떨어지는 일도 있다. 그렇게 진 나뭇잎들이 땅에 쌓여 푹신한 침대나 양탄자가 된다. 그런데 그 크기와 모양이 위쪽 나무에 매달려 있는 잎과 똑같다. 작은 히코리나무 같은 나무들은 마치 한 병사가 명령에 따라 일제히 총을 내려놓듯이 한순간에 잎을 떨어뜨린다. 히코리나무 낙엽들은 비록 시들었지만 여전히 선명한 노란색을 잃지 않아, 땅에 떨어진 잎들이 불꽃같은 빛을 반사한다. 이 나무의 잎들은 가을이 마법의 지팡이를 조심스럽게 대자마자 마치 비가 내리는 듯한 소리를 내며 사방으로 떨어져내린다.

이외에 밤사이 나뭇잎이 많이 떨어진 모습을 목격하게 되는 때는 습기가 많았던 날이나 비가 내린 뒤다. 사탕단풍나무 잎까지 떨어지게 할 정도로 험한 날씨가 아니더라도 말이다. 마을 길거리에는 전리품들이 수북이 쌓여 있고, 느릅나무 낙엽들은 발밑에 암갈색 포장도로를 만들어낸다. 하루나 서너 날 눈에 띄게 화창한 인디언 여름 날씨가 이어진 뒤, 나는 그제야 얼마 동안 서리나 비가 내리지도 않았는데도 잎을 떨어진 건 전에 없이 따뜻한 날씨 때문이라는 사실을 깨닫는다. 강렬한 열기가 이어지면 복숭아 같은 과일이 부드럽게 무르 익듯이 나뭇잎들도 갑자기 성숙해지고 시들게 된다.

늦가을의 꽃단풍나무들은 선명한 색으로 대지를 온통 뒤덮는데, 이때 야생 사과처럼 노란 땅 위에 진홍색 얼룩점을 만들 때가 자주 있다. 하지만 이렇게 선명한 색깔은 하루이틀밖에 가지 못하며 비가 내리면 더더욱 그렇다. 나는 찬란한 옷을 벗고 앙상한 몸으로 여기저기 물보라처럼 서 있는 나무들 옆을 지나 둑길 위를 걸어간다. 하지만 그곳 땅 한쪽에는 낙엽이 얼마 전 나무 위에 매달려 있을 때와 거의 똑같은 모습 그대로, 전처럼 선명한 색깔을 간직한 채 땅에 누워 있었다. 나는 나무들이 마치 색을 입힌 영원한 그림자처럼 땅 위에 납작하게 드러누운 모습을 처음 목격했다고 말할 수 있으리라. 꼭 나무들이 제 잎이 어느 나뭇가지에 매달려 있었을지 찾아보라고 넌지시 말하는 것 같다. 이 정중한 나무들이 진흙 위에 화려한 외투를 펼쳐놓은 곳을 여왕이 당당하게 걸어갈지도 모른다.* 나는 마차들이 그림자를 밟듯 낙엽 위를 밟고 지나가는 것을 본다. 마부들은 자신들의 그림자에 신경 쓰지 않듯 낙엽에도 눈곱만큼도 관심을 두지 않는다.

허클베리나무와 다른 관목들과 나무 위 새 둥지에는 이미 낙엽이 수북이 차 있다. 숲에 낙엽이 워낙 많이 떨어져 있어서 다람쥐 한 마리가 땅에 떨어진 견과를 주우러 갈 때도 소리가 나지 않을 수

---

* 영국의 정치가, 탐험가, 작가인 월터 롤리(Walter Raleigh, 1553~1618)의 일화를 일컫는다. 롤리는 평소 숭배하던 엘리자베스 1세를 위해 자신의 외투를 벗어 웅덩이 바닥에 깔아, 엘리자베스 1세가 신발이 젖는 일 없이 지나갈 수 있게 했다고 한다.

없다. 마을 아이들은 깨끗하고 싱그러운 물건을 다루는 재미에 푹 빠져 길거리에 떨어진 낙엽을 갈퀴로 긁어모으고 있다. 어떤 아이들은 길을 아주 깔끔하게 쓸어놓고는 가만히 서서, 바람결에 새로운 전리품이 들어와 그곳을 다시 어지럽히는 모습을 지켜본다. 늪지에도 낙엽은 잔뜩 쌓여 있고, 갑자기 석송(리코포디움 루시둘룸)이 유난히 푸르게 보인다. 나무가 울창한 숲에서는 15미터에서 20미터쯤 되는 긴 물웅덩이를 낙엽이 절반쯤 덮고는 한다. 며칠 전 나는 평소 잘 알고 있던 샘을 찾기 어려워서 혹시 샘이 말라버린 게 아닌가 생각했다. 하지만 사실 그 샘은 갓 떨어진 낙엽에 완전히 가려져 있었다. 낙엽을 옆으로 쓸어버리고 그 샘을 찾아냈을 때 나는 마치 아론의 지팡이*로 땅을 두드려 새로운 샘을 발굴한 기분이었다. 늪지 가장자리 주변의 습한 땅도 낙엽이 덮이면 마른 땅처럼 보인다. 한번은 어느 습지에서 측량 작업을 하던 중에, 마른 물가려니 생각하고 울타리 가로장에서 낙엽 쌓인 곳으로 내려서다가 그만 깊이가 30센티미터가 넘는 물속에 빠진 일도 있었다.

잎이 가장 많이 떨어진 이튿날인 10월 16일에 강가에 가니, 황금 버드나무 아래 매어 두었던 내 나룻배가 바닥이고 앉는 자리고 할 것 없이 온통 그 낙엽으로 뒤덮여 있었다. 나는 발밑에서 바스락거리는 낙엽을 그대로 싣고 배를 움직인다. 낙엽을 모조리 쓸어내더

---

* 토라에서 모세의 형 아론이 들고 다니는 지팡이로, 구약성경에서 출애굽에 앞서 이집트에 재앙이 닥쳤을 때 모세의 지팡이와 함께 기적적인 능력을 행사한다. "모세와 아론은 총회를 바위 앞에 불러 모았다. 모세가 그들에게 말했다. '반역자들은 들으시오. 우리가 이 바위에서, 당신들이 마실 물을 나오게 하리오?'"(《민수기》 20장 10절)

라도 내일쯤이면 또 한가득 쌓일 것이기 때문이다. 나는 낙엽을 쓸
어내야 할 쓰레기라고 생각해 내치지 않고, 오히려 내 배 바닥에 거
적 삼아 깔기에 안성맞춤인 물건으로 받아들인다. 배를 저어 나무
가 많이 우거진 애서벳강* 어귀로 들어가자, 수많은 낙엽이 마치 함
대처럼 물 위에 둥둥 떠서 침로를 그때그때 바꾸며 바다를 향해 흘
러가는 모습이 보인다. 하지만 조금 더 상류로 올라가면 오리나무,
세팔란투스, 단풍나무 아래와 그 사이사이로 5미터가량의 강물 폭
을 거품보다도 빽빽하게 뒤덮고 있다. 낙엽들은 여전히 가볍고 마
른 상태로, 섬유질이 물에 젖어 풀리는 일 없이 뒤엉켜 있다. 바위투
성이인 강줄기에서 낙엽들은 아침 바람에 서로 만나 멈춰서기도 하
는데, 이때 가끔 강폭만큼 길고 넓고 빽빽하게 초승달 모양을 만들
어낼 때도 있다. 뱃머리를 그쪽으로 돌리면 배가 일으킨 잔물결이
낙엽들에 부딪힌다. 이때 이 마른 나뭇잎들이 서로서로 부딪치면
서 내는 살랑거리는 소리가 얼마나 듣기 좋은지! 나뭇잎들이 물결
을 타는 움직임을 보고서야 낙엽 밑에 강물이 있다는 사실을 알 때
도 자주 있다. 강가에 거북 한 마리가 움직이는 동작 하나하나도 낙
엽의 바스락거리는 소리 때문에 드러난다. 심지어 바람이 불어오는
강 한가운데에서도 나뭇잎들이 바스락거리며 흩날리는 소리가 들
린다. 더 위쪽에서는 나뭇잎들이 강물이 만들어낸 큼직한 소용돌이
를 따라 그 주변을 천천히 빙글빙글 맴돌고 있다. 그런 모습은 수심

---

*   보스턴 서쪽으로 30킬로미터쯤 떨어진 곳에 흐르는 강이다. 매사추세츠주 웨스
     트버러의 애서벳 저주지로 알려진 습지에서 발원하여 북동쪽으로 흐르다가 콩
     코드의 에그록의 서드베리강과 합류한다.

이 깊고 물살이 강둑을 깎아내는 '비스듬히 서 있는 솔송나무' 숲에서도 볼 수 있다.

완전히 잔잔한 강물에 온갖 그림자가 비치는 날 오후, 어쩌면 나는 조용히 배를 저어 강줄기를 따라 내려갈지도 모른다. 애서벳강 위쪽으로 들어가 어느 한적한 작은 후미에 이르면, 나는 나도 모르는 사이에 무수히 많은 낙엽에 둘러싸이게 된다. 그런데 그 낙엽들은 나와 같은 목적지로 향하는, 아니 나와 똑같이 아무런 목적지도 없는 듯한 동료 항해자처럼 느껴진다. 이 잔잔한 강 후미에 낙엽 배들이 선단처럼 떠 있고 우리가 노를 저어 그 한복판을 지나는 모습을 보라. 잎사귀 하나하나는 태양의 솜씨로 사방으로 오그라들어 있고, 잎맥 하나하나도 뻣뻣한 가문비나무 무릎*처럼 보인다. 그 잎들은 온갖 무늬의 가죽으로 만든 배로 보인다. 그중에서는 카론**의 배 모양을 한 나뭇잎배***도 보인다. 고대인들의 위풍당당한 배처럼 뱃머리와 선미루(船尾樓)가 높이 솟은 잎도 있다. 이 배들은 완만한 물살 탓에 거의 움직이지 않는다. 엄청난 규모의 선단이 뉴욕이나 광둥 같은 큰 상업 중심지나 빽빽한 중국의 수상 도시에 다 같이 다가가면서 서로 뒤섞이는 것처럼 보이기도 한다. 이 나뭇잎 배들이

---

* 사이프러스나무의 뿌리가 수면이나 땅 위에 솟아 있는 것을 '사이프러스 무릎'이라고 부른다. 소로는 이것에서 힌트를 얻어 '가문비나무 무릎'이라는 표현을 사용한 것 같다.

** 그리스·로마 신화에 나오는 저승의 뱃사공으로, 에레보스와 뉙스의 아들이다. 아케론강에 도달한 망자를 저승으로 실어 나른다.

*** 식물학 용어로는 'cymbifolius'라고 한다. 심벌즈처럼 납작하고 고리 모양의 나뭇잎을 가리킨다. 소로는 카론의 나룻배와 모양이 같다고 생각한 것 같다.

저마다 얼마나 부드럽게 수면 위에 떠 있는지! 아직 이 배들이 격렬한 일에 얽힌 적은 없지만, 그래도 어쩌면 진수할 때 이 배들도 심장이 고동쳤을지 모른다. 그리고 꼭 깃털에 색을 칠한 것 같은 오리들, 그중에서도 멋진 미국원앙도 그림물감을 칠한 것 같은 나뭇잎들 한복판으로 미끄러지듯 헤엄치면서 떠다닌다. 이야말로 더 고상한 소형 범선 모형이 아니겠는가!

지금 늪에는 얼마나 건강에 좋은 약초 음료가 있는가! 썩어가는 잎사귀에서 약초 냄새가 얼마나 향긋하고 강하게 풍기는가! 갓 떨어진 풀잎과 낙엽 위에 비가 내리거나, 깨끗하고 단단한 낙엽들이 떠다니는 물웅덩이나 도랑에 비가 내려 물이 가득 차면 이 낙엽들은 곧 차(茶)로 변한다. 초록색, 검은색, 갈색, 노란색의 온갖 빛깔에다 효과도 각양각색이어서 대자연이 차를 마시면서 한담을 나누기에 부족하지 않을 것이다. 차가 충분히 우러나기도 전에 우리가 그 차를 마시든 마시지 않든, 대자연의 엄청난 솥에서 건조된 이 찻잎들은 무척 다양하고 순수하고 정교한 빛깔을 띠고 있다. 그 유명한 동양의 차들에 결코 뒤지지 않을지도 모른다.

갖가지 수종(樹種) 가운데에서도 참나무, 단풍나무, 밤나무, 자작나무는 얼마나 아름다운 조화를 이루며 뒤섞여 있는가! 그런데도 대자연은 조금도 어지럽지가 않다. 완벽한 농부인 대자연은 모든 것을 저장해둔다. 해마다 얼마나 많은 작물이 땅에서 생산되는지 생각해보라! 이 낙엽은 어떤 곡식이나 씨앗보다도 한 해의 큰 수확이다. 지금 나무들은 땅에서 가져갔던 것을 이자까지 쳐서 갚아주고 있다. 이토록 셈이 후할 수가 있단 말인가! 게다가 에누리해줄 때도 있다. 나무들은 잎 하나만큼 흙의 두께를 더해주려고 한다.

우리가 유황 비료나 짐차 운송료 문제로 이 사람 저 사람과 값을 흥정하는 동안에도 대자연은 이렇게 멋진 방법으로 자신에게 필요한 거름을 모은다. 우리는 모두 낙엽이 썩는 덕에 훨씬 더 풍요로운 삶을 산다. 나는 영국 목초*나 옥수수보다 이 수확물에 더욱 흥미를 느낀다. 낙엽은 우리 농장을 비옥하게 유지해주고, 미래의 옥수수 밭과 산림을 키울 순수한 토양을 마련해주고, 땅은 낙엽과 함께 더욱 비옥해진다.

그 다채로운 아름다움으로 볼 때 낙엽과 비교할 만한 작물은 이 세상 그 어디에도 없다. 이곳은 단조로운 누런 곡식 들판뿐 아니라 우리가 알고 있는 거의 모든 색채의 향연이 펼쳐지는 곳이다. 산허리는 일찌감치 붉은빛을 띠는 단풍나무, 주홍빛으로 자신들의 죄를 뚜렷이 드러내는 독옻나무, 짙은 자줏빛 물푸레나무, 짙은 개나리색의 포플러나무, 화려하게 붉은 허클베리나무들로 양 떼들이 뛰노는 들판처럼 온갖 색깔로 물들어 있다. 서리가 이 잎들을 살짝 건드린 이튿날 바람이 조금 불거나 지구 축이 조금만 흔들려도 잎들이 얼마나 소나기처럼 후드득후드득 떨어져내리는지 보라! 이제 땅은 낙엽의 온갖 색깔로 온통 알록달록 물들어 있다. 하지만 낙엽은 그대로 흙 속에 살아남아서 흙의 생산력과 부피를 키워주고, 그 흙에서 뻗어오르는 숲속에서 삶을 여전히 이어간다. 나뭇잎들은 자신의 몸을 굽히지만 그것은 어디까지나 신비로운 화학 작용

---

* 소로는 콩코드를 비롯한 뉴잉글랜드 지방에서 자라는 야생 풀과 인간이 가꾼 풀을 구별하기 위해, 잔디밭과 목초지에서 자라는 풀을 '영국 풀'이라고 부른다. 학명이라기보다는 문화적 함의가 짙다.

에 따라, 수액의 힘으로 미래에 좀 더 높이 오르기 위해서다. 나뭇잎은 어린 나무의 첫 번째 결실로서 땅에 떨어지고, 변신에 변신을 거듭하여 마침내 그 나무가 뒷날 숲의 왕으로 자라났을 때 그 수관(樹冠)을 장식하게 될지도 모른다.

갓 떨어져 싱그럽고 바스락거리는 낙엽이 깔린 침대 같은 땅을 걷는 것은 참으로 기분 좋은 일이다. 낙엽이 무덤으로 가는 길은 얼마나 아름다운가! 낙엽은 얼마나 사뿐히 땅에 자신을 눕히고 흙으로 되돌아가는가! 온갖 색깔로 치장하고, 살아 있는 우리를 위해 침대처럼 부드러운 땅을 만드는 데 안성맞춤인 상태로 말이다. 그렇게 낙엽은 가볍고 쾌활하게 자신의 무덤으로 떼를 지어 몰려간다. 그들은 수의를 입지 않고 오히려 땅 위를 이리저리 즐겁게 뛰어다니다가 적당한 장소를 골라잡고는, 숲 전체에 그 장소에 대해 귓엣말로 소문을 퍼뜨린다. 그렇다고 무덤 주위를 장식할 철제 울타리를 주문하지는 않는다. 어떤 낙엽은 사람들의 육신이 땅속에서 썩어가고 있는 바로 그 무덤 위를 장소로 택하여 그들을 마중하기도 한다. 낙엽들은 자신의 무덤에서 편히 쉬기 전까지 얼마나 많이 공중을 맴돌았는가! 하늘 높이 공중에 나부끼던 낙엽들은 이제 얼마나 만족스러운 마음으로 다시 땅으로 돌아와 자신의 몸을 낮추고 나무 밑동에 몸을 눕히고 썩어가며, 하늘에서 파닥거리던 때만큼 새로운 세대를 위해 자양분을 제공하는가! 낙엽은 우리 인간에게 죽음을 맞이하는 방법을 가르쳐준다. 인간은 불멸에 대한 믿음을 뽐내지만 낙엽처럼 그렇게 우아하고 성숙한 마음으로 죽음을 맞이할 날이 과연 올까. 머리카락과 손톱을 깎듯이, 늦가을에 갑자기 찾아오는 인디언 여름날같이, 평온한 마음으로 육신의 옷을 벗어버릴 그날이 과연 올까.

잎들이 떨어지면 온 지구가 산책하기 좋은 공동묘지로 바뀐다. 나는 여기저기를 거닐며 무덤에 묻힌 나뭇잎들을 생각하며 사색에 잠기기를 좋아한다. 이곳에는 거짓투성이거나 허세에 가득 찬 묘비명은 하나도 찾아볼 수 없다. 당신이 마운트 오번*에 자리를 차지하지 못한다고 한들 그것이 무슨 대수란 말인가? 당신 몫의 땅은 예로부터 신성한 땅으로 알려진 이 거대한 공동묘지 어딘가에 틀림없이 있을 것이다. 그러니 묘지를 확보하려고 경매에 참가할 필요는 없다. 이곳에 이미 충분한 공간이 있다. 당신의 뼈가 묻힐 무덤 위에는 좁쌀풀이 꽃을 피우고 허클베리새가 노래를 부를 것이다. 벌목꾼과 사냥꾼은 당신의 묘지기가 될 것이고, 아이들은 그 주변에서 마음껏 뛰놀 것이다. 그러니 낙엽의 공동묘지를 함께 걷기로 하자. 이곳이 바로 당신의 그린우드 공동묘지**인 것이다.

사탕단풍나무

하지만 한 해의 화려한 모습이 이제 모두 끝났다고 생각하지는 마라. 나뭇잎 하나가 여름의 전부가 아니듯이 낙엽 하나가 가을이 전부가 아니기 때문이다. 우리 마을 길거리에 자라는 작은 사탕단풍나무들은 일찍이 10월 5일에 같은 곳에 있는 그 어떤 나무들보

---

* 매사추세츠주 케임브리지와 워터타운에 있는 공동묘지다.
** 뉴욕시 브루클린에 있는 공동묘지다.

다 화려한 장관을 연출한다. 마을 중심가 위쪽을 바라보면 사탕단풍나무들이 집들 앞에 색칠한 병풍처럼 서 있지만, 아직은 초록색이 많다. 하지만 지금이나 대체로 거의 모든 붉은단풍나무와 일부 은단풍나무가 잎이 모두 지고 앙상해지는 10월 17일쯤이 되면, 덩치 큰 사탕단풍나무마저 전성기를 맞아 노란색과 붉은색으로 불타오르며 예상치 못했던 선명하고 고운 색깔을 뿜낸다. 잎의 절반은 매우 짙은 붉은색이고 절반은 초록색으로 대조를 이루어 더욱더 눈에 띈다. 그러고는 마침내 짙은 주홍색이 뒤섞인 노란색 덩어리가 되고, 겉에 드러난 표면은 다홍색보다 훨씬 짙은 색깔로 바뀐다. 지금 길거리에서 가장 색이 밝은 나무는 사탕단풍나무다.

  마을 공유지에 서 있는 커다란 사탕단풍나무들은 두드러지게 아름답다. 우아하지만 황금빛보다는 따뜻한 느낌을 주는 노란색이 주홍색 뺨과 함께 주를 이룬다. 하지만 석양이 내려앉기 직전 공유지 동쪽에 서 있을 때 나무들 사이로 빛이 비치는 모습을 보면 그 노란빛조차 주홍색에 가깝게 보인다. 바로 옆에 서 있는 느릅나무의 옅은 노란색과 비교해보면 더욱 그렇다. 석양에 물들기 전부터 선명한 주홍색이었던 부분을 굳이 보지 않아도 말이다. 일반적으로 그 나무들은 노란색과 주홍색이 균형 있게 어우러진 거대한 타원형 덩어리다. 이 계절의 따뜻한 햇살, 인디언 여름을 모조리 잎에 흡수한 것과 같다. 나무줄기 옆의 가장 아래쪽과 안쪽 잎들은 여느 때처럼 가장 우아한 노란색과 초록색을 띠고 있는데, 그 빛깔이 꼭 집 안에서 자란 젊은이의 얼굴색 같다. 오늘 공유지에서는 경매가 벌어지고 있지만, 경매를 알리는 붉은 깃발이 활활 타오르는 듯한 사탕단풍나무의 색깔에 파묻혀 거의 보이지 않는다.

이 마을의 선조들이 사탕단풍나무를 이 나라 먼 지방에서 곧은 장대를 꼭대기 부분만 자른 채 들여왔을 때만 해도, 나무가 이렇게 멋지게 장성하리라고는 예상하지 못했을 것이다. 이렇게 들여온 나무를 그들은 사탕단풍나무라고 불렀다. 내가 기억하기로는, 그 나무들을 심은 뒤 한 이웃 상인이 장난삼아 그 주변에 콩을 심었다. 당시 농담 삼아 콩덩굴 받침대라고 부르던 물건이 오늘날에는 우리 마을 길거리에서 단연 눈에 띄는 가장 아름다운 물품이 됐다. 그렇게 10월이 찾아올 때마다 아이들의 활짝 열린 눈을 아름다운 색깔로 가득 채워준다는 이유만으로도 그 나무들은 심는 데 든 비용 못지않게, 아니 그보다도 훨씬 더 가치가 있다. 비록 마을 행정위원 중 한 사람이 나무들을 심다 감기에 걸려 사망했지만 말이다. 가을이 되면 우리에게 그토록 아름다운 장관을 선사하는 나무에게 봄철에 설탕까지 제공해달라고 부탁하지는 않을 것이다. 실내의 재산은 소수 몇 사람의 유산일지 모르지만, 공유지의 재산은 누구에게나 공평하게 분배된다. 어린아이들은 하나같이 이 황금빛 수확을 한껏 즐길 수 있다.

길거리에 나무를 심을 때는 모름지기 그 나무가 10월에 보일 화려한 모습을 염두에 두고 심어야 한다. 하지만 '나무 협회'가 한 번이라도 이 점을 고려한 적이 있었는지 의심이 든다. 아이들이 단풍나무 아래서 자라면 어떤 뜻밖의 영향을 받을지 생각해본 적이 있는가? 수백 개나 되는 아이들의 눈은 끊임없이 단풍나무의 색깔을 빨아들이고, 수업을 빼먹고 놀러 다니는 아이들마저 문 밖에 나서면 이 단풍나무 선생님들에게 붙들려 가르침을 받는다. 실제로 요즈음 학교에서는 농땡이 치는 학생이든 모범생이든 색깔 교육을 제대로 받지 못한다. 아이들은 기껏해야 약국과 상점들의 조잡한 진열장에서 색깔을 접할 뿐이다. 우리 마을 거리에 이제는 꽃단풍 나무들이 없고 히코리나무만 겨우 몇 그루 남았다는 것이 안타깝 기만 하다. 지금 아이들이 사용하는 그림물감 상자는 빈약하기 짝 이 없다. 아이들에게 그림물감 상자 대신, 아니면 그 상자도 함께 쓰면서 나뭇잎의 자연스러운 색깔을 가르쳐준다면 얼마나 좋을까. 아이들이 색깔을 공부할 수 있는 곳으로 이보다 더 좋은 환경이 어 디 있겠는가? 도대체 어떤 미술 학교가 자연과 경쟁할 수 있단 말 인가? 얼마나 많은 아이의 눈이 이 가을 단풍을 보고 색깔을 배울 것인가? 그 아이들이 장차 자라 온갖 유형의 화가, 옷감과 종이 제 조업자, 벽지 제조업자, 그밖에 수많은 직업에 종사할 것이다. 문방 구에서 파는 봉투가 색깔이 다양할는지 모르지만 나무 한 그루에 매달린 잎사귀 색깔만큼 다양하지는 않다. 만약 당신이 어떤 특정 한 색깔의 음영이나 색조에 관심 있다면, 나무나 숲의 안팎을 살펴 보기만 하면 된다. 이러한 나뭇잎들은 염색 공장에서처럼 많은 잎 을 한 가지 염료에 담가서 물들인 것이 아니다. 그 잎들은 헤아릴 수 없을 만큼 다양한 강도의 빛에 물든 뒤 마른 것이다.

나폴리 노란색, 프러시아 푸른색, 생(生)시에나, 태운 엄버, 겜부 지*처럼, 우리가 사용하는 수많은 색깔의 이름을 모호하기 짝이 없

---

*   원문은 "Naples yellow, Prussian blue, raw Sienna, burnt Umber, Gamboge"로, 순 서대로 회색을 띤 노란색, 감청색, 황갈색, 암갈색, 등황색을 뜻한다. 나폴리와 시 에나와 움브리아(엄버의 기원)는 이탈리아 도시고, 프러시아는 옛 독일 이름이며, 겜부지는 타일랜드와 캄보디아, 스리랑카 같은 동남아 지역의 염료다.

는 외국 지명에서 계속 가져다 사용해야 하는가? 티레 자주색*은 이제 사라진 것이 확실하다. 또한 초콜릿, 레몬 커피, 계피, 클라레 적포도주 같은 비교적 대단치 않은 상품(우리의 히코리를 레몬에, 레몬을 히코리에 비교해야 할까?)에서, 아니면 우리가 거의 본 적도 없는 광물이나 산화물에서 외국 이름을 계속 가져다 사용해야 하는가? 우리가 본 어떤 물건의 색깔을 이웃 사람에게 묘사할 때, 마을 근처의 어떤 자연물을 빌려서 하지 않고 지구 저편의 땅속에서 캐낸 어떤 광물 조각의 이름을 빌려서 해야 하는가? 그런 것들은 이웃 사람들이나 우리도 어쩌면 한 번도 본 적이 없고 기껏 약국에나 가야 비로소 보게 될지도 모르는데 말이다. 우리 발밑에는 땅이 없고, 우리 머리 위에는 하늘이 없단 말인가? 아니면 하늘마저 온통 울트라마린 색깔**이란 말인가? 사파이어, 자수정, 에메랄드, 루비, 호박 따위에 대해 우리는 도대체 무엇을 알고 있는가? 우리는 대부분 이런 이름들을 헛되게 받아들이고 있다. 이런 귀중한 보석의 이름은 귀중품 상자를 만드는 사람들, 골동품 수집가들, 왕궁의 시녀들, 인도를 비롯한 여러 나라의 벼슬아치와 그 귀부인들, 인도 제국의 지방관, 이슬람교도의 왕비들, 힌두스탄의 시종들에게나 맡기도록 하자. 나는 아메리카 대륙과 이곳의 가을 숲들이 발견된 이후 색깔의 이름을 붙이는 데 왜 우리의 나뭇잎들이 보석들과 경쟁해서는 안 되는지 그 이유를 알 수 없다. 시간이 지나면 우리 꽃들은 말할

---

* 고대 페니키아 지방에 존재했던 가장 으뜸가는 고대 도시로 지중해에 여러 식민지의 종주국이었다. '티레 자주색'은 고대 페니키아인들이 개발했으며 지중해 지역에서 부와 권력을 상징한 고급 염료였다.
** 군청색을 가리킨다. 'ultramarine'은 '바다 건너편', 또는 '해외의'라는 뜻이다.

것도 없고 우리 나무들과 관목들의 이름이 우리의 색깔을 명명하는 데 사용되리라고 믿어 의심치 않는다.

하지만 색깔의 이름이나 특징에 대한 지식보다 훨씬 중요한 것은 이런 온갖 색깔의 나뭇잎이 가져다주는 기쁨과 희열이다. 이 눈부신 나무들이 마을의 길거리에 두루두루 자리잡은 모습은 그보다 더 큰 변화를 보여주지는 못하더라도, 적어도 해마다 돌아오는 축제나 국경일, 1주간 열리는 그런 행사와 맞먹는 가치가 있다. 이 행사는 비용도 적게 드는 순수한 경축 행사로, 위원회나 경찰의 도움 없이도 모든 사람이 즐길 수 있다. 허가받는 데 아무 문제도 없고, 도박꾼이나 술장수를 끌어들이지도 않으며, 공공질서를 유지하려고 특수 경찰을 부를 필요도 없다. 길거리에 단풍나무를 심지 않은 뉴잉글랜드 마을의 10월은 그야말로 초라하기 그지없을 것이다. 이 10월 축제를 여는 데는 경축 기념 대포를 쏘는 비용도, 종을 울릴 비용도 들지 않는다. 나무 한 그루 한 그루가 곧 화려하게 나부끼는 깃발 1,000여 개가 달린, 살아 있는 자유의 기둥*이다.

우리가 해마다 소 품평회, 가을 훈련, 거기에 콘월리스** 승복 행사나 9월 법정 따위를 열어야 하는 것은 전혀 놀랍지 않다. 대자연 자체는 10월이 되면 길거리뿐 아니라 계곡마다 산허리마다 연례 품평회를 연다. 최근 꽃단풍나무들이 눈부신 색깔의 옷을 입고 늪지를 온통 불타듯이 붉게 물들이는 모습을 보면, 그 아래에서 자유

---

* 미국 독립전쟁 당시 자유의 모자와 깃발을 걸었던 나무 기둥으로 자유와 독립과 저항의 상징이었다.

** Charles Cornwallis, 1738~1805. 미국 독립전쟁 당시 영국 장군으로 1781년의 요크타운 공격에서 패배하고 승복한 인물로 널리 알려져 있다.

분방하게 뛰놀 집시 수천 명이 보이는 것 같지 않은가? 아니면 심지어 전설에 나오는 파우니,* 사티로스,** 숲의 요정들이 지상에 다시 내려온 것 같지 않은가? 아니면 한낱 일에 지친 벌목꾼이나 자신들의 땅을 점검하러 온 땅 주인 무리일 뿐인가? 그것도 아니라면 일찍이 우리가 상쾌한 9월 공기를 가르고 강 위로 노를 저어 갈 때, 반짝이는 수면 아래에서 뭔가 새로운 일이 일어나고 있거나, 적어도 버팀목들이 흔들리는 것처럼 보이지 않았는가? 그래서 우리는 시간에 맞게 상류에 도달하려고 서두르지 않았는가? 강변 양쪽에 노랗게 물들어가는 버드나무들과 세팔란투스들이 줄지어 노점상처럼 늘어서 있었고, 그 아래쪽에는 노란 에그노그***가 강물에서 거품을 내며 부글부글 끓어오르는 것처럼 보이지 않았는가? 이 모든 것이 인간의 영혼은 대자연의 영혼처럼 높이 솟아올라야 한다고, 그 영혼의 깃발을 높이 내걸어야 한다고, 그와 비슷한 기쁨과 환희를 표현해 틀에 박힌 삶을 멈춰야 한다고 암시하지 않았는가?

어떤 연례 훈련이나 병사 소집도, 스카프와 깃발을 흔들어대며 벌이는 어떤 축하 행사도 해마다 10월이면 우리 마을에서 볼 수 있는 장관의 100분의 1만큼도 마을에 들여올 수 없다. 우리가 나무를 심거나 곧게 서도록 돕기만 하면 대자연이 온갖 색깔의 장막을, 그중 일부는 식물학자도 의미를 해독할 수 없는 만국기를 마련해줄 것이다. 그러는 동안 우리는 개선문같이 늘어선 느릅나무들 아래

---

* 로마 신화의 반인반양(半人半羊)인 숲, 들, 목축의 신이다.
** 그리스 신화에서 술의 신 바쿠스를 섬기는 반인반수(半人半獸) 숲의 신이다.
*** 우유와 설탕을 섞어 만든 음료다.

를 산책한다. 이웃 주(州)들과 같든 다르든 행사 날짜를 정하는 일은 대자연에 맡기고, 성직자들에게는 자연의 선언문을 그들이 이해할 수 있는 데까지 읽어보라고 하자. 양담쟁이 깃발이 얼마나 화려한 장막을 이루는지 보라! 어떤 공공심 있는 상인이 이 구경거리를 마련했는가? 지금 몇몇 집의 벽 전체를 뒤덮고 있는 이 양담쟁이보다 더 멋들어진 지붕널과 페인트는 없을 것이다. 절대 마르지 않는 담쟁이*라도 이 양담쟁이와 견줄 수 있다고 나는 생각지 않는다. 양담쟁이가 런던 사람들에게 널리 퍼진 것은 전혀 놀라운 일이 아니다. 그러니 단풍나무와 히코리나무와 선홍빛 떡갈나무를 아주 많이 심자. 이런 작업을 척척 진행하도록 하자! 마을이 내보일 수 있는 색깔 전부가 포탑에 걸린 지저분한 깃발천 하나밖에 되어서야 되겠는가? 계절을 알리는 이런 나무들이 없다면 마을은 완전해질 수 없다. 나무들은 마을 한복판에 선 시계처럼 중요하다. 그런 나무들이 없는 마을은 잘 돌아간다고 볼 수 없다. 나사 하나가 풀려 있고, 필수적인 요소 하나가 빠져 있는 셈이다. 봄에는 버드나무를 심고, 여름에는 느릅나무를 심고, 가을에는 단풍나무와 호두나무와 니사나무를 심고, 겨울에는 상록수를 심고, 계절에 관계없이 떡갈나무를 심자. 모든 상인이 (원하든 원하지 않든) 마차를 타고 다니는 길거리 화랑에 비하면 집 안의 화랑은 도대체 무슨 소용이란 말인가? 물론 일몰 때 우리 읍내 중심가 느릅나무들 아래에서 바라

---

* 《리시다스》의 첫 구절에서 인용한 문장이다. "오 너 월계수여, 그리고 다시 한번 / 너 갈색의 도금양이여, 영원히 시들지 않는 담쟁이와 함께." 여기에서 '영원히 시들지 않는 담쟁이'는 불멸과 부활을 상징한다.

보는 서쪽 풍경만큼 이 나라에서 볼 만한 화랑은 없을 것이다. 그런 나무들은 매일 그림이 날마다 새롭게 칠해지는 액자와 같다. 우리 마을에서 가장 큰 데다 길이가 5킬로미터 조금 못 미치는 느릅나무 한길은 비록 그 끄트머리에 C—*가 있어도 어떤 멋진 장소로 이어지는 느낌을 줄 것이다.

우울함과 미신을 물리치리면 이 마을에 밝고 기운을 북돋아주는 장관이라는 순수한 자극이 필요하다. 나에게 두 마을, 나무들로 둘러싸여 있고 10월의 온갖 아름다움으로 불타는 마을과, 나무 한 그루 없어 보잘것없는 황무지이거나 마을 사람이 목매달 나무 한두 그루밖에 없는 마을을 보여달라. 나는 후자에 가장 굶주리고 고집 센 광신자들과 지독한 술주정꾼들이 있을 것이라고 확신한다. 모든 빨래통과 우유통과 묘석을 내다 팔게 될 것이다. 주민들은 사막에 사는 아랍인들이 바위 뒤로 숨는 것처럼 갑자기 곡식 헛간과 집 뒤로 사라질 것이다. 그리고 나는 그들이 손에서 창을 들고 나오는 모습을 보게 될 것이다. 그들은 가장 각박하고도 절망적인 원칙을 기꺼이 받아들일 것이다. 이 세상이 빠르게 종말을 향해 치닫고 있거나, 이미 종말을 맞이했거나, 아니면 그들 자신이 내장이 몸 밖으로 터져 나온 것처럼 말이다. 어쩌면 그들은 서로서로 관절을 부수어버리면서 그것을 정신적 교감이라고 부를지도 모른다.

하지만 우리 화제를 단풍나무에 국한하기로 하자. 달리아 줄기에 말을 매다는 어리석은 짓을 하지 않는 대신, 만약 우리가 그 나무들을 심는 데 쏟는 노력의 절반만이라도 나무를 보호하려 애쓴

---

* 소로가 살던 지역 콩코드(Concord)를 뜻하는 부분으로 보인다.

다면 어떻게 될까? 우리 선조들이 교회에 앞서 완벽하게 살아 있는 제도, 수리도 덧칠도 할 필요 없이 그 자체로 성장하며 끊임없이 확장되고 다듬어지는 제도를 만든 의도가 무엇일까? 선조들은 분명 다음과 같이 행동했다.

> 애처롭지만 성실하게 만들었다.
> 그들 스스로는 하느님에게서 자유로울 수 없었다.
> 그들은 자신들이 알고 있는 것보다 더 잘 심었다.
> 의식 있는 나무들은 아름다운 모습으로 자랐다.[*]

진실로 이 나무들은 많은 돈을 받지 않고도 영원히 하느님께 종사하는 설교자와 같다. 반세기에 한 세기, 아니 한 세기 하고도 반세기 동안 종교적 열정과 영향력을 계속 키웠고 여러 세대를 보살폈다. 우리가 할 수 있는 최소한의 일은 그들이 노쇠해졌을 때 그들에게 어울리는 동료를 붙여주는 것이다.

붉은떡갈나무

붉은떡갈나무는 잎의 형태가 아름답기로 유명한 나무 속(屬)에 속하지만, 그중에서도 그 윤곽이 화려하고 야성적으로 아름답다는 점에서 다른 모든 떡갈나무들을 능가한다는 생각이 든다. 내가 이

---

[*] 에머슨의 시 〈문제〉에서 인용한 문장이다.

렇게 판단하는 것은 떡갈나무 12종을 익히 잘 알고 있는 데다 그 밖에도 여러 종의 떡갈나무를 그림으로 본 적이 있기 때문이다. 이 나무 아래에 서서 잎들이 하늘을 배경으로 얼마나 정교하게 그 윤곽을 드러내는지 보라. 잎의 주맥(主脈)에서 뾰족한 끝부분만 뻗어나가 있는 듯하다. 마치 십자가를 두 개에서 네 개 겹쳐놓은 것처럼 보인다. 그 잎들은 부채꼴 모양이 덜 깊게 파인 떡갈나무 잎보다 훨씬 더 가볍다. 이 잎들은 모여서 자기들만의 작은 영토을 이루었지만 뜨임새가 워낙 성글어서 햇빛에 그대로 녹아 없어질 것처럼 보인다. 듬성듬성한지라 우리 시야를 거의 가리지도 않는다. 아주 어린 나무의 잎사귀는 완전히 자란 다른 종의 떡갈나무의 잎처럼 그 윤곽이 좀 더 완전하고 단순하며 뭉뚝하다. 하지만 오래된 나무 위쪽에 높이 자라는 잎들은 그런 식물의 잎이 안고 있는 문제를 해결했다. 나뭇잎들은 위쪽으로 올라가면 올라갈수록 점점 더 승화되어 해마다 토양성에서 벗어나 빛과의 친분을 더욱 더 돈독히 하고, 마침내 지상의 물질은 되도록 줄이고 하늘의 영향을 최대한으로 폭넓게 받아들인다. 그 높은 곳에서 잎들은 빛과 손을 맞잡고 춤을 춘다. 환상적인 자세와 경쾌한 걸음걸이로 춤추는 모습은 공중의 무도장에 잘 어울리는 한 쌍의 댄스 파트너 같다. 나뭇잎들이 빛과 너무도 다정하게 뒤섞여 있는 데다 나뭇잎이 워낙 몸매가 호리호리한 데다 표면에 광택이 나기 때문에, 마침내 춤출 때 어느 쪽이 잎이고 어느 쪽이 빛인지 분간해내기가 어렵다. 산들바람도 불지 않는 때면 그 잎들은 숲이라는 창에 붙여 놓은 화려한 트레이서리*처럼 보인다.

---

* 고딕식 건축에서 창, 칸막이, 판자막이 등에 붙이는 장식 격자다.

한 달 뒤 나뭇잎들이 숲 바닥에 수북이 떨어져 내 발밑에 차곡차곡 쌓일 때면 나는 다시 한 번 그 아름다움에 매혹된다. 그때 나뭇잎들은 위쪽에는 갈색을, 아래쪽에는 자주색을 띠고 있다. 열편(裂片)은 조그맣고, 조가비 모양 홈도 거의 중앙까지 대담하게 파여 있다. 너무 값싼 재료로 만들었거나, 혹은 너무 아낌없이 돈을 쏟아부어 만든 탓에 많은 부분을 덜어내야 했던 것 같다. 혹은 나뭇잎 모양 틀로 잘라내고 남은 자투리처럼 보이기도 한다. 실제로 땅 위에 겹겹이 쌓인 낙엽을 보고 있으면 주석 조각을 쌓아 놓은 더미 같다는 생각이 든다.

낙엽 하나를 집에 가지고 가 한가할 때 난롯가에서 자세하게 살펴보라. 그것은 옥스퍼드 서체*에서 가져온 활자도 아니고, 바스크** 나 화살촉 모양 기호도 아니고, 로제타석***에서 발견한 활자도 아니다. 하지만 만약 이곳에서 돌을 간다면 언젠가 조각품으로 새겨져 널리 복제될 수밖에 없는 활자다. 또 윤곽은 얼마나 자유분방하고 보기 좋으며, 곡선과 각도는 얼마나 우아하게 결합되어 있는가! 잎이 아닌 부분과 잎인 부분, 널찍하고 자유롭게 탁 트인 결각(缺刻) 위와 길고 날카로운 억센 털처럼 뾰족한 열편 모두가 두 눈을 즐겁게 한다. 잎 끝부분을 서로 붙여놓으면 단순한 타원형 윤곽 속

---

* 영국 옥스퍼드대학교 출판부에서 사용해온 세계적으로 명성 있는 영어 서체다.
** 바스크 활자는 피레네산맥 서부 스페인과 프랑스에 걸쳐 있는 바스크 지방의 언어의 독특한 문자를 표현하기 위해 디자인한 글꼴을 말한다.
*** 기원전 196년에 고대 이집트에서 제작되어 멤피스에 세워진 석비로, 고대 이집트어로 된 법령이 위에서부터 신성 문자, 민중 문자, 고대 그리스어의 세 가지 문자로 번역되어 쓰여 있다.

에 이 모든 것이 담길 것이다. 하지만 이 단순한 윤곽이 홈 대여섯 줄기가 깊이 파인 조가비 모양 윤곽보다 훨씬 화려하다. 조가비 모양 윤곽도 바라보는 사람의 눈과 생각을 바로 사로잡을 정도로 충분히 매력적인데 말이다. 만약 내가 미술 교사라면 학생들에 이 낙엽들을 모사하게 하여 확고하고 우아하게 그림을 그릴 수 있는 법을 가르칠 것이다.

물에 빗댄다면, 그 잎은 벼랑에 둘러싸인 호수와 같다. 그 호수는 벼랑 대여섯 개가 양쪽으로 절반씩 넓고 둥글게 퍼져 거의 중간까지 뻗어 있다. 호수 후미는 가파른 강어귀처럼 저 멀리 내륙 쪽으로 펼쳐져 있고, 후미마다 멋진 여울 몇 가닥이 흘러든다. 그 모습은 마치 나뭇잎으로 이루어진 군도(群島)처럼 보인다.

하지만 그 모습은 차라리 육지를 떠올리게 한다. 디오니시우스*와 플리니우스**가 모레아***의 형태를 동양의 플라타너스에 견주었듯이,**** 이 나뭇잎을 보면 대양에 떠 있는 아름답지만 황량한 섬이 떠오른다. 광대한 대양의 해안, 평온한 해변을 두고 서로 어긋나는 둥근 후미들, 아주 뾰족한 바위 곶은 인간이 살기에 적합한 곳으로 마침내 문명의 중심이 될 것이 틀림없었다. 뱃사람의 눈에는 해안선이 들쭉날쭉해 보일 것이다. 실제로 그것은 공중 바다의 해변

---

*   기원전 3세기에 활약한 마우리아 제국 주재 그리스 대사다.
**   서기 1세기에 활동한 로마 제국의 정치인, 작가, 박물학자, 해군 제독인 대(大) 플리니우스를 뜻한다. 저서《박물사》에서 디오니시우스를 언급했다.
***   그리스의 펠로폰네소스 반도의 옛 이름이다.
**** 스코틀랜드의 식물학자이자 정원 설계자인 존 클로디어스 라우든(John Claudius Loudon, 1782~1843)의 저서《영국의 나무와 관목》(1844)에서 인용한 문장이다.

으로, 바람에 밀려드는 파도가 그곳에 부딪치고 있지 않은가? 이런 잎을 보고 있노라면, 바이킹족이나 해적이나 불법 용병까지는 아니더라도 우리 모두가 뱃사람이 된다. 휴식을 취하고 싶은 간절한 마음과 모험심이 모두 충족된다. 무심결에 힐끗 쳐다봐도, 만약 그 날카로운 곶들을 돌아가는 데 성공하면 널찍한 후미에서 깊고 평온하고 안전한 피난처를 발견하게 될지도 모른다. 곶들이 둥글어서 등대를 설치할 필요가 없는 흰떡갈나무 잎과는 얼마나 차이가 나는가! 저곳은 유구한 시민 역사를 지닌, 영국과 같은 곳으로 곧 연구 대상이 될 것이다. 반면 이곳은 아직 개척하지 않은 뉴펀들랜드나 셀레베스*일 것이다. 그곳에 가서 영주 노릇을 해도 좋을까?

다른 떡갈나무들이 대체로 시드는 10월 26일쯤이 되면 붉은떡갈나무의 단풍은 절정에 이른다. 지난 1주간 붉은떡갈나무들은 단풍에 조금씩 불을 붙였고 이제는 나무 전체가 한꺼번에 활활 타오르고 있다. 토착 낙엽수 중에서 오직 이 나무만이 지금 찬란한 단풍을 자랑한다. (층층나무도 있지만 그 나무는 큰 관목을 이룰 뿐이고 나는 대여섯 그루밖에 그 나무를 알지 못한다.) 단풍이 드는 시기로는 사시나무와 사탕단풍나무 두 종류가 붉은떡갈나무와 가장 가깝다. 상록수 중에서는 보통 리기다소나무만이 가장 선명한 색깔을 간직하고 있다. 하지만 늦게 찾아온 붉은떡갈나무의 예상치 못한 찬란한 모습을 감상하려면, 이 현상에 대한 강한 애착은 아닐지라도 적어도 각별한 주의가 필요하다. 나는 이곳에서 흔히 볼 수 있지만 지금은

---

* 뉴펀들랜드는 캐나다 동해안의 섬과 래브라도 반도의 일부로 이루어진 지역이고, 셀레베스는 인도네시아 공화국의 한 섬이다.

시들어 있는 작은 나무들과 관목에 대해 말하는 것이 아니라 큰 나무들에 대해 말하고 있다. 대부분의 사람들은 가장 찬란하고 기억에 남을 만한 단풍의 일부만 보고, 아직 그 불꽃이 피어오르지도 않았는데도 을씨년스럽고 아무 색깔도 없는 11월이 벌써 왔다고 생각하고는 집 안에 들어가 문을 꼭 닫아버린다.

탁 트인 목초지에 높이가 12미터쯤 되는 완벽한 붉은떡갈나무가 활기차게 서 있다. 이 나무는 11월 12일에 꽤 반짝이는 초록색을 띠고 있었는데, 지금 26일에는 완전히 선명한 짙은 주홍색으로 변해 있다. 당신과 태양 사이에 있던 잎 하나하나를 마치 주홍색 물감에 담가놓았던 것처럼, 그렇게 짙은 색깔을 자랑하면서 말이다. 나무 전체가 색깔은 물론 형태에서도 하트 모양과 아주 닮았다. 이 정도 나무라면 기다릴 만한 가치가 있지 않은가? 불과 열흘 전만 해도 차가운 느낌의 저 초록색 나무가 이렇게 화려한 색깔로 옷을 갈아입으리라고는 미처 생각하지 못했다. 다른 나무들의 잎들은 그 주변에 떨어지고 있는데 이 나무의 잎들은 아직도 나무에 단단히 매달려 있다. "나는 맨 마지막에 붉은 옷으로 갈아입을 테지만, 너희 중 누구보다도 훨씬 더 붉은 옷을 입을 테야. 나는 지금 붉은 외투를 입고 꾸물거리며 너희들 뒤를 쫓아가고 있어. 하지만 떡갈나무 중에서 오직 붉은떡갈나무 우리만이 싸움을 포기하지 않았지"라고 말하는 것 같다.

10월이 한참 지났는데도 수액이 봄철 단풍나무처럼 붉은떡갈나무에 빠르게 흐르고 있다. 다른 떡갈나무들은 대부분 지금 시들었으니 이 나무의 선명한 색깔은 분명히 이 현상과 관련이 있다. 붉은떡갈나무는 생명력이 흘러넘친다. 칼로 나무에 구멍을 뚫고 받아

수액, 이 강한 떡갈나무 포도주를 맛보면 도토리처럼 기분 좋은 떫은맛이 난다.

너비가 400미터쯤 되는 이 삼림지대 계곡을 가로질러 바라보면 소나무 숲에 둘러싸인 붉은떡갈나무들이 보인다. 이 나무들, 선명하게 붉은 가지들이 소나무와 가깝게 뒤섞여 어우러지는 모습은 얼마나 화려한가! 그곳에서 붉은떡갈나무들은 더할 나위 없이 완벽한 효과를 자아내고 있다. 소나무 가지들은 붉은 꽃잎에 달린 초록색 꽃받침이다. 또는 우리가 숲속 오솔길을 따라 걸을 때면, 태양이 뒤쪽에서 숲을 비추며 떡갈나무들의 붉은 텐트를 밝게 비춘다. 그 모습이 양쪽 소나무들의 투명한 초록색과 뒤섞여 그야말로 장관을 연출한다. 만약 그런 대조를 이루는 상록수가 없다면, 가을 단풍은 그 효과를 상당 부분 잃어버릴 것이다.

붉은떡갈나무에는 10월 하순의 청명한 하늘과 화창한 날씨가 필요하다. 청명한 하늘과 화창한 날씨가 그 색깔을 두드러지게 한다. 태양이 구름 속에 자취를 감추면 붉은떡갈나무들은 그다지 뚜렷해 보이지 않는다. 우리 마을의 남서쪽 절벽에 앉아 있노라면, 태양이 낮아지면서 내가 앉아 있는 곳에서 남쪽과 동쪽에 있는 링컨 숲을 비춘다. 그러면 숲 햇살을 고르게 받아 빛난다. 숲 전체에 고르게 분포하는 붉은떡갈나무는 내가 생각했던 것보다 훨씬 화려한 붉은색을 띠고 있다. 심지어 지평선까지 그쪽 방향에서 보이는 붉은떡갈나무들은 모두 뚜렷하게 붉은색을 띠고 있다. 몇몇 덩치 큰 붉은떡갈나무가 옆 마을의 숲 위로 높이 붉은 등을 들어 올리는 모습은 마치 섬세한 꽃잎을 수없이 매달고 있는 큼직한 장미 같다. 또 지평선 경계를 이루는 동쪽 파인힐*의 작은 스트로부스소나무 숲에도 좀 더 날씬한 붉은떡갈나무가 몇 그루 자란다. 그 나무들은 숲 가장자리의 소나무들과 엇갈리기도 하고 어깨를 나란히 하기도 한다. 그 모습이 마치 초록색 옷을 입은 사냥꾼들 한가운데 서 있는 붉은 제복의 군인들 같다. 이제 링컨의 초록색 차례다. 해가 낮게 질 때까지도 나는 숲의 군대에 붉은 옷을 입은 영국 군인들**이 그렇게도 많이 있을 거라고는 믿지 않았다. 그들이 입고 있는 옷은 강렬하게 불타는 것 같은 붉은색으로, 그들을 향해 가까이 가면 갈수록 그 색깔의 강도가 약해지는 것 같다. 잎사귀에 담긴 색의 농도가 이렇게 멀리 떨어진 곳에서는 잘 드러나지 않고 천편일률적으로 붉게 보이기 때문이다. 반사된 색깔의 초점은 이쪽 방향으로 멀리 대기 속에 놓여 있다. 그런 나무 한 그루 한 그루가 말하자면 붉은색의 핵이 되고, 일몰의 태양과 함께 그 색이 점점 더 빛을 발한다. 그것은 부분적으로 빌려온 불로, 당신의 눈에 들어오는 태양빛에서 그 힘을 얻은 것이다. 그 나무에는 꽤 칙칙한 붉은 잎들이 매달려 있지만, 그 자체로는 불이 되지 못하고 활력을 회복하는 지점이나 불쏘시개 역할을 할 뿐이다. 하지만 잎들은 이내 대기에서 연료를 찾아 강렬한 자주색이나 붉은색을 띠는 안개 또는 불이 되어 타오른다. 붉은색에는 생기가 너무나 흘러넘친다. 이 계절 이 시간에는 울타리 그 자체가 장밋빛 햇살을 반사한다. 그래서 실제보다 훨씬 더 붉

---

* 콩코드와 링컨 중간에 위치한 빙퇴구(氷堆丘) 언덕. 소로는 이곳에서 산책하고 크랜베리를 채취하곤 했다.
** 미국 독립전쟁 당시 영국 군인들은 붉은 제복을 입고 있었다.

은색을 띠는 나무를 보게 된다.

만약 붉은떡갈나무의 수를 세고 싶다면 지금 그렇게 하라. 날이 맑게 갠 날 태양이 일출 후 1시간쯤 솟아올랐을 때 숲속 언덕에 서라. 그러면 서쪽을 제외하고 당신의 시야 안에 있는 모든 나무가 훤히 드러나 보일 것이다. 그렇지 않고서는 무드셀라만큼 오래 살아도 그 광경을 조금도 보지 못할지 모른다. 하지만 날씨가 어두운 날에도 나는 이따금 그 나무들이 전에 본 모습처럼 화려하다고 생각한 때가 있다. 서쪽을 바라보면 그 색은 활활 타오르는 빛에 묻혀버리지만 다른 방향에서는 숲 전체가 꽃밭이 되어, 뒤늦게 핀 장미들이 초록색과 번갈아가며 붉게 불타고 있다. 그러는 동안 이른바 '정원사'들은 삽과 물뿌리개를 들고 그 아래를 이곳저곳 걸어 다니다, 시들어버린 낙엽 사이에서 겨우 조그마한 해국 몇 송이를 보게 될지도 모른다.

붉은떡갈나무들이 나의 과꽃, 나의 정원에서 철 늦게 피는 꽃들이다. 그래서 정원사를 고용할 비용은 전혀 들지 않는다. 숲 전체에 떨어지는 낙엽은 내 식물들의 뿌리를 보호해주고 있다. 눈으로 볼 수 있는 만큼만 바라보라. 그러면 굳이 당신의 땅을 더 깊게 파지 않더라도 정원을 가질 수 있다. 시야를 조금 올려보기만 하면 숲 전체가 정원으로 보일 것이다. 숲의 꽃이라고 할 붉은떡갈나무의 단풍은 (적어도 단풍나무 이후로는) 화려함에서 모든 나무들을 능가하지 않는가! 어쩌면 붉은떡갈나무가 단풍나무보다 훨씬 나의 관심을 *끄는*지도 모른다. 이 나무들은 숲 전체에 널리 골고루 퍼져 있으며, 전체적으로 강인하고 좀 더 고상한 나무들이다. 게다가 우리 마을의 11월을 장식하는 중요한 꽃이기도 하며, 우리와 함께 다가오는 겨울을 기다리고 11월 초의 경치에 따스함을 더해준다. 붉은떡 갈나무가 널리 퍼져 있는 데다, 한 해가 지날 무렵 이 나무가 뒤늦게 발하는 밝은 색깔이 모든 색깔 중에서도 가장 강렬하고 깊고 짙은 주홍색이라는 점이 그저 놀라울 뿐이다. 그 나무는 한 해 과일 중 가장 잘 익은 과일이고, 이듬해 봄까지는 먹을 만큼 완전히 익지 않을, 저 추운 오를레앙섬*에서 따온 단단하고 윤기 나는 붉은 사과의 뺨과도 같지 않은가! 작은 산꼭대기에 올라가면 저 멀리 지평선까지 사방으로 우람한 떡갈나무 수천 그루가 마치 장미꽃처럼 널리 퍼져 있는 광경이 보인다. 6킬로미터에서 8킬로미터쯤 떨어진 곳에서도 그 멋진 모습에 감탄할 수 있다니! 지난 2주 동안 어김없이 볼 수 있는 광경이 아니었던가! 이 때늦은 숲의 꽃은 봄이나 여름에 피었던 그 어떤 꽃도 능가한다. 봄이나 여름 꽃들의 색깔은 붉은떡갈나무 잎에 비하면 (초라하기 그지없는 풀과 덤불 사이를 산책하는 근시안들을 위한 색으로) 한낱 아주 가냘픈 반점에 지나지 않고, 사물을 먼 곳을 볼 수 있는 사람에게는 아무런 인상도 주지 못했다. 지금 우리가 날마다 지나다니는 광활한 숲이나 산허리에 꽃이 활짝 피어난다. 자연의 원예와 비교해보면 우리의 원예는 그 규모가 너무 보잘것없다. 우리의 정원사는 이를테면 기껏해야 말라죽은 잡초 틈에 피어난 해국 몇 포기를 돌보느라, 그의 머리 위로 그림자를 드리우고 그의 손길이 조금도 필요하지 않은 엄청난 해국과 장미가 있다는 사실은 알지도 못한다. 마치 받침 접시에 묻은 조그마

---

* 캐나다 퀘벡시 시내에서 동쪽으로 약 5킬로미터 지점에 있는 세인트로렌스강의 섬으로, 사과를 비롯한 과일 생산지로 유명하다.

한 붉은 물감 바탕을 저녁놀이 진 하늘에 비춰보고 있는 것과 같다. 어찌하여 시야를 좀 더 높고 넓게 바꾸어 저 위대한 정원을 걷지 못하고, 한쪽 귀퉁이에서 살금살금 걸어다니기만 하는가? 어찌하며 울타리 안에 가둔 화초 몇 포기만 보느라 숲 전체의 아름다움을 생각하지 못하는가?

이제 좀 더 모험적인 산책에 나서 작은 산에라도 올라가보도록 하라. 10월 말쯤 마을 주변의 아무 산이라도 올라가 숲을 내려다보라. 그러면 당신은 내가 지금까지 묘사하려고 애쓴 모습을 보게 되리라. 만약 당신이 그 모습을 볼 마음의 준비가 되어 있고 그 풍경을 찾아보려 한다면, 이 글에서 이야기한 모든 것뿐 아니라 그 이상을 보게 될 것이다. 그렇지 않으면 이러한 현상이 아무리 흔해도, 당신이 작은 산꼭대기나 계곡에 서 있을 때도, 한 해 중 이즈음의 숲은 으레 갈색으로 말라버린 것이려니 하고 70 평생 내내 생각할 것이다. 사물이 우리 시야에서 가려지는 것은 그것이 우리 시선이 닿는 범위 밖에 있기 때문이 아니라, 우리가 마음과 눈을 그 사물에 집중하지 않기 때문이다. 눈 자체는 다른 점액성 물질과 마찬가지로 사물을 보는 능력이 있는 것은 아니기 때문이다. 우리는 사물을 볼 때 얼마나 멀고 넓게, 또는 얼마나 가깝고 좁게 봐야 할지 잘 모른다. 그렇기 때문에 자연의 많은 현상이 평생 우리 눈에 드러나지 않는다. 정원사는 오직 자신의 정원밖에는 보지 못한다. 정치경제학에서처럼 여기에서도 공급은 수요에 상응한다. 대자연은 돼지 앞에 진주를 던져주지 않는다.* 자연 경관에서 우리는 감상할 마

---

* "거룩한 것을 개에게 주지 말고, 너희의 진주를 돼지 앞에 던지지 말아라. 그들이

음의 준비가 된 만큼의 아름다움만 볼 뿐 그 밖의 것은 눈곱만큼도 더 볼 수 없다. 한 사람이 작은 산꼭대기에서 실제로 바라보는 대상은 관찰자가 서로 다른 만큼 다르게 보인다. 그 사물 자체도 다른 사람이 바라보는 사물과 차이가 난다. 어떤 의미에서 붉은떡갈나무는 당신이 앞으로 나아갈 때 분명히 이미 당신의 눈 속에 들어 있다. 우리는 어떤 것에 대한 생각에 열중하고 머릿속으로 받아들일 때까지는 아무것도 볼 수 없다. 그러다 생각이 자리 잡으면 그 외에 다른 것은 거의 볼 수 없게 된다. 식물원을 산책할 때 나는 한 식물에 대한 생각이나 이미지가 내 머릿속을 사로잡는 것을 알아차린다. 비록 그 식물이 허드슨만*만큼이나 멀리 떨어진 곳에서 올 법한, 이런 장소에서는 이질적인 식물이라도 말이다. 몇 주 또는 몇 달 동안 그 식물을 계속 생각하면서 무의식적으로 기대하다 보면 마침내 그 식물을 만나게 된다. 이것이 내가 이름을 댈 수 있는 희귀 식물을 20가지 넘게 발견한 내력이다. 사람은 자기에게 관심 있는 것만을 보는 법이다. 풀 연구에 전념하는 식물학자는 아무리 당당한 떡갈나무도 목초지에 있으면 구별하지 못한다. 말하자면 그는 산책하면서 자기도 모르는 사이에 떡갈나무들을 짓밟거나 기껏해야 자기 그림자만 볼 뿐이다. 똑같은 장소에서도 심지어 골풀과 식물과 벼과 식물처럼 서로 동일한 종류에 속하는데도 다른 식물들을 보려면 다른 눈썰미가 필요하다. 예전에 나는 골풀과 식물을

발로 그것을 짓밟고, 되돌아서서, 너희를 물어뜯을지도 모른다."(《마태복음》7장 6절)

* 캐나다 북동부에 있는 얕고 넓은 만이다. 국제 수로 기구는 허드슨만을 북극해의 일부로 본다.

찾으면서 벼과 식물 한가운데 있었는데도 그 사실을 알아채지 못했다. 그러므로 서로 다른 분야의 지식에 정성을 쏟으려면 얼마나 많은 눈썰미와 정신의 의도가 필요하겠는가! 시인과 과학자는 사물을 얼마나 다르게 바라보는가!

뉴잉글랜드의 행정 위원 한 사람을 골라 우리 마을에서 가장 높은 산 위로 데리고 가서 경관을 바라보고 자세히 보고하도록 해보라. 시력을 최대한 예민하게 하고 그에게 가장 잘 어울리는 안경을 끼고(그가 원한다면 쌍안경을 사용하여) 말이다. 그가 무엇을 보게 될까? 그는 무엇을 보려고 할까? 물론 그는 자신이 비친 브로켄 요괴*를 보게 될 것이다. 그는 적어도 공회당 몇 군데를 볼 것이고, 어쩌면 누군가가 멋진 조림지를 소유하고 있으므로 자신보다 훨씬 높은 세금을 부담해야 한다는 사실을 깨닫게 될 것이다. 이제 율리우스 카이사르나 에마누엘 스베덴보리**나 피지섬 주민 한 사람을 골라 그를 그곳에 세워보기로 하자! 아니면 그들 모두를 함께 그곳에 세워놓고, 뒤에 그들이 관찰한 보고서를 비교해보도록 하자. 세 사람은 똑같은 광경을 즐긴 것처럼 보일까? 그들이 보게 될 것은 로마가 천국이나 지옥과 서로 다른 만큼, 지옥이 피지 군도와 다른 만큼이나 다르게 보일 것이다. 모르긴 몰라도 그 사람들처럼 낯선 사람이 늘 우리 가까이에 있다.

도요새와 멧도요 같은 보잘것없는 사냥감을 쏘아 떨어뜨리는 데

---

* 태양을 등지고 산꼭대기에 섰을 때 구름에 크게 비치는 자기 그림자를 뜻한다.

** Emanuel Swedenborg, 1688~1772. 스웨덴의 신학자이자 과학자로 1734년에 태양계의 형성에 대한 가설인 성운 가설을 제창한 것으로 유명하다. 에머슨이 초월주의 사상을 정립하는 데 영향을 끼친 인물 중 한 사람이다.

는 명사수가 필요하다. 조준을 아주 잘해야 하고 겨누는 대상을 잘 알고 있어야 한다. 도요새들이 하늘을 날고 있다는 말을 듣고 하늘에 대고 총을 난사한다면, 그가 사냥감을 잡을 기회는 아주 적을 것이다. 아름다움을 향해 총을 쏘는 사람도 이와 마찬가지다. 만약 그가 계절과 새의 서식지와 날개 색깔을 미리 알고 있지 않으면, 하늘이 무너질 때까지 기다려도 그는 어떤 사냥감도 잡지 못할 것이다. 그가 그 새에 관해 꿈을 꾸며 새를 어떻게 사냥할지 예측하지 않는다면 말이다. 그런 지식을 알고 나면 그는 심지어 커다란 옥수수밭에서조차 발걸음을 옮길 때마다 새가 높이 날아오르고, 양쪽 총구로 날개를 향해 정확히 두 발을 쏠 수 있게 된다. 이렇듯 사냥꾼은 몸을 끈기 있게 단련하고, 복장을 갖추고, 경계를 늦추지 않고, 특정한 사냥감을 잡고자 탄약을 장전하고 철저하게 준비한다. 그는 그 일을 위해 기도하고 제사를 지내어 사냥감을 손에 넣는다. 눈과 손을 단련하고 깨어 있으나 잠을 잘 때나 그 목표를 잊지 않으며 오랫동안 필요한 준비를 한 다음, 엽총과 보트와 노를 가지고 대부분의 마을 사람들이 한 번도 눈으로 목격하거나 꿈도 꾸지 못한 초원 닭을 잡으러 나선다. 그는 하루 종일 식사도 거른 채 맞바람을 맞으며 몇 킬로미터나 노를 젓고 무릎까지 빠지는 물을 걸어서 건넌 뒤에야 비로소 사냥감을 잡는다. 그는 집을 나설 때 이미 사냥감을 절반쯤 사냥감 부대에 넣은 셈이고, 이제는 부대 속에 완전하게 밀어 넣기만 하면 된다. 진정한 사냥꾼은 어떤 사냥감이라도 자기 집 창문에서도 쏘아 맞힐 수 있다. 그렇지 않다면야 창이나 눈이 도대체 왜 필요하겠는가? 사냥감은 마침내 그의 총신 위에 내려앉는다. 하지만 나머지 세상 사람들은 날개로 덮여 있는 총신을 전혀 보지 못한다. 기러기들이 정확하게 그가 서 있는 곳 위 하늘로 날아가다 그곳에 도착해 끼룩끼룩 울고, 그는 굴뚝 위로 총을 쏘아 먹거리를 준비할 것이다. 그가 총을 쏘기 전에 사향뒤쥐 20마리가 그가 쳐놓은 덫을 모두 피해간다. 만약 그가 살아 있고 그의 사냥 정신이 자라난다면 하늘과 땅은 사냥감보다도 훨씬 일찍 그를 저버릴 것이다. 그가 죽으면 그는 좀 더 넓은, 어쩌면 좀 더 행복한 사냥터로 가게 될 것이다. 낚시꾼 역시 물고기를 꿈꾸고, 부엌 개수대 배수구에서 물고기를 낚을 수 있겠다고 여길 때까지 꿈속에서도 낚시찌가 위아래로 움직이는 것을 본다. 나는 허클베리를 따러 간 한 소녀가 어느 누구도 구스베리가 있는 것을 알아차리지 못했던 곳에서 야생 구스베리를 몇 리터나 딴 것을 잘 알고 있다. 고향 마을에서 그 열매를 따는 일에 익숙해졌기 때문이다. 천문학자는 별을 관찰하러 갈 때 어디로 가야 하는지 잘 알고 있을뿐더러 누군가가 망원경으로 보기에 앞서 마음속으로 별들을 뚜렷하게 본다. 암탉은 서 있는 자리 바로 밑에 있는 흙을 파헤쳐 먹이를 찾지만, 매는 그런 방식으로 먹이를 찾지 않는다.

내가 지금까지 언급한 화려한 단풍잎들은 예외적인 현상이 아니라 일반적인 현상이다. 내가 생각하기에 모든 나뭇잎, 심지어는 풀과 이끼마저도 스러지기 바로 직전에 좀 더 선명한 색깔을 띤다. 아무리 보잘것없는 식물일지라도 주의 깊게 그 변화를 관찰해보면, 조만간 각각의 식물이 저마다 특유의 가을 빛깔을 띤다는 것을 알게 될 것이다. 만약 당신이 선명한 가을 빛깔의 목록을 완벽하게 작성하고자 한다면, 아마 그 목록은 틀림없이 당신 마을 주변의 모든 식물을 기록한 목록만큼이나 길어질 것이다.

사랑

남성과 여성이 상대방에게 서로 그토록 끌리는데 정작 그들의 본
질적인 차이가 무엇인지는 아직껏 누구도 만족스러운 답을 내놓지
못했다. 어쩌면 남성이 지혜의 영역에 속하는 반면, 여성은 사랑의
영역에 속한다는 구별이 옳다고 인정해야 할지 모르겠다. 물론 이
두 가지 특성이 남성이나 여성 어느 한쪽에만 전적으로 속한다고
볼 수는 없지만 말이다. 남성은 여성에게 "왜 당신들은 좀 더 현명
해지려 하지 않나요?"라고 끊임없이 묻는다. 한편 여성은 남성에게
"왜 당신들은 좀 더 애정을 가지려 하지 않나요?"라고 끊임없이 말
한다. 현명해지거나 애정을 가지는 것은 그들의 의지에 달려 있지
않다. 하지만 각자 현명해지지도 동시에 애정을 가지지도 않는다
면, 지혜도 사랑도 있을 수 없을 것이다.
　비록 다른 방식이나 다른 감각으로 가치를 인정하더라도, 결국
모든 초월적 선은 궁극적으로 하나다. 아름다운 모습에서 우리는

지극한 선을 보고, 음악을 들으며 지극한 선을 귀로 듣고, 향기로운 것에서 지극한 선의 냄새를 맡고, 맛있는 음식에서 순수한 미각으로 지극한 선을 느끼고, 흔치 않은 건강에서 온몸으로 지극한 선을 느낀다.

겉모습이나 징후로는 다양하게 나타나지만, 우리는 근본적인 동일성을 표현하지는 못한다. 연인은 일몰이 서쪽 하늘을 물들이는 노을과 똑같은 아름다움을 자신이 사랑하는 사람의 눈빛에서 본다. 그것은 여기서는 한 인간의 눈꺼풀 밑에 숨어 있고 저기서는 하루를 마무리하는 황혼 녘의 눈꺼풀 밑에 숨어 있기도 하지만 결국 같은 다이몬*이다. 여기 작은 영역 안에 태곳적의 자연스러운 아침과 저녁의 아름다움이 있다. 어떤 사랑에 빠진 천문학자가 일찍이 눈(眼) 속에 담긴 영묘한 깊이를 헤아려보았을까?

젊은 아가씨들은 들판에 피어오른 어떤 꽃받침보다도 더 아름다운 꽃과 달콤한 열매를 숨기고 있다. 만약 그녀가 자신의 순결함과 고결한 결심을 신뢰하며 다소곳이 얼굴을 돌린 채 걸어간다면, 하늘은 회상에 잠기고 모든 자연이 겸손하게 그녀가 자신의 여왕이라고 고백할 것이다.

이런 감정의 영향을 받으면 남성은 영원한 아침의 서풍에 맞춰 저절로 울리는 에올리언 하프(Aeolian harp)** 줄 한 가닥이 된다.

---

*　고대 그리스와 헬레니즘의 신화·종교·철학에 나오는, 인간과 신들 중간에 위치하는 수호신이나 죽은 영웅의 영혼 등을 가리킨다. 모든 종류의 '영혼'에 가깝지만 뒷날 기독교 문명권에서는 '데몬(daemon, demon)', 즉 '악령'으로 간주했다.

**　바람이 불면 저절로 소리가 나는 현악기의 한 종류로, 그리스 신화에 나오는 바람의 신 아이올로스의 이름을 땄다. 호메로스의 《오디세이아》에서 트로이 전쟁을

언뜻 보기에 사랑의 통속성에는 사소한 무언가가 있는 듯하다. 지난날 이 강둑을 따라 아주 많은 인디언 청춘남녀가 인간을 개화시키는 이 위대한 존재의 영향에 무릎을 꿇었다. 그런데도 우리 세대는 사랑에 대해 혐오감을 느끼지도 낙담하지도 않는다. 사랑은 개인만의 경험이 아니기 때문이다. 우리는 불완전한 매개체지만 사랑은 우리의 불완전성을 다른 이들과 나누지는 않는다. 우리는 유한한 존재지만 사랑은 무한하고 영원하다. 어떤 종족이 거주하든 이 강둑에는 성스러운 영향이 똑같이 뒤덮여 있고, 어쩌면 인류가 이곳에 살지 않는 날이 오더라도 여전히 이곳에 머물러 있을 것이다.

본능은 아마 실제하는 가장 격렬한 사랑을 겪으면서도 여전히 살아남을 것이고, 그런 사랑은 완전한 포기나 지나친 헌신을 막고 가장 열렬한 연인이 조금이나마 정열을 자제할 수 있게 해준다. 그것은 변할지도 모른다는 기대감이다. 가장 열렬히 사랑하는 연인도 실제로는 현명하며 영원히 지속될 사랑을 구한다.

이 세상에 낭만적인 우정이 아주 드물다는 점을 고려하면, 그토록 많은 사람들이 결혼한다는 것은 놀랄 만한 일이다. 사람들이 자신들의 특수한 재능을 고려하지도 않고 너무 쉽게 본성에 굴복하는 것처럼 보이기도 한다.

우리는 배우자를 찾으려고 좀 더 노력을 기울이지도 않고서 그만 사랑에 취해버릴 수도 있다. 대부분 결혼의 기저에는 분별력보다는 착한 품성이 더 많이 작용한다. 하지만 착한 품성은 훌륭한 정

끝내고 귀향하는 오디세우스에게 배를 순항시킬 바람 주머니를 주는 신이다.

신이나 지성의 목소리에 귀를 기울여야 한다. 만약 상식을 따랐더라면 이 세상 수많은 결혼이 결코 성립되지 않았을 것이다. 만약 비범하거나 신성한 분별력을 따랐더라면 우리가 목격하는 것과 같은 결혼은 거의 성립되지 않을 것이 아닌가!

우리의 사랑은 상승할 수도, 하강할 수도 있다. 만약 이렇게 노래한다면 사랑의 특징은 과연 무엇이 될 것인가?

　우리는 천상의 영혼을 존중해야 하지만
　우리가 사랑하는 것은 지상의 영혼뿐이네.

사랑은 엄격한 혹평가와 같다. 차라리 증오가 사랑보다 눈감아주는 것이 훨씬 많다. 보람 있게 사랑하기를 갈망하는 사람들은 그어떤 시련보다 훨씬 엄중한 시련을 겪어야 한다.

당신의 연인은 당신의 가치가 높아질수록 더욱 확실히 친밀해지려는 유형의 사람인가? 당신의 고귀한 마음에, 당신만의 독특한 덕성에 매력을 느끼고 관계를 계속 유지하려 하는가? 아니면 그러한 것에 무관심하고 그런 면을 알아보는 눈이 없는 사람인가? 당신이 출세가도를 달리지 못할 때면 그녀에게 아첨하면서 사랑을 얻어야 하는가? 그렇다면 당신은 그녀와 헤어질 필요가 있다.

사랑은 불꽃 못지않게 빛이 되어야 한다.

통찰이 없는 곳에서는 아무리 가장 순수한 영혼의 행위도 상스럽게 비춰질지도 모른다. 섬세하게 인식하는 남성은 단순히 감상적인 여성보다도 훨씬 더 진정으로 여성적이다. 마음은 맹목적이지

242

만 사랑은 맹목적이지 않다.* 그 어떤 신도 그처럼 분별력이 있지는 않다.

사랑과 우정에서 우리는 감정만큼이나 상상력을 많이 발휘한다. 감정과 상상력 중에서 어느 한쪽이 유린당하면 다른 쪽도 소원해지게 된다. 대체로 먼저 상처 입는 쪽은 감정보다 상상력이다. 그만큼 상상력은 민감하다.

둘을 비교해서 보면, 감정에 대한 잘못은 용서받을 수 있지만 상상력에 대한 잘못은 용서받을 수 없다. 상상력은 모든 것을 잘 알고 있다. 어떤 것도 상상력의 높은 둥지에서 내려다보는 시야를 피할 수 없다는 것도, 상상력이 우리의 가슴을 통제한다는 것도 말이다. 나의 감정은 여전히 계곡 쪽으로 가고 싶다고 갈망하지만, 나의 상상력은 나를 가로막은 계곡 절벽에서 내가 뛰어내리지 못하게 할 것이다. 만약 내가 뛰어내리면 상상력은 상처를 입고 그 날개가 바닷물에 잠기는 데다, 떨어지는 동시에 날 수는 없기 때문이다. 어떤 시인은 상상력을 두고 우리의 "실수투성이의 마음이여!"라고 노래한다. 상상력은 결코 잊는 법이 없다. 그것은 기억 그 자체다. 상상력은 토대가 없지만 아주 합리적이다. 오직 상상력만이 지성의 지식을 모조리 사용한다.

사랑은 모든 비밀 중에서 가장 심오한 비밀이다. 심지어 가장 사랑하는 사람에게조차 밝혀지면 그것은 더는 사랑이 아니게 된다. 마치 당신을 사랑한 것은 순전히 나뿐인 것처럼 말이다. 사랑은 멈

---

* "사랑은 눈이 멀었고, 연인들은 자신의 어리석음을 볼 수 없네."(《베니스의 상인》 2막 6장)

추고 나서야 비로소 밝혀진다.

우리는 사랑하는 사람과 교제할 때 끝에 가서 목소리를 높이지 않아도 되는 질문, 물음표를 붙이지 않아도 되는 질문에 대한 답을 찾았기를 바란다. 모든 면에서 똑같이 신뢰할 수 있고 보편적인 목적에 맞는 답을 바랄 뿐이다.

나는 당신이 다른 사람이 말해주지 않아도 모든 것을 알 필요가 있다고 생각한다. 내가 사랑하는 사람과 헤어진 것은 그녀에게 꼭 해야 할 말이 한 가지 있었기 때문이다.* 그녀는 내게 의문을 품었다. 그녀는 공감으로 모든 것을 헤아렸어야만 했다. 내가 그녀에게 그것을 말해야 했다는 사실이 우리 사이의 차이점, 즉 오해였다.

연인의 귀에는 다른 사람이 무슨 말을 해도 도무지 들리지 않는다. 다른 사람의 말은 흔히 잘못되거나 진부한 것이기 때문이다. 하지만 보초들이 트렌크**가 땅을 파는 소리를 듣고 두더지가 땅을 파는 소리라고 생각했듯이, 연인도 사실 주변에서 무슨 일이 벌어지는지 듣고 있다.

연인의 관계는 여러 방식으로 더럽혀질 수 있다. 두 사람이 그 관계를 똑같이 신성하게 여기지 않을지도 모른다. 자신이 사랑하는 사람이 주술과 미약(媚藥)을 다룬다는 사실을 안다면 과연 어떻게 되겠는가! 그녀가 천리안을 가진 사람과 상담했다는 말을 듣는다

---

* 1839년에 소로는 유니테리언 교회 목사 딸인 엘런 수얼(Ellen Sewall, 1822~1892)에게 청혼했다가 거절당한 적이 있다. 그 뒤 그는 평생 독신으로 살았다.
** Friedrich von der Trenck, 1726~1794. 프러시아의 장교이자 탐험가로, 1754년에 프리드리히 대제의 명으로 수감되었다. 감옥에 갇혀 있는 10년 동안 그는 여러 번 땅을 파서 탈출을 시도했다.

면 어떻게 되겠는가! 사랑의 마법은 즉시 깨져버릴 것이다.

거래할 때 값을 깎고 흥정하는 것이 나쁘다면, 사랑할 때는 훨씬 더 나쁘다. 사랑은 화살처럼 똑바로 나아가는 성질이 필요하다.

연인이 내게 어떤 사람인지만 생각하다 보면, 친구가 진정으로 어떤 사람인지는 제대로 보지 못할 위험이 있다.

연인은 어떤 편애도 원하지 않는다. 내게 친절하게 대하는 만큼 공평하게도 대하라고 말한다.

> 그대는 그대의 정신으로 사랑하고
> 가슴으로 판단할 수 있는가?
> 그대는 사랑하는 마음으로
> 친절을 베풀 수 있는가?

> 그대는 육지, 바다, 공중을 누비며
> 그 모든 곳에서 나를 만날 수 있는가?
> 무슨 일이 있어도 나는 그대를 쫓으리.
> 모든 사람을 물리치고 그대에게 구애하리.

내게는 당신의 사랑만큼이나 당신의 증오도 필요하다. 당신이 내 안에 있는 악을 물리칠 때, 당신은 나를 전적으로 거부하지는 않을 것이다.

> 비록 내가 아무리 곰곰이 생각해도
> 내 모든 사랑과 내 증오 중에서

어느 쪽이 입을 열기 더 쉬운지
정말이지, 정말이지 나는 말할 수 없네.
당신이 역겹다고 내가 말할 때도
확실히, 확실히 당신은 나를 믿을 것이오.
아, 나는 당신을 기꺼이 압도할
증오심으로 당신을 증오하오.
하지만 사랑하는 나의 친구여,
내 의지와는 어긋나게 가끔
나는 여전히 당신을 사랑할 때가 있네.
순수하고 편견 없는 증오가
조금 줄어들었다는 것은
우리 사랑에는 반역이요
하늘에 계신 하느님께는 죄가 되네.

우리가 진실하다는 것만으로는 충분하지 않다. 우리는 진실해지기 위해 숭고한 목적을 가슴에 품고 실천해야 한다.

우리가 연인과 맺은 관계처럼, 아주 이상적인 관계를 맺을 준비가 되어 있는 사람과 만난다는 것은 참으로 보기 드문 일이 틀림없다. 그런 사람을 만났다면 우리는 어떤 유보도 두어서는 안 된다. 우리는 자신의 모든 걸 그 사람과의 우정에 바쳐야 한다. 그 우정 외에는 어떤 의무도 갖지 말아야 한다. 날마다 그토록 놀랍고 아름다우며 과장된 것을 견딜 수 있는 사람. 나는 내 친구를 그녀의 낮은 자아에서 끄집어내어 그녀를 더 높은, 무한히 더 높은 곳에 올려주고 그곳에서 그녀를 알아가고 싶다. 하지만 사람들은 흔히 증오

246

를 두려워하는 만큼 사랑을 무척 두려워한다. 그래서 사람들은 좀 더 낮은 차원의 관계를 맺는다. 눈앞의 할 일에만 신경을 쏟는다. 그들에게는 한 인간에 온 마음을 쏟을 만큼 충분한 상상력이 없어 고작 나무 술통이나 만들고 있어야 한다.

산책할 때 낯선 사람만 만난다든지, 아니면 당신을 알고 당신도 아는 사람과 한 집 안에 같이 있다든지 하는 것은 삶에 얼마나 큰 차이를 주는가! 형제자매가 있다는 것, 당신의 농장에 금광이 있다는 것, 당신 집 문 앞 자갈 더미 속에서 다이아몬드를 발견한다는 것은 얼마나 큰 차이인가! 이런 일들은 얼마나 소중한 일인가! 그대와 하루를 함께 한다는 것, 지구에 사람들이 산다는 것은 또 얼마나 소중한 일인가! 산책길을 신이나 여신과 함께하든, 머슴들과 악당들과 시골뜨기들과만 함께하든 말이다. 친구가 사슴이나 토끼만큼 풍광에 아름다움을 더해주지 않겠는가? 들판에 옥수수도, 초원의 크랜베리도, 삼라만상이 그런 관계를 인정하고 섬길 것이다. 새로운 자극을 받아 꽃들은 활짝 피고 새들은 노래를 부를 것이다. 한 해가 가기 전에 더욱 아름다운 날들이 찾아올 것이다.

사랑의 대상은 우리 앞에서 영원으로 계속 확장하고 성장한다. 그래서 마침내 사랑스러운 모든 것을 포함하고, 우리는 사랑할 수 있는 모든 것이 된다.

순결과 관능

성(性)이라는 주제는 주목할 만하다. 그 현상은 직간접적으로 우리와 아주 상당히 관계가 있을뿐더러 조만간 모든 사람의 생각을 사로잡을 것이기 때문이다. 하지만 모든 인류는 성에 대해 침묵하기로 동의했다. 적어도 남성과 여성 모두가 흔히, 서로서로 그렇게 한다. 인간사에서 가장 흥미로운 것이 다른 어떤 수수께끼보다도 빈틈없이 베일에 꼭꼭 가려져 있다. 성은 분명히 어떤 종교에서도 좀처럼 엿볼 수 없는 비밀과 경이로움으로 취급된다. 가장 허물없는 친구끼리도 이 사실과 관련해서는 즐거움과 고민을 털어놓는 일조차 흔하지 않다고 나는 믿는다. 그런 사람들도 다 겉으로 드러난 정사, 성과 관련한 크고 작은 사건에 얽힌 소문을 퍼뜨리고 싶은 생각이 굴뚝같은데도 말이다. 셰이커교도*들이 성에 대해 말하는

---

* 정식 명칭은 '그리스도 재림 신자 연합회'로, 과격한 영국 퀘이커교도들의 작은

방식이 과장되지 않았다기보다는, 모든 인류가 성에 대해 이토록 침묵하는 방식이 과장되었다. 사람들이 성이나 다른 주제로 말할 만한 게 없어도 꼭 말해야 한다는 뜻은 아니다. 하지만 참다운 교제가 거의 이루어지지 않고 있으며, 그 점에서 진정한 인간 교육은 아직 시작하지도 못했다는 것은 분명한 사실이다.

순수한 사회에서라면 결혼이라는 주제가 그렇게 자주 회피되지 않을 것이다. 점잖지 않아서가 아니라 부끄러워서 눈짓으로 피하고 넌지시 암시할 뿐, 주제 자체는 자연스럽고 단순하게 취급할 것이다. 어쩌면 회피하더라도 그저 그와 비슷한 신비스러운 일을 다루듯 했을지도 모른다. 만약 부끄러워서 성에 대해 말할 수 없다면 어떻게 성을 행동으로 옮길 수 있겠는가? 하지만 확실히 성에는 겉으로 드러나는 것보다 불순함이 더 많고, 그보다도 순수함이 훨씬 더 많다.

사람들은 흔히 결혼이라는 관념을 어느 정도 관능과 결부한다. 하지만 이 세상의 모든 연인은 결혼이 상상할 수도 없이 순수한 일이라고 믿는다.

만약 결혼이 순수한 사랑의 결과라면 그 결혼에는 관능이 있을 수 없다. 순결은 부정적인 것이 아니라 긍정적인 것이다. 순결은 특히 결혼한 사람들의 미덕이다. 모든 성적 욕망과 저급한 쾌락은 좀 더 고귀한 쾌락에 자리를 양보해야 한다. 좀 더 우월한 존재로 만난 이들은 열등한 존재들이 하는 행위를 할 수 없다. 사랑의 행위는 개

분파에서 시작된 개신교 종파다. 공동체 생활을 원칙으로 하며 검박한 생활과 노동을 중시했다.

인의 어떤 행동보다도 미심쩍은 데가 없는 행동이다. 사랑은 가장 보기 드문 상호 존중에 토대를 두기 때문이다. 사랑하는 사람들은 서로가 서로를 끊임없이 더욱 고귀하고 순수하게 살도록 격려한다. 이들이 함께하는 행위는 정말로 순수하고 고귀해야 한다. 순진성과 순수함은 그에 필적할 만한 가치가 없기 때문이다. 이 관계에서 우리는 더 나은 자신을 존경하는 것보다 훨씬 더 경건하게 우리가 존경하는 사람을 상대한다. 그래서 하느님 앞에 서 있는 것처럼 처신하게 되며 그렇게 해야 한다. 연인에게 사랑하는 사람보다 더 경외심을 불러일으키는 존재가 이 세상에 어디 있겠는가?

만약 고양이와 개와 게으른 사람들이 불을 껴안는 것과 비슷한 동기(게으른 탓에 체온이 내려갔기 때문이다)로 애정의 온기를 추구한다면 당신은 내리막길을 걷고 있는 것이며, 나태의 수렁에 한층 더 깊이 빠지고 있는 것이다. 그보다는 차라리 얼음과 눈이 덮인 들판에 반사되는 햇빛의 차가운 온기나, 한겨울 어느 조용한 작은 골짜기의 온기라도 쐬는 게 더 낫다. 거룩한 사랑의 온기는 그것을 즐기는 사람에게서 힘을 빼는 것이 아니라, 오히려 그 사람에게 힘을 주고 기운을 북돋아준다. 그러니 난롯가에 움츠리고 앉아 있지 말고 건강하게 운동하여 신체를 따뜻하게 하라. 당신보다 더 나을 바 없는 동료들의 동정을 비열하게 구하지 말고, 혼자 힘으로 고귀한 행위를 하여 당신의 영혼을 따뜻하게 하도록 하라. 인간의 사회적, 정신적 수양은 신체에도 분명 도움이 된다. 딱딱한 침대에 눕듯이 마음이 굳은 친구에게 기대야 한다. 자기가 한 일에 책임지는 굳센 심정을 가진 친구에게 의지해야 한다. 음료로는 차가운 물만 마셔야 한다. 그래서 감언이설에 맛을 들이는 대신에 참신하고 기분 좋고 순수한 진리에 귀를 기울여야 한다. 친구들의 동정에 기대어 온기를 유지하려 하지 말고 샘물처럼 차가운 진리로 날마다 목욕해야 한다.

사랑은 조금이라도 방종과 관련이 있을까? 서로를 받아들이기보다 거절함으로써 사랑하자. 사랑과 욕정은 서로 멀리 떨어져 있다. 사랑은 좋은 것이고, 욕정은 나쁜 것이다. 애정 깊은 사람들이 고귀한 본성에서 서로를 동정할 때 사랑이 존재한다. 하지만 저열한 본성에서 동정할 위험도 있으며, 그럴 때 욕정이 생겨난다. 그렇다고 너무 신중해지거나 의식할 필요가 있는 것은 아니다. 거의 의식조차 하지 못하는 일도 있을 수 있다. 하지만 애정으로 긴밀히 접촉하다 보면 서로를 더럽히고 오염시킬 위험이 있다. 상대를 온전히 품어주지 않으면 그 사람을 포용할 수 없기 때문이다.

우리는 친구가 우리의 가장 순수하고 성스러운 생각과만 함께하도록 신경 써서 연인을 듬뿍 사랑해야 한다. 불순함이 있으면, 비록 우리는 스스로 알지 못하더라도 "비굴하게 만나는" 것이 된다.

애정의 방종, 바로 그곳에 위험이 있다. 우리의 사랑에는 겨울 아침과 같은 약간의 용기와 영웅적 자질이 있어야 한다. 모든 나라의 종교가 순수함을 암시하지만, 안타깝게도 인간은 그 순수함에 결코 이르지 못한다. 우리는 서로를 사랑하면서도 상대방을 고양시키지 못할지도 모른다. 첫눈에 받아들이는 사랑은 우리의 품위를 떨어뜨린다. 우리의 애정에 오점을 남기지 않으려면, 가장 아름답고 순수한 애정을 지키려면 얼마나 철저하게 조심해야 하는가! 우리가 사랑하며 결코 후회하는 일이 없게 사랑하도록 하소서!

관능 탓에 의미심장한 상징을 담은 언어가 얼마나 많이 사라지고 있는가! 꽃은 무한한 색깔과 향기로 식물들의 결혼을 축하하며,

인간의 개화기가 찾아왔을 때도 아무 의심 없이 피어난 진정한 결혼의 아름다움을 상징한다. 처녀성 또한 꽃봉오리가 맺힌 꽃으로, 불순한 결혼으로 처녀는 꽃이 꺾이는 것처럼 순결을 잃는다. 꽃밭과 매음굴이 서로 동떨어져 있듯이 사랑과 욕정도 그렇게 동떨어져 있다.

비베르크*는 린네가 편집한 《식물의 즐거움》에서 다음 부분을 언급한다(라틴어 원문을 번역했다).

"동물계에서는 창피하다는 듯 대부분 숨기는 생식 기관을 식물계는 모든 사람의 눈에 드러낸다. 식물은 결혼식을 올릴 때 가장 아름다운 색깔과 달콤한 향기로 감각을 새롭게 해주고, 그것을 지켜보는 사람들에게 놀라움과 기쁨을 선사한다. 벌새나 벌을 비롯한 곤충들은 꽃의 꿀샘에서 꿀을 빨아들이고 생산력이 없는 꽃가루에서는 밀랍을 모은다."

린네는 꽃받침을 '탈라무스(thalamus)', 즉 신혼 방이라고 불렀다. 그리고 꽃부리 화관을 '아울리움(aulæum)', 장식용 벽걸이 융단이라고 부르며 꽃의 부분을 하나하나 설명한다. 혹 사악한 영혼들이 꽃 그 자체를 타락시키고 향기와 아름다운 색깔을 빼앗아 꽃들의 결혼을 남모를 수치와 오욕으로 만들어버릴지 그 누가 알겠는가? 벌써 사악한 영혼들은 곳곳에 손을 뻗어 꽃이 다양한 성질을 띠게 만들었다. 개중에는 6월에 저지대를 썩은 살 냄새로 가득 채우는 결혼도 있다.

내가 지금껏 꿈꾸어온 남녀의 교합은 믿을 수 없을 정도로 아름

---

*   Isak J. Biberg, 1726~1804. 스웨덴의 생태학자로 린네의 제자였다.

답다. 너무 아름다워서 차마 머릿속으로 기억해낼 수 없을 정도다. 그에 대해 생각한 적이 여러 번 있었지만, 내가 겪은 경험 중 가장 속절없이 지나가 돌이킬 수 없는 것이 됐다. 사랑은 여전히 우리 곁에 남아 있는데도 사람들이 기적, 계시, 영감 같은 것들을 지나간 일처럼 말한다는 사실이 참 이상하다.

참다운 결혼은 깨달음과 다르지 않을 것이다. 진리를 완전히 인식하면, 한 청년이 그의 약혼녀를 품에 안을 때처럼 성스러운 환희와 말로 표현할 수 없는 황홀감이 찾아온다. 참다운 결혼의 궁극적인 기쁨은 이러한 기쁨과 같다.

목적이 아닌 부수물로서의 결합에서 불멸의 인류가 생겨난다는 것은 조금도 놀라운 일이 아니다. 자궁은 아주 비옥한 땅이다.

어떤 사람이 인간이라는 종족이 개선될 수 없는지, 소 떼처럼 많이 번식할 수 없을지 질문을 던진 적이 있다. 사랑이 순결해지면 나머지 문제는 저절로 해결될 것이다. 순수한 사랑이야말로 세상의 모든 질병을 치료하는 만병통치약이다.

번식의 유일한 이유는 개선이다. 자연은 반복을 끔찍이 싫어한다. 짐승들은 다만 자신들의 종을 증식시킬 뿐이다. 하지만 고귀한 남녀와 영성의 자손은 부모가 열망했듯 부모보다 더 뛰어나게 거듭날 것이다. 그들의 열매를 보면 알 수 있을 것이다.

한 소나무의 죽음

오늘 오후 페어헤이븐 언덕*을 오르다가 톱질하는 소리를 들었다. 조금 뒤 페어헤이븐 절벽**에서 소리 나는 쪽을 내려다보니 저 아래 200미터쯤 떨어진 곳에 사내 둘이 우람한 소나무 한 그루를 톱으로 자르고 있는 것이 아닌가. 나는 예전에 숲이 벌목될 때 운 좋게 남아 있던 열두어 그루 중 맨 마지막까지 남아 있던 소나무가 쓰러지는 모습을 지켜보기로 했다. 그 소나무는 지난 15년간 뿌리나 나무 그루터기에서 어린나무들이 자라났던 땅을 내려다보며, 외롭지만 위엄을 지키며 바람에 흔들리고 있었다. 마네킹 같은 두 사람이 나무 굵기보다 더 길 것 같지 않은 동가리톱으로 나무를 자

---

* 매사추세츠주 콩코드의 월든 호수에서 남서쪽으로 800미터쯤 떨어진 곳에 위치한 언덕으로 베어 가든과 보일링 스프링 근처에 있다.
** 페어헤이븐만(灣)이 내려다보이는 절벽으로 서쪽으로 워춰셋산을 향하고 있다.

르고 있었다. 그 모습이 마치 우람한 나무 밑동을 갉아먹고 있는 비버나 벌레처럼 보였다. 나중에 내려가서 재어보니 이 나무는 높이가 무려 30미터가 넘었다. 우리 마을에서 자라는 나무 중에서도 손꼽히게 큰 나무로, 화살처럼 미끈하게 뻗었지만 언덕 쪽으로 조금 비스듬하게 서 있었다. 꽁꽁 얼어붙은 콩코드강*과 코넌텀** 언덕들을 배경으로 나무의 수관이 보였다. 나는 언제쯤 소나무가 쓰러지기 시작하는지 주의 깊게 지켜봤다. 톱질하던 두 사람은 이내 톱질을 멈추더니 나무가 더 빨리 쓰러지도록 나무가 기우는 방향으로 톱질한 곳을 도끼로 찍어 틈새를 조금 더 벌려놓는다. 그러고 나서 그들은 다시 톱질을 계속한다. 이제 소나무는 분명 쓰러지고 있다. 나무는 사분면의 4분의 1쯤 기울여졌고, 나는 숨을 죽이며 나무가 쾅 하고 쓰러지기를 기다린다. 그런데 내가 잘못 생각했다. 나무는 몇 센티미터도 움직이지 않는다. 나무는 처음과 똑같은 각도로 서 있었다. 나무가 쓰러진 것은 그로부터 15분 뒤의 일이었다. 하지만 나뭇가지들은 마치 한 세기 동안은 더 서 있을 운명을 타고 나기라도 한 것처럼 여전히 바람에 흔들리고 있었다. 예전과 마찬가지로 솔잎 사이로 바람이 살랑거리고 있다. 이 소나무는 아직도 이 숲의 나무이며 머스키터퀴드*** 강변에서 바람에 흔들리고 있는 나무들

---

* 매사추세츠주 동부를 흐르는 메리맥강의 지류로 길이가 26킬로미터쯤 된다. 소로는 1839년 형 존과 함께 보트를 타고 이 두 강을 1주간 여행했다. 소로가 자비로 출간한 《콩코드강과 메리맥강에서 보낸 일주일》(1849)은 이 경험을 기록한 책이다.
** 콩코드의 서드베리 강변에 있는 언덕이다.
*** 아메리카 원주민들이 콩코드강을 부르던 이름으로, 강에 수초가 많이 자란다 하여 이런 이름이 붙었다.

중 가장 위풍당당한 나무다. 솔잎에서는 은빛으로 반짝이는 햇빛이 반사되고 있다. 나무의 아귀는 여전히 다람쥐에게 다른 짐승이 접근할 수 없는 보금자리를 내어준다. 나무 이끼 중 그 어느 것 하나도 돛대 같은 나무줄기, 비스듬히 기울어진 돛대를 떠나지 않았다. 말하자면 언덕 난파선의 선체인 셈이었다. 자, 이제 운명의 순간이 이르렀다! 나무 밑에 있던 마네킹 같은 인간들은 범죄 현장에서 도망치고 있다. 그들은 죄를 저지른 도구인 톱과 도끼를 내동댕이쳤다. 소나무는 얼마나 천천히, 장엄하게 움직이기 시작하는가! 마치 나무가 지금은 한여름의 산들바람에 흔들리고 있을 뿐이고, 한숨 한번 짓지 않고 공중에 있던 자신의 원래 위치로 돌아갈 것만 같다. 이제 나무는 쓰러지면서 언덕 비탈에 부채질하듯 바람을 보내고는, 계곡에 있는 영원히 깨어나지 못할 자신의 잠자리에 깃털처럼 부드럽게 드러눕는다. 마치 이제는 서 있는 데 싫증이 난다는 듯이, 전사(戰士)처럼 자신의 초록색 망토로 몸을 감싸며 무언의 기쁨으로 대지를 감싸안는다. 그렇게 자신을 구성하는 분자들을 흙으로 다시 돌려보낸다. 하지만 귀를 기울여보라! 당신은 이 광경을 눈으로만 보고 귀로는 듣지 못했다. 이제 내가 서 있는 낭떠러지의 바위 쪽으로 귀가 멍멍할 정도로 쾅 하고 큰 소리가 들려온다. 이는 나무마저도 죽을 때 신음 소리를 낸다는 사실을 알려준다. 나무는 급히 대지를 감싸 안으며 자신의 구성 요소를 흙과 뒤섞는다. 이제 눈과 귀 모두에 모든 것이 다시 그리고 영원히 고요해진다.

　나는 언덕을 내려가 소나무의 크기를 재봤다. 톱질한 부분의 지름은 1.2미터쯤 되고, 길이는 30미터쯤 됐다. 내가 그곳에 도착하기 전에 두 벌목꾼은 벌써 도끼로 나뭇가지들을 쳐냈다. 아름답게 가지들을 뻗고 있던 나무의 수관은 마치 유리라도 깨진 것처럼 산산조각이 되어 언덕허리에 난파선의 잔해처럼 흩어져 있었고, 맨 꼭대기에 매달려 있던 1년 정도 자란 어린 솔방울들은 벌목꾼에게 뒤늦게 자비를 호소하고 있었지만 이제는 너무 늦어 부질없는 일이었다. 벌목꾼은 이미 도끼로 나무의 길이를 재고는 판자를 얼마나 잘라낼 수 있는지 수없이 표시를 해놓았다. 소나무가 이제까지 공중에서 차지하던 자리는 앞으로 200년 동안 텅 비어 있을 것이다. 이 나무는 이제 단순한 목재에 지나지 않게 됐다. 벌목꾼은 하늘의 공간을 황폐하게 만든 것이다. 이듬해 봄이 와서 물수리가 머스키터퀴드 강변을 다시 찾아오면, 물수리는 소나무 위에 자신이 늘 앉던 자리를 찾으려고 공중을 빙빙 맴돌 터이지만 헛수고일 것이다. 그리고 솔개는 새끼들을 안전하게 보호하기에 꼭 알맞게 높이 솟아 있던 소나무가 사라진 것을 슬퍼하리라. 하늘로 한 단계 한 단계 천천히 뻗어 올라가 완전한 모습으로 자라기까지 200년이나 걸린 나무가 오늘 오후에 사라져버렸다. 소나무 꼭대기의 어린 가지들은 다가올 여름의 전조로 1월 중 따뜻해진 날씨에 한껏 부풀어 올라 있었다. 마을에서는 왜 조종(弔鐘)을 울리지 않는가? 내 귀에는 아무런 조종 소리도 들리지 않는다. 마을 거리에도, 숲속의 오솔길에도 조문객의 행렬은 보이지 않는다. 다람쥐는 또 다른 나무로 뛰어 달아나고, 매는 저 멀리 공중에서 빙빙 돌다가 새로운 둥지에 내려앉는다. 그런데 벌목꾼은 그 새들이 새롭게 둥지를 튼 나무에도 도끼질할 준비를 하고 있다.

일지 초록

내 일지는 만약 쓰지 않았더라면 흘러넘쳐 쓰레기가 되고 말았을 나의 일부, 이를테면 내가 추수하는 들판에서 주워 모은 이삭과도 같다. 나는 일지를 쓰기 위해 살지 말고 신들을 위해 일지를 쓰며 살아야 한다. 신들은 내가 날마다 우편 요금 선불로 보내는 편지를 받는다. 나는 신들의 회계 사무소에서 일하는 회계원이고, 저녁마다 일일 장부에서 원부(原簿)로 그날의 계산을 옮겨 적는다. 일지는 내 머리 위 나뭇가지에 매달려 있는 길가의 나뭇잎이기도 하다. 나는 나뭇가지를 붙잡아 잎사귀 위에 내 기도를 적어놓는다. 그리고 나서 그 나뭇가지를 놓아주면, 가지는 제자리로 돌아가 잎에 적힌 낙서를 하늘에게 보여준다. 일지를 내 책상 안에 고이 간직해두지 않았더라면, 자연에 있는 어떤 것 못지않게 뭇사람의 나뭇잎이 될 수도 있었을 것이다. 내 일지는 강변에 있는 파피루스 같고, 초원에 있는 송아지 가죽 같으며, 언덕에 있는 양피지 같다.* 내 일지는 가을날 오솔길을 따라 떼를 지어 움직이는 나뭇잎들처럼 어디에서나 자유롭다. 까마귀나 오리, 독수리가 펜에 꽂을 깃촉을 물어다주고, 바람은 내 발길이 닿는 곳이라면 어디에서나 나뭇잎을 흔들어댄다. 상상력의 나래가 잘 펼쳐지지 않고 흙탕과 진흙 속을 더듬을 때면 나는 갈대로 글을 적는다.

*

나의 일지는 내 사랑의 기록이어야 한다. 나는 일지에 내가 사랑하는 것들, 이 세상의 어떤 모습이라도 내가 애정을 갖는 것, 내가 생각하고 싶은 것들만을 기록하고 싶다. 나는 활짝 피어나는 꽃봉오리처럼 갈망이 유별나지도 분명하지도 않다. 꽃봉오리는 실제로 꽃과 과일, 여름과 가을을 지향하지만 지금은 따뜻한 태양과 봄기운만을 느끼고 있을 뿐이다. 나는 어떤 일을 할 준비가 다 됐다는 것을 느끼지만 그렇다고 그 일을 하지는 않으며, 그것이 무엇인지 찾아내려 하지도 않는다. 나는 다만 정신이 비옥하다는 것을 느낄 뿐이다. 지금은 내가 씨를 뿌릴 때다. 나는 그동안 너무 오래 밭을 묵혀왔다. 내가 나 자신을 한량으로 여기고, 내가 보잘 것없다는 느낌(그럴 만한 이유가 있지만)이 나를 사로잡는데도 말이다. 하지만 대체로 우주의 정신은 나에게 말로 다할 수 없을 만큼

---

* 소로는 여기에서 종이 이전의 역사를 차례로 기술한다. 종이를 발견하기 전 인간은 갈대과의 식물 줄기를 압착하고 이를 얇게 발라내어 만든 파피루스에 처음 글을 기록했고, 이어 송아지 가죽을 거쳐 양피지에 글을 적었다.

친절하다. 어쩌면 그래서 내가 드물게 행복을 느끼는 건지도 모른다.

*

나그네! 나는 이 말을 좋아한다. 나그네는 그 이유만으로 충분히 존경받을 만하다. 그의 직업은 우리 인생을 가장 잘 상징한다. 어느한 곳을 떠나 어느 다른 곳을 향해 나아가는 것, 그것이야말로 곧 우리 모두의 역사가 아니겠는가. 나는 나그네 중에서도 특히 한밤중에 길을 떠나는 사람에게 흥미를 느낀다.

*

나는 어떻게 처신해야 할까? 나는 다락방으로 물러나 거미들과 생쥐들과 친구가 되고 조만간 자신을 마주하려고 마음먹는다. 나는 이 시간도 다음 순간도 그리고 영원토록 완벽하게 침묵을 지키면서 주위를 살필 것이다. 역사는 가장 긍정적인 삶이 끊임없이 삶에서 물러나고, 삶에서 손을 씻고, 삶이 얼마나 비열한지 깨닫고, 삶과 아무런 관련을 맺지 않는 삶이라는 걸 보여줬다.

*

대자연의 참다운 의미를 깨닫는 일은 자연을 올바로 연구하는데 반드시 필요한 일이다. 사실은 어느 날 진리로 피어날 것이다.

계절*은 성숙하여 오성(悟性)이 이미 가꾼 것에 열매를 맺게 할 것이다. 단순히 사실을 축적하는 사람, 장인들을 위해서만 자료를 수집하는 사람은 오지의 숲속에서 자라는 식물과 같아서 "꽃 대신에 잎사귀만을 내밀 뿐"**이다.

*

호수는 자연의 가슴에 달린 거울이다. 그 앞에서는 아무것도 숨길 수 없으며, 숲에서 일어난 모든 죄악은 그 안에서 깨끗하게 정화된다. 호숫가에 원형 극장처럼 자리 잡은 숲을 보라. 호수는 자연의 온갖 온화함이 경합을 벌이는 곳이며, 대지의 얼굴에 붙어 있는 눈이다. 푸른색에서 회색으로, 다시 검은색으로 시간이 지나면서 색깔을 바꾼다. 밤에는 그림자를 길게 늘여 12미터도 넘게 만들어놓는다. 호수는 숲의 심장부이기 때문에 나무들은 여행자들의 발길을 호숫가로 인도한다. 그곳으로 이어지지 않는 길이란 없다. 새들의 쉼터이며 네발짐승들의 피난처다. 대지조차 호수를 향해 마음을 활짝 열어놓고 있다. 그곳은 자연의 응접실, 여성들의 거울이다. 아침이면 태양은 수증기를 흩뿌려 호수 수면을 희미하게 감싼다. 끊임없이 새롭게 솟아오르는 신선한 수면. 숲의 진흙과 겨울 동안

---

* 소로가 여기에서 사용한 'season'이 어쩌면 'reason'의 오식일 가능성이 있다고 주장한 학자도 있다. '이성(reason)'과 '오성(understanding)'을 비교하기 위해서라는 것이다.

** "마침 길가에 있는 무화과나무 한 그루를 보시고, 그 나무로 가셨으나, 잎사귀밖에는 아무것도 없으므로, 그 나무에게 말씀하셨다. '이제부터 너는 영원히 열매를 맺지 못할 것이다!' 그러자 무화과나무가 곧 말라 버렸다."(《마태복음》 21장 19절)

수북이 쌓인 불순물을 깨끗이 씻어주고도 봄이 되면 투명한 물로 새롭게 단장하는 자연의 그 질서와 정갈함을 생각하면 말로 다할 수 없이 기분이 좋아진다.

*

나는 농부*와 지주가 되어 내 자유를 잃어서는 안 된다. 어떤 전문직이라도 그 일에 발을 들여놓는 사람은 대부분 운이 다한 사람이다. 발을 들이는 즉시 세상이 그들에게 만가를 부르는 것이나 마찬가지다. 농부는 한 가지 일을 오래 할 수 있지만 많은 일을 잘하지는 못한다. 그가 앞으로 이어갈 발걸음이 제한된다. 그는 결코 빠르게 걷지 못한다. 이제 그는 가차 없는 네메시스**의 지배를 받아야 할 운명이다. 나는 더할 나위 없이 좋은 바람이 불거나 별이 손짓할 때, 유언을 남기거나 재산을 처리하지 않고도 이 경작지와 초원을 떠날 수 있다. 나는 바람에 펄럭이는 비단 장식처럼 그렇게 자유롭게 농장을 들일 것이다.

*

샐비어를 가꾸듯, 정원의 약초를 가꾸듯 가난을 가꾸어라. 옷이

---

* 여기에서 소로가 의미하는 '농부(farmer)'는 농지를 소유하고 농사를 짓는 자작농을 말한다. 남의 농지에 세를 내어 농사를 짓는 '소작농(peasant)'과는 구별된다.
** 그리스 신화 속 인과응보와 복수의 여신이다.

든 친구이든 새로운 것을 얻으려고 너무 애쓰지 마라. 그런 일은 낭비에 지나지 않는다. 헌 것은 뒤집어 다시 쓰고, 옛 것으로 돌아가라. 사물은 변하지 않는다. 변하는 것은 우리들이다. 비록 내가 날마다 거미처럼 다락방의 한구석에 갇혀 있더라도, 내 생각만을 잃지 않는다면 세상이 여전히 드넓게 느껴질 것이다.

*

자연 어느 곳에서나 볼 수 있는 움직임은 분명 신의 손길을 따라 움직이는 게 틀림없다. 바다를 유유히 지나가는 배의 돛, 물이 졸졸 흐르는 시내, 바람에 흔들리는 나무, 이리저리 불어대는 바람, 이렇게 말할 수 없을 정도로 건강하고 자유로운 것이 그 어디에서 나오겠는가? 신이 우리를 위해 만든 이 정자에서 마구 장난치며 흥겹게 나뒹구는 놀이만큼 적절하고도 신성한 것도 없다. 이런 생각에 죄의식은 얼굴을 눈곱만큼도 내밀지 못한다. 아, 만약 사람들이 이런 기분을 느낀다면 대리석이나 다이아몬드로도 성전을 짓지는 않으리라. 그런 짓은 신성모독이자 이단 행동으로 천국에서 영원히 추방될 일이다.

초서의 여유에 이를 때 나는 마침내 두 팔을 내뻗을 수 있다. 그리고 "그래, 그 사람과 친구가 될 수 있겠어"라고 생각한다. 그 사람은 나와 마찬가지로 풀이 죽은 채 말을 삼가며 걸었고 그다지 행복하게 살지 않았기 때문이다.* 사람들이 그가 굴복했을지 모르는 남

---

* 일부 학자는 초서의 작품을 근거로 그의 결혼 생활이 불행했다고 주장한다.

자답지 못한 행동을 은근히 언급할 때면 나는 서글퍼진다.

*

내가 대자연을 사랑하는 것은 대자연이 남성이라서가 아니라 오히려 남성과 거리가 멀기 때문이다. 남성이 만든 제도의 그 어느 것도 대자연을 지배하거나 영향을 끼치지 못한다. 대자연에는 다른 종류의 권리가 힘을 행사한다. 대자연의 한중간에 서 있으면 나는 더할 나위 없이 기분이 좋다. 만약 이 세상이 남성만으로 되어 있다면, 나는 아마 제대로 기를 펴지 못하고 모든 희망을 잃게 될 것이다. 나에게 남성은 제약이지만 대자연은 자유다. 남성은 내가 다른 세상을 바라도록 만든다. 하지만 대자연은 이 세상에 만족하도록 해준다. 대자연이 선사하는 그 어떤 즐거움도 남성의 규칙과 정의에 따르지 않는다. 그가 손으로 만지는 것마다 더럽혀진다. 사상에서 그는 도덕을 가르치려 든다. 그래서 남성에게는 어떤 자유롭고 신바람 나는 노동이 가능하다고 생각할 수 없다. 인간에 대한 찬사와 비교하여 대자연에서 오는 즐거움은 아무리 작은 것일지라도 얼마나 무한하고 얼마나 순수한가! 대자연이 가져다주는 기쁨은 우리가 사랑하는 사람의 솔직한 말이 주는 기쁨과 같다.

인간, 인간은 악마요
모든 악의 근원이다.

상투적이고 규범적으로 이런 글을 쓰는 문필가들은 인간이 얼마나 즐거움을 느낄 수 있는지 알지 못한다. 인간의 어떤 지혜, 어떤 경고가 즐거움을 압도하는가? 작은 즐거움이라도 느끼지 말라고 제재할 만큼 강력한 법은 없다. 나는 방 하나를 독차지하고 있다. 그 방은 다름 아닌 자연이다. 대자연은 인간이 만든 정부의 관할권 밖에 놓여 있다. 당신의 책들, 슬픔의 기록들, 도덕적 격언과 법들을 쌓아올려보라. 대자연은 밖에서 기뻐하고 있으며, 대자연에서 사는 흥겨운 벌레들이 머지않아 그 쌓아올린 더미를 무너뜨릴 것이다. 당신의 법 너머에는 드넓은 초원이 있다. 대자연은 무법자들을 위한 대초원이다. 이 세상에는 우체국과 자연의 두 세계가 있다. 나는 그 둘을 다 알고 있다. 나는 은행을 잊듯이 인간과 그들이 만든 제도들을 끊임없이 잊으려 한다.

*

나는 허리케인과 지진 같은 보기 드문 것은 생략하고, 일상적으로 흔한 것들을 묘사한다. 이런 것들이야말로 매력을 듬뿍 담고 있으며 시의 진정한 주제가 된다. 만약 나에게 일상적인 것을 내어준다면, 나는 당신에게 특별한 것을 내어주겠다. 나에게 보잘것없는 삶, 가난하고 비천한 사람들의 오두막, 세상이 하루하루 만들어내는 일과, 황폐한 들판, 모든 것 중에서 가장 작은 못, 무엇보다도 시적 감수성을 달라. 나에게 당신이 소유하고 있는 것들을 볼 수 있는 두 눈을 달라.

*

값싸게 사는 것이 내 계획은 아니었다. 다만 생계를 유지하는 데 대부분의 시간을 바치면서 살고 싶지 않을 뿐이다. 나는 이미 손에 넣은 생계 수단을 최대한 활용했다. (⋯) 사람들은 대부분 돈을 버는 방법은 잘 알고 있지만, 그것을 어떻게 써야 할지 아는 사람은 100만 명에 한 명도 되지 않는다. 만약 돈을 쓰는 방법을 아는 사람이라면 결코 돈을 벌지 않았을 것이다.

*

오직 침묵만이 귀로 들을 만한 가치가 있다. 침묵은 흙처럼 깊이가 다양하다. 어떤 때는 사람들이 배가 고프고 목이 말라 죽는 사하라 사막이고, 또 어떤 때는 서부의 비옥한 강바닥이거나 대초원이다. 마을을 벗어나 숲속으로 다가갈수록 나는 때때로 침묵의 사냥개들이 어떤 사냥감을 추적하는지 알리기 위해 달을 보고 짖는 소리를 듣는다. 만약 한밤중에 디아나*가 없다면 밤은 도대체 무슨 가치가 있을까? 나는 디아나 여신의 소리에 귀를 기울인다. 그러면 침묵의 소리가 울린다. 음악적인 그 소리가 나를 전율하게 한다. 침묵의 소리가 들리는 밤. 나는 입으로 말할 수 없는 소리를 듣고 있다.

---

* 로마 신화 속 달, 사냥, 순결의 여신으로 그리스 신화의 아르테미스에 해당한다.

우리는 참다운 사회로부터 점점 더 멀어지고 있다. 과거에는 침묵이 진실에 이르는 한 가지 방법이었다. 하지만 오늘날 사람끼리 만나 나누는 대화는 한낱 위로에 지나지 않는다. 인간은 머리가 아닌 발꿈치로 만나 만족을 얻는다. 서로 상대방을 잘 알고 1.5킬로미터 정도의 반경에서 같이 생활하며 같이 먹고 마시고 잠자는 그러한 지인들 사이의 사교적 만남이나 작은 모임이 침묵보다 더 나은 것은 아니다.

하늘에 뜬 별의 인도를 받으며 설레는 마음으로 신들의 모임에 참석한다. 그러나 환상은 곧 사라지고 만다. 처음에는 불로불사한다는 신의 음식이라고 여겼던 먹거리가 사실 평범한 홍차와 넉넉하지 않은 생강 빵에 지나지 않았음을 깨닫게 된다. 전쟁터가 사교장보다 훨씬 쓸모가 있다. 전쟁터에서는 적어도 위선을 떨거나 격식을 차릴 여유가 없기 때문이다. 상대방을 의심하면서 서로 만나 손을 흔들고 코를 비빌 여유가 없다. 싸움이 격렬하면 격렬할수록 사람들은 더욱더 진실해진다. 적어도 싸움터에서는 거짓 없는 인간의 한 단면을 엿볼 수 있다. 사교장의 얼굴은 가면을 쓴 얼굴이다.

*

5월의 마지막 공기를 들이마시며 요즘처럼 세월이 빨리 흐른 적이 없다는 생각이 든다. 숲속의 개똥지빠귀는 플라톤과 아리스토텔레스보다 훨씬 더 현대적인 철학자다. 플라톤과 아리스토텔레스의 철학은 이제 독단이 되었지만, 개똥지빠귀는 지금 이 순간의 신념을 가르쳐준다.

자연은 우리의 슬픔을 동정하지 않는다. 자연은 슬픔을 받아들일 준비를 하는 대신 슬픔을 막을 수 있는 수많은 방법을 마련해놓은 것 같다. 자연은 눈물이 뺨 위로 흘러내리지 않도록 우리의 속눈썹 끝을 비스듬하게 만들었다.

*

1840년 6월 27일, 나는 지금 태양이 반짝이지 않고 우중충하고 구름 낀 날씨를 나고 있다. 지붕 너머로 탕탕 내리치는 대장장이의 망치 소리가 어렴풋이 들리고, 바람은 마치 좀 더 즐거웠던 날들을 꿈꾸듯이 살랑거리며 한숨을 쉰다. 저 멀리 들판에서는 농부가 밭을 갈고 있고, 기능공은 일터에서 바쁘게 움직이며, 장사꾼은 상점 계산대 뒤에 서 있다. 모든 일들이 어김없이 착실하게 이루어지고 있다. 하지만 나는 할 일이 아무것도 없다. 내 운명의 여신에게 나는 그녀와 어떤 놀이도 하지 않겠노라고 말하련다. 내 운명의 여신이 그렇게 할 수만 있다면, 아시아와 같은 고요와 게으름의 내 땅에서 나를 찾을 수 있으리라.

*

대자연은 결코 서두르는 법이 없다. 자연의 체계는 일정한 걸음걸이로 돌아간다. 꽃봉오리는 마치 짧은 봄날이 영겁의 시간이라도 되는 것처럼, 서두르거나 당황하는 빛 없이 눈에 띄지 않게 부풀어오른다. 자연의 모든 작용은 얼마 동안 만물이 기다리는 유일한 대상처럼 보인다. 그렇다면 인간은 왜 사소한 행동 하나에도 영겁의 시간이 주어지지 않은 것처럼 그렇게도 서둘러 대는 것일까? 비록 손톱 깎는 일처럼 아무리 하찮은 일일지라도 잘해내려고 그렇게 많은 시간을 소비하지 않도록 하라. 석양이 아직 빛이 남아 있는 동안 서둘러 일과를 개선하라고 인간을 재촉하는 것 같다면, 귀뚜라미의 노랫소리는 옛날의 규칙적인 박자로 인간을 안심시키며 앞으로는 영원히 일을 천천히 하라고 가르쳐준다. 현명한 사람은 초조하거나 조바심 내는 법이 없이 휴식을 취한다. 산책하는 사람들이 걸음을 옮길 때마다 실제로 몸 전체를 쉬게 하는 것처럼, 현명한 사람은 순간순간 그가 존재하는 곳에 머문다. 반면 피로가 축적되어 갑자기 걸음을 멈추지 않으면 안 될 때까지 다리 근육에 쉴 틈을 절대 주지 않는 사람들도 있다.

*

오늘로 내 나이 서른네 살이 됐지만,* 내 삶은 완전하게 펼쳐지지 않다시피 했다. 새싹에는 얼마나 많은 가능성이 숨어 있는가! 내게는 이상과 현실 사이의 괴리가 큰 것이 너무도 많으니 나는 이 세상에 아직 태어나지 않았다고 말할 수 있다. 사교에 대한 본능은

---

* 소로는 1817년 7월 12일에 태어나서 1862년에 사망했으니 앞으로 11년 더 살 것이다.

있지만 실제로 사교는 없다. 인생은 한 가지 일에만 성공을 거두기에도 그렇게 충분히 길지 않다. 다시 서른네 해를 더 살아도 그런 기적은 거의 일어나지 않을 수 있다. 내 계절은 자연의 계절보다도 훨씬 느리게 순환하는 것 같다. 내 시간은 다르게 흘러간다. 나는 지금 만족한 상태에 있다. 자연, 심지어 내 내면의 본성조차도 이렇게 빨리 돌아가면서 도대체 왜 나를 그토록 재촉해야 하는가? 아무리 박자가 잘 맞아도 그 사람이 듣는 음악에 맞춰 걷도록 하라.* 사과나무처럼 빠르게, 떡갈나무처럼 빠른 속도로 성숙하는 것이 그렇게 중요하단 말인가? 내가 자연 속에서 꾸린 삶이 초자연적인 것에 비례하여 내 영적 삶의 봄과 유년기가 될지 모르지 않는가? 그렇다고 나의 봄을 여름으로 바꾸어야 한단 말인가? 내세의 온전함을 누리려면 현세의 성급하고 보잘것없는 완전성을 희생해야 하지 않을까? 내 곡선이 크다면 왜 그것을 굳이 더 작은 곡선으로 구부려야 하는가? 내 정신의 발전은 자연의 발걸음에 따르지 않는다. 내가 소명을 가지고 태어난 사회는 이곳에는 존재하지 않는다. 그렇다면 내세의 온전함을 기다리는 대신에 이 보잘것없는 현실을 이용해야 할까? 만약 삶이 일종의 기다림이라면 그래도 어쩔 수 없다. 나는 헛된 현실이라는 암초에 배를 난파시키지는 않을 것이다.

---

* 소로는 《월든》의 '결론'에서 "어떤 사람이 자기 동료들과 보조를 맞추지 않는다면, 그것은 아마 그가 다른 고수(鼓手)의 북소리를 듣고 있기 때문일 것이다. 하지만 그 북소리의 박자가 어떻든, 그 소리가 얼마나 먼 곳에서 들리든 그가 듣는 음악에 맞추어 걷도록 내버려두라"라고 말한다.

*

나는 두 유형의 인간을 알고 있다. 대다수는 사교를 좋아하는 사람들이다. 그들은 외관에 따라 살고 있다. 그들은 일시적이고 덧없는 것들에 관심을 기울인다. 그들은 홍수에 떠내려가는 유목과 비슷하다. 그들은 끊임없이 새로운 뉴스, 영원한 바다의 거품과 찌꺼기를 요구한다. 그들은 방책을 이용한다. 그들은 내용이 부족한 것을 형식으로 메꾸려 한다. 그들은 편지를 많이 쓴다. 부를 축적하고 사람들의 칭찬을 받는 것이 그들에게는 성공이다. 그들에게는 사회의 여러 사업이 더할 나위 없이 충분한 것이다. 세상은 그들에게 조언해주고, 그들은 그 조언에 귀를 기울인다. 그들은 전적으로 덧없는 삶을 살아가는 상황에 빠진 존재다. 그들에게는 누가 당시의 우두머리가 되느냐가 지극히 중요하다. 그들은 교회와 몇몇 다른 제도를 정형화하는 지극히 막연하고 일시적인 본능에 따라서만 진리를 파악할 뿐이다. 그들은 내 얼굴과 눈 바로 앞에 각다귀처럼 늘 머물러 있다. 그들은 눈에 너무 가까이 있는 티끌과 같아서 저 먼 곳을 바라보면 얼룩처럼 보인다. 그들은 내 눈과 코 끝 사이에 놓여 있다. 내 존재의 육지*는 저 멀리 그들과 그들의 나아가는 곳 뒤쪽에 있다. 만약 그들이 글을 쓴다면 그중 가장 뛰어난 글은 '우아한 문학'을 다룬다. 사교적 인간에게는 나를 유혹할 만한 멋진 것이 정말로 하나도 없다. 마을이나 도시, 많은 사람들의 관심을 끄는 것은 늘 정치처럼 시시한 것뿐이다. 사람들이 보통 흥미를 느끼는 것에

---

* 원문은 라틴어로 'terra firma'다.

278

나는 전혀 관심이 없다. 그들이 추구하고 관심을 기울이는 것이 내게는 하찮게 보인다. 내가 정신을 똑바로 차리고 사물을 뚜렷하게 보면 사람들은 잘 보이지 않는다. 그들은 비문(飛蚊)*과 같다. 그들이 조금이라도 보인다는 건 시력이 불완전하다는 증거다.

*

로링의 숲**에서 풍금조 한 마리가 노래하는 소리를 듣고 이내 그 모습을 봤다. 붉은 새가 초록색 소나무들과 푸른 하늘과 이루는 그 멋진 대조! 그 노랫소리를 듣고 소나무 삭정이 위에 앉아 있는 새빨간 풍금조를 찾아낼 때마다 나는 언제나 놀라움을 금치 못한다. (그 새는 어둡고 잎이 무성한 소나무를 좋아하는 것 같다.) 믿을 수 없을 만큼 선명한 붉은색과 초록색과 푸른색은 꼭 우리가 바라는 이상적인 삼위일체 같다. 하지만 풍금조는 목쉰 소리로 아름다운 색깔을 상쇄해버린다. 나는 그만 도취되고 만다. 이 숲은 내가 흔히 걷는 숲이 아니다. 풍금조는 콩코드 마을을 그의 생각 속에 묻어뒀다. 풍금조 한 마리로 이 숲은 얼마나 야생에 가까워지고 또 얼마나 풍요로워지는가! 이 풍금조와 산누에나방 때문에 우리 지역은 열대 지방이 된다. 딱새의 울음소리에는 따스함이 깃들어 있지만 풍금조의 색깔과 울음소리에는 브라질이 담겨 있다.

---

* 원문은 라틴어 'muscae volitantes'로 영어로는 'flying flies'라고 하는데, 눈앞에 먼지나 벌레처럼 생긴 물체가 떠다니는 것처럼 느끼는 현상을 말한다.
** 월든 호수 근처에 있는 숲으로 사업가 데이비드 로링(David Loring, 1800~1870)의 소유였다. 소로는 이곳에 살지는 않았지만 에머슨과 함께 자주 산책했다.

*

오늘 아침 잎사귀는 잎사귀대로, 나뭇가지는 나뭇가지대로 반짝반짝 빛나는 얼음 갑옷을 입고 있다. 탁 트인 벌판의 풀잎마저 다이아몬드 목걸이를 주렁주렁 매달고 있어서, 나그네의 발길이라도 스치면 딸랑하고 낭랑한 즐거운 소리를 냈다. 그 모습이 말 그대로 보석을 조각내고 수정을 깨뜨려 흩뿌린 것만 같다. 마치 누가 밤사이에 지층을 한 꺼풀 벗겨내어 더럽혀지지 않은 눈부신 수정층을 드러낸 건 아닐까 싶다. 발걸음을 옮길 때마다, 좌우로 고개를 돌릴 때마다 경치가 다르게 보인다. 오팔, 사파이어, 에메랄드, 벽옥, 녹주석, 토파즈, 루비 따위가 곳곳에 널려 있다.

이곳이나 저곳이나, 예나 지금이나, 로마나 아테네나 아름다움*을 느끼는 마음이 있는 곳이라면 어디에서라도 그런 아름다움을 찾아볼 수 있는 것이 아닐까. 고향에서 그런 아름다움을 찾지 못한다고 해서 다른 곳에서 찾으려 한다면, 그것은 한낱 부질없는 헛수고일지도 모른다.

*

9월의 오후, 벽에 등을 기대고 햇빛을 받으며 묵상에 잠기는 것

---

* 에드거 앨런 포(Edgar Allan Poe, 1809~1849)는 〈헬렌에게〉에서 "물의 여신과도 같은 그대의 자태는 / 그 옛날 그리스의 영광, / 로마의 장엄함으로 인도하네"라고 노래했다.

은 일종의 사치다. 잿빛 바위 아래 웅크리고 앉아 귀뚜라미의 울음 소리를 듣는 것도 사치다. 지금부터는 낮과 밤이 한낱 우연의 연속에 지나지 않은 것만 같은, 시간이 행복한 하루를 마치는 조용한 저녁 무렵이다. 석양에 기우는 햇빛에 반사되어 황금색의 마른 들판, 그리고 그 들판에 자라는 현삼이 내 일상의 양식이다. 지금 대자연의 모습은 '알마 나투라(Alma Natura)', 즉 갓난아이에게 젖을 먹이는 어머니의 모습이라고밖에 어떻게 달리 표현할 수 있으랴.

*

여름날 한낮이 다 가도록 한적한 습지에 턱 높이까지 서서 소귀나무와 허클베리의 향기로운 냄새를 맡고 각다귀와 모기의 노랫소리에 마음을 달래는 것은 사치가 아닐까? (…) 12시간쯤 표범개구리와 다정하게 친숙한 대화를 나눈다. 태양은 오리나무와 말채나무 뒤에서 솟아올라 세 뼘 정도 넓이의 자오선으로 씩씩하게 올라가더니 서쪽 가파른 작은 언덕 너머로 사라진다. 수천 개의 녹색 예배당에서 울려 퍼지는 모기떼의 저녁 송가를 듣는다. 알락해오라기도 황혼의 대포처럼 비밀 요새에서 붕 소리를 내며 울고 있지 않은가! 확실히 하루 종일 습지의 정기에 잠겨 있는 일은 바싹 마른 맨발로 모래 위를 천천히 걷는 것만큼이나 유익할지도 모른다. 냉기와 습기, 그것은 온기와 건조함 못지않게 값진 경험이 아닌가?

이와 마찬가지로 그늘은 햇빛만큼 좋은 것이고, 밤 또한 대낮만큼 좋은 것이 아니겠는가? 도대체 왜 사람들은 독수리와 개똥지빠귀는 늘 좋아하면서 부엉이와 쏙독새는 한 번도 좋아한 적이 없는가?

*

　강 주위에는 개똥지빠귀가 유난히 눈에 띄고 요란하게 지저귀는 소리가 들린다. 아무리 보아도 찌르레기와 같은 종류의 새라고 생각되지 않는다. 개똥지빠귀는 찌르레기와 친척이라고 할 만큼은 점잖지 못하지만 청아함과 부드러움을 지니고 있으며, 몸에는 장교처럼 견장을 달고 있다. 그 밖의 새들은 부사관이다. 공중을 날아가는 솜씨 하나만 보아도 금방 알 수 있다.

　개똥지빠귀가 유유히 하늘에서 춤을 추고 한 나무 끝에서 다른 나무 끝으로 옮겨가는 모습은 마치 흐르는 듯 연주하는 곡조와 같다. 찌르레기 종류는 귀에 거슬릴 정도로 깨지는 소리를 내는 반면, 개똥지빠귀의 지저귐은 맑고 날카롭다.

*

　젊은 청년이 처녀를 사랑하듯이 자연을 사랑하는 것을 중요한 원칙으로 삼으면서도 좀 더 오래 사랑할 수 있는 사람은 얼마나 보기 드문가! 모든 자연은 내 신부(新婦)다. 자연은 어떤 사람에게는 명백하고 유령같이 음산한 고독일 수 있지만 다른 사람에게는 달콤하고 부드럽고 상냥한 친구가 될 수 있다.

*

　개똥지빠귀의 울음소리는 횃대 밑에 잔잔하게 불어나 흘러가는 강의 물결과 그 물소리와 한데 어우러져 빼어난 조화를 이룬다. 개똥지빠귀는 강물에 표정을 불어넣는다. 강물이 개똥지빠귀가 앉아 있는 나무 사이로 멀리 뻗어 있어 나무는 강물로 연주하는 물 오르간이 된다. 음악 소리는 나무 파이프를 타고 하늘 높이 올라간다.

*

저 멀리, 아주 저 멀리 보이지 않는 숲 주변에서 까마귀 울음소리가 메아리치는 것이 어렴풋이 들린다. 태양이 땅에서 끌어올리는 봄 아지랑이 때문에 그 소리가 흐려진 듯하다. 한 시냇물이 다른 시냇물과 하나가 되듯이, 까마귀 울음소리는 마을에서 나는 웅얼거리는 소리며 아이들이 놀면서 내는 소리와 한데 뒤섞이고, 야생의 소리와 길들여진 소리와 하나가 된다. 이 얼마나 듣기 좋은 소리인가! 까마귀는 다른 까마귀만 부르는 것만이 아니라 나에게도 말을 걸고 있다. 나 자신도 그와 더불어 신이 빚은 커다란 피조물 중 하나다. 그에게 목소리가 있다면 내게는 귀가 있다. 그가 소리를 내면 나는 듣는다. 그가 부르는 소리를 나는 알아들을 수 있다. 그래서 봄마다 까마귀가 나를 향하여 울어도 나는 그를 향해 총을 쏘거나 돌을 던지지 않는다.

*

나는 내 짐승 이웃인 야생 동물들의 습관을 관찰하는 데 상당한 시간을 보낸다. 그들의 동작과 이동을 보고 있노라면 한 해를 되돌아보게 된다. 기러기들이 날아가고 빨판이 있는 어류들이 자리를 옮긴다는 사실은 그 의미가 아주 깊다. 하지만 퓨마, 표범, 스라소니, 울버린, 곰, 말코손바닥사슴, 사슴, 비버, 칠면조 같은 좀 더 고상한 동물들이 이곳에서 멸종되었다고 생각하니, 나는 마치 길들고 거세된 지방에서 살고 있는 것 같다고 느끼지 않을 수 없다. 좀 더 크고 야성적인 동물들의 움직임이 훨씬 더 의미가 있지 않은가? 그렇다면 내가 지금 말을 걸고 있는 것은 불구가 된 불완전한 자연이 아닌가? 마치 전사들이 모조리 사라진 인디언 부족을 연구하는 것과 같다. 숲과 목초지가 지금 할 말을 잃고 있지 않은가? 이제 나는 제 머리 위를 덮고 있던 숲이 전보다 줄어든 곳에서 사는 말코손바닥사슴을 보거나 생각할 수도, 비버를 보거나 생각할 수도 없지 않은가? 동물들의 다양한 소리와 울음소리, 이동과 행동, 봄이나 다른 계절들이 왔음을 보여주는 몸 털과 깃털이 어떠했는지 생각할 때, 나는 자연 속에서 내가 꾸리는 삶, 내가 1년이라고 부르는 자연 현상의 특정한 순환이 유감스럽게도 불완전하다는 사실을 새삼 깨닫는다. 나는 악기가 너무나도 부족한 연주에 귀를 기울이고 있다. 문명국가 전체는 어느 정도 도시로 변했고, 나는 내가 동정해 마지않는 그 도시의 시민이다. 인디언들이 계절의 변화를 읽어내기 위해 지켜본 짐승들의 이동이나 다른 수많은 현상을 이제는 더 관찰할 수 없다. 나는 자연의 기분과 거동을 알기 위해 자연과 친밀해지고 싶다. 그중에서도 원시적인 자연이 가장 흥미롭다. 예를 들어, 나는 봄에 일어나는 모든 현상에 모든 시가 있다고 생각해 그 현상을 이해하려고 부단히 애쓴다. 하지만 내가 소유하고 읽은 것은 한낱 자연의 불완전한 복사에 지나지 않는다는 사실, 내 선조들이 첫 페이지와 가장 멋진 부분들을 뜯어내고 여러 군데 훼손했다는 사실을 알고 만다. 나는 이런 일이 안타깝다. 어떤 빼어난 사람이 나보다 먼저 나타나 별 중에서도 가장 아름다운 별을 따냈다고는 생각하고 싶지 않다. 나는 하늘 전체와 지구 전체를 알고 싶다. 이제 멋진 나무와 짐승, 물고기, 가금류가 모두 사라졌다. 졸졸 흐르던 개울도 조금 줄어든 것만 같다.

*

이 거대한 대지와 비교해볼 때 가장 단순하고 아둔해 보이는 한낱 곰팡이마저 우리에게 특별한 관심거리가 되기도 한다. 이는 곰팡이가 비록 침묵하고 있지만 명백한 유기체이며 우리와도 관련을 맺고 있기 때문이다. 곰팡이는 어떤 사상의 표현이다. 어떤 법칙에 따라 성장하며, 결코 잠자고 있거나 미숙한 물질이 아니라 거기 깃든 영혼에서 영감을 받고 사용되는 물질이다. 내가 흙 한 줌을 퍼 올렸을 때, 그 작은 알맹이들은 하나하나가 아무리 흥미롭다고 하더라도 다른 알맹이 옆에 존재하며 그와 관계를 맺은 것처럼 보인다. 그것을 함께 한 번에 던져버릴 수도 있을 것이다. 하지만 비록 가장 보잘것없는 곰팡이라고 할지라도 거기에는 나 자신의 삶과 비슷한 한 유기체의 삶이 드러난다. 균류의 삶은 그대로가 성공적인 한 편의 시다. 균류가 물질의 입자들을 사용하고 배치하는 그만의 관념이나 정신에는 그 입자보다 더 나은 무언가가 존재한다는 사실이 암시되어 있다.

  언덕을 넘어오다가 개똥지빠귀가 저녁 노래를 부르는 소리를 듣는다. 음악처럼 내게 감동을 주는 노래를 부르는 새는 이 새밖에 없다. 그 새의 노래는 내 생각과 환상과 상상력의 흐름과 상태에 영향을 준다. 그 소리는 내 마음을 고양하고 내 원기를 북돋아주고 나를 고무한다. 그 소리는 내 영혼이 복용하는 약이다. 내 눈을 맑게 하는 특효약이요, 내 모든 감각을 젊게 유지해주는 샘물이다. 그 소리는 모든 시간을 영원한 아침으로 바꾸어놓는다. 하찮은 것들을 모두 사라지게 한다. 개똥지빠귀는 나를 본래의 모습으로 되돌려놓고, 나를 창조주로 만들며, 내 궁정의 악장 노릇을 한다. 이 음유 시인은 때때로 영웅들의 시대를 노래한다. 그래서 마을의 어떤 사건도 동시대의 사건일 수가 없다. 마을의 사건들이란 기껏해야 일시적인 사건일 뿐인데, 어떻게 개똥지빠귀의 노래와 동시대적인 사건이 될 수 있겠는가? 영원하고 무한한 것이 도대체 어떻게 유한하고 일시적인 것과 동시대의 사건이 될 수 있단 말인가? 그래서 소 모가지에 단 방울 소리에도 그 무엇이, 농부들이 마시는 우유보다도 더 달콤하고 자양분이 많은 그 어떤 것이 들어 있다. 개똥지빠귀의 노래는 나에게 '랑 데 바슈'*의 일종이다. 나는 오랫동안 황야, 내 발로 그냥 지나쳐갈 수 없는 끝없는 자연, 개똥지빠귀들의 노래가 영원히 그치지 않는 숲을 그리워한다. 그 숲에서는 시간이 늘 아침에 머물러 있

---

*　프랑스어 원어는 'ranz des vaches'로, 알프스의 목동이 소를 불러 모으기 위해 부르는 특유의 선율이다.

고, 풀에는 이슬이 맺혀 있으며, 대낮은 영원히 입증되지 않는다. 그 숲에서는 비옥한 미지의 땅이 내 주변에 있을지도 모른다. 나는 소들의 뒤를 쫓아다닐 것이다. 먹을 것과 입을 것만 마련된다면, 나는 그곳에서 죽을 때까지 아드메토스*의 양 떼를 돌보아줄 것이다. 그곳은 영원하고 타락하지 않는 일종의 뉴햄프셔다.

*

이 인근에서 모래를 몇십 평방미터만 파도 멸망한 한 종족의 돌화살촉을 발견할 수 있다. 사람들이 활과 뾰족한 돌로 무장하고 이곳을 돌아다닌 시절이 아주 오래된 것처럼 보이지만 그 흔적은 수없이 많다. 좀 더 미세한 모래 입자는 바람에 날아가고, 화살촉은 그대로 남아 있다. 모래가 바람에 완전히 휩쓸려가듯이 그 종족도 이곳에서 완전히 사라져버렸다. 우리의 유물이 그러하다. 이 종족이 우리의 조상들이다. 그렇다면 도대체 왜 우리는 인디언을 경시하고 로마와 그리스에 대해 그토록 소란을 피우는가? 우리는 상상 속에서 아이들과 함께 후안 페르난데스**로 어슬렁거리며 찾아가 그곳 모래밭에서 발자국을 보고 놀라워할 필요가 없다. 이곳 우리

---

* 그리스 신화에 나오는 테살리아 페라이의 왕이다. 아폴론은 자신의 아들 아스클레피오스의 죽음으로 화가 나서 퀴클롭스를 죽이고 나서 속죄하기 위해 인간 세상으로 내려가 아드메토스의 집에서 가축을 치면서 일했다.

** 후안 페르난데스 군도를 뜻한다. 스페인의 탐험가이자 항해가 후안 페르난데스 (Juan Fernández, 1536~1604)가 칠레 해안에서 떨어진 곳에서 발견한 군도다. 페르난데스는 이 군도 외에도 페루의 칼야오에서 칠레의 발파라이소에 이르는 최단 항해 노선을 발견한 것으로도 유명하다.

집 문 앞에도 그보다 훨씬 의미 있는 발자국, 우리보다 먼저 살았던 종족의 흔적이 있다. 이것이야말로 대자연이 우리에게 물려준 조그마한 상징이다. 그렇다, 이 화살촉 모양의 기호는 아마 그 어느 기호보다 더 오래되었고, 내가 보기에 아직껏 해독되지도 않았다. 그리스와 로마에 대해 글을 쓰고 생각하려고 뉴질랜드에 가서는 안 되고, 뉴잉글랜드에는 더더욱 안 된다. 새로운 땅, 새로운 주제가 우리를 기다리고 있다. 에덴동산을 기념하는 대신 자신의 동산을 기념하도록 하라.

*

몇몇 역사가들은 인디언을 아주 낮게 평가했다. 기술도 지식도 부족한 데다 인간성도 저급하고 너무 야만적이어서 기록으로 남길 만한 가치가 없다고 치부해버렸다. 인디언을 두고 그들이 사용한 수식어들은 하나같이 '불쌍한'이니 '하찮은'이니 '가련한'이니 하는 말뿐이었다. 이 나라의 역사를 기록한 그들의 글을 보면 너무 성급하게 '인간성의 결여'라는 결론에 도달했다. 하지만 이러한 결론은 해안에서 내륙 지방까지 더럽히고 훼손해온 장본인들에게나 어울린다.

한낱 토착 동물도 우리에게는 한없이 흥미로운 존재다. 하물며 이곳의 토착민은 두말할 나위가 없지 않은가! 차이점보다는 유사점이 훨씬 더 많은 그 야성의 사람들이 우리보다 먼저 이 해안에 살고 있었다면, 그들의 삶의 방식은 어떠하였고 어떤 규범에 따라 생활하였으며 자연과 어떠한 관계를 맺고 있었는지, 그들이 이어갔던 예술과 풍습, 그들이 간직했던 환상과 미신은 어떠했는지 알고 싶다. 그들은 이 강과 호수 위를 노 저어 다녔으며, 이 숲속을 거닐었고, 바다와 숲에 얽힌 그들만의 환상과 믿음을 가지고 있었다. 동양 우화 못지않게 우리의 관심을 끄는 부분들이다. 하지만 역사가들은 누구보다도 자주 인간성을 역설하면서도 실상 들짐승을 잡듯이 인디언들에게 총구를 겨누는 사냥꾼, 황무지를 개간하는 사람, 금을 캐는 사람과 조금도 다를 바 없다. 총 대신 펜을 들었다는 차이만 있을 뿐이다. 역사가들은 그들 못지않게 잔혹하고 무자비한 짓을 저지르고 있다.

*

인디언들에게는 쟁기로 땅을 일구는 것 말고는 살아남을 방도가 없었다. 태평양으로 내몰리지 않기 위해서는 작살과 총, 화살이 아닌 쟁기를 붙잡아야 했다. 기독교 유일 신앙이 그들을 구원하러 들어왔기 때문이다. 운명의 목소리는 근엄했다. "이 땅의 주인으로 남으려면 사냥꾼으로 살기를 포기하고 한 단계 아래로 내려가 농사꾼의 삶을 택하라. 땅에 깊이 뿌리를 내려라"라고 말이다. 내가 인디언과 사냥꾼에게 꽤 호감을 가지고 있다는 사실은 인정한다. 그들은 우리와 똑같이 존경받을 만한 독특한 사람들이다. 방랑과 사냥의 습성을 타고난 그들에게 미명의 백인 문명을 주입해서는 안된다. 프랑스 선교사 르죈 신부는 다음과 같이 충고했다. "인디언들의 지력은 이 무렵의 프랑스 농부들보다 우월했다. (…) 프랑스 농부들을 데려와 인디언 밑에서 일을 시켜야 한다."

지금 뉴햄프셔주, 매사추세츠주, 로드아일랜드주, 코네티컷주의 경내에 사는 인디언은 줄잡아 4만 명을 넘지 못한다고 한다. 유럽에서 온 최초의 이주민들이 신대륙에 발을 들여놓기도 전에 전염병이 인디언들을 휩쓸고 지나간 적이 있는데, 이는 그 역병이 돌기 전의 숫자다. 더구나 이곳은 다른 곳보다 인구 밀도가 더 조밀했다. 하지만 인디언들은 필요 이상으로 땅을 소유하지 않았다. 한편 백인 인구는 현재 150만 명을 넘으며 국토 전체 면적의 3분의 2는 미개척지다.

인디언들은 분명 백인의 요구에 따르려고 하지 않았을 것이다. 그들은 모든 면에서 비굴하게 허리를 굽히지 않았다. 그들 역시 맛있는 음식과 따뜻한 집을 싫어할 리 없었겠지만, 선조가 물려준 권리를 두고 거래를 하기보다는 차라리 누더기 담요를 덮으며 선조의 뒤를 따르는 쪽을 택했다. 훗날 숨을 거둘 때 그들의 수호신이 반드시 합당한 판결을 내려줄 것이기 때문이다. 그들은 싸움에 나가 쉽게 무릎을 꿇지도 않으며 멸망하지도 않는다. 다만 태평양 너머 더 넓고 행복한 사냥터로 옮겨갈 뿐이다.

*

나는 다른 동물들을 보통 사람들이 그러하듯 짐승으로 여기지 않는다. 오히려 동물들은 사람들처럼 허튼소리를 하지 않기 때문에 더 마음이 끌리는 존재다. 그들은 멍청하거나 자만하거나 거드름을 피우거나 어리석지 않다. 약간의 결점이 있다 한들 그것이 무슨 대수랴. 사람이 숲속에 나타나면 내 요정들은 어김없이 도망쳐버린다. 정당의 전당 대회장, 회의 장소, 문화 회관, 사교 단체 회의실 등 그 어디에서도 나는 이러한 느낌을 받은 적이 없다. 하지만 브라운 씨의 떡갈나무 관목 지대에서는(4050제곱미터쯤 되는 땅인데 며칠 전 내가 제곱미터당 6달러를 주고 샀다) 영국을 다 주고도 살 수 없을 만큼 소중한 친구를 얻을 수 있다. 여기는 내가 사는 곳이자 연구하는 곳이다. 그래서 나는 이렇게 서명을 남긴다. 이곳이야말로 나의 전부이며 바로 나 자신이라고.

*

나는 어느 인공 정원보다도 더 크고 매력적인 정원을 소유하고 있다. 오후마다 나는 내 정원으로 산책하러 나간다. 내 정원은 어떤 귀족도 가져보지 못한 커다란 정원이다. 내 정원에는 수목에 둘러싸인 산책로가 끝없이 이어진다. 야생 동물들이 자유롭게 뛰어논다. 또한 호수와 대지로 다채로운 풍경이 펼쳐진다. 더구나 외진 곳이어서 미로를 헤매는 길 잃은 나그네를 만나는 일도 아주 드물다.

우리는 세상의 아름다움을 그저 스쳐 지나가면서 그 일부만을 흘낏 바라볼 뿐이다. 하지만 제대로 바라보기만 한다면 우리는 무색의 얼음 속에서도 반짝이는 무지개의 빛깔에 황홀감을 느낄 수 있을 것이다. 폭풍우에도 물 한 방울 속에도 무지개가 들어 있다. 자연의 아름다움과 음악은 어떤 특별한 성향이나 이례적인 무언가를 타고난 것이 아니다. 당연한 자연 법칙이고 특성일 뿐이다. 다만 우리가 그것을 보고 듣지 못할 따름이다.

비가 그치고 동쪽 하늘에 무지개가 걸려 있다. 대지는 마치 다시 태어난 듯하고 풀잎은 물기로 흠뻑 젖어 있다. 공기는 포근함을 되찾아 차분히 가라앉아 있다. 비 덕분에 거울처럼 매끄러워진 수면은 그지없이 아름답다. 홍수로 물이 불어난 곳의 강폭은 아직도 줄어들 기미가 보이지 않는다. (…) 이 소나기가 잠들어 있던 여름을 효과적으로 깨운 것을 생각하면 그저 놀라울 뿐이다. 소나기는 여름철의 세례와도 같다. 여름 날씨는 언제나 정해진 순서에 따라 흘러가는 것이 아닐까? 가령 천둥을 동반한 비, 무지개, 수면에 비치는 온갖 모습, 그리고 따스한 밤 말이다. 여름의 이마 위에 무지개가 걸려 있다. 자연은 사랑하는 딸, 즉 여름의 이마에 이 보석을 장식해놓은 것이다. 물기에 젖어 있는 풀과 오래된 소나무의 뾰족한 잎들이, 저녁 어스름 속에 온갖 색깔을 띠고 있는 그림자를 더욱 짙은 푸름으로 물들이고 있다.

*

차가운 기운에 이슬이 맺히고 대기도 맑아진다. 그윽한 정적이 흐른다. 자연에 인격과 정신이 깃들어 있는 것 같고, 자연이 내는 소리도 깊은 사색을 거쳐 나온 것만 같다. 귀뚜라미 울음소리며 콸콸 흐르는 시냇물, 나무들 사이로 불어오는 바람까지 이 모든 것이 우주의 끝없는 진보를 이야기한다. 이 자연의 소리는 진지하며 듣는 이에게 기운을 북돋아준다. 숲속의 바람 소리에 심장이 뛴다. 어제까지만 해도 산만하고 천박하던 내가 숲의 바람 소리를 듣고 갑자기 영혼이 되살아난 느낌이 든다. 조용하고 흐린 날 검은 방울새가 하루 종일 지저귄다. 사색의 계절이 가까이 다가왔음을 알려준 어린 새 떼들이 생각난다. 아! 평생 한결같은 그러한 삶을 살 수만 있다면 얼마나 좋을까. 평범한 계절에 작은 과일이 무르익듯 내 삶의 과일도 그렇게 무르익을 수만 있다면 얼마나 좋을까. 언제나 자연과 교감하는 그러한 삶을 살아갈 수만 있다면 얼마나 좋을까. 계절마다 꽃피는 자연의 특성에 맞추어 나도 함께 꽃피는 그러한 삶을 살 수 있다면 얼마나 좋을까. 아! 그러면 나는 자연에서 걷고 자연에서 서고 자연에서 잠을 잘 수 있을 것이다. 시냇가를 따라 걸으며 새처럼 즐겁게 노래하는 기도자가 되어 커다란 목소리로, 때로는 혼잣말로 기도할 것이다. 기쁘게 땅과 포옹하고 즐겁게 땅에 묻힐 것이다. 비록 사랑한다는 말은 나누지 못했지만 내 사랑을 알고 내가 사랑하는 사람들을 땅 속에 누워 추억할 것이다. 이보다 더 좋은 시간을 보낼 수 있기를 기대한 적도 있었다. 이보다 더 가치 있는 마음을 갖게 되기를 바란 때도 있었다. 하지만 지금의 나는 내 안에서 넘쳐나는 생명의 홍수에 감사할 따름이다. 나는 지금 그렇게 가난하지 않다. 사과가 익는 냄새를 맡을 수 있기 때문이다. 시냇물은 하루가 다르게 깊어간다. 가을꽃들, 특히 모래 위에서 환한 남색 꽃을 피우면서 쓴 쑥과 같은 강한 향내를 풍기는 '배스타드 페니로열'* 덕에, 나는 영혼을 살찌우고 땅을 향한 애착을 일깨우고 스스로를 존중하는 행복한 사람이 된다. 공기는 섬유질로 이루어

---

* 박하의 일종이다.

져 퍼덕이는 비둘기 날개에도 찢겨나갈 것만 같다. 나는 신에게 감사한다. 나는 이런 선물을 받을 만한 어떠한 일도 한 적이 없다. 주목을 받을 만큼 가치 있는 존재도 아니다. 하지만 나는 지금 환희로 가득 차 있다. 나는 때 묻고 쓸모없는 인간에 지나지 않지만 세상은 금빛으로 빛나며 나에게 기쁨을 선사한다.

*

나는 내 귀로는 결코 들을 수 없는 자연의 소리를 언제나 듣는다. 정확히는 그 첫 멜로디만 겨우 듣는다. 자연은 내가 한 발 다가서면 어김없이 한 발 뒤로 물러서고는 한다. 뒤로, 뒤로, 자연과 그 속에 담긴 의미는 언제나 그렇게 뒤로 물러서 있다. 하지만 자연의 신념과 기대는 그 자체만으로도 귓가에 들려오는 것이 아닐까? 나는 끝내 보지 못했고, 끝내 듣지도 못했다. 하지만 가장 좋은 부분은 눈에 보이지도 않고 귀에 들리지 않는 법이 아닌가.

*

내가 자연을 사랑하는 이유는 자연이 인간에게서 멀리 떨어진 은신처이기 때문이다. 인간의 제도는 자연을 통제할 수도 없고 자연을 감염시킬 수도 없다. 자연은 인간 세상과는 다른 권리로 가득 차 있다. 자연에서 나는 완전한 기쁨을 누릴 수 있다. 만약 이 세상이 온통 인간의 것으로만 가득 차 있다면, 나는 기지개를 켜지 못하고 모든 희망을 잃고 말 것이다. 나에게 인간은 구속이지만 자연은 자유다. 인간은 내게 다른 세상을 꿈꾸게 한다. 하지만 자연은 내가 이 세상을 보며 만족하게 한다. 자연이 주는 기쁨은 인간의 통치와 정의의 지배를 받지 않는다. 인간의 손이 닿으면 모든 것이 더러워진다. 인간의 생각은 하나같이 도덕으로 만들어진다. 인간이 자유롭고 기쁨에 찬 노동을 할 수 있다고 생각하는 사람은 없을 것이다. 인간에 기반을 둔 기쁨과 비교해볼 때 자연에 기반을 둔 기쁨이란 비록 그 수는 적어도 얼마나 순수한가! 자연이 주는 기쁨은 사랑하는 사람이 우리에게 들려주는 솔직한 말 한 마디에 빗댈 수 있다.

*

우리의 삶에는 정말로 아무런 죄가 없었나? 생각이나 행동에서 동료 인간이나 짐승을 상대로 '비인간적으로' 살지 않았는가? 우리는 매주 이렇게 스스로에게 물어볼 필요가 있다. 평온한 삶을 이루기 위해 우리는 우주와 하나가 되어야 한다. 아무리 무의식적으로 그리했다고 해도 어떤 피조물에게 필요 이상으로 해를 끼치는 것은 그 점에서는 일종의 자살 행위다. 살인자가 어떠한 평화를 (또는 삶을) 누릴 수 있단 말인가?

*

우리가 계속 맑은 수정으로 남아 있으려면 얼마나 많은 노력을 기울여야 하는가! 세상에서 때가 묻은 탓에 사물의 모습을 제대로 비출 수 없는 흐린 수정이 되지 않도록 말이다. 만약 우리 마음속에 자유와 평화가 없다면 우리 권리에 무슨 가치가 있겠는가? 우리의 내면 깊숙한 곳에 홀로 서 있는 인간이 썩은 흙탕물 웅덩이와 같다면 우리의 자립이 무슨 소용이 있겠는가? 우리는 세상과 접촉하면서 너무 자주 마음이 흔들려 수정처럼 맑게 세상을 비추지 못하고 있다. 우리에게 감동을 선사하는 아름다운 것은 하나같이 그 자체로 충분한 것뿐이다. 세상과 많은 관계를 맺었지만 시련을 잘 견뎌내지 못한 사람들이 내 적대 세력이 되어 나에게 좋지 않은 영향을 미친다. 그들은 가시이자 껍질이다. 부드럽고 무구한 고갱이가 사라진 껍질 같은 존재, 가시만 남은 고슴도치 같은 존재다.

아, 이 세상은 우리에게 너무 힘겹다. 우리의 영혼은 일터에서 염색공의 손처럼 시꺼멓게 때가 묻는다. 빵을 얻는 과정에서 순결함을 잃기보다는 차라리 굶어 죽는 쪽이 더 나을 것이다. 여기에 우리가 치료받으러 들어가기 전에 먼저 물결이 가라앉아 잠잠해져야 하는 베드자다의 연못이 있다. 만약 노인의 마음에 젊은이가 있지 않다면, 다시 말해서 산전수전 다 겪은 그의 몸 안에 순진함이 없다면 그 사람은 악마의 천사 같은 존재일 뿐이다. 나는 삶에 대해 불만을 느끼면서 좀 더 나은 삶을 열망한다. 무엇인가를 기대하는 듯 양심의 소리에 더욱더 귀를 기울인다. 절제하고 겸손해진다. 그러자 나는 갑자기 속이 꽉 찬 견과처럼 삶으로 충만해진다. 내 속에는 지금 조용하고 부드러운 기쁨이 차고 흘러넘친다. 나는 혼잣말로 이렇게 중얼거린다. 아침 일찍 일어나서 아침 산책을 해야지. 쾌락과는 당장 결별하고 내 시혼(詩魂)에 온 마음을 바쳐야지. 그리하여 내 안에 흐르던 강을 댐으로 막아 강물을 머리 쪽으로 모은다. 그리고 머리에는 생각이라는 화물을 싣는다.

*

내가 사람들과 멀어진 까닭은 자연과 가까워졌기 때문이다. 해와 달, 아침과 저녁에 대한 나의 관심 때문에 나는 고독해졌다. 이 세상에 석양이 비치는 하늘만큼 숭고한 그림은 없다. 그 석양을 보기 위해 누구와 만날 필요는 없다. 그러므로 나는 마땅히 사람들과 단절될 수밖에 없다. 자연의 아름다움을 명확히 깨닫는 바로 그 순간 정신은 인간 사회에서 멀어진다. 교제에 대한 내 욕망은 무한히 크지만 실제 사회에 대한 내 적응력은 오히려 감소한다.

*

그대는 왜 그토록 서둘러 극장으로, 강의실로, 그리고 도시의 박물관으로 사라지는가? 이 자연 속에 잠깐만 머문다면 색다른 광경을 볼 수 있을 텐데 말이다. 물가를 산책해보면 모든 시냇물과 강과 연못이 그대의 드넓은 산책로가 될 것이다. 발이 푹 빠지도록 순백의 수정으로 뒤덮인 땅도 볼 수 있으리라. 그대가 그 속을 미끄러져 갈 때 모든 나무와 그루터기는 얼음 갑옷 속에서 반짝거리리라.

*

지금 나는 꼬불꼬불하고 메마르고 인적이 끊긴 오래된 길을 그리워한다. 그 길은 마을 먼 곳으로 나를 이끈다. 나를 지구 너머 우주로 인도하는 길. 하지만 삿된 곳으로 유혹하지 않는 길. 여행지

의 이름을 생각하지 않아도 좋은 길. 농부가 자신의 농작물을 짓밟
는다고 불평하지 않는 길. 어느 신사가 최근에 지은 자신의 시골 별
장에 무단으로 침입했다고 불만을 털어놓지 않는 길. 마을에 작별
인사를 하고 걸음을 재촉해도 좋은 길. 순례자처럼 정처 없이 떠나
는 여행의 길. 여행자와 자주 부딪치기 어려운 길. 영혼이 자유로운
길. 벽과 울타리가 허물어져 있는 길. 발이 땅을 딛는다기보다 머
리가 하늘로 열려 있는 길. 다른 여행자를 만나기 전에 멀리서 그를
발견하고는 인사를 나눌 준비를 할 만큼 넓은 길. 사람들이 탐을 내
서 서둘러 이주할 정도로 비옥한 토양이 없는 길. 보살필 필요가 없
는 나무뿌리와 그루터기 울타리들이 있는 길. 여행자가 그저 몸 가
는 대로 마음을 맡길 수 있는 길. 어디로 향하여 가든 오든, 아침이
든 저녁이든, 정오든 자정이든 별다른 차이가 없는 길. 뭇사람의 땅
이어서 값이 헐한 길. 얼마만큼 왔나 따져 볼 필요 없이 편하게 걸
으면서 생각에 몰두할 수 있는 길. 숨이 차면 천천히 왔다 갔다 하
는 변덕마저도 소중한 길. 사람들과 만나 억지로 저녁을 먹고 대화
를 나누며 거짓 관계를 맺지 않아도 좋은 길. 지구에서 가장 멀리
떨어진 곳까지 갈 수 있는 길.

*

이 조용한 저녁 누군가가 뿔피리를 부는 소리가 들린다. 요즈음
에는 뿔피리 소리가 자연의 탄식처럼 들린다. 방금 누군가가 뿔피
리를 분다고 적었지만, 그 소리에는 어떤 사람보다도 더 큰 그 무엇
인가가 깃들어 있다. 마치 땅이 말하고 있는 것 같다. 뿔피리 소리

는 저 멀리 지평선이 있는 듯한 느낌을 준다. 말을 건네려고 고개를 뒤로 돌릴 때처럼 지평선이 아주 먼 곳으로 물러나 있다. 내가 지금 서쪽에서 듣는 소리는 동쪽으로 오라는 초청장처럼 들린다. 그 소리는 속삭임의 회랑처럼 지구를 한 바퀴 돈다. 서부의 영혼이 동부의 영혼을 큰 소리로 부르는 소리다. 그것이 아니라면 짐승 한 무리가 대낮 기차에 뒤쳐져 덜커덩거리며 걷는 소리다. 어둠과 고요를 뚫고 소리가 들려오는 곳에서는 모든 위대한 일이 일어날 것만 같다. 그것은 멀리 떨어져 있는 은자의 작은 촛불처럼 다정하다. 그 소리가 떨리거나 파동이 일 때면 하늘은 시간으로 힘없이 무너지고, 파동은 잇달아 그 위로 흐른다.

오늘날처럼 모든 것이 뒤죽박죽인 시대에 뿔피리 소리는 이상할 만큼 건강하다. 암소의 방울 소리와 뿔피리 소리가 들판 너머에서 들려올 때면, 좀처럼 얻기 어려운 건강을 얻는다. 나는 이제 '소리'라는 말의 아름다움과 의미를 완전히 깨닫는다. 벌레 울음소리, 얼음이 갈라지는 소리, 아침 수탉이 홰치는 소리, 밤에 개들이 짖는 소리에 울림이 있듯이 자연에도 늘 어떤 울림이 있다. 그런 울림은 자연이 건강하다는 것을 보여주는 지표다. 신의 음성은 사소한 맑은 종소리와 다르지 않다. 나는 그 소리를 들으며 멋진 건강과 강장제를 마신다. 아무리 작은 소리라도 지평선에서 들리는 딸랑거리는 소리는 내 자신이 건강하다고 일깨워준다. 나는 소리를 주신 신께 감사한다. 소리는 언제나 위쪽을 향해 움직이고, 나를 위쪽으로 향하게 만든다. 이렇게 값싸게 풍요로워질 수 있는데 부(富)를 위해 수고할 필요가 어디에 있는가. 나는 꾸준히 노력하여 농장 하나를 소유하거나 그런 광활한 땅이 있어 땅에서 나는 소리에 귀를 기울렸으면 하고 생각한다. 우리에게 이로운 것은 하나같이 값이 싼 반면, 해로운 것은 모두 값이 너무 비싸다.

이 공동체로 말하자면, 나는 천국에서 가정을 꾸리느니 차라리 지옥에서 독신자의 거처를 마련하겠다.* (…) 나는 천국에서 내가 먹을 빵을 직접 굽고 내가 입을 옷을 빨고 싶다.

*

문명인들은 거의 습관적으로 집을 소유하고 있다. 인간의 집은 감옥이다. 그를 압박하고 속박하는 감옥이다. 그를 보호해주는 편안한 안식의 쉼터가 아니고 말이다. 그는 조심스럽게 살아간다. 마치 벽이 금방이라도 무너져 자신을 덮칠 것처럼 온갖 무장을 한다. 그의 발은 저 밑 지하실을 기억하고, 근육은 결코 긴장을 푸는 법이 없다. 집을 정복하고도 그 속에서 편안히 앉아 있는 법을 배우며 지붕과 바닥과 벽이 하늘과 나무와 땅처럼 자연스럽게 서로를 안고 있는 일은 아주 드물다.

*

아침에 대해 그대는 얼마나 알고 있는가? 자연의 계절에 얼마나 공감하고 있는가? 잠자리에서 일찍 일어나 이슬을 헤치고 멀리까

---

* 앞 각주에서 설명했듯, 소로는 1839년 엘런 수얼에게 청혼했으나 거절당한 뒤 평생 독신으로 살았다.

지 쏘다녀본 적이 있는가? 해가 뜨도록 늦잠이나 자고 있다면, 그래서 수탉이 우는 소리를 듣지 못한다면, 오로라의 수줍음을 눈치채지 못한다면, 비너스와 다정한 친구가 되지 못한다면, 그대는 과연 지혜나 순수와 관련이 있다고 할 수 있을까? 만약 그렇다면 그대는 이미 젊은 날에 창조주를 까맣게 잊어버린 것이리라! 정오까지 그대의 눈꺼풀이 닫혀 있었다니! 심한 두통을 느끼며 겨우 잠자리에서 일어났다니! 아침에는 새들처럼 노래를 불러라. 그 어떤 새가 태양이 중천에 떠오르도록 둥지에서 잠을 자고 있는가? 그 어떤 닭이, 신종 박쥐나 올빼미나 덤불참새나 종달새가 그러하겠는가? 노래하기 전에 그들이 차나 커피를 마시는 것을 보았는가?

*

삶은 궁극적으로 혼자가 아니던가! 우리는 삶의 바닷가에 살고 있고, 우리와 바다 사이를 가로막는 것은 아무것도 없다. 사람들은 나의 즐거운 친구요 동료 순례자이지만, 그들은 함께 길을 가며 나에게 위안을 주다가도 첫 번째 갈림길이 나오면 나와 헤어진다. 나처럼 한 길을 멀리 여행하는 사람은 이 세상에 아무도 없기 때문이다.

사람은 누구나 선두에 서서 길을 걸어간다. 매정한 운명은 연약한 어린아이라고 눈감아주는 법 없이 부모와 마찬가지로 가혹하다. 부모와 친척은 다만 새파란 아이들을 위로해줄 뿐이다. 하지만 부모나 친척이 아이와 그 아이의 운명 사이에 서서 시련을 막아줄 수는 없다. 이것은 모든 사람이 직면해 있는 삶의 적나라한 모습이다. 우리 앞에는 아무런 울타리도 없다. 눈앞에 펼쳐진 드넓은 공간 어디를 둘러보아도 앞에는 아무것도 보이지 않는다.

*

우리는 모든 지식을 잊어버릴 때야 비로소 무엇인가를 알기 시작한다. 어떤 학자를 통해 자연 대상에 입문한다고 생각하는 한, 그 대상에 털끝만큼도 가까이 다가갈 수 없다. 완전히 이해하고 깨달음을 얻으려면 그것이 완전히 낯선 것인 듯 수천 번에 걸쳐 접근해야 한다. 가령 양치식물을 알고 싶으면 식물학 지식을 잊어버려야 한다. 흔히 양치식물에 관한 지식이라고 일컫는 것을 완전히 떨구어내야 한다. 과학적 용어나 구분은 아무 소용이 없다. 무언가를 알려면 그 대상을 보고 기꺼이 깨달을 마음이 있어야 하고, 아무 편견 없이 그 대상에 접근해야 하기 때문이다. 어느 하나도 그대가 지금껏 생각해온 것과 같지 않다는 사실을 깨달아야 한다. 이 세계와 그 아름다움이 과연 어떤 책에 기술되어 있단 말인가? 누가 아름다움을 발견하는 단계를 짜놓았단 말인가? 당신은 일상적인 상태와는 다른 상태에 있어야 한다. 당신의 가장 큰 성공은 단순히 사물을 있는 그대로 깨닫는 것이고, 그러면 영국 왕립 협회*와 서신을 나눌 필요도 없게 될 것이다

---

*   영국 왕실에서 공인한 과학자들의 모임으로, 1660년 영국 국왕 찰스 2세가 공인한 유서 깊은 학회다.

노예제에 대해 말하다니! 노예제는 미국 남부에만 특유하는 제도가 아니다. 인간을 사고 팔 수 있는 곳, 인간이 자신을 오직 사물이나 도구처럼 허용하는 곳, 이성과 양심이라는 양도할 수 없는 권리를 포기하는 곳이라면 어디서에나 찾아볼 수 있는 제도다. 실제로 그런 노예제는 육체만을 노예로 만드는 제도보다 제도로서 훨씬 더 완성도가 높다. 이런 노예제는 미국 북부의 여러 주에도 존재하며, 나는 여러 신문을 읽고 이 제도가 캐나다에도 존재한다는 사실을 알았다. 나는 지금까지 이런 노예가 아닌 판사를 한 번도 만나본 적이 없고, 다른 판사가 있다는 이야기를 들어본 적도 없다. 판사는 부정을 물리칠 수 있는 가장 훌륭하고 가장 신뢰할 수 있는 무기가 아니던가. 다만 판사는 더 가치 있는 노예이기 때문에 흑인들보다 약간 더 비싼 가격으로 팔려나갈 뿐이다.

어떤 유색인이 미주리주에서 자신을 납치하려 한 범인을 살해하고 캐나다로 도주한 것으로 보인다. 경찰견 여러 마리가 토론토까지 그를 추적했고, 지금 캐나다의 판사들에게 그를 내놓으라고 요구하고 있다. 내가 알 수 있는 한, 캐나다 판사들은 판사로서 자신의 역할을 수행하고 있다. 감옥에 갇혀 있는 그 가련한 도피 노예는 적어도 영적으로는 자유롭다. 오히려 판사들이 노예인 셈이다.

나는 피라미드에 관한 터무니없는 이야기를 지금껏 신물이 나도록 들었다. 만약 오늘 의회가 대평원에 피라미드 같은 구조물을 세우는 일을 투표에 부치더라도 나는 그 일을 눈곱만큼도 중요하게 생각지 않고 어떤 흥미도 갖지 않을 것이다. 피라미드는 몇몇 폭군의 어리석은 사업이었다. 사람들은 피라미드 같은 구조물을 세우는 일이 마치 고귀한 일인 것처럼 말하기를 좋아한다. 수만 명의 아일랜드인에게 하루 50센트의 낮은 품삯을 주고 석축 일을 시키는 그런 행태를 말이다. 마치 힘을 잘 합치기만 하면 고상해질 수 있다는 듯이, 고귀한 동기만 덧붙이면 모든 것이 다 잘된다는 듯이 말이다. 티머시 덱스터 경만큼이나 어리석은 이집트의 야심가 쿠푸 씨가 낮은 임금으로 수만 명의 불쌍한 사람들을 고용하여 쌓아올린 돌무더기, 보화 대신에 암소의 대퇴골을 집어넣어 만든 그 돌무더기를 보려고 사람들은 세계를 돌아다닌다. 바벨탑은 오랫동안 조롱의 대상이었다. 하지만 바벨탑도 피라미드처럼 합당한 사업이었다. 만약 바벨탑이 완성되어 오늘날까지 서 있었다면 바벨탑 또한 찬미의 대상이 되었을 것이다.

*

배우지 못한 사람의 지식은 울창한 숲과 같다. 생명력이 넘쳐도 이끼와 버섯 따위에 덮여 대개는 쓸모가 없다. 과학자의 지식은 공공사업을 위해 마당에 내놓은 목재와 같다. 잘하면 이곳저곳에서 유용하게 쓸 수도 있지만 쉽게 썩는 결함이 있다. 많은 사람은 '공부를 끝까지 하려고' 유럽에 건너간다. 하지만 정작 그들이 공부를 마치고 돌아오면 친구들은 그들이 배운 것이라고는 고작 올바른 영어 발음뿐이라는 사실을 알게 된다. 때 이르게 껍질이 딱딱하게 굳어버린 조가비가 속이 텅 비어버린 것과 같다. 말하자면 고국을 떠나갈 때는 호박이었지만 돌아올 때는 호리병박이 되었다고나 할까. 호리병박처럼 쓸모 있는 도구가 되었지만 그 속에 맛있는 영양분은 없다. 맛있는 영양분을 얻는 대신에 때 이르게 딱딱한 껍질로 굳어버렸다. 그들의 내용물은 모두 짜냈고, 꼭 필요한 기름은 모두 사라져버렸다.

*

'자유 교양(liberal)' 교육이란 말은 본디 자유민에게 어울리는 교육을 뜻했다.* 간단히 말해서, 포괄적이고 진정한 의미의 교육은 바로 일반 교양 교육이다. 하지만 흔히 말하는 교육, 즉 인간이 생계를 꾸리거나 특정한 지위에 적응하려고 고안한 상업과 전문직과 관련한 지식은 노예의 교육일 뿐이다.

실제로 현재 당면 과제로 일어나는 일은 흔히 상식과 이해만으로도 인지할 수 있다. 후광이나 푸른 에나멜처럼 중간에 굳이 무얼 끼워넣지 않아도 이미 명약관화하다. 이는 어찌된 일인가? 하지만 과거나 미래에 관계없이 현재는 곧잘 이상화된다. 사망한 인간이 영적인 존재가 되듯이 기억된 사실은 이상화된다. 그것은 이미 무

---

* 이밖에도 '자유 교양 교육', '교양 교육', '인문 교육' 등으로 번역된다. 고대 그리스 사회는 자유민과 노예로 구분되어 있었고, 자유 인문 교육은 자유민, 즉 노예가 아닌 일반 시민을 위한 교육을 의미했다.

르익은 과일 위에 꽃을 활짝 피우는 행동이다. 그것을 깨닫는 것은 이제 단순히 이해일 뿐 아니라 상상력이기도 하다. 상상력에는 넓은 범위가 필요하다. 시인의 능력이란 현재의 사물을 이런저런 의미에 비추어 과거와 미래인 것처럼 보고, 멀리 떨어져 있거나 보편적으로 의미 있는 것처럼 바라보는 능력이다.

*

아주 작은 포도주 한 방울이 잔 전체를 붉게 물들이듯 아주 작은 진리가 우리의 삶 전체에 영향을 끼친다. 진리란 결코 혼자 떨어져 나가거나 주식에 돈이 불어나듯 불어나지도 않는다. 참다운 발전이 이루어질 때 우리는 전에 알고 있었다고 생각한 것을 버리고 새로움을 배운다. 한 줄로 늘어선 돌 수백 개를 하나하나 들어 올려 바구니 속에 담는 사람처럼, 우리는 진리의 파편을 집어들어 나란히 옆에 놓는다.

*

훌륭한 문장은 어쩌다 우연히 쓰이지 않는다. 글에는 어떠한 속임수도 용납되지 않는다. 어떤 사람이 쓴 가장 훌륭한 작품은 그의 가장 훌륭한 인격을 나타낸다. 모든 문장은 오랜 시련에서 생겨난 결과다. 속표지에서 맨 마지막 장에 이르기까지 책 속에는 글쓴이의 인품이 속속 배어 있다. 그것은 글쓴이라도 고칠 수 없다. 글쓴이만의 특징이 담긴 육필을 읽기 위해서는 글을 읽을 때 장식적인 측면에 구애를 받아서는 안 된다. 우리의 다른 행위도 마찬가지다. 삶이란 행위 하나하나를 점점이 이은 선, 곧은 자로 줄을 그은 선이라고 할 수 있다. 얼마나 많은 도약을 하였느냐에 관계없이 그 선은 언제나 직선이다.

우리의 삶은 극히 사소한 일을 얼마나 잘하였는가에 따라 평가가 갈린다. 삶은 이 사소한 일의 최종 손익 계산이다. 우리를 지켜보는 눈도 없고 상벌도 없는 평범한 나날 속에서 우리가 어떻게 먹고 마시고 잤으며 작은 시간을 어떻게 쪼개어 썼는가에 따라 앞으로 우리에게 주어질 권위와 능력이 결정된다.

*

거죽에 금박을 입히고 광택을 낼 뿐 핵심에 이르지 못하는 예술 행위는 니스 칠이나 금박, 은박 세공에 빗댈 수 있다. 천재의 작품은 무엇보다도 거칠고 투박하다. 천재의 작품은 시간의 흐름을 예견하기 때문이다. 시간이 지나 표면이 너덜너덜해지면 작품의 깊은 품격이 드러난다. 그 아름다움이 곧 힘이다. 그 예술이 깨지고 빛나고 갈라지면서 입방체의 다이아몬드가 된다. 다이아몬드처럼 빛을 내기 위해서는 표면이 갈라져야 한다. 표면은 내부의 빛에 이르는 창문이다.

*

어떤 시인은 나이보다 일찍 늙어 죽는다. 그의 열매는 딸기 같은

맛이 나지만 가을이나 겨울에는 구할 수 없다. 어떤 시인은 성장하기까지 오랜 시간이 걸린다. 그의 열매는 그다지 맛은 없지만 오래 두고 먹을 수 있는 식량이 된다. 여름의 태양과 가을의 찬바람에 단련되어 겨울을 충분히 견뎌낸다. 전자의 시인이 빨리 익지만 금방 시들어 버리는 6월의 과일이라고 한다면, 후자의 시인은 황갈색 사과로 이듬해 6월까지도 남는다.

*

모든 사람의 말을 자신이 만든 규칙에 따라 재단하면서 문법과 문체, 부정사의 위치 등에 관하여 심한 논쟁을 벌이는 것을 볼 때가 있다. 그럴 때 나는 언어 표현에서 무엇보다도 가장 필요한 것은 짐승 소리나 저도 모르는 사이에 터져 나오는 탄성처럼 생생한 자연스러움이라는 사실을 저들이 잊고 있는 것이 아닌가 하는 생각이 든다. 모든 규칙 중에서 첫 번째가 모국어(母國語)이고, 가장 마지막 규칙이 인공어, 다시 말해서 부국어(父國語)다. 가장 진실되고 시적인 문장은 어린양의 '매애' 하는 울음소리처럼 본질적으로 자유롭고 어느 것에도 얽매이지 않는다. 자신은 웃지도 울지도 못하면서 인간이 감정을 정확히 표현하고 있다고 생각하는 문법학자가 종종 있다. 자세를 교정하는 선생들은 이렇게 걸어야 한다고 말하지만 정말로 아름다운 걸음걸이는 그런 식으로 만들어지지 않는다.

*

　만약 당신이 작가라면 주어진 시간이 얼마 남지 않았다는 각오
로 글을 써야 한다. 이제 남아 있는 시간은 얼마 되지 않는다. 당신
영혼에 맡겨진 순간순간을 잘 활용하라. 영감(靈感)의 잔을 마지막
한 방울까지 마셔 비우도록 하라. 영감의 잔을 비우며 너무 지나치
지 않을까 하고 두려워할 필요는 없다. 그렇게 하지 않으면 세월이
흐른 뒤 후회하게 될 것이다. 봄은 영원히 계속되지 않는다. 봄에는
비가 뿌리까지 스며들어 뿌리마저 젖는다. 가만히 있어도 힘이 솟
아나 꽃봉오리로 터져나온다. 하지만 이 풍요의 계절은 인생에서
아주 짧은 기간에 지나지 않는다. 젊었을 때 당신의 창조주를 기억
하라. 그를 기억할 수 없다면 당신의 삶에 자신을 맡기고 삶을 활용
하라. 누이가 아래층에서 피아노를 치는 소리가 들린다. 한때 자주
듣던 노래들이 생각난다. 그때 나는 귀에는 들리지 않는 리듬에 사
로잡혀 차디찬 방에 들어가 내 머릿속 생각과 이야기를 나누곤 했
다. 그때 나는 신이 준 선물을 냉담하게 받아들였던 것 같다. 왜 그
때 신들이 나에게 준 밭을 갈지 않았을까? 그 어떤 것도 시간의 행
진을 멎게 할 수는 없는 것일까? 피스가산 꼭대기에 서 있을 때 왜
눈을 들어 가나안 땅을 보지 않았을까? 이제는 그 노래들을 듣기
어렵게 됐다. 시적인 내 기분도 오래 지속되지 않았다. 아침저녁으
로 샘물처럼 솟아나던 내 생각 속의 노래로 다시 돌아가고 싶다. 하
지만 이제 나는 다시는 그 노래의 물을 마실 수 없게 됐다. 그 물에
내 펜촉을 담그는 일조차 할 수 없게 됐다. 나는 그 물의 수맥을 찾
을 수가 없다. 그 수맥을 찾는 일은 근사하지만 이제는 덧없는 일이

되어버렸다. 오, 말로 표현할 수 없는 달콤한 추억이여!

*

마음속이 뜨겁게 달아오를 때 글을 쓰도록 하라. 농부는 소의 멍에에 구멍을 뚫을 때 화로에 달군 쇠로 재빨리 멍에로 쓸 나무를 지진다. 일각이라도 지체하면 쇠로 나무를 뚫어도 효과가 덜하기 때문이다. 달궈진 쇠는 즉시 사용하지 않으면 아무 쓸모가 없게 되고 만다. 생각을 기록하는 일을 뒤로 미루는 작가는 식은 쇠로 멍에에 구멍을 뚫는 것과 같다. 그런 작가는 독자의 마음을 뜨겁게 달굴 수 없다.

*

지난 한두 해 동안 내 출판업자*는 때때로 나에게 편지를 보내어 아직 자신의 수중에 남아 있는 책《콩코드강과 메리맥강에서 보낸 일주일》을 어떻게 처리해야 좋으냐고 물어오곤 했다. 그러더니 마침내 그 책들을 보관하고 있는 지하실 방을 다른 용도로 사용해야 한다고 편지를 보내왔다. 나는 그 책을 모두 나에게 보내달라고 답장을 썼다. 그랬더니 오늘 속달로 그 책들이 왔다. 짐마차 하나를 가득 채웠다. 4년 전에 나는 먼로 씨의 돈을 빌려 그 책 중 1,000권을 샀다. 그 뒤 빚을 조금 갚았지만 아직도 빚이 남아 있다.

---

* 　1849년에 소로의 첫 책을 출간한 출판사는 보스턴의 '제임스 먼로'였다.

그 1,000권 중에 706권이 마침내 나에게 돌아온 것이다. 나는 내가 구입한 물건의 질을 시험해볼 기회가 생겼다. 그 책들은 듣기보다 더 알찼다. 내 등이 그 사실을 증언했다. 그 책들을 등에 지고 두 개나 되는 층계참을 오르내리며 날랐다. 그 책들의 고향이라고 할 장소로 말이다. 1,000권 중 되돌아온 706권을 빼고 나면 294권이 남는다. 그중 76권은 기증본으로 나갔고, 나머지 219권이 팔렸다. 나는 지금 900여 권의 책을 소장하고 있는데 그 중에서 700권이 넘는 책은 내가 쓴 책이다. 저자가 자신의 노고 결과를 바라본다는 것은 얼마나 좋은 일인가? 지금 내 작품이 방 한구석에 내 키 높이로 쌓여 있다. 내 전집이다. 이런 일이 저술업이라는 것이다. 이것들은 내 두뇌에서 나온 작품이다.

*

　믿음이 적은 사람은 저승에서 받을 상과 벌을 구하고 그 상벌에 따라 행동한다. 이승에 절망한 탓이다. 이와 반대로 믿음이 신실한 사람은 현재를 가치 있는 기회이자 귀중한 활동 무대로 여긴다. 그렇기에 현재 일에 헌신하면서 자신에게 공감할 사람들을 구한다. 저승의 존재는 믿지만 이승을 믿지 않는 사람은 자주 기독교 신앙으로 나를 논박하려고 든다. 그는 우리가 말하고 있는 이 순간은 다음에 올 세계보다 값어치가 적다고 본다. 그래서 현실 속에 없으면 없을수록 더욱더 큰 소망을 품고, 모든 것은 결국 다가올 미래의 소망일 뿐이라고 생각한다. 하지만 나는 우리가 지금 살고 있는 짧은 삶에서 얻는 극히 작은 깨달음이야말로, 미래를 꾸미려

고 공들여 만든 무수한 소망의 금박 못지않게 값어치가 있다고 생
각한다.

*

저마다의 계절이 지나가는 대로 그 계절 속에서 살아가라. 그 계
절의 공기를 들이마시고, 그 계절의 음료를 마시고, 그 계절의 과일
을 맛보면서 그 계절의 영향에 온몸을 맡겨라. 그것들만이 당신의
일상적 음료가 되고 식물에 채취한 보약이 되도록 하라. 8월에는
마치 배를 타고 황량한 바다를 항해하거나 북부 사막 지대를 여행
이라도 하는 듯 육포나 페미컨*을 주식으로 삼지 말고, 온갖 딸기를
주식으로 삼아라. 모든 바람을 맞아라. 사시사철 땀구멍을 활짝 열
어 놓고 대자연의 모든 조류 속에서, 대자연의 모든 시내와 드넓은
바다에서 몸을 씻어라. 독기와 전염병은 인간의 내부에서 오지 외
부에서 오지 않는다. 어떤 병자는 대자연이라는 엄청난 영향을 받
아들이지 않고 부자연스럽게 살아서 무덤의 문턱까지 이른다. 그
런 사람은 특정한 약초로 만든 차만 마시면서 부자연스러운 생활
을 계속한다. 말하자면 작은 것을 얻고 큰 것을 놓치는 격이다. 그
런 사람은 대자연을 사랑하지 않으며, 자기 삶도 사랑하지 않는다.
그리하여 병들어 결국 죽게 되고, 어떤 의사도 그를 고쳐줄 수 없
다. 봄과 함께 파릇파릇하게 자라고 가을과 함께 노랗게 익어가라.
각 계절의 영향을 물약처럼, 당신을 위해 특별히 조제한 진정한 만

---

* 고기를 말려 만드는 아메리카 원주민의 비상 식량이다.

병통치약처럼 들이켜라. 당신을 병들게 하는 것은 여름이 주는 물약이 아니라, 지하 저장실에 보관해놓은 물약이다. 포도주를 마시되 당신이 담근 포도주를 마시지 말고 대자연이 빚어준 포도주를 마셔라. 그 포도주는 염소 가죽이나 돼지 가죽 부대가 아니라 수많은 멋진 산딸기 속에 담겨 있다. 포도주를 빚고 절이고 보관하는 일은 대자연에게 맡겨라. 대자연은 모든 순간마다 우리를 건강하게 하려고 최선을 다하기 때문이다. 대자연은 그 밖의 다른 목적을 위해 존재하지 않는다. 그러니 대자연을 거부하지 마라. 건강해지겠다는 생각이 조금만 있어도 우리는 병에 걸리지 않는다. 인간은 모든 자연식품이 아니라 그중 겨우 몇 가지만이 건강에 좋다는 사실을 발견했다. 아니, 발견했다고 생각할 뿐이다. 아, '자연'은 건강의 또 다른 이름에 지나지 않으며, 각 계절은 건강의 각기 다른 상태에 지나지 않는다. 어떤 사람들은 봄이나 여름이나 가을 또는 겨울에 건강하지 않다고 생각하는데 그건 그 계절에만 건강하지 않기 때문이다.

*

우리는 지금껏 이 세상의 크기를 줄이고 세상을 단순하게 만들어왔다. 주위를 돌아보면서도 우리는 대부분 그 사실을 깨닫지 못하고 있다. 우리의 상상력은 절름발이가 됐다. 최근 이끼에 관한 토리 협회* 강연에서 나는 인간이 균류, 해조류와 이루던 상징적인 공생

---

* 공식 명칭은 '토리 식물 협회'로, 1860년대 생물학자이자 화학자인 존 토리(John

관계가 지금은 대부분 없어졌다는 사실을 새삼 깨달았다. 야외 공중 탄광에서 카나리아* 노릇을 하던 생물들이 공기 오염에 아주 민감한 탓에 대부분 사라진 것이다. 이제 얼룩지고 축 늘어지고 물이 뚝뚝 떨어지는 이끼들이 숲을 뒤덮을 것이다.

Torrey, 1796~1873)를 중심으로 발족한 단체다. 북남아메리카 대륙, 특히 뉴욕의 식물을 연구했다.

* 19세기 유럽 광부들은 탄광에서 나오는 유독 가스의 위험을 피하려고 유독 가스에 민감한 카나리아를 데리고 갱도로 내려가곤 했다. '탄광의 카나리아'라는 말은 앞으로 닥쳐올 위험을 미리 알려주는 대상을 뜻한다.

작품 해설

헨리 데이비드 소로는 그의 산문 중에서 가장 찬란한 빛을 내뿜는 〈가을 빛깔〉에서 "시인과 과학자는 사물을 얼마나 다르게 바라보는가!"라고 말한다. 그는 시인이 사물을 바라보는 안목과 과학자가 사물을 바라보는 안목이 서로 적잖이 다르다는 점을 천명한다. 소로가 이렇게 말하는 것도 그다지 무리가 아닌 것이 좁게는 시, 넓게는 문학은 그동안 과학과 대척점에 있었기 때문이다. 영국이라는 집은 흔히 윌리엄 셰익스피어와 아이작 뉴턴의 두 기둥 위에 세워졌다고 말한다. 인간의 본성을 파헤치는 동시에 영어 수준을 한 단계 끌어올린 셰익스피어는 영국 역사에서 문학을 대표하는 인물인 반면, 만유인력 법칙을 발견한 뉴턴은 과학을 대표하는 인물로 평가받는다.

그러나 시인과 과학자에 대한 소로의 말을 액면 그대로 받아들일 것은 못 된다. 미국 문학사, 아니 세계 문학사를 통틀어 소로만큼 시인과 과학자의 기질을 한몸에 지니고 있던 사람도 찾아보기 어렵기 때문이다. 좀 더 구체적으로 말하면, 그는 보기 드물게 자웅동체처럼 시인의 뜨거운 가슴과 차가운 머리를 동시에 지녔다. 그런데 이렇게 시인의 감성과 과학자의 이성을 동시에 지닌 이는 여간 보기 드물지 않다.

소로는 식물과 동물을 과학 연구 대상으로 삼을 뿐만 아니라, 실험보다 관측으로 대상을 연구한다는 점에서 '과학자'보다는 '박물학자'라는 명칭이 가장 잘 어울린다.《월든》(1854)을 비롯한 저서와 그의 저술 활동에서 보물 창고라고 할 방대한《일지》를 읽다 보면 생물을 자세히 관찰하는 박물학자의 면모를 뚜렷이 엿볼 수 있다. '박물학'은 일본에서 메이지 시대에 'natural history'의 번역어로 처음 만든 말이다. 흔히 '와세이 칸고(和製漢語)'라 하는 이 시기에 만들어진 다른 번역어와는 달리, 이 말은 서구어를 직접 번역하지 않고 널리 물건을 안다는 뜻의 한자어 '박물(博物)'에 착안해 만들었다. 그러나 요즘 예술, 철학, 종교를 비롯한 인문학에서는 박물학 대신 '자연주의'라는 말을 즐겨 사용한다. 그러니 소로는 박물학자보다는 자연주의자로 부르는 쪽이 더 좋겠다.

한편 소로가 여러 글에서 구사하는 문장도 월든 호숫가에 손수 지은 소박한 오두막과는 꽤 거리가 멀다. 서양 고전은 말할 것도 없고 동양 고전도 폭넓게 인용할뿐더러 그 특유의 독특한 문장을 구사한다. 이러한 인용법이나 인유법 말고도 역설법이나 반어법, 말장난 같은 수사법에 크게 기대기도 한다. 소로의 산문을 읽다보면 때로는 시인이 무색할 정도로 시적 감수성이 무척 뛰어나다. 그러고 보니 "내 삶은 내가 쓰고 싶었던 시였지만, 그것을 쓸 만큼 오래 살지도, 쓸 수도 없었다"라고 노래한 것이 예사롭지 않다. 한마디로 소로는 시인의 눈뿐 아니라 과학자의 눈으로도 자연과 인간 사회를 바라보려고 했다. 소로가 오늘날 미국은 말할 것도 없고 지구촌에 걸쳐 독특한 위치를 차지하고 있는 것도 아마 이러한 현상과 무관하지 않을 것이다.

〈시민 불복종〉

헨리 데이비드 소로의 산문은 크게 두 유형으로 나뉜다. 하나는 자연주의자의 관점에서 주로 동물과 식물을 관찰하면서 기록한 글이고, 다른 하나는 좀 더 인문학 차원이나 사회 운동 차원에서 개인을 억압하는 집단이나 제도에 맞서 개인의 자유를 최대한 보장할 것을 부르짖는 글이다. 후자의 산문에서 가장 대표적인 글을 꼽는다면 뒷날 시민운동이나 민권 운동에 큰 영향을 끼친 〈시민 불복종〉과, 하퍼스 페리 연방 정부군 병기고를 습격했다가 처형당한 존 브라운 대위에 관한 일련의 글이 있다.

소로의 글이 흔히 그러하듯이 단편 에세이라고 할 〈시민 불복종〉도 본디 연설로 발표했다가 뒷날 글로 출간됐다. 월든 호숫가에서의 생활을 마무리하고 콩코드 마을로 돌아온 지 몇 달 뒤 소로는 1848년 1월 콩코드 라이시움에서 〈국가에 대한 개인의 관계에 대하여〉라는 제목으로 연설했다. 이듬해 엘리자베스 피바디는 이 연설을 〈시민 정부에 대한 저항〉이라는 제목으로 바꾸어 《미학 논문》이라는 사화집에 처음 수록했다. 그러다가 소로가 사망한 지 4년

뒤인 1866년에 그의 저작이 간행되면서 이 글이 〈시민 불복종〉이라는 제목으로 다시 출간됐다.

〈시민 불복종〉을 제대로 이해하려면 소로가 '시민(civil)'이라는 어휘를 어떤 의미로 사용했는지 잘 파악해야 한다. 이 어휘는 웬만한 영어 사전을 찾아봐도 여덟 가지가 넘는 의미가 있다. 어떤 사람들은 이 말을 "사회 질서가 정립된", "문명화된", "예의 바른" 등의 의미로 받아들였다. 즉 사회 규범을 받아들이는 질서 있고 정중한 저항으로 해석했다. 그래서 이러한 해석을 극단적으로 밀고나가 평화주의나 비폭력 저항으로 이해하려는 사람들이 없지 않았다. 예를 들어 모한다스 카람차드 간디는 소로의 '시민 불복종'을 인도 독립의 견인차 역할을 한 비폭력 저항 운동의 철학 '사티야그라하 (satyagraha)'와 같은 개념으로 받아들였다. 그러나 소로는 'civil'이라는 말을 '시민(공민)과 관련 있는' 또는 '시민이 국가와 상호 관련된'이라는 뜻으로 사용했다. 그러므로 소로가 말하는 '시민 불복종'이란 곧 국가에 대한 불복종을 의미한다.

소로가 시민 불복종을 부르짖는 데는 크게 세 가지 배경이 영향을 끼쳤다. 첫 번째 배경은 소로가 직간접으로 영향을 받은 초월주의 사상이고, 두 번째 배경은 1846~1848년의 멕시코–미국 전쟁이며, 세 번째 배경은 1850년에 미국 의회를 통과한 도망 노예법이다.

첫째, 초월주의는 좁게는 유럽의 관념 철학, 넓게는 유럽의 낭만주의 운동을 미국 땅에 이식한 사조로 소로의 스승이자 친구인 랠프 월도 에머슨을 중심으로 콩코드에서 처음 전개됐다. 하버드대학교 재학 시절 소로는 에머슨의 《자연》(1836)을 읽고, 또 그의 연설 〈미국 학자〉를 듣고 감명을 받았다. 초월주의란 ① 모든 피조물의 본질적 통일성에 대한 신념, ② 인간성의 타고난 선량함, ③ 심오한 진리 파악 수단으로 논리와 경험보다는 통찰의 우위 등에 기초한 관념주의 사고 체계라고 할 수 있다. 소로는 때로 에머슨과 갈등을 겪으면서도 초월주의에 대한 믿음을 끝내 저버리지 않았다.

둘째, 소로는 텍사스와 멕시코 간 국경에 대한 이견으로 일어난 멕시코-미국 전쟁을 침략 전쟁으로 간주했다. 이 전쟁은 미국의 압도적인 승리로 끝났고, 그 결과 미국은 오늘날의 캘리포니아, 네바다, 유타, 뉴멕시코, 애리조나를 자국 영토에 병합했다. 소로를 비롯한 노예제 폐지론자들은 이 전쟁을 이전 멕시코 영토로 노예제를 확장하기 위한 시도로 여겼다. 멕시코-미국 전쟁 이후 서부 지방에 새로운 주가 생기면서 노예주를 두고 북부의 자유주와 남부의 노예주가 첨예하게 대립했다. 1850년 대타협에 따라 캘리포니아는 자유주로, 그 밖의 주들은 주민 의사에 따라 노예제 존폐를 선택하기로 했다. 또한 북부로 도망친 노예에 대한 체포와 단속을 강화하기로 했다. 소로는 이러한 도망 노예 처리 방식에 크게 분노하는 한편, 미국의 제국주의적 팽창주의 정책도 적잖이 우려했다.

셋째, 소로는 흑인 노예제에 관한 매사추세츠주 정부의 태도를 못마땅하게 생각했다. 1840~1850년대 매사추세츠주를 중심으로 뉴잉글랜드에서는 노예제를 둘러싼 위기가 첨예하게 부각됐다. 특히 특정 주에서 다른 주나 공유된 영토로 도망간 노예의 반환을 규정한 도망 노예법이 1850년에 미국 의회를 통과하면서 긴장은 더욱 더 높아졌다. 마흔다섯 살의 젊은 나이에 폐결핵으로 요절했지만, 소로는 평생 노예 폐지론을 주창하는 데 짧은 삶을 거의 모두 바치다시피 했다.

소로는 〈시민 불복종〉 첫머리에서 "가장 좋은 정부는 가장 적게 다스리는 정부다"라는 표어를 진심으로 받아들인다고 말하면서 이 말이 "좀 더 빠르고 체계적으로 실현되는 모습을 보고 싶다"라고 밝힌다. 그러면서 소로는 만약 이 표어가 정말로 실현된다면 궁극적으로 "가장 좋은 정부는 아예 다스리지 않는 정부다"라는 말로 귀결될 것이라고 믿는다. 소로는 이 표어를 《미국 잡지 및 민주주의 평론》이 내세운 "가장 좋은 정부는 가장 적게 다스리는 정부다"라는 표어에서 힌트를 얻었다. 에머슨도 〈정치〉(1844)에서 "우리 정부는 작으면 작을수록 좋다"라고 언급한 적이 있다.

한편 소로는 노자의 《도덕경》에서 힌트를 얻었는지도 모른다. 노자는 이 책 17장에서 지도자의 등급 중 가장 높은 단계로 '태상부지유지(太上下知有之)'를 언급한다. 최고의 지도자는 백성들이 그 존재를 잘 알지 못하는 지도자라는 뜻이다. 즉 백성들은 그저 최고 지도자가 존재한다는 사실만 겨우 알고 있을 뿐 그로부터 어떤 직접적인 영향을 받지는 않는다. 이는 노자가 말하는 무위자연(無爲自然)의 도를 실천하는 이상적인 지도자의 모습으로 해석할 수 있다. 《도덕경》 80장에서 노자가 언급하는 '소국과민(小國寡民)'의 개념도 이와 크게 다르지 않다. 작은 나라에 적은 백성이 사는 사회를 이상으로 삼고 정부의 간섭을 최소화하여 백성들이 자연스럽게 살아가도록 하는 것 또한 무위(無爲)와 무욕(無慾)을 추구하는 사회를 지향하는 데 필수적이다.

소로는 시민 개인이 부당한 법에 순응하기보다는 자신의 양심에 따라 행동할 것을 촉구한다. 정부의 권위에 수동적으로 굴복하는 것은 곧 불의를 불러오기 때문이다. 멕시코-미국 전쟁과 흑인 노예제에서 볼 수 있듯이, 정부의 법은 개인의 양심과 상충하여 도덕적으로나 정치적으로 받아들이기 어려울 때가 적지 않다. 그럴 때 소로는 개인의 양심 쪽에 손을 들어주라고 말한다. 한편 에이브러햄 링컨은 소로와는 달리 "법은 어떤 경우라도 지켜야 한다"라고 주장했다. 미국의 정치철학자 존 롤스는 사회적 다수가 공유하는 정의관이 불복종의 기준이 돼야 한다고 지적한다.

소로는 시민 불복종을 주창하면서 그 구체적인 실례로 인두세 납부를 거부하여 감옥에 갇힌 자신의 일화를 소개한다. 그는 6년간 인두세를 납부하지 않아 1846년 7월 말 콩코드 감옥에 하룻밤 갇혔다. 이 점과 관련하여 소로는 《월든》에서 "내가 의사당 문 앞에서 남녀노소를 가축처럼 버젓이 사고파는 나라에 세금을 내지 않고 그러한 정부의 권위를 인정하지 않았기 때문"이라고 밝힌다. 소로는 〈시민 불복종〉에서 "마치 내가 살과 뼈를 가진 고깃덩어리나 되는" 것처럼 "나를 잡아 가두는 제도의 어리석음에 그저 놀라지 않을 수 없었다"라고 말한다. 그러면서 그는 한순간도 갇혀 있다는 느낌이 들지 않았으며, 감방을 짓는 데 쓸데없이 돌과 모르타르만 낭비했다는 생각이 들었다면서 정부의 예산 낭비를 탓한다. 소로는 "나보다 더 높은 법에 순종하는 사람들만이 나에게 강요할 수 있다"라고 잘라 말한다. 여기에서 그가 말하는 '더 높은 법'이란 헌법이 인정하는 법률을 넘어서는 법을 말한다. 이 점과 관련하여 소로는 "누구나 부당하게 잡아 가두는 정부 밑에서, 정의로운 사람이 진정 있어야 할 곳은 감옥이다. 오늘날 매사추세츠주 정부가 자유롭고 씩씩한 기상을 지닌 시민에게 마련해줄 수 있는 적절하고도 유일한 장소 또한 감옥이다"라고 밝힌다.

소로의 주장은 얼핏 무정부주의를 옹호하는 것처럼 보일지도 모른다. 실제로 그동안 그렇게 해석하는 사람들이 적지 않다. 그러나 소로의 시민 불복종은 무정부주의와 차이가 적지 않다. 소로가 원하는 정부는 무정부가 아니라 '좀 더 좋은 정부'일 따름이다.

하지만 한 시민으로서 현실적으로 말하자면, 나는 정부 무용론을 주장하는 사람들과는 달리 지금 당장 정부를 없애라고 요구하는 것이 아니다. 다만 지금 당장 더 좋은 정부를 요구할 따름이다. 모든 사람에게 각자 어떤 정부가 존경받을 만한 정부인지 의견을 밝히라고 하라.

소로가 말하는 '정부 무용론'이 바로 아나키즘이다. 소로가 〈시민 불복종〉을 발표할 당시 '정부 무용론'이라는 말은 흔히 아나키즘을 가리키는 말로 사용됐고, 이 이론을 주장하는 대부분의 사람들은 매사추세츠주 출신이었다. 표트르 크로포트킨은 아나키(anarchy)를 '정부 없는 사회'라는 뜻으로 사용했다. 어원을 살펴봐도 이 말은 '없다'라는 뜻의 '안(án)'과 '통치자나 선장'이라는 뜻의 '아르코스(árchos)'가 합쳐진 말로, '지배자가 없는 정부' 또는 '선장이 없는 배'라는 의미다. 그러나 아나키즘을 단순히 무정부주의에 국한하는 것은 옳지 않다. 아나키즘은 정부뿐만 아니라 종교, 제도, 사회, 자본, 군대를 비롯하여 강압적으로 개인의 자유를 침해하는 모든 형태의 권위에 반기를 드는 정치 철학이다.

소로의 〈시민 불복종〉은 그동안 정치사상과 실천적 행동으로 여러 사람들에게 크고 작은 영향을 끼쳤다. 개인의 책임과 불의에 대한 저항은 비폭력 저항의 선언문과 같은 역할을 해왔다. 앞에서 잠깐 언급한 모한다스 간디는 1907년에 남아프리카에서 사티아그라하 운동을 전개할 무렵, 〈소극적 저항자들을 위하여〉라는 글에서 소로를 언급하며 "그의 모범과 글들은 지금 트란스발에 사는 인도인에게 그대로 적용될 수 있다"라고 말했다. 뒷날 영국 식민주의에 맞서 무저항 운동을 펼칠 때도 간디는 소로의 〈시민 불복종〉에서 정신적 자양분을 얻었다.

미국에서 흑인 인권 운동에 불을 댕긴 마틴 루서 킹 목사도 소로의 영향을 받았다. 그는 자서전에서 학생 시절 소로의 〈시민 불복종〉을 처음 읽은 뒤 큰 감명을 받았고, 그 뒤에도 이 산문을 여러 번 다시 읽었다고 밝힌다. 그러면서 킹은 소로에게 '창조적 저항'의 유산을 물려받았다고 말한다. 킹은 시민 불복종을 비폭력 저항으로 받아들인다는 점에서 간디와 크게 다르지 않다.

이밖에도 흔히 '19세기 러시아의 양심'으로 일컫는 레프 톨스토이를 비롯하여 독일의 실존주의 철학가 마르틴 부버, 여성 참정권 옹호론자 앨리스 폴, 존 F. 케네디 미국 대통령, 미국 대법관 윌리엄 더글러스 등이 소로한테서 크고 작은 영향을 받았다. 문인으로 범위를 좁혀 보면 마르셀 프루스트, 어니스트 헤밍웨이, 싱클레어 루이스, 업튼 싱클레어, 윌리엄 버틀러 예이츠 등이 영향을 받았다. 소로한테서 영향을 받은 한국 인물로는 흔히 함석헌과 법정 스님 등이 꼽힌다.

〈존 브라운 대위를 위한 청원〉

헨리 데이비드 소로는 존 브라운이 하퍼스 페리를 습격한 지 2주 뒤인 1859년 10월 30일 일요일 저녁 매사추세츠주 콩코드 시민들에게 브라운의 영웅적 행동을 주제로 연설했다. 에머슨에 따르면, 소로는 콩코드 주민들의 집에 연설 전단지를 돌려 연설 참석을 부탁했다. 그러나 공화당 위원회와 노예제 폐지 위원회가 그런 연설은 시기상조라며 만류했다. 그에 대해 소로는 자신은 주민들에게 연설 참석을 권유하려고 전단지를 돌린 것이지 조언을 얻으려는 것이 아니라고 하면서 연설을 강행했다. 청중이 정당과 관계없이 몰려들었고, 그들은 브라운을 향한 소로의 진지한 찬사에 감명을 받았다. 콩코드 연설 말고도 소로는 1859년 12월 브라운이 처형되기 전까지 여러 번 이 연설을 진행했다. 그 뒤 이 글은 제임스 레드패스가 편찬한《하퍼스 페리의 메아리》(1860)에 처음 수록됐다. 소로가 이 글 말고도 〈존 브라운의 순교〉와 〈존 브라운의 마지막 날들〉 같은 글을 잇달아 쓴 것을 보면, 그가 이 노예제 폐지론자에게 얼마나 깊은 관심이 있었는지 쉽게 짐작할 수 있다.

급진적 노예제 폐지론자인 브라운은 백인들이 노예 해방 전쟁에 굳이 본인들 목숨까지 걸 정도로 의지가 없다면, 차라리 흑인 노예들을 직접 해방해 그들을 군사 조직화하고 해방 전쟁을 벌여야 한다고 생각했다. 실제로 그는 1859년에 남부 지역 깊은 산속에 해방 노예의 나라를 세워 노예 해방의 전진 기지로 삼으려고 했다. 무기 조달을 위해 브라운은 같은 해 10월 16일 흑인 5명과 세 아들을 포함해 21명을 데리고 당시 버지니아주 하퍼스 페리에 있던 연방 정부 무기고를 습격했다.

　연방 정부군은 즉각 주변 연방군 부대와 지역 민병대를 소집하여 브라운의 결사단을 토벌하여 36시간 만에 습격을 모두 진압했다. 뒷날 남북전쟁 때 남부군 총사령관으로 활약할 로버트 리 영관급 장교가 휴가를 나와 있다가 난데없이 소집되어 토벌대 지휘를 맡았다. 리 자신은 노예제를 열렬하게 옹호하지는 않았지만 상부의 명령에 따라 토벌을 지휘할 수밖에 없었다. 진압 과정에서 브라운의 아들과 해방 노예를 비롯한 결사대원 12명, 해병대원 1명, 민간인 4명 등 모두 16명이 사망했다. 브라운은 현장에서 체포되어 재판에 넘겨져 살인, 내란 봉기, 노예 선동 등의 혐의로 그해 12월 교수형에 처해졌다. 브라운의 법정 공방과 교수형은 당시 미국에서 큰 논란이 되었고, 그의 사형을 반대하는 탄원이 미국 내외에서 쏟아졌다. 심지어 그를 탈옥시키려는 지지자들의 시도도 있었지만 그는 이를 모두 거절했다. 당시 이 습격 사건과 브라운의 처형은 10여 년 뒤 미국 남북전쟁을 일으키는 도화선이 됐다.

　소로가 〈존 브라운 대위를 위한 청원〉에서 부르짖은 주장은 당시 미국인 대다수의 정서에는 여러모로 크게 어긋났다. 콩코드 주민들이 소로에게 연설을 만류한 것도 그 때문이었다. 이 무렵 신문들과 여론은 브라운의 시도가 어리석으며 무모하고 미친 짓이라고 매도했다. 윌리엄 로이드 개리슨이 "노예를 소유한 사람들과는 연방을 이룰 수 없다"라고 주장하며 창간한 신문 《해방자》마저 브라운의 행동을 "잘못된 방향을 택한 야만적이고 분명히 미친" 짓으로 묘사할 정도였다.

　소로는 연설에서 콩코드 주민들의 우려를 의식한 듯 "여러분은 내가 이 자리에 선 것을 용서해주리라고 믿습니다"라는 말로 말문을 연다. 그러면서 그는 계속하여 "나는 내 생각을 여러분에게 강요할 마음이 전혀 없지만, 나로서는 이렇게밖에 할 수 없습니다. 나는 브라운 대위를 잘 알지는 못하지만, 그의 성격과 행동과 관련하여 여러 신문과 내 동포들의 논조와 진술을 바로잡는 데 기꺼이 최선을 다하고 싶습니다"라고 밝힌다.

이렇게 운을 뗀 뒤 소로는 연설 첫머리에서 브라운의 교육 과정에 대해 언급한다. 소로는 브라운이 자신처럼 "역사가 유구한 내 모교 하버드대학교"에 다니지 않았다는 점에 주목한다. 브라운은 그 대학이 제공하는 유치한 지식을 익히는 대신 "미국 서부라는 위대한 대학"에 다녔고, 그곳에서 일찍이 좋아하게 된 '자유'라는 과목을 열심히 공부했다고 말한다. 아직 문명의 손길이 닿지 않은 서부에서 브라운은 진정한 학위를 받은 다음 마침내 캔자스에서 '인간다움'을 널리 실천하기 시작했다는 것이다. 소로는 브라운이 받은 교육이야말로 참다운 인문학 교육이라고 밝힌다. 그러면서 소로는 브라운이 "그리스어 발음은 틀려도 그냥 내버려뒀지만, 도덕적으로 타락하는 인간은 바로잡았습니다"라고 지적한다. 소로는 당시 제도 교육이 얼마나 현실과 동떨어져 있는지 간접적으로나마 비판한다.

여기에서 잠깐 소로가 하버드대학교를 어떻게 생각했는지 짚고 가는 것이 좋을 것 같다. 그는 평소 모교에 대해 양면적 태도를 취했다. 지식의 보고라고 할 도서관에 대해서는 좋게 평가하면서도 학생들의 지적 호기심과 비판적 사고를 억누르는 교육 방식에 대해서는 날카롭게 비판했다. 한 번은 그의 멘토이자 친구인 랠프 월도 에머슨이 하버드대학교가 지식의 모든 가지(분과)를 가르친다고 말하자, 소로는 "네, 맞습니다. 모든 가지를 가르치지만 뿌리는 하나도 가르치지 않죠"라고 대꾸했다. 뿌리가 튼튼하지 않으면 가지는 곧 시들어버릴 것이다.

소로는 브라운에 관한 일반인들의 무지나 오해를 조목조목 반박한다. 소로의 관점에서 보면, 대의명분을 위한 브라운의 투쟁은 오히려 불의에 맞선 거사로 미국 역사에서 그 유례를 찾아볼 수 없는 영웅적 행위였다. 소로는 브라운이 어리석고 무모하고 광기에 사로잡혀 있기는커녕 오히려 도덕적이고 인간적이었다고 주장한다. 브라운은 물질적 이득을 위해 목숨을 바친 것이 아니라 정의라는 대의명분을 위해 목숨을 바쳤기 때문이다. 소로는 어리석고 무모한 쪽은 오히려 노예제를 찬성하는 대다수의 국민이라고 생각한다. 브라운은 비록 처형을 당했지만 그의 정신은 시퍼렇게 살아 있고, 노예주를 비롯한 대다수의 국민들이 막상 살아서 숨 쉬되 목석 같은 삶을 살아가고 있을 뿐이라고 주장한다. 이렇게 생명력이 부족하기 때문에 "두려움, 미신, 편협함, 박해와 모든 유형의 노예제가"가 생겨난다고 소로는 주장한다.

브라운의 행동이 극소수의 반역자에 의한 것이라는 비판에 대해서도 소로는 반박한다. 소로는 그들에게 "언제 착한 사람이나 용감한 사람이 다수였던 적이 있었습니까?"라고 묻는다. 그러면서 그는 브라운에게 그런 때가 올 때까지 기다리라고 할 수는 없다고 밝힌다. 오래 기다리면 기다릴수록 불의를 바로잡을 가능성은 그만큼 줄어들뿐더러 더욱 힘이 들기 마련이다. 더구나 소로는 반역의 주체와 반역의 대상에도 의문을 품는다.

반역이라니! 그런 반역이 도대체 어디에서 일어납니까? 그대 정부들이여, 나는 그대들이 반역을 당할 만하다고 생각할 수밖에 없습니다. 그대들이 사유의 샘을 바싹 마르게 할 수 있습니까? 폭정에 대한 저항으로 아래에서부터 일어난 반역은 인간을 만들고 영원히 재창조하는 힘에서 비롯되어 일어납니다. 그대들 정부는 이런 인간 반역자를 모조리 붙잡아 사형에 처했습니다. 하지만 그대들은 이들의 근원까지는 무너뜨리지 못했기에 그저 죄를 짓는 것 외에는 아무것도 성취할 수 없었습니다.

위 인용문에서 소로가 "그대 정부들이여"라는 구절에서 단수형으로 '정부'라고 하지 않고 군이 복수형으로 '정부들'이라고 한 이유를 주목해야 한다. 노예제를 두둔하는 것은 비단 연방 정부에 그치지 않고 흑인 노예의 노동에 의존하는 남부의 여러 주, 심지어 매사추세츠주 같은 북부 주마저 노예제 폐지론에 반대하거나 미온적인 태도를 보였다. 그러므로 '정부들'은 연방 정부와 주 정부를 두루 이르는 말이다. 소로는 어떤 정부든 그 권력이 절대적이지 않을 뿐 아니라 오직 정당할 때만 그 권위를 인정받을 수 있다고 주장한다.

또한 위 인용문에서 "그대들이 사유의 샘을 바싹 마르게 할 수 있습니까?"라는 수사적 의문에도 주목해야 한다. 개인의 사유는 깊은 옹달샘과 같아서 아무리 가뭄이 들어도 좀처럼 마르는 법이 없이 늘 맑은 물이 솟아 나온다. 연방 정부든 주 정부든 모든 정부는 이렇게 고갈되지 않는 시민의 생각을 구속할 수 없다. 인두세 문제로 하룻밤 감옥에 갇힌 소로의 일화에서도 엿볼 수 있듯이, 정부는 비록 개인의 육체를 통제할 수 있을지언정 그 정신이나 영혼까지 통제할 수는 없다.

브라운의 폭동 사건과 그에 대한 정부의 처리 방식은 자연스럽게 정부에 대한 비판으로 이어진다. 브라운의 반란 행위와 관련하여 소로는 〈시민 불복종〉에서 내세운 정부의 개념을 다시 한번 천명한다. 그는 불의를 조장하는 정부를 인정할 수 없다고 분명히 밝힌다. 더구나 청교도 정신을 기반으로 건국된 미국이 불의와 타협한다는 것은 더더욱 어불성설이다.

내게 정부에 지도자가 적다거나 군대가 소규모라는 이야기는 문제가 되지 않습니다. 내가 인정하는 정부는 이 땅에 불의가 아닌 정의를 세우는 정부입니다. 억압받는 사람들을 가로막고 서서 이 땅에서 진정으로 용감하고 정의로운 사람들을 적으로 삼는 정부를 우리는 과연 어떻게 생각해야 합니까? 기독교인인 척하면서 날마다 100만 명의 예수를 십자가에 매다는 정부가 아니던가요!

마지막 문장에서도 엿볼 수 있듯이 소로는 브라운의 처형을 빌라도에 의해 십자가에 못 박혀 처형당한 예수 그리스도에 빗댄다. 물론 소로가 브라운에 관해 연설했을 때 브라운은 아직 처형을 당하지 않았다. 어찌 되었든 소로는 예수의 처형과 브라운의 처형을 같은 차원에서 본다. 소로는 "이 두 사건은 고리가 달린 한 사슬의 양쪽 끄트머리입니다. 그는 이제 '다정한 브라운'이 아니라 '빛의 천사'입니다"라고 말한다.

소로는 당시 불의에 침묵하던 기독교인들도 날카롭게 비판한다.

그는 기독교인들이 인간을 구원해달라고 열심히 기도하고, 노예제의 불의를 잘 알고 있으면서도 그것을 철폐하려 노력하지도 않았다고 지적한다. 실제로 미국 남부의 일부 기독교인은 노예제가 성경에서 근거를 찾을 수 있는 정당한 제도라고 주장하며 노예제 폐지에 반대했다. 가령 그들은《에베소서》의 "종으로 있는 이 여러분, 두려움과 떨림과 성실한 마음으로 육신의 주인에게 순종하십시오. 그리스도께 하듯이 해야 합니다"(6장 5절)라는 구절을 그 근거로 인용한다. 소로는 "뉴잉글랜드 사람은 힌두인과 꼭 마찬가지로 우상숭배자입니다. 하지만 이 사람만은 예외였으니 그는 그 자신과 하느님 사이에 정치적 우상조차 세우지 않았기 때문입니다"라고 천한다.

〈산책〉과 〈겨울 산책〉

미국 작가 중에서 소로만큼 산책을 좋아한 사람도 찾아보기 쉽지 않다. 폐결핵으로 고생하던 만년을 제외하고 소로는 하루에 4시간 넘게 숲과 언덕과 들판을 거닐었다. 그러면서 그는 "모든 세상일에서 완전히 벗어나지 않고서는 건강과 정신을 지킬 수 없다"라고 말했다. 입만 열면 '웰빙'을 외치는 21세기에도 하루에 4시간 넘게 걷는다는 것은 결코 쉬운 일이 아니다. 국립국어원에서는 이 외래어를 순우리말 '참살이'로 순화했지만, 그러한 삶의 방식이 과연 참되게 사는 것인지 의문이 든다. 그러나 소로에게 산책은 단순히 건강이나 체력 단련을 위한 운동 이상의 의미가 있었다. 그에게 산책은 '진취적인 활동'이자 '영혼의 모험'이었다. 심지어 소로는 걷기 또는 산책을 기술 또는 예술의 경지로 끌어올렸다. 그는 평생 이러한 경지를 터득한 사람을 겨우 1~2명밖에 만나지 못했다고 아쉬움을 털어놓았다.

산책의 예술을 기록한 소로의 글 중에서 〈산책〉과 〈겨울 산책〉은 첫 손가락에 꼽힌다. 그는 〈산책〉을 1851년 4월 콩코드 라이시움에서 처음 발표했다. 그가 쓴 글 대부분이 흔히 그러하듯이 소로는 그동안 써온 일지를 기초로 이 원고를 작성했고, 이 글은 1862년에 그가 사망한 뒤 《애틀랜틱 먼슬리》에 처음 에세이 형식으로 실렸다. 두 번째 글 〈겨울 산책〉은 에머슨과 마거릿 풀러가 창간한 초월주의자들의 잡지인 《다이얼》에 처음 발표했다가, 역시 소로가 사망한 뒤 그의 여동생 소피아 소로와 윌리엄 엘러리 채닝이 1863년에 편집한 《소풍》에 실렸다.

소로는 산책이 무엇보다도 대자연에 몰두하거나 침잠하는 데 더할 나위 없이 좋은 수단이라고 생각한다. 산책하면서 그는 밤이나 야생 사과를 줍기도 하고, 낯선 버섯 같은 균류를 채집하기도 한다. 또한 가까이서 다람쥐나 마멋 같은 동물의 생태를 직접 관찰하기도 한다. 소로에게 산책은 박물학자나 자연주의자로서 가장 빛을 발하는 시간이기도 하다. 그가 자연과의 연대감이나 소속감을 체감하는 순간도 바로 이렇게 홀로 산책할 때다.

그런데 소로는 산책의 방향으로 동쪽보다는 서쪽을 선호한다. 이 사실과 관련하여 그는 크리스토퍼 콜럼버스가 늘 서쪽을 지향하여 마침내 신대륙을 '발견'했다는 사실에 주목한다. 대서양을 향하는 동쪽은 구대륙 유럽과 문명을 상징하는 반면, 태평양을 향하는 서쪽은 원시 세계와 미지의 무한한 가능성을 상징한다. 이처럼 소로에게 서부는 한낱 지리적 공간이 아닌, 좀 더 형이상학적인 공간이다.

내가 말하는 서부란 '야생'을 달리 부르는 이름에 지나지 않는다. 지금껏 내가 말하려고 했던 것도, 바로 야생 속에 이 세계가 보존된다는 이야기다. 모든 나무는 야성을 찾아 섬유 조직을 뻗는다. 도시는 어떤 대가를 치르고라도 그것을 들여오려고 한다. 사람들은 야생을 얻기 위해 땅에 쟁기질을 하고 바다에 돛을 세운다. 숲과 황야에서 인류의 기운을 돋우는 강장제와 나무껍질이 나온다. 우리 선조는 야만인이었다. 늑대 젖을 먹고 자랐다는 로물루스와 레무스의 이야기는 한낱 부질없는 우화가 아니다.

이렇게 소로가 서부를 선호하는 것은 당시 미국 시대정신의 반영이기도 하다. 19세기 중엽 미국은 신세계에 기독교와 민주주의 정치 체제를 전파하기 위해 하늘이 내려준 '명백한 운명(Manifest Destiny)'이라는 깃발을 높이 쳐들고 서부 개척에 박차를 가했다. 미국의 저술가이자 신문 편집인인 호러스 그릴리는 1865년 7월 《일간 뉴욕 트리뷴》에 "워싱턴은 살 곳이 아니다. 임대료가 비싸고, 음식이 좋지 않고, 먼지가 구역질나며, 도덕은 개탄스럽다. 젊은이여, 서부로 가라. 서부로 가서 나라와 함께 자라라"라고 부르짖었다. 그러나 소로의 서부 찬양은 그릴리의 찬양과는 적잖이 궤를 달리한다. 그릴리에게서 서부 개척 시대 미국의 팽창주의 냄새가 짙게 풍기는 반면, 소로에게서는 좀 더 형이상학적인 냄새가 난다. 전자가 자연을 파괴하려는 성격이 강하다면, 후자는 자연을 보호하려는 성격이 강하다. "나에게 희망과 미래는 잔디밭이나 경작지, 마을이나 도시에 있지 않다. 오히려 침투할 수 없고 불안정한 늪에 있다"라는 소로의 말도 이와 같은 맥락에서 이해할 수 있다.

둘째, 소로는 산책이 사회가 부여하는 온갖 제약에서 벗어나 자유와 독립을 구가할 수 있는 절호의 시간이라고 지적한다. 마을을 떠나 산책하는 들판과 숲과 강가는 일상적 업무와 의무감이 좀처럼 힘을 떨칠 수 없는 일종의 치외 법권 공간이다. 이 공간에서 그는 잠시나마 세속을 떠나 자신만의 왕국에서 제왕처럼 군림한다. 소로가 산책을 모험과 진취적 활동으로 간주하는 까닭이 바로 여기에 있다. 이 점과 관련하여 그는 "오후에 산책할 때면 나는 오전의 모든 일과 사회에 대한 의무를 모두 잊고 싶다. 하지만 마을 일을 뇌리에서 쉽게 떨쳐내지 못할 때가 가끔 있다"라고 고백한다. 그만큼 사회가 그 구성원에게 주는 부담이 생각보다 크다는 사실을 알 수 있다.

셋째, 소로는 산책에 좀 더 심오한 영적 의미를 부여하기도 한다. 〈산책〉첫머리에서 그는 산책을 뜻하는 영어 'saunter'의 어원에 대해 비교적 자세히 설명한다. 이 말이 본디 "중세에 시골을 돌아다니며 '생트 테르(Sainte Terre)', 즉 성지 순례를 간다는 구실로 자선을 구걸하던 게으른 사람들"이라는 말에서 유래했다고 밝힌다. 동네 아이들은 그런 사람들을 만나면 "저기 생트 테르가 간다"라고 외치게 되어 성지 순례자인 '손터러(saunterer)'라는 말이 생겨났다는 것이다. 한편 소로는 이 말의 뿌리를 땅이나 집이 없다는 뜻의 '상 테르(sans terre)'에서 찾기도 한다. '상 테르'는 말 그대로 땅이나 일정한 집이 없지만 모든 곳이 집처럼 마음이 편하다는 것을 의미한다. 소로는 "굽이굽이 흐르는 강물이 부랑자가 아니듯이 좋은 의미에서 산책하는 사람도 부랑자가 아니다"라고 말한다.

소로는 산책의 두 영어 어원 중에서 첫 번째 어원이 가장 그럴듯하다면서 전자를 더 좋아한다. 그러면서 그는 "우리 내면의 은둔자 베드로," 즉 11~12세기에 걸쳐 활약한 프랑스의 수도승 아미앵의 베드로를 언급한다. 아미앵의 베드로는 1차 십자군 전쟁을 이끈 인물로 예수 그리스도의 무덤을 찾기 위한 순례 길에 나섰다. 이탈리아의 시인 타소는 서사시 《해방된 예루살렘》(1581)에서 이 순례를 작품의 소재로 삼았다. 소로는 "모든 산책은 이 성지를 이교도들의 손아귀에서 되찾기 위한 일종의 십자군 전쟁이다"라고 말한다. 소로가 얼마나 산책에 종교적 의미를 부여하는지 알 수 있다.

그러나 달리 생각해보면 소로가 말하는 십자군 전쟁은 종교적 차원을 넘어 개인의 내적 자아 탐구로 해석할 수도 있다. 그는 콩코드 마을을 떠나 산책하면서 삶의 의미와 목적을 발견하는 일도 게을리하지 않는다. 소로는 '마음의 집'에 살기를 좋아하듯이 '정신의 공간'에서 걷기를 좋아한다. 그러므로 소로에게 산책은 단순한 지리적 이동이나 육체적 활동에 그치지 않고, 한 발 더 나아가 자신의 내면 세계를 탐색하기 위한 심리적 여정이요 정신적 모험이다. 이렇게 이야기하니 소로가 왜 "몸은 숲속으로 1.5킬로미터 조금 넘게 걸었는데 정작 영혼이 같은 곳에 없다는 사실을 깨달으면 나는 당혹스러워진다"라고 말하는지 알 것 같다.

소로는 산책하는 데 어떤 특정한 계절을 선호하지는 않는다. "자연의 영역 가운데 인간에게 늘 문을 걸어 잠그는 영역은 없다"라는 그의 말에서 엿볼 수 있듯이 소로에게는 네 계절 모두가 저마다 의미가 있다. 얼핏 보면 겨울 산책을 꺼릴 것 같지만 소로는 겨울 산책에는 다른 계절에서는 좀처럼 맛볼 수 없는 그 나름의 아름다움이 있다고 한다. 달력이나 연감에서 겨울은 흔히 바람과 진눈깨비를 정면으로 맞으면서 외투 자락을 여미는 노인으로 의인화된다. 그러나 소로는 오히려 그를 명랑하고 정열적인 청년으로 간주한다.

소로는 겨울이 다른 계절과는 달리 순수하기 그지없는 모습으로 남다른 즐거움을 준다고 말한다. 그러면서 그는 썩은 나무 그루터기와 이끼 낀 돌과 울타리, 가을에 떨어진 낙엽들이 "깨끗한 냅킨 같은 눈"에 가려져 있지만, 헐벗은 들판과 숲에 아직 사라지지 않고 남아 있는 미덕의 모습을 살펴보라고 권한다. 가장 춥고 을씨년스러운 곳에서도 가장 따뜻한 자애심이 여전히 살아 숨 쉬고 있다고 말이다.

우리는 저마다 가슴속에 땅속의 불을 모시는 제단을 가지고 있다. 한 해 중 가장 추운 날, 가장 황량한 언덕을 오른 여행자일지라도 외투 주름 안에 그 어떤 난롯불보다 훨씬 따뜻한 불을 품고 있다. 실제로 건강한 사람이라면 한겨울에도 마음속에 여름이 있는 것처럼 각 계절을 보완할 수 있는 힘이 있다. 그의 마음은 남쪽 나라와 같다. 모든 새와 벌레가 그곳으로 향하고, 그의 가슴에서 솟아나는 따뜻한 샘 주위로 개똥지빠귀와 종달새가 날아든다.

소로가 한겨울에도 산책하는 사람들이 가슴 속에 "따뜻한 불"이나 "한여름"을 품고 다닌다고 말하는 것이 인상적이다. 요즈음 한

국에서는 몹시 추운 한겨울 날이면 사람들이 철의 산화 반응을 이
용하여 열을 발생시키는 핫팩을 옷에 넣고 다니는 것을 자주 보게
된다. 최근에는 심지어 반창고처럼 몸에 붙이는 핫팩이 인기를 끌
정도다. 소로가 산책자나 여행자가 가슴에 품고 다닌다고 말하는
따뜻한 불은 말하자면 '마음의 핫팩'인 셈이다.

〈가을 빛깔〉

〈가을 빛깔〉은 산책을 주제로 한 두 글과 함께 소로의 산문 중 그
의 시적 재능과 자연관을 엿볼 수 있는 더할 나위 없이 훌륭한 작품
이다. 그는 이 작품을 1859년 2월 매사추세츠주 우스터에서 강연으
로 발표했다. 그 뒤 소로는 이 강연을 잡지에 싣기 위해 고쳐 썼다.
이 글을 수정할 당시 소로는 그토록 좋아하던 산책도 하지 못한 채
폐결핵으로 몸져누워 있었다. 오 헨리의 유명한 단편소설 제목을
빌려 말한다면, 이 작품은 소로의 '마지막 잎새'라고 할 수 있을 것
이다. 이 연설은 1862년 11월 《애틀랜틱 먼슬리》에 유작으로 발표
됐고, 이듬해 《소풍》이라는 소로의 에세이 선집에 다시 수록됐다.
이 책에는 에머슨이 소로의 전기를 간략하게 소개한 글과 함께, 앞
에서 다룬 〈산책〉과 〈겨울 산책〉을 비롯하여 〈야생 사과〉 등이 실
렸다. 〈가을 빛깔〉은 소로 선집이나 전집 외에도 별개의 단행본으
로 여러 번 출간될 정도로 큰 관심을 끌었다.
그런데 여기에서 한 가지 주목해야 할 것은 〈가을 빛깔〉이 흔히
쇠락과 죽음의 계절에 대한 만가가 아니라 성숙과 충만의 계절에

336

대한 송가라는 점이다. 가을 단풍에 관해 쓴 글 중에서 이 작품만큼 아름다운 작품을 찾아보기 어렵다. 소로는 언젠가 때가 되면 삽화를 곁들여 '10월 또는 가을 빛깔'이라는 제목으로 다시 출간할 수 있기를 바랐다. 실제로 2012년에 미국의 역사가로 소로와 에머슨의 전기를 출간한 로버트 리처드슨이 링컨 페리의 수채화를 곁들여 《10월 또는 가을 빛깔》을 출간하여 관심을 모았다.

소로는 〈가을 빛깔〉에서 제목 그대로 고향 콩코드를 비롯한 뉴잉글랜드 지방의 가을 단풍을 예찬한다. 아름다운 가을 단풍을 자랑하는 식물로 그는 꽃단풍나무, 느릅나무, 사탕단풍나무 외에 보라색 풀과 낙엽을 예로 든다. 소로는 이러한 나무들의 단풍 색깔을 아주 자세하게 설명할 뿐 아니라 언제쯤이면 가장 아름다운 빛을 내뿜는지도 언급한다. 소로의 말대로 이 작품은 온갖 화려한 가을 단풍을 시기 순서로 채집하여, 그 잎을 표본으로 만드는 대신에 글로 기록한 것이다.

흔히 가을 단풍과 소로는 뉴잉글랜드의 두 제도라고 말한다. 그만큼 소로와 가을 단풍은 떼려야 뗄 수 없이 서로 깊이 연관되어 있다. 소로는 작품 첫머리에서 단풍에 대한 일반인의 오해나 무지를 먼저 지적한다. 대부분의 사람들은 단풍이 든 나뭇잎을 말라빠진 나뭇잎으로 잘못 알고 있지만, 이는 마치 잘 익은 사과를 썩은 사과로 혼동하는 것과 같다고 말한다. 소로는 "나뭇잎의 색깔이 좀 더 진한 색깔로 변하는 것은 뒤늦게 완전한 성숙 단계에 이르렀다는 증거로, 과일이 익어가는 것에 빗댈 수 있다"라고 밝힌다.

소로는 〈가을 빛깔〉에서 가을과 단풍을 가을을 찬양하는 한편, 자연과 인간 경험의 상호 관련성에 대해 다시 한번 숙고한다. 이 작품에서 소로는 앞에서 언급했듯이 시인의 감성과 자연과학자의 이성을 유감없이 발휘한다.

10월은 울긋불긋한 단풍의 달이다. 나뭇잎들은 화려하게 불타오르면서 온 세상을 밝게 비춘다. 과일과 나뭇잎과 하루가 저물기 직전에 선명한 빛을 띠는 것과 마찬가지로, 저물어가는 한 해도 그러한 빛을 띤다. 10월은 한 해의 저녁노을이며, 11월은 그 뒤에 찾아오는 땅거미다.

위 인용문을 읽노라면 소로가 어떻게 한편으로는 시인의 눈으로, 다른 한편으로는 자연과학자의 눈으로 단풍을 바라보는지 쉽게 알 수 있다. 가을 단풍은 나무가 겨울을 준비하면서 잎의 기능을 멈추고, 그 과정에서 엽록소가 분해되고 다른 색소들이 드러나면서 나타나는 현상이다. 엽록소는 잎의 녹색을 담당하는데, 가을이 되어 기온이 낮아지고 일조량이 짧아지면 엽록소 생성이 중단되고 이미 있던 엽록소마저 분해된다. 엽록소가 분해되는 과정에서 엽록소에 가려져 있던 다른 색소들이 드러나면서 노란색, 붉은색, 갈색 등 다양한 색깔로 단풍이 물드는 것이다. 이러한 나뭇잎에 나타나는 생리 현상은 "10월은 한 해의 저녁노을이며, 11월은 그 뒤에 찾아오는 땅거미다"라는 은유를 구사하는 마지막 문장에 이르러 그야말로 찬란한 빛을 내뿜는다.

소로는 산책과 마찬가지로 단풍에서도 ① 철학적, ② 사회적, ③ 심리적, ④ 교육적 의미를 찾아낸다. 첫째, 그는 단풍의 색깔이 변하는 과정을 삶과 죽음, 계절의 순환과 관련시킨다. 그러면서 그는 쇠락의 아름다움과 자연계를 관찰하면서 배울 점을 명상한다. 둘째, 소로는 돈을 들이지 않고서도 얼마든지 만끽할 수 있는 진정한 자연의 아름다움과, 사회가 부와 물질적 소유에 부여하는 가치를 서로 대조시킨다. 소로는 자연의 아름다움이 사회의 그릇된 가치에 밀려 그동안 '멸시받아온' 사실을 무척 안타깝게 생각한다. 셋째, 소로는 어떻게 우리의 개인적 관점이 자연을 경험하는 방식에 영향을 끼치는지 고찰한다. 아름다움이란 단순히 대상에 내재하는 것이 아니라 우리가 그것을 인지하는 방식에 달려 있다고 주장한다. 넷째, 소로는 낙엽의 온갖 색깔에서 어린이들의 색채 교육의 가능성을 찾아낸다.

소로는 울긋불긋한 색깔을 띠며 나뭇가지에 매달려 있는 나뭇잎뿐 아니라 땅에 떨어져 나뒹구는 낙엽에도 관심을 기울인다. 그에게는 싱그러운 초록색을 자랑하는 나뭇잎이든, 화려한 단풍잎이든, 누렇게 바랜 낙엽이든 모두 소중하다. 소로는 갓 떨어진 낙엽이 깔린 땅을 걷는 것이 참으로 기분 좋다고 말한다. 푹신한 침대 같은 땅을 걸으면서 그는 죽음에 대해 명상한다.

하늘 높이 공중에 나부끼던 낙엽들은 이제 얼마나 만족스러운 마음으로 다시 땅으로 돌아와 자신의 몸을 낮추고 나무 밑동에 몸을 눕히고 썩어가며, 하늘에서 파닥거리던 때만큼 새로운 세대를 위해 자양분을 제공하는가! 낙엽은 우리 인간에게 죽음을 맞이하는 방법을 가르쳐준다. 인간은 불멸에 대한 믿음을 뽐내지만 낙엽처럼 그렇게 우아하고 성숙한 마음으로 죽음을 맞이할 날이 과연 올까. 머리카락과 손톱을 깎듯이, 늦가을에 갑자기 찾아오는 인디언 여름날같이, 평온한 마음으로 육신의 옷을 벗어버릴 그날이 과연 올까.

소로는 낙엽이 수북이 깔린 양탄자처럼 부드러운 숲속 길을 걸으며 죽음의 의미를 곰곰이 되씹는다. 인간의 삶도 그가 지금 밟고 지나가는 낙엽에 지나지 않다는 진리를 새삼 깨닫는다. 일찍이 호메로스는《일리아스》에서 "인간의 삶은 저 나뭇잎과 같아 / 바람이 불어 잎들이 / 땅에 나뒹굴지만 새봄이 돌아오면 / 나무는 다시 새 잎을 피우네 / 인간도 한 세대가 죽으면 / 다른 세대가 자라나네"라고 노래했다. 신라 시대의 빼어난 승려 시인 월명(月明)도 〈제망매가〉에서 "삶과 죽음의 길은 / 예 있으매 마음이 떨려 / 나는 간다는 말도 / 어찌 이르고 가나닛고 / 어느 가을 이른 바람에 / 이에 저에 떨어질 잎처럼 / 한 가지에 나고 / 가는 곳 모르온저 / 아아, 미타찰(彌陀刹)에서 만날 나는 / 도(道) 닦아 기다리련다"라고 노래하지 않았던가.

더구나 소로는 낙엽에서 죽음을 맞이하는 태도를 배워야 한다고 말한다. 그는 인간이 불멸에 대한 믿음을 뽐내는 태도를 여간 못마땅하게 생각하지 않는다. 그는 영생불멸을 믿는 기독교를 비롯한 여러 종교를 에둘러 비판한다. 여기에서 잠깐 소로의 내세관을 살펴보는 것이 좋을 것 같다. 평생 기독교를 믿지 않은 소로는 임종의 자리에서 이모 루이자 던버가 그에게 이제 하느님과 화해했느냐고 물었다. 그러자 소로는 "나는 한 번도 그분과 싸운 적이 없다"라고 대답했다. 소로는 인간과 하느님과의 관계를 갈등이 아닌 조화와 이해의 관계로 받아들였다고 해석할 수도 있을 터이지만, 영성과 형식적인 종교 교리에 대한 그의 무관심을 읽을 수도 있다. "인간은 불멸에 대한 믿음을 뽐내지만 낙엽처럼 그렇게 우아하고 성숙한 마음으로 죽음을 맞이할 날이 과연 오게 될까"라는 문장은 이를 뒷받침한다. 이 수사적 의문문에는 어쩌면 그러한 날이 영원히 오지 않을지도 모른다는 불안감이 짙게 배어 있다.

소로는 낙엽이 땅바닥에 이리저리 뒹굴다가 마침내 썩어 흙이 되는 과정을 지켜보며 인간의 장례 문화에 관해서도 생각한다. 인간은 살아서 영생불멸에 대한 미련을 좀처럼 버리지 않을 뿐 아니라 죽은 뒤에도 그러한 미련의 끈을 놓으려 하지 않는다.

낙엽이 무덤으로 가는 길은 얼마나 아름다운가! 낙엽은 얼마나 사뿐히 땅에 자신을 눕히고 흙으로 되돌아가는가! 온갖 색깔로 치장하고 살아 있는 우리를 위해 침대처럼 부드러운 땅을 만드는 데 안성맞춤인 상태로 말이다. 그렇게 낙엽은 가볍고 쾌활하게 자신의 무덤으로 떼를 지어 몰려간다. 그들은 수의를 입지 않고 오히려 땅 위를 이리저리 즐겁게 뛰어다니다가 적당한 장소를 골라잡고는, 숲 전체에 그 장소에 대해 귀엣말로 소문을 퍼뜨린다. 그렇다고 무덤 주위를 장식할 철제 울타리를 주문하지는 않는다.

위 인용문에서 소로가 드러내놓고 직접 언급하지는 않았지만, 인간의 장례 질차에 대한 비판을 읽을 수 있다. 첫 문장 "낙엽이 무덤으로 가는 길은 얼마나 아름다운가!"를 뒤집어 보면 인간이 무덤에 가는 길은 너무나 아름답지 못하다는 말이 된다. 낙엽은 죽어서도 인간이 걷기 편하도록 "침대처럼 부드러운 땅"을 만들어준다. 살아서도 죽어서도 낙엽은 인간을 위해 기꺼이 자신을 희생한다. 낙엽은 인간처럼 수의를 입지도 않고 맨몸으로 땅 위를 이리저리 즐겁게 뛰어다니다가 적당한 장소를 골라잡고는 그대로 눕는다. 그렇다고 낙엽은 자신의 무덤 주위를 장식할 쇠 울타리도 마련하지 않는다. 요즈음 들어 부쩍 '웰빙(well-being)' 못지않게 '웰다잉(well-dying)'이 주목받고 있다. 낙엽이야말로 웰다잉의 진정한 모습을 여실히 보여준다.

낙엽과는 달리 인간은 장례에 돈과 시간을 낭비한다. 많은 유가족들이 장례 비용에 대한 경제적 부담을 느끼고 있으며, 특히 시체를 매장할 경우 비용 부담이 큰 것으로 알려져 있다. 더구나 일부 사람들은 죽음마저도 사회적 신분을 자랑하는 수단으로 삼기 일쑤다. 허례허식의 장례 절차와 호화 분묘 등 화려한 의례는 빈부격차를 드러내고 사회적 위화감을 불러일으킨다. 최근에는 상조 회사들이 난립하면서 죽음을 단순히 소비 대상으로 여기는 죽음의 상업화 현상이 두드러지고 있다.

한편 소로는 심리적 또는 심미적 차원에서 단풍과 낙엽을 바라보며 어떻게 우리의 개인적 관점이 자연을 경험하는 방식에 영향을 끼치는지 생각한다. 그는 아름다움이란 단순히 대상에 내재한다기보다는 우리가 그것을 인지하는 방식에 존재한다고 지적한다.

우리는 사물을 볼 때 얼마나 멀고 넓게, 또는 얼마나 가깝고 좁게 봐야 할지 잘 모른다. 그렇기 때문에 자연의 많은 현상이 평생 우리 눈에 드러나지 않는다. 정원사는 오직 자신의 정원밖에는 보지 못한다. 정치경제학에서처럼 여기에서도 공급은 수요에 상응한다.

342

대자연은 돼지 앞에 진주를 던져주지 않는다. 자연 경관에서 우리는 감상할 마음의 준비가 된 만큼의 아름다움만 볼 뿐 그 밖의 것은 눈곱만큼도 더 볼 수 없다.

여기에서 소로는 미적 경험, 즉 미적 대상에 대한 관찰자나 감상자의 주관적인 반응과 느낌에 대해 말한다. 미적 대상에 대한 지각, 감정, 판단 등을 포함하는 미적 경험은 개인이 놓여 있는 문화적 배경과 경험에 따라 달라질 수밖에 없다. 이렇게 다분히 주관적인 미적 경험과 관련하여 소로는 신약 성경의 《마태복음》에서 한 구절을 인용하여 "대자연은 돼지 앞에 진주를 던져주지 않는다"라고 말한다. 아무리 아름다운 대상이 눈앞에 있어도 그 가치를 제대로 알아보지 못하는 사람에게는 이렇다 할 의미가 없다는 말이다.

마지막으로 소로는 가을 단풍 아래에서 자라는 어린아이들이 받는 영향이 한두 가지가 아니지만, 그중에서도 온갖 색채에 대한 감각을 배우는 것을 빼놓을 수 없다고 지적한다. 어린아이들에게 색채를 가르치는 데 단풍만큼 좋은 교육 자료도 없다고 밝힌다. 단풍의 화려한 색채는 그동안 인간이 만들어낸 그 어떤 염료보다 훨씬 뛰어나기 때문이다.

수백 개나 되는 아이들의 눈은 끊임없이 단풍나무의 색깔을 빨아들이고, 수업을 빼먹고 놀러 다니는 아이들마저 문 밖에 나서면 이 단풍나무 선생님들에게 붙들려 가르침을 받는다. 실제로 요즈음 학교에서는 농땡이 치는 학생이든 모범생이든 색깔 교육을 제대로 받지 못한다. 아이들은 기껏해야 약국과 상점들의 조잡한 진열장에서 색깔을 접할 뿐이다. 우리 마을 거리에 이제는 꽃단풍나무들이 없고 히코리나무만 겨우 몇 그루 남았다는 것이 안타깝기만 하다. 지금 아이들이 사용하는 그림물감 상자는 빈약하기 짝이 없다. 아이들에게 그림물감 상자 대신, 아니면 그 상자도 함께 쓰면서 나뭇잎의 자연스러운 색깔을 가르쳐준다면 얼마나 좋을까. 아이들이 색깔을 공부할 수 있는 곳으로 이보다 더 좋은 환경이 어디 있겠는가? 도대체 어떤 미술 학교가 자연과 경쟁할 수 있단 말인가?

학교 수업을 빼먹고 놀러 다니는 아이들이 단풍나무 선생님들에게 붙들려 가르침을 받는다는 구절은 참으로 신선하다. 빈둥거리며 시간을 낭비하는 불량 학생들도 들과 산 같은 자연에서 제도 교육 못지않은 교육을 받는다는 말이다. 소로는 숲이나 마을의 아름다운 가을 단풍과 비교해보면 아이들이 학교에서 사용하는 그림물감은 빈약하기 짝이 없다고 지적한다. 단풍과 그림물감은 제조 과정부터가 다르다는 이야기다. 소로는 "이러한 나뭇잎들은 염색 공장에서처럼 많은 잎을 한 가지 염료에 담가서 물들인 것이 아니다. 그 잎들은 헤아릴 수 없을 만큼 다양한 강도의 빛에 물든 뒤 마른 것이다"라고 밝힌다. 엄밀히 따지고 보면 단풍을 비롯한 대자연의 가르침은 비단 색채에 그치지 않는다. 또한 일지에 적은 한 글에서 "참으로 훌륭한 책은 균류나 이끼처럼 야성적으로 자연스럽고 원시적이고 신비스럽고 경이롭고 신성하고 비옥한 것이다"라고 말한다.

〈사랑〉과 〈순결과 관능〉

〈사랑〉과 〈순결과 관능〉은 1852년 9월 헨리 데이비드 소로가 친구인 해리슨 블레이크에게 보낸 편지에 동봉된 글이다. 매사추세츠주 우스터 출신인 블레이크는 소로보다 2년 일찍 하버드대학교를 졸업한 동문이었다. 블레이크는 대학을 졸업한 뒤 하버드의 신학교에서 계속 신학을 전공했고, 그는 동료 두 명과 함께 졸업식 연설 인사를 초빙했다. 블레이크는 에머슨을 초빙했고, 이 일을 계기로 두 사람의 관계가 생겨났다. 이후 블레이크가 콩코드로 에머슨을 방문했을 때 소로를 처음 만나면서 두 사람 사이에도 친분이 싹텄다.

소로의 작품 중에서 〈사랑〉과 〈순결과 관능〉은 자칫 예외적인 글로 읽힐 수 있다. 그도 그럴 것이, 그는 얼핏 이 주제와는 그다지 관련이 없어 보이기 때문이다. 그러나 소로는 결혼하지 않았지만 한 여성을 사랑한 적이 있다. 소로보다 다섯 살 아래인 엘런 수얼은 유니테리언 교회 목사인 에드먼드 퀸시 수얼의 딸이었다. 그녀는 여러 번 콩코드를 방문하면서 소로 집안의 두 형제를 알게 됐다. 소로가 앨런을 처음 만난 것은 1839년 7월이었다. 소로는 그녀에게 애정을 느끼고 편지를 써서 청혼했지만 거절당했다. 그러나 두 사람의 관계는 1840년대 초까지 이어졌다. 뒷날 엘런은 아버지처럼 유니테리언 교회 목사인 조지프 오티스 오스굿 목사와 결혼하여 자녀 10명을 낳았다. 그녀는 19세기 여성으로서는 보기 드물게 평생 지질학 연구에 관심을 보였다.

소로가 엘런에 대한 애정을 솔직히 털어놓은 것은 그의 일지에서다. 그녀를 직접 만나기 전에 그는 일지에 이미 사랑에 관한 시를 쓸 정도로 그녀를 열렬히 사랑했다. 1839년 7월 25일에 적은 일지에 그는 "사랑에는 더 많이 사랑하는 것 말고는 치료가 없다"라고 말했다. 사랑에 상처를 치유하는 힘이나 영감을 불어넣는 힘이 있다는 뜻으로 받아들일 수 있을지만, 엘런과의 사랑이 생각처럼 순탄하지 않았다는 사실을 내비치는 대목으로도 읽힌다. 더구나 소로 집안의 두 형제 모두가 그녀를 좋아했다는 것도 적잖이 걸림돌이 됐다. 형 존이 1840년 7월에 엘런에게 먼저 청혼했고, 헨리도 그해 말에 그녀에게 청혼했다.

엘런은 처음에는 존의 청혼을 받아들였지만 곧 헨리의 청혼과 함께 거부했다. 그녀의 아버지 수얼 목사는 소로 집안의 자유주의적 종교관, 특히 헨리의 초월주의 사상을 탐탁하게 여기지 않았다. 비록 소로와 엘런의 낭만적 관계는 이렇게 짧게 끝나고 말았지만 엘런은 소로에게 지속적으로 크고 작은 영향을 끼쳤다. 소로가《월든》과 그 뒤의 글을 쓰게 된 것도 그녀와의 관계가 영향을 끼쳤을 것이라고 주장하는 학자들도 있다. 다른 글은 몰라도 적어도 〈사랑〉과 〈순결과 관능〉에는 엘런의 그림자가 자주 어른거린다. 소로는 〈사랑〉에서 엘런의 이름을 직접 언급하지는 않지만 한 여성과의 사랑과 이별에 관해 언급한다.

나는 당신이 다른 사람이 말해주지 않아도 모든 것을 알 필요가 있다고 생각한다. 내가 사랑하는 사람과 헤어진 것은 그녀에게 꼭 해야 할 말이 한 가지 있었기 때문이다. 그녀는 내게 의문을 품었다. 그녀는 공감으로 모든 것을 헤아렸어야만 했다. 내가 그녀에게 그것을 말해야 했다는 사실이 우리 사이의 차이점, 즉 오해였다.

위 인용문에서 '그녀'는 두말할 나위 없이 엘런 수얼을 가리킨다. 그녀는 소로에게 질문을 했고, 그는 그녀에게 해서는 안 될 대답을 했기 때문에 헤어졌다고 말한다. 그러나 그녀에게 보낸 청혼 편지 가 남아 있지 않은 지금으로서는 그가 엘런에게 과연 무슨 말을 했 는지는 구체적으로 알 길이 없다. 다만 소로가 엘런의 신앙에 어긋 나는 발언을 했을 가능성을 가정해볼 수 있다. 보수주의적인 아버 지와 마찬가지로 엘런 또한 소로의 자유주의 사상이 마음에 들지 않았을 것이다. 이유야 어떻든 엘런의 거절은 소로가 사랑에 관해 상심하고 평생 독신으로 살기로 결심하는 데 한몫했다.

〈사랑〉에는 폐부를 찌르는 듯한 통찰이 몇몇 엿보인다. 예를 들 어 "사랑은 불꽃 못지않게 빛이 되어야 한다", "사랑은 화살처럼 똑 바로 나아가기는 성질이 필요하다", "사랑은 그것이 멈추고 나서야 비로소 밝혀진다"라는 문장이 그러하다. 첫 번째 문장에서 불꽃이 사랑의 열정이라면 빛은 사랑이 주는 이해력일 것이다. 소로는 사 랑을 단순히 낭만적 차원에서 보지 않는다. 이 점과 관련하여 소로 는 "통찰이 없는 곳에서는 아무리 가장 순수한 영혼의 행위일지라 도 결국은 상스럽게 될지도 모른다"라고 말한다. 이처럼 소로는 사 랑을, 개인을 변화시키는 힘이나 영적 성장과 자아 탐구와 결부시 킨다. 소로는 한 시에서 "내 사랑은 육지와 바다, 그리고 모든 것 위 에 맴도는 / 독수리의 날개처럼 / 자유로워야 한다"라고 노래한다.

두 번째 문장에서 소로는 사랑을 화살에 빗대는데, 이는 사랑의 진정성을 지적하는 말이다. 회전하면서 날아가다가 목표물에 맞지 않으면 되돌아오는 부메랑과는 달리, 화살은 목표를 향해 일직선 으로 나아간다. 엘런 수얼을 향한 사랑에서도 볼 수 있듯이 소로는 사랑이란 애정의 대상을 향해 직진하는 것으로 봤다. 그는 "거래할 때 값을 깎고 흥정하는 것이 나쁘다면, 사랑할 때는 훨씬 더 나쁘다"라고 밝힌다.

사랑은 멈추고 나서야 비로소 밝혀진다는 세 번째 문장은 사랑의 속성을 언급하는 것으로 보인다. 숲속에 들어가 있으면 숲의 모습을 볼 수 없듯이 사랑에 빠진 사람은 사랑의 참모습을 볼 수 없을지 모른다. 그래서 그런지는 몰라도 소로는 "사랑은 모든 비밀 중에서 가장 심오한 비밀이다. 심지어 가장 사랑하는 사람에게조차 밝혀지면 그것은 이제는 더 사랑이 아니다"라고 말한다. 어떤 의미에서 소로의 말은 하나같이 엘런 수얼을 염두에 두고 한 말처럼 들린다.

소로는 〈순결과 관능〉에서 제목 그대로 순결과 관능의 차이점을 밝히면서 사랑에서 순결이 차지하는 몫을 지적한다. 순결은 흔히 미혼 남녀에게만 해당하는 것으로 생각하기 쉽지만, 소로는 순결이 결혼 여부와 관계없이 소중하다고 주장한다.

만약 결혼이 순수한 사랑의 결과라면 그 결혼에는 관능이 있을 수 없다. 순결은 부정적인 것이 아니라 긍정적인 것이다. 순결은 특히 결혼한 사람들의 미덕이다. 모든 성적 욕망과 저급한 쾌락은 좀 더 고귀한 쾌락에 자리를 양보해야 한다.

위 인용문에서 소로가 말하는 "성적 욕망과 저급한 쾌락"이 다름 아닌 관능이다. 그는 참다운 사랑이라면 관능과 조금이라도 관련이 있을 수 없다고 밝힌다. 소로는 "사랑과 욕정은 서로 멀리 떨어져 있다. 사랑은 좋은 것이고, 욕정은 나쁜 것이다"라고 잘라 말한다. 〈순결과 관능〉은 성과 같은 복잡한 인간 경험에 관한 소로의 개인적 견해를 엿볼 수 있다는 점에서 중요하다. 그러나 적어도 성과 관련한 주제에서 그는 이분법적 사고에서 벗어나지 못한다는 비판을 피하기 어려울 듯하다.

〈한 소나무의 죽음〉

이 글은 소로의 1851년 12월 30일자 일지다. 그의 생전에 발표되지 않았을 뿐더러 21세기에 이르러서야 비로소 브래들리 딘이 편집한 《씨앗에 대한 믿음》(2006)이라는 책에 처음 실리면서 일반 독자들에게 널리 알려지게 됐다. 두세 쪽 남짓밖에 되지 않는 짧은 글이지만 소로의 인생관과 자연관을 이해하는 데 아주 소중한 작품이다.

소로는 이 글에서 제목 그대로 어느 날 오후 콩코드의 월든 호수에서 남서쪽으로 800미터쯤 떨어진 곳에 위치한 페어헤이븐 언덕을 걷다가 벌목꾼 두 사람이 소나무 한 그루를 베어내는 모습을 목격한 경험을 기록한다. 예전에 이 근처 숲을 벌목할 때 운 좋게 남아 있던 열두어 그루 중 맨 마지막까지 남아 있던 소나무이기에 그는 나무에 더더욱 관심을 기울이지 않을 수 없었다.

소로는 다른 글에서와 마찬가지로 소나무가 벌목되는 모습에서도 인생론이 담긴 의미를 찾아낸다. 소나무의 죽음은 가을이 되면 땅에 떨어지는 낙엽수의 잎처럼 삶과 죽음의 자연스러운 순환을 나타낸다. 이렇듯 소로는 소나무가 쓰러지는 모습을 비극적 사건으로 보기보다는 자연 현상의 일부로 본다. 소나무는 수명이 다한 인간처럼 언젠가는 베어지고 말겠지만 그 자리에서 또다시 어린 싹이 돋아날 것이다.

그런데 여기에서 한 가지 흥미로운 것은 소로가 소나무를 인간에 빗대는 반면 인간은 사물이나 곤충에 빗댄다는 점이다. 소로는 벌목꾼이 "마네킹 같은 두 사람이 나무 굵기보다 더 길 것 같지 않은 동가리톱으로 나무를 자르는 모습"이 "마치 우람한 나무 밑동을 갉아먹고 있는 비버나 벌레처럼 보였다"라고 말한다. 소로는 뒤에서도 벌목꾼들을 생명이 없는 마네킹에 빗댄다. 한편 "이제 나무는 쓰러지면서 (…) 계곡에 있는 영원히 깨어나지 못할 자신의 잠자리에 깃털처럼 부드럽게 드러눕는다. 마치 서 있는 것이 이제는 싫증이 난다는 듯이, 전사(戰士)처럼 자신의 초록색 망토로 몸을 감싸면서 무언의 기쁨으로 대지를 감싸안는다. 그렇게 자신의 구성 분자들을 흙으로 다시 돌려보낸다"라는 문장에서 소나무를 인간에 빗댄다. 소나무가 베어지는 모습을 '죽음'이라고 표현하는 것도 이와 마찬가지다. 인간을 비롯한 동물이라면 몰라도 소나무에 굳이 '죽음'이라는 어휘를 사용하는 것부터가 식물에 인격을 부여하는 행위로 볼 수 있다. 소로는 이보다 한 발 더 나아가 메인주의 호수 마을 체선쿡에 관한 글에서 "소나무는 나와 마찬가지로 불멸의 존재다. 그리고 어쩌면 저 높이 천국으로 올라갈 것이다"라고 말한다.

그러나 아무리 소나무의 죽음이 자연의 순환 현상이라고 해도 아직 살아 있는 나무를 벌목하는 것은 자연을 해치는 행위라고 여기지 아니할 수 없다. 앞에서 언급했듯이 이 소나무가 벌목되기 전에 열두어 그루가 이미 벌목됐고, 이러한 식으로 나무를 계속 베어

내다가는 나무들이 점차 줄어들 거라는 사실은 불을 보듯 뻔하다. 소로는 콩코드와 그 주변 마을에서 나무가 점점 사라지는 모습에 크게 우려한다. 소로의 이러한 자연관은 산업 발전과 진보를 신앙처럼 떠받들던 당시 미국의 시대정신에는 크게 어긋났다.

소로는 나무와 숲이 단순히 건축 자재를 얻는다는 경제적 이유, 경관을 아름답게 한다는 미학적 이유, 영혼을 고양한다는 정신적 이유뿐 아니라 생태학적 이유에서도 무척 소중하다고 생각한다. 다시 말해서 그는 나무와 숲의 효용적 가치 못지않게 본질적 가치를 높이 평가한다. 좁게는 나무, 더 넓게는 숲은 생태계 안에서 그들 나름의 '사회적 네트워크'를 형성하고 있다. 그래서 소로는 원시림을 지정하여 그곳에서는 어떤 나무도 벌목해서는 안 되도록 해야 한다고 주장한다. 나무와 숲은 인간뿐 아니라 온갖 생물의 보금자리다. 만약 나무와 숲이 파괴되면 그 안에 사는 생물도 영향을 받지 않을 수 없다.

벌목꾼은 하늘의 공간을 황폐하게 만든 것이다. 이듬해 봄이 와서 물수리가 머스키터퀴드 강변을 다시 찾아오면, 물수리는 소나무 위에 자신이 늘 앉던 자리를 찾으려고 공중을 빙빙 맴돌 터이지만 헛수고일 것이다. 그리고 솔개는 새끼들을 안전하게 보호하기에 꼭 알맞게 높이 솟아 있던 소나무가 사라진 것을 슬퍼하리라. 하늘로 한 단계 한 단계 천천히 뻗어 올라가 완전한 모습으로 자라기까지 200년이나 걸린 나무가 오늘 오후에 사라져버렸다.

위 인용문에서 소로는 소나무가 사라진 것을 슬퍼하는 동물로 물수리와 솔개를 언급하지만 그 동물은 한두 가지 예에 지나지 않는다. 그동안 소나무를 보금자리로 삼아 살던 온갖 생물이 소나무가 없어진 것을 서러워할 것이다. 예를 들어 소나무에 기생하던 겨우살이, 소나무잔나비버섯, 이끼 같은 식물과 소나무좀, 솔수염하늘소, 솔껍질깍지벌레 같은 다양한 곤충들이 바로 그러하다. 한마디로 〈한 소나무의 죽음〉은 소로의 《월든》과 함께 미국에서 생태의식이나 환경 의식을 일깨우는 견인차와 같은 글이다. 그가 그토록 부르짖은 야생의 소중함과 대자연의 유기적 상호관련성의 메시지는 오늘날 생태주의와 환경 운동의 나무가 자라는 데 소중한 밑거름이 됐다.

〈일지 초록〉

에머슨은 1837년 10월 당시 스무 살이던 소로에게 일지를 쓸 것을 권했다. 에머슨은 소로에게 "지금 무슨 일을 하고 있는가? 일지를 쓰고 있는가?"라고 물었고, 소로는 그의 충고를 받아들여 그때부터 일지를 쓰기 시작하여 1862년에 사망할 때까지 계속했다. 소로의 저작으로 《월든》과 〈시민 불복종〉을 비롯한 그의 산문을 기억하는 사람이 많지만, 두 작품 외에 실제로 그가 남긴 작품의 양은 만만치 않다. 일지만 보더라도 1906년에 14권에 나누어 출간되었을 정도로 그 양이 방대하다. 소로는 일지를 무척 소중하게 생각하여 월든 호숫가 오두막에 살 때 산책을 나가거나 외출할 때 일지를 적은 공책을 반드시 책상 서랍에 넣고 자물쇠로 잠가놓았다. 그래서 소로가 집을 비운 사이 도둑이 들었을 때도, 금박을 입힌 조그마한 호메로스의 작품 한 권 말고는 잃어버린 물건이 없었다.

소로의 글쓰기 방식은 여러모로 조금 독특하다. 그는 여러 단계를 거쳐 글을 완성했다. 먼저 현지 조사로 얻은 데이터를 기록하는 '현장 노트'를 작성한다. 그러고 나서 소로는 이 노트를 바탕으로 일지를 기록한다. 이후 일지 내용을 자료로 삼아 연설을 하고, 다시 연설 내용을 에세이로 발표한 뒤 마침내 잡지나 단행본의 형태로 출간했다. 소로는 《월든》 7장 '콩밭'에서 "콩을 심고, 김을 매고, 수확하고, 도리깨질하고, 선별하고, 팔기까지 내가 콩하고 오랫동안 맺은 교제는 색다른 경험이었다"라고 밝힌다. 현장 노트가 완성된 책으로 다시 태어나기까지의 과정은 그가 늦봄에 파종하여 가을에 콩을 추수하는 과정과 비슷하다. 특히 소로에게 일지는 단순히 하루 일과를 적은 기록일 뿐 아니라 뒷날 집필할 글의 자료를 보관해둔 일종의 자재 창고였다.

소로는 자신의 일지를 '내 사랑의 기록'이라고 부른다. 애정을 가지고 썼다는 뜻으로 받아들일 수도 있지만, 그가 사랑하는 세상의 온갖 모습을 기록한다는 뜻으로 받아들이는 쪽이 더 정확하다. 실제로 그는 "나는 일지에 내가 사랑하는 것들, 이 세상의 어떤 모습이라도 내가 애정을 갖는 것, 내가 생각하고 싶은 것들만을 기록하고 싶다"라고 밝힌다. 방금 앞에서 소로의 일지를 자재 창고에 빗댔지만, 소로 자신은 일지를 씨앗을 뿌리는 비옥한 밭에 빗댄다.

나는 다만 정신이 비옥하다는 것을 느낄 뿐이다. 지금은 내가 씨를 뿌릴 때다. 나는 그동안 너무 오래 밭을 묵혀왔다. 나 자신을 한

량으로 여기고, 내가 보잘것없다는 느낌(그럴 만한 이유가 있지만)이 나를 사로잡는데도 말이다. 하지만 대체로 우주의 정신은 나에게 말로 다할 수 없을 만큼 친절하다. 어쩌면 그래서 내가 어쩌면 드물게 행복을 느끼는 건지도 모른다.

《월든》을 비롯하여 소로가 쓴 모든 글은 이 밭에 뿌린 씨앗이 싹이 트고 자라서 마침내 맺은 열매다. 물론 때 이르게 사라진 낙과도 없지 않지만 대부분은 보기에도 탐스러운 결실을 맺었다. 한편 소로는 자신의 일지를 꽃봉오리에 빗대기도 한다. 마치 꽃이 피지 않고 아직 망울만 맺힌 꽃봉오리처럼 자신의 글이 시간이 지나면 곧 아름다운 꽃을 피우고 탐스러운 열매를 맺을 것이라는 비유적 표현이다. 비옥한 밭도 꽃봉오리도 아름다운 꽃과 풍성한 열매를 맺는 데 반드시 필요하다.

헨리 데이비드 소로의 낭만적 개인주의나 사회 개혁은 대자연에 대한 깊은 사랑과 맞물려 있다. 초월주의자들이 보스턴 근교에 '브룩 팜'이라는 공동체 마을을 세웠을 때 소로는 이 공동체에 참여하지 않았다. 그러면서 그는 "나는 천국에 공동체 생활을 꾸리기보다는 차라리 지옥에서 독신자의 공회당을 지키는 것이 더 낫다고 생각한다"라고 밝혔다. 공동체 마을은 어떤 식으로든지 자연을 파괴할 수밖에 없기 때문이다.

소로는 《월든》의 '맺는말'에서 "행진할 때 어떤 사람이 자기 동료들과 보조를 맞추지 않는다면, 그것은 아마 그가 다른 고수(鼓手)의 북소리를 듣고 있기 때문일 것이다"라고 말한다. 소로가 살던 시대의 가치관에서 보면 그는 분명히 낙오자이자 이단자였다. 소로는 19세기 중엽의 북소리가 아닌, 앞으로 다가올 새 시대의 북소리에 발을 맞춰 행진하던 사람이었다. 이 점에서 보면 그는 참으로 예언자와 같은 사람이라고 할 만하다. 21세기의 문턱을 막 넘어선 지금, 생태주의의 복음을 전하는 사도로서 소로가 행사하는 영향력은 무척 크다. 환경 운동이나 생태주의를 말할 때마다 이제 그의 이름은 마치 약방의 감초처럼 자주 입에 오르내린다. 소로처럼 어떤 때는 잔잔한 목소리로, 또 어떤 때는 사자후로 우리에게 자연의 소중함을 일깨우는 인물도 찾아보기 어려울 것이다.

옮긴이

헨리 데이비드 소로 연보

1817년   7월 12일, 매사추세츠주 콩코드에서 아버지 존 소로와
어머니 신시아 던버 사이에서 2남 2녀 중 셋째로 태어
났다. 제일교구 유니테리언 교회에서 '데이비드 헨리 소
로'로 세례를 받았다.

1818년   가족이 콩코드 북쪽으로 16킬로미터쯤 떨어진 첼름퍼
드로 이주했다. 아버지는 식료품 가게를 운영했다.

1821년   가족이 다시 보스턴으로 이주했고, 소로는 그곳에서 학
교에 다녔다.

1822년   할머니 메리 존스의 집을 방문하며 처음으로 월든 호수
를 보았다.

1823년   가족이 콩코드로 돌아왔다. 아버지는 처남 찰스 던버가
운영하던 연필 제조 공장을 물려받았다.

1828년   형 존과 함께 사립학교인 콩코드아카데미에 다녔다.

1829년	콩코드 라이시움에서 자연사 강연을 수강했다.
1833년	8월, 하버드대학교에 입학했다. 교사가 된 존과 누이 헬렌, 소로의 이모들이 학비를 댔다. 성적은 중간이 조금 넘는 수준이었고, 친구들과 어울리지 않고 주로 독서와 산책으로 시간을 보냈다.
1835년	랠프 월도 에머슨이 콩코드에 이주했다. 겨울 학기 동안 휴학하고 매사추세츠주 캔턴에서 교사로 일하며 학비를 벌었다.
1837년	에머슨의 《자연》을 읽고, 그의 강연 〈미국 학자〉를 들었다. 하버드대학교에서 사귄 친구 스턴스 윌러의 플린트 호수 오두막에서 6주간 생활했다. 8월 하버드대학교를 졸업했다. 콩코드 센터 아카데미에서 교편을 잡았고, 잠시 공립학교인 콩코드센터스쿨에서도 교사로 근무했지만 학생 체벌 문제로 사임했다. 뉴잉글랜드 초월주의자들의 모임인 '헤지 클럽'에 가입해 오레스 티스 브라운슨, 조지 리플리, 존스 베리, 엘리자벳 피바디, 브론슨 올컷, 시어도어 파커 등의 회원과 에머슨의 서재에서 부정기적으로 만났다. 10월 에머슨의 권유로 일지를 쓰기 시작했고, 아버지의 연필 공장에서 일했다. '데이비드 헨리 소로'에서 '헨리 데이비드 소로'로 이름을 바꿨다.
1838년	부모 집에서 사설 학교를 열다가 9월에 역시 사설 학교인 콩코드아카데미를 인수해 운영했다. 4월, 콩코드 라이시움에서 처음으로 〈사회〉라는 제목으로 강연했다.

이후 콩코드 라이시움의 비서 겸 큐레이터로 선출되어 2년간 근무했다.

1839년 콩코드아카데미에 학생이 늘어나자 형 존이 교사로 합류했다. 7월, 콩코드아카데미 학생 중 한 명의 누나이자 유니테리언 교회 목사 에드먼드 퀸시 수얼의 딸인 엘런을 처음 만났다. 8월, 형 존과 함께 보트를 타고 콩코드강과 메리맥강을 따라 2주간 여행했다. 12월, 엘런 수얼에게 청혼하지만 거절당했다.

1840년 초월주의 클럽의 잡지《다이얼》에 수필과 시를 기고하기 시작했다.

1841년 4월, 존의 건강 악화로 콩코드아카데미를 폐쇄했다. 2년간 에머슨의 집에 살면서 정원사 등으로 집안일을 도왔다. 이때 플린트 호수나 페어헤이븐 호수 근처에 오두막을 짓고 살려고 생각하지만 땅 소유주가 거절했다.

1842년 1월, 형 존이 파상풍으로 사망했다.

1843년 에머슨을 대신해《다이얼》을 편집했다. 5월, 에머슨의 형 윌리엄의 자녀 가정교사로 뉴욕주 스테이튼 아일랜드에 이주해 호러스 그릴리와 헨리 제임스의 아버지, 노예제 폐지론자 윌리엄 태편을 만났다. 12월, 콩코드로 돌아왔다.

1845년 에머슨의 소유인 월든 호숫가 숲에 오두막을 짓기 시작해 7월 4일 오두막으로 이사했다.

1846년 《월든》을 집필하기 시작했다. 7월 23일경, 인두세 납부를 거부했다는 이유로 콩코드 감옥에 하룻밤 갇혔다.

1847년	2월, 콩코드 라이시움에서 월든 호숫가 생활에 대한 첫 글인 〈나 자신의 역사〉를 강연했다. 9월 6일, 에머슨의 아내 리디언의 부탁으로 월든 호수를 떠나 에머슨의 집으로 돌아왔다. 이즈음《콩코드강과 메리맥강에서 보낸 일주일》의 원고를 마무리해《월든》의 초고를 완성했다. 10월, 에머슨의 집에 들어가 10개월간 머물렀다.
1948년	1월, 콩코드 라이시움에서 〈국가에 대한 개인의 관계에 대하여〉라는 제목으로 강연했다. 뒷날 이 강연은 〈시민 불복종〉으로 제목을 바꾸어 출간되었다. 뉴잉글랜드 지방에 순회 강연을 했다.
1849년	5월,《콩코드강과 매리맥강에 보낸 일주일》를 자비로 출간했다. 이 책이 상업적으로 실패하자 '월든 프로젝트'를 잠시 중단하고 측량사 일을 했다. 5월,《시민 불복종》이 출간되었다. 6월, 누이 헬렌이 폐결핵으로 사망했다. 가을에 가내 공업인 연필 공장이 이익을 내면서 콩코드 중심부에 가까운 집 '옐로 하우스'로 이사했다.
1850년	찰스 다윈의《비글호 여행》을 읽고 감명받은 뒤 자연에 좀 더 초점을 맞춰 다시《월든》원고를 수정했다. 이 무렵 월든 호수를 정기적으로 방문하여 관찰했다.
1851년	도망 노예법 통과에 분개해 도망 노예들을 캐나다로 탈출시키기 위한 지하 철도에 적극적으로 관여했다.
1852년	《월든》의 네 번째 수정 원고의 일부를《유니언 매거진》에 발표하지만 주목받지 못했다.
1854년	《월든》의 일곱 번째 최종 원고를 작성했다. 3월 중순,

원고를 보스턴의 '티커 앤드 필즈' 출판사에 보냈다. 8월 9일, 《월든》이 출간되었다.

1857년 3월 초, 노예 해방론자 존 브라운이 콩코드 여성 노예제 반대 협회의 초청으로 타운홀에 강연하러 왔을 때 그를 처음 만났다. 브라운과 소로의 집에서 점심을 함께했다.

1859년 2월, 아버지 존이 사망했다. 5월, 존 브라운이 콩코드를 다시 방문해 타운홀에서 강연하고 그때 소로와 에머슨 등을 만났다. 10월, 브라운이 하퍼스 페리의 정부 무기고를 습격했다는 소식을 접했다. 10~11월, 콩코드와 보스턴과 우스터에서 〈존 브라운 대위를 위한 청원〉을 연설했다. 12월, 브라운과 함께 일하던 도망 노예를 캐나다로 도피시키는 일을 도왔다.

1860년 12월, 이후 기관지염으로 발전하는 독감에 걸렸다.

1861년 5월, 건강을 회복하고 미국 중서부의 동식물상을 관찰하고자 호러스 맨 2세와 함께 미네소타주를 여행했다. 9월, 여동생 소피아와 함께 월든 호수를 마지막으로 방문했다. 11월 3일, 마지막 일지를 기록했다.

1862년 5월 6일, 폐결핵으로 사망했다. 그가 남긴 마지막 말은 '무스(moose)'와 '인디언(Indian)'이었다. 5월 9일, 제일교구 유니테리언 교회에서 장례식이 치러졌다. 그는 콩코드의 새 공동묘지에 묻혔다가 뒷날 슬리피 할로 묘지로 이장됐다.

옮긴이 **김욱동**

한국외국어대학교 영문학과와 동 대학원을 졸업하고 미국 미시시피대학교에서
영문학 석사, 뉴욕주립대학교에서 영문학 박사 학위를 받았다. 미국 하버드대학
교, 듀크대학교, 노스캐롤라이나대학교에서 교환교수를 역임했고, 현재 서강대
학교 영문학과 명예교수로 재직하며 번역가, 문학비평가로 활동하고 있다. 지은
책으로 《문학이란 무엇인가》《세계문학이란 무엇인가》《이양하, 그의 삶과 문
학》《설정식, 분노의 문학》《비평의 변증법》《천재와 반역》 등이 있고, 옮긴 책으
로 《앵무새 죽이기》《호밀밭의 파수꾼》《위대한 개츠비》《노인과 바다》《이선
프롬》《아메리카의 비극》《새장에 갇힌 새가 왜 노래하는지 나는 아네》 등 다수
가 있다. 2011년 한국출판학술상 대상을 수상했다.

헨리 데이비드 소로 수필집

시민 불복종

1판 1쇄 발행 2026년 4월 10일

지은이 헨리 데이비드 소로 │ 옮긴이 김욱동
펴낸곳 (주)문예출판사 │ **펴낸이** 전준배
출판등록 2004. 02. 11. 제 2013-000357호 (1966. 12. 2. 제 1-134호)
주소 04001 서울특별시 마포구 월드컵북로 21
전화 02-393-5681 │ 팩스 02-393-5685
홈페이지 www.moonye.com │ 블로그 blog.naver.com/imoonye
인스타그램 www.instagram.com/moonyebooks │ 이메일 info@moonye.com

ISBN 978-89-310-2701-3 04800
ISBN 978-89-310-2365-7 (세트)

■ 문예세계문학선

★ 서울대, 연세대, 고려대 등 대학 권장 도서 ▲ 미국대학위원회 추천 도서
● 《타임》 선정 현대 100대 영문 소설 ▽ 《뉴스위크》 선정 세계 100대 명저

(뒷면 계속)